O CAVALEIRO DA MORTE

Obras do autor publicadas pela Editora Record

1356
Azincourt
O condenado
Stonehenge
O forte
Tolos e mortais

Trilogia *As Crônicas de Artur*

O rei do inverno
O inimigo de Deus
Excalibur

Trilogia *A Busca do Graal*

O arqueiro
O andarilho
O herege

Série *As Aventuras de um Soldado nas Guerras Napoleônicas*

O tigre de Sharpe (Índia, 1799)
O triunfo de Sharpe (Índia, setembro de 1803)
A fortaleza de Sharpe (Índia, dezembro de 1803)
Sharpe em Trafalgar (Espanha, 1805)
A presa de Sharpe (Dinamarca, 1807)
Os fuzileiros de Sharpe (Espanha, janeiro de 1809)
A devastação de Sharpe (Portugal, maio de 1809)
A águia de Sharpe (Espanha, julho de 1809)
O ouro de Sharpe (Portugal, agosto de 1810)
A fuga de Sharpe (Portugal, setembro de 1810)
A fúria de Sharpe (Espanha, março de 1811)
A batalha de Sharpe (Espanha, maio de 1811)
A companhia de Sharpe (Espanha, janeiro a abril de 1812)
A espada de Sharpe (Espanha, junho e julho de 1812)
O inimigo de Sharpe (Espanha, dezembro de 1812)

Série *Crônicas Saxônicas*

O último reino
O cavaleiro da morte
Os senhores do norte
A canção da espada
Terra em chamas
Morte dos reis
O guerreiro pagão
O trono vazio
Guerreiros da tempestade
O Portador do Fogo
A guerra do lobo
A espada dos reis
O senhor da guerra

Série *As Crônicas de Starbuck*

Rebelde
Traidor
Inimigo
Herói

BERNARD CORNWELL

O CAVALEIRO DA MORTE

Tradução de
ALVES CALADO

24ª edição

EDITORA RECORD
RIO DE JANEIRO • SÃO PAULO
2025

CIP-BRASIL. CATALOGAÇÃO NA FONTE
SINDICATO NACIONAL DOS EDITORES DE LIVROS, RJ.

C835c
24ª ed.

Cornwell, Bernard, 1944-
 O cavaleiro da morte / Bernard Cornwell; tradução Alves Calado. –
24ª ed. – Rio de Janeiro: Record, 2025.
 (Crônicas saxônicas; v.2)

 Tradução de: The Pale Horseman
 Continuação de: O último reino
 ISBN 978-85-01-07552-9

 1. Alfredo, Rei da Inglaterra, 849-899 – Ficção. 2. Vikings – Ficção.
3. Grã-Bretanha – História – Alfredo, 871-899 – Ficção. 4. Romance inglês.
I. Alves Calado, Ivanir, 1953-. II. Título. III. Série.

07-1179

CDD: 823
CDU: 821.111-3

Título original inglês:
The pale horseman

Copyright © 2005 by Bernard Cornwell

Texto revisado segundo o Acordo Ortográfico da Língua Portuguesa de 1990.

Todos os direitos reservados. Proibida a reprodução, no todo
ou em parte, através de quaisquer meios.

Direitos exclusivos de publicação em língua portuguesa somente para o Brasil
adquiridos pela
EDITORA RECORD LTDA.
Rua Argentina, 171 – Rio de Janeiro, RJ – 20921-380 – Tel.: (21) 2585-2000,
que se reserva a propriedade literária desta tradução.

Impresso no Brasil

ISBN 978-85-01-07552-9

EDITORA AFILIADA

Seja um leitor preferencial Record.
Cadastre-se no site www.record.com.br e receba
informações sobre nossos lançamentos e nossas promoções.

Atendimento e venda direta ao leitor:
sac@record.com.br

O CAVALEIRO DA MORTE
é para George MacDonald Fraser,
com admiração.

Ac her forþ berað; fugelas singð,
gylleð grœghama.

Pois aqui se inicia a guerra, aves carniceiras
cantam e lobos cinzentos uivam.

The Fight at Finnsburh

Nota de Tradução

Foi respeitada ao longo deste livro a grafia original de diversas palavras. O autor, por diversas vezes, as usa intencionalmente com um sentido arcaico, a exemplo de *Yule*, correspondente às festas natalinas atuais, mas que, originalmente, indicava um ritual pagão. Outro exemplo é a utilização de *svear*, tribo proveniente do norte da Europa.

Além disso, foram mantidas algumas denominações sociais, como *earl* (atualmente traduzido como "conde", mas que o autor especifica como um título dinamarquês que só mais tarde seria equiparado ao de conde, usado na Europa continental), *thegn*, *reeve*, e outros que são explicados ao longo do livro.

Por outro lado, optou-se por traduzir *lord* sempre como "senhor", jamais como "lorde", cujo sentido remete à monarquia inglesa posterior, e não à estrutura medieval. *Britain* foi traduzido como Britânia (opção igualmente aceita, mas pouco corrente), para não ser confundido com Bretanha, no norte da França (*Brittany*), mesmo recurso usado na tradução da série *As crônicas de Artur*, do mesmo autor.

Sumário

Mapa 11
Topônimos 13

Primeira Parte
Viking 17

Segunda Parte
O rei do pântano 93

Terceira Parte
O fyrd 325

Nota Histórica 389

MAPA

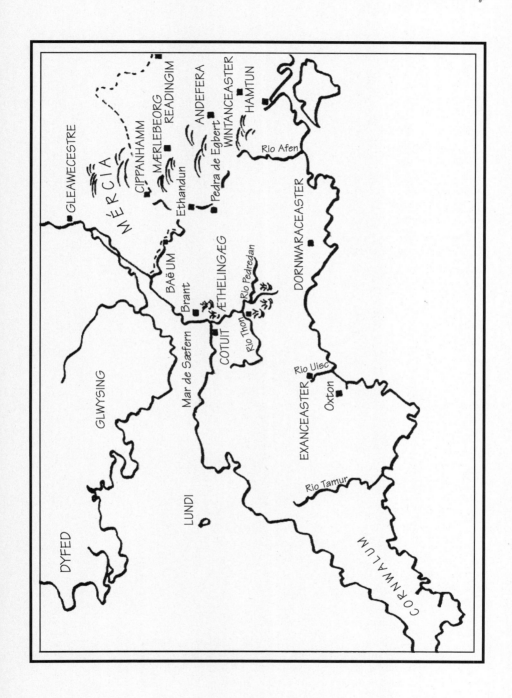

Topônimos

A GRAFIA DOS TOPÔNIMOS na Inglaterra anglo-saxã era incerta, sem qualquer consistência ou concordância, nem mesmo quanto ao nome em si. Assim, Londres era grafado como Lundonia, Lundenberg, Lundenne, Lundene, Lundenwic, Lundenceaster e Lundres. Sem dúvida, alguns leitores preferirão outras versões dos nomes listados a seguir, mas em geral empreguei a grafia que estivesse citada no *Oxford Dictionary of English Place-Names* referente aos anos mais próximos ou contidos no reino de Alfredo, entre 871 e 899 d.C., mas nem mesmo essas soluções são à prova de erro. A ilha de Hayling, em 956, era grafada tanto como Heilincigae quanto como Hæglingaiggæ. E eu próprio não fui consistente; preferi a grafia moderna England (Inglaterra) a Englaland e, em vez de Norðhymbralond, usei Nortúmbria, para evitar a sugestão de que as fronteiras do antigo reino coincidiam com as do condado moderno. Assim, a lista a seguir, bem como as grafias em si, são resultado de um capricho:

ÆSC'S HILL	Ashdown, Berkshire
ÆTHELINGÆG	Athelney, Somerset
AFEN	Rio Avon, Wiltshire
ANDEFERA	Andover, Wiltshire
BAÐUM (PRONUNCIA-SE BATHUM)	Bath, Avon
BEBBANBURG	Castelo de Bamburgh, Northumberland
BRANT	Brent Knoll, Somerset

BRU	rio Brue, Somerset
CIPPANHAMM	Chippenham, Wiltshire
CONTWARANBURG	Canterbury, Kent
CORNWALUM	Cornualha
CRACGELAD	Cricklade, Wiltshire
CRIDIANTON	Crediton, Devon
CYNUIT	Cynuit Hillfort, próximo a Cannington, Somerset
DÆRENTMORA	Dartmouth, Devon
DEFEREAL	Kingston Deverill, Wiltshire
DEFNASCIR	Devonshire
DORNWARACEASTER	Dorchester, Dorset
DREYNDYNAS	"Fortaleza dos Espinhos", fictícia, situada na Cornualha
DUNHOLM	Durham, Condado de Durham
DYFED	Sudoeste de Gales, hoje em dia principalmente Pembrokeshire
DYFLIN	Dublin, Eire
EOFERWIC	York (também, em dinamarquês, Jorvic. Pronuncia-se Yorvik)
ETHANDUN	Edington, Wiltshire
EXANCEASTER	Exeter, Devon
EXANMYNSTER	Exminster, Devon
GEWÆSC	The Wash
GIFLE	Yeovil, Somerset
GLEAWECESTRE	Gloucester, Gloucestershire
GLWYSING	reino galês, aproximadamente Glamorgan e Gwent
HAMPTONSCIR	Hampshire
HAMTUN	Southhampton, Hampshire
HEILINCIGAE	ilha de Hayling, Hampshire
LINDISFARENA	Lindisfarne (Ilha Sagrada), Northumberland
LUNDENE	Londres
LUNDI	ilha de Lundy, Devon

MÆRLEBEORG	Marlborough, Wiltshire
OCMUNDTUN	Okehampton, Devon
PALFLEOT	Pawlett, Somerset
PEDREDAN	rio Parrett
PENWITH	Land's End, Cornualha
READINGIM	Reading, Berkshire
SÆFERN	rio Severn
SCEAPIG	ilha de Sheppey, Kent
SILLANS	ilhas Scilly
SOPPAN BYRG	Chipping Sodbury, Gloucestershire
SUMORSÆTE	Somerset
SUTH SEAXA	Sussex (Saxões do sul)
TAMUR	rio Tamar
TEMES	rio Tâmisa
THORNSÆTA	Dorset
UISC	rio Exe
WERHAM	Wareham, Dorset
WILIG	rio Wylye
WILTUNSCIR	Wiltshire
WINBURNAN	Wimborne Minster, Dorset
WINTANCEASTER	Winchester, Hampshire

Primeira Parte
Viking

UM

HOJE EM DIA OLHO OS GAROTOS de 20 anos e acho que são pateticamente jovens, mal saídos das tetas das mães, mas quando tinha 20 anos eu me considerava adulto. Era pai, havia lutado na parede de escudos e odiava receber conselhos de qualquer pessoa. Resumindo: era arrogante, imbecil e cabeça-dura. Motivo pelo qual, depois da nossa vitória em Cynuit, fiz a coisa errada.

Havíamos lutado contra os dinamarqueses junto ao oceano, onde o rio sai do grande pântano e o mar de Sæfern bate num litoral lamacento, e onde os havíamos derrotado. Tínhamos realizado uma grande matança, e eu, Uhtred de Bebbanburg, fizera minha parte. Mais do que a minha parte, já que no fim da batalha, quando o grande Ubba Lothbrokson, o mais temido líder dinamarquês, havia penetrado em nossa parede de escudos com seu grande machado de guerra, eu o enfrentei, derrotei e o enviei para se juntar ao *einherjar*, o exército de mortos que festejam e copulam no palácio de cadáveres de Odin.

O que eu deveria ter feito então, o que Leofric me mandou fazer, era cavalgar a toda velocidade até Exanceaster, onde Alfredo, rei dos saxões do oeste, estava sitiando Guthrum. Deveria ter chegado tarde da noite, acordado o rei de seu sono e posto, aos pés de Alfredo, o estandarte de batalha de Ubba com a imagem do corvo preto e o grande machado de guerra de Ubba, ainda com uma crosta de sangue na lâmina. Deveria ter dado ao rei a boa notícia de que o exército dinamarquês estava derrotado, que os poucos sobreviventes haviam ido para seus navios com cabeças de dragão, que Wessex estava em segurança e que eu, Uhtred de Bebbanburg, havia realizado todas essas coisas.

Em vez disso, fui encontrar minha mulher e meu filho.

Aos 20 anos eu preferia estar montando em Mildrith do que colhendo a recompensa da minha sorte, e foi isso que fiz de errado, mas, olhando para trás, tenho poucos arrependimentos. O destino é inexorável, e Mildrith, ainda que eu não tivesse desejado me casar com ela e pensasse detestá-la, era um belo animal para ser montado.

Assim, naquele fim de primavera do ano 877, passei o sábado cavalgando até Cridianton em vez de ir até Alfredo. Levei vinte homens e prometi a Leofric que estaríamos em Exanceaster ao meio-dia do domingo e me certificaria de que Alfredo soubesse que havíamos ganhado sua batalha e salvado seu reino.

— Odda, o Jovem, já deve estar lá — alertou Leofric. Leofric tinha quase o dobro da minha idade, era um guerreiro endurecido por anos lutando contra os dinamarqueses. — Ouviu? — perguntou ele quando não falei nada. — Odda, o Jovem, já deve estar lá — repetiu —, e ele é um merdinha que vai receber todo o crédito.

— A verdade não pode ser escondida — respondi altivo.

Leofric zombou disso. Era um brutamontes barbudo e atarracado que deveria ser comandante da frota de Alfredo, mas não era bem-nascido. E com relutância Alfredo me havia concedido o controle dos 12 navios porque eu era *ealdorman*, um nobre, e era justo que um homem bem-nascido comandasse a frota dos saxões do oeste mesmo que fosse idiotice demais confrontar a enorme quantidade de navios dinamarqueses que tinham vindo para a costa sul de Wessex.

— Há ocasiões em que você é um *earsling* — resmungou Leofric. Um *earsling* era uma coisa que havia caído do traseiro de uma criatura, e era um dos insultos prediletos de Leofric. Éramos amigos.

— Veremos Alfredo amanhã — disse eu.

— E Odda, o Jovem, o viu hoje — reagiu Leofric com paciência.

Odda, o Jovem, era filho de Odda, o Velho, que tinha dado abrigo à minha mulher, e o filho não gostava de mim. Não gostava de mim porque queria montar em Mildrith, motivo suficiente para não gostar de mim. Além disso, como Leofric havia dito, era um merdinha, escorregadio e dissimulado, motivo suficiente para eu não gostar dele.

— Veremos Alfredo amanhã — falei de novo, e na manhã seguinte seguimos todos para Exanceaster, meus homens escoltando Mildrith, nosso filho e sua babá, e encontramos Alfredo no lado norte de Exanceaster, onde seu estandarte do dragão branco e verde flanava acima das tendas. Outros estandartes estalavam ao vento úmido, uma variedade colorida de animais, cruzes, santos e armas anunciando que os grandes homens de Wessex estavam com seu rei. Um desses estandartes mostrava um cervo preto, confirmando que Leofric estivera certo e que Odda, o Jovem, estava aqui, ao sul de Defnascir. Fora do acampamento, entre a margem sul e as muralhas da cidade, havia um grande pavilhão feito de pano de vela esticado em mastros amarrados, e isso me disse que Alfredo, em vez de lutar contra Guthrum, estava conversando com ele. Estavam negociando uma trégua, mas não naquele dia, porque era domingo e Alfredo não trabalharia num domingo, se pudesse evitar. Encontrei-o ajoelhado numa igreja improvisada feita com outro pano de vela sobre mastros, e todos os seus nobres e *thegn*s estavam arrumados atrás. Alguns daqueles homens se viraram ao escutar os cascos dos nossos cavalos. Odda, o Jovem, foi um dos que se viraram, e vi a apreensão em seu rosto fino.

O bispo que estava rezando a missa parou para deixar a congregação responder, e isso deu a Odda uma desculpa para afastar o olhar de mim. Estava ajoelhado perto de Alfredo, muito perto, sugerindo que ocupava alta posição nos favores do rei, e não duvidei de que tivesse levado a bandeira do corvo e o machado de guerra do falecido Ubba até Exanceaster e reivindicado o crédito pela luta junto ao mar.

— Um dia — disse eu a Leofric —, vou cortar aquele desgraçado da virilha até a goela e dançar em suas tripas.

— Deveria ter feito isso ontem.

Um padre estivera ajoelhado perto do altar, um dos muitos padres que sempre acompanhavam Alfredo, ele me viu e deslizou para trás do modo mais discreto que pôde, até poder ficar de pé e vir rapidamente até mim. Tinha cabelos ruivos, um dos olhos meio fechado, a mão esquerda paralisada e uma expressão de júbilo estupefato no rosto feio.

— Uhtred! Pensamos que estava morto!

— Eu? — Ri para o padre. — Morto?

— Você era refém!

Eu havia sido um dos 12 reféns ingleses em Werham, mas enquanto os outros tinham sido assassinados por Guthrum, eu fora poupado por causa do *Earl* Ragnar, que era um chefe guerreiro dinamarquês e praticamente um irmão para mim.

— Não morri, padre — respondi ao sacerdote, cujo nome era Beocca —, e estou surpreso por você não saber disso.

— Como saberia?

— Porque estive em Cynuit, padre, e Odda, o Jovem, poderia ter contado que lutei lá e sobrevivi.

Eu estava olhando Odda enquanto falava, e Beocca percebeu a seriedade em minha voz.

— Você estava em Cynuit? — perguntou nervoso.

— Odda, o Jovem, não contou?

— Não disse nada.

— Nada! — Instiguei meu cavalo, forçando-o a passar entre os homens ajoelhados e chegando mais perto de Odda. Beocca tentou me impedir, mas empurrei sua mão para longe do meu arreio. Leofric, mais sábio do que eu, ficou para trás. Mas instiguei o cavalo para as fileiras de trás da congregação até que a quantidade de pessoas tornou impossível avançar mais, e então olhei para Odda enquanto falava com Beocca. — Ele não descreveu a morte de Ubba? — perguntei.

— Disse que Ubba morreu na parede de escudos — respondeu Beocca, com a voz num sussurro para não atrapalhar a liturgia — e que muitos homens contribuíram para a morte dele.

— Foi só isso que ele contou?

— Disse que ele próprio enfrentou Ubba.

— Então quem os homens acham que matou Ubba Lothbrokson? — perguntei.

Beocca podia sentir o problema se aproximando e tentou me acalmar.

— Podemos falar dessas coisas mais tarde — disse ele. — Mas agora, Uhtred, junte-se a nós nas orações. — Ele usava meu nome, em vez de me chamar de senhor, porque me conhecia desde que eu era criança. Beocca, como eu, era da Nortúmbria, e havia sido o sacerdote de meu pai, mas quando os dinamarqueses tomaram nosso país, ele veio a Wessex, juntar-se aos saxões que ainda resistiam aos invasores. — Esta é uma hora de orações — insistiu — e não de discussões.

Mas eu estava com clima para discussões.

— Quem os homens dizem que matou Ubba Lothbrokson? — perguntei de novo.

— Eles agradecem a Deus porque o pagão está morto. — Beocca se esquivou da minha pergunta e tentou me calar com gestos frenéticos com sua mão esquerda aleijada.

— Quem você acha que matou Ubba? — perguntei, e quando Beocca não respondeu, dei a resposta. — Acha que Odda, o Jovem, o matou? — Dava para ver que Beocca acreditava nisso, e a raiva me dominou. — Ubba lutou comigo de homem para homem — falei alto demais então. — Um contra um, só eu e ele. Minha espada contra seu machado. E ele não estava ferido quando a luta começou, padre, e no fim estava morto. Foi encontrar seus irmãos no castelo dos cadáveres. — Agora eu estava furioso e minha voz havia se erguido até eu estar gritando, e toda a congregação se virou para me encarar. O bispo, que reconheci como o bispo de Exanceaster, o mesmo homem que havia me casado com Mildrith, franziu a testa nervoso. Só Alfredo parecia não se abalar com a interrupção, mas então, relutante, ele se levantou e se virou para mim enquanto sua mulher com cara de fuinha, Ælswith, sibilava no ouvido dele.

— Há algum homem aqui — eu ainda estava gritando — capaz de negar que eu, Uhtred de Bebbanburg, matei Ubba Lothbrokson em combate singular?

Houve silêncio. Eu não pretendia atrapalhar a missa, mas um orgulho monstruoso e uma fúria incontrolável tinham me levado ao desafio. Os rostos olhavam para mim, os estandartes balançavam ao vento desconexo sob chuva fraca que pingava das bordas do toldo de pano de vela. Mesmo assim ninguém respondeu, mas os homens viram que eu estava encarando Odda, o Jovem, e alguns olharam em sua direção procurando resposta, mas ele ficou totalmente mudo.

— Quem matou Ubba? — gritei para ele.

— Isso não é conveniente — disse Alfredo com raiva.

— Isto matou Ubba! — declarei, e desembainhei Bafo de Serpente.

E esse foi meu outro erro.

No inverno, enquanto eu estava engaiolado em Werham como um dos reféns dados a Guthrum, uma nova lei fora aprovada em Wessex, uma lei declarando que nenhum homem, além dos guarda-costas reais, deveria desembainhar uma arma na presença do rei. E a lei não era somente para proteger Alfredo, mas também para impedir que as discussões entre seus grandes homens se tornassem letais. E ao desembainhar Bafo de Serpente eu havia, involuntariamente, violado a lei, de modo que a guarda real convergiu subitamente para mim com lanças e espadas desembainhadas, até que Alfredo, de manto vermelho e com a cabeça descoberta, gritou para que todos ficassem imóveis.

Então caminhou até mim e eu pude ver a raiva em seu rosto. Ele tinha rosto estreito, com nariz e queixo compridos, testa alta e boca de lábios finos. Normalmente estava sempre barbeado, mas deixara crescer uma barba curta que o fazia parecer mais velho. Ainda não tinha vivido trinta anos, mas parecia mais perto dos 40. Era dolorosamente magro, e suas doenças frequentes haviam dado ao rosto uma aparência mal-humorada. Mais parecia um padre do que o rei dos saxões do oeste, porque tinha o rosto irritado e pálido de alguém que passa tempo demais longe do sol e debruçado sobre livros, mas havia uma autoridade indubitável em seus olhos. Eram olhos muito claros, cinza como uma cota de malha, implacáveis.

— Você violou minha paz — disse ele — e ofendeu a paz de Cristo.

Embainhei Bafo de Serpente, principalmente porque Beocca havia murmurado para eu parar de ser um idiota e guardar a espada, e agora o padre puxava minha perna direita, tentando me fazer apear e me ajoelhar diante de Alfredo, que ele adorava. Ælswith, a mulher de Alfredo, estava me olhando com puro escárnio.

— Ele deveria ser punido — gritou ela.

— Vá para lá — disse o rei apontando para uma de suas tendas — e espere meu julgamento.

Eu não tinha opção além de obedecer, já que seus guardas pessoais, todos usando malhas e elmos, se apertaram ao meu redor, e assim fui levado à tenda onde apeei e entrei. O ar cheirava a grama amarelada, esmagada. A chuva batia no teto de pano e parte vazava, caindo num altar com um crucifixo e dois castiçais vazios. Era obviamente a capela particular do rei, e Alfredo me fez esperar por longo tempo. A congregação se dispersou, a chuva terminou e um sol disperso em água emergiu entre as nuvens. Uma harpa tocava em algum lugar, talvez acompanhando Alfredo e sua mulher enquanto comiam. Um cachorro entrou na tenda, olhou para mim, levantou a perna de encontro ao altar e depois saiu de novo. O sol desapareceu atrás de nuvens e mais chuva bateu na lona, depois houve uma agitação na abertura da tenda e dois homens entraram. Um era Æthelwold, sobrinho do rei, o homem que deveria ter herdado o trono de Wessex de seu pai, só que fora considerado jovem demais e com isso a coroa foi para seu tio. Ele me deu um riso sem graça, deixando a palavra com o segundo homem, que era atarracado, barbudo e dez anos mais velho do que Æthelwold. Ele se apresentou espirrando, depois assoou o nariz na mão e limpou-a no casaco de couro.

— Isso é que é primavera — resmungou, depois me olhou com expressão truculenta. — A porcaria da chuva não para nunca. Sabe quem eu sou?

— Wulfhere — respondi. — *Ealdorman* de Wultunscir. — Ele era primo do rei e um poder importante em Wessex.

Ele assentiu.

— E sabe quem é este idiota? — perguntou indicando Æthelwold, que estava segurando um pano branco embolado.

— Nós nos conhecemos — respondi. Æthelwold era apenas cerca de um mês mais novo do que eu, e acho que tinha sorte por seu tio Alfredo ser tão cristão, caso contrário poderia esperar uma faca durante a noite. Tinha aparência muito melhor do que Alfredo, mas era idiota, petulante e geralmente estava bêbado, mas naquela manhã de domingo parecia bastante sóbrio.

— Agora estou encarregado de Æthelwold — disse Wulfhere — e de você. E o rei me mandou para puni-lo. — Ele pensou nisso por um instante. — O que a mulher dele quer que eu faça é arrancar suas tripas por seu rabo fedorento e dar aos porcos. — Ele me encarou com ar furioso. — Sabe qual é a pena por desembainhar uma espada na presença do rei?

— Uma multa?

— A morte, seu idiota, a morte. Fizeram uma lei nova no inverno passado.

— Como é que eu iria saber?

— Mas Alfredo está se sentindo misericordioso. — Wulfhere ignorou minha pergunta. — Portanto, você não vai ficar pendurado num cadafalso. Pelo menos hoje, não. Mas ele quer sua garantia de que manterá a paz.

— Que paz?

— A desgraçada da paz dele, seu idiota. Ele quer que a gente lute contra os dinamarqueses e não que fique cortando uns aos outros. Então por enquanto você precisa jurar que vai manter a paz.

— Por enquanto?

— Por enquanto — disse ele numa voz que cortava o assunto, e simplesmente dei de ombros. Ele considerou isso uma aceitação. — Então você matou Ubba?

— Matei.

— Foi o que ouvi dizer. — Ele espirrou de novo. — Conhece Edor?

— Conheço. — Edor era um dos chefes de batalha do *ealdorman* Odda, guerreiro dos homens de Defnascir, e havia lutado ao nosso lado em Cynuit.

— Edor me contou o que aconteceu. Mas só porque confia em mim. Pelo amor de Deus, pare de ficar se remexendo! — Esse último grito foi dirigido a Æthelwold, que estava enfiando a mão embaixo da toalha de linho do altar, presumivelmente procurando algo de valor. Alfredo, em vez de assassinar o sobrinho, parecia decidido a matá-lo de tédio. Æthelwold nunca tivera permissão de lutar, para não ganhar reputação, e em vez disso fora obrigado a aprender as letras, coisa que odiava, portanto ficava o tempo todo à toa, caçando, bebendo, andando com prostitutas e cheio de ressentimento por não ser rei. — Fique parado, garoto — rosnou Wulfhere.

— Edor contou por que confia em você? — perguntei, incapaz de conter o ultraje na voz. — Quer dizer que o que aconteceu em Cynuit é segredo? Mil homens me viram matar Ubba!

— Mas Odda, o Jovem, ficou com o crédito — disse Wulfhere —, e o pai dele está muito ferido. Se ele morrer, Odda, o Jovem, se tornará um dos homens mais ricos de Wessex, vai liderar mais soldados e pagar a mais padres do que você jamais poderia esperar, portanto os homens não querem ofendê-lo, não é? Vão fingir que acreditam, para mantê-lo generoso. O rei já acredita nele, e por que não deveria? Odda chegou aqui com o estandarte e o machado de guerra de Ubba Lothbrokson. Deixou-os aos pés de Alfredo, depois se ajoelhou, louvou Deus e prometeu construir uma igreja e um mosteiro em Cynuit. E o que você fez? Entrou a cavalo no meio de uma missa e balançou a espada de um lado para o outro. Não é uma coisa inteligente para se fazer com Alfredo.

Dei um meio sorriso porque Wulfhere estava certo. Alfredo era de uma religiosidade incomum, e um modo seguro de ter sucesso em Wessex era lisonjear essa religiosidade, imitá-la e atribuir toda boa sorte a Deus.

— Odda é um escroto — resmungou Wulfhere, me surpreendendo —, mas agora é o escroto de Alfredo e você não vai mudar isso.

— Mas eu matei...

— Sei o que você fez! — interrompeu Wulfhere. — E Alfredo provavelmente suspeita de que você está dizendo a verdade, mas acredita que Odda tornou isso possível. Acha que Odda e você lutaram com Ubba. Talvez nem se importe se nenhum dos dois fez isso, apenas que Ubba está morto e essa é uma boa notícia. E Odda trouxe a notícia, de modo que o brilho do sol brota no rabo de Odda, e se você quer que a guarda do rei o pendure num galho alto, arranje uma rixa com Odda. Está entendendo?

— Estou.

Wulfhere suspirou.

— Leofric disse que você veria o bom senso se eu lhe batesse na cabeça por tempo suficiente.

— Quero ver Leofric — disse eu.

— Não pode — respondeu Wulfhere incisivamente. — Leofric está sendo mandado de volta a Hamtun, que é o lugar dele. Mas você não vai voltar. A frota será posta sob o comando de outro. Você vai cumprir penitência.

Por um momento pensei ter entendido mal.

— Fazer o quê?

— Você vai rastejar — disse Æthelwold, falando pela primeira vez. E riu para mim. Nós não éramos exatamente amigos, mas havíamos bebido juntos o suficiente e ele parecia gostar de mim. — Vai se vestir de mulher — continuou Æthelwold —, ficar de joelhos e ser humilhado.

— E vai fazer isso agora mesmo — acrescentou Wulfhere.

— Nem no inferno...

— Você já está no inferno de qualquer modo — rosnou Wulfhere, depois pegou o pano branco com Æthelwold e jogou aos meus pés. Era um manto de penitente e eu o deixei no chão. — Pelo amor de Deus, garoto — disse Wulfhere —, demonstre algum bom senso. Você tem mulher e terras aqui, não é? Então o que acontece se você não cumprir as ordens reais? Quer ser posto fora da lei? Quer que sua mulher vá para um convento? Quer que a Igreja tome suas terras?

Encarei-o.

— Tudo o que fiz foi matar Ubba e contar a verdade.

Wulfhere suspirou.

— Você é nortumbriano e não sei como fazem as coisas por lá, mas aqui é Wessex de Alfredo. Você pode fazer qualquer coisa em Wessex, menos mijar na igreja dele, e foi exatamente isso que fez. Você mijou, filho, e agora a igreja vai mijar em você inteiro. — Ele fez uma careta enquanto a chuva batia mais forte sobre a tenda, depois franziu a testa, olhando para a poça que se espalhava do lado de fora. Ficou quieto por longo tempo antes de se virar e me lançar um olhar estranho. — Você acha que alguma coisa dessas é importante?

Eu achava, mas fiquei tão perplexo com a pergunta, que fora feita em voz baixa e amarga, que não tive nada a dizer.

— Acha que a morte de Ubba faz alguma diferença? — perguntou ele, e de novo pensei ter escutado mal. — E mesmo que Guthrum faça a paz, acha que nós ganhamos? — Seu rosto pesado ficou subitamente violento. — Por quanto tempo Alfredo será rei? Quanto tempo vai se passar até que os dinamarqueses governem aqui?

Eu continuava sem ter o que dizer. Æthelwold, pelo que vi, estava escutando com atenção. Ele ansiava por ser rei, mas não tinha seguidores, e sem dúvida Wulfhere fora nomeado seu guardião para impedi-lo de causar encrenca. Mas as palavras de Wulfhere sugeriam que a encrenca viria de qualquer modo.

— Simplesmente faça o que Alfredo quer e depois encontre um modo de continuar vivendo — alertou o *ealdorman*. — É só isso que qualquer um de nós pode fazer. Se Wessex cair, todos procuraremos um modo de permanecer vivos, mas enquanto isso vista esse manto desgraçado e vá em frente.

— Nós dois — disse Æthelwold. Em seguida pegou o manto e vi que ele havia trazido dois, dobrados juntos.

— Você? — Wulfhere rosnou para ele. — Está bêbado?

— Faço penitência por estar bêbado. Ou estava bêbado, e agora sou penitente. — Ele riu para mim, depois passou o manto pela cabeça. — Vou ao altar com Uhtred — disse, a voz abafada pelo tecido.

Wulfhere não podia impedi-lo, mas sabia, como eu, que Æthelwold estava zombando do ritual. E eu percebia que Æthelwold fazia isso como favor a mim, ainda que, pelo que eu soubesse, ele não me devesse nenhum favor. Mas fiquei agradecido, por isso vesti aquela porcaria de manto e, ao lado do sobrinho do rei, fui para minha humilhação.

Eu significava pouco para Alfredo. Ele tinha uma quantidade de grandes senhores em Wessex, ao passo que do outro lado da fronteira, em Mércia, havia outros senhores e *thegns* que viviam sob domínio dinamarquês, mas que lutariam por Wessex se Alfredo lhes desse oportunidade. Todos esses grandes homens podiam lhe trazer soldados, podiam reunir espadas e lanças para o estandarte do dragão de Wessex, ao passo que eu só podia lhe trazer minha espada, Bafo de Serpente. Certo, eu era um senhor, mas da distante Nortúmbria, e não liderava homens, de modo que meu único valor para ele estava distante no futuro. Eu ainda não entendia isso. Com o tempo, à medida que o governo de Wessex se espalhou para o norte, meu valor cresceu, mas na época, em 877, quando eu era um rapaz raivoso de 20 anos, não conhecia nada além de minhas próprias ambições.

E aprendi a humilhação. Mesmo hoje, uma vida inteira depois, lembro-me da amargura daquela submissão penitencial. Por que Alfredo me obrigou àquilo? Eu havia lhe conseguido uma grande vitória, no entanto ele insistia em me envergonhar, e por quê? Porque eu havia atrapalhado uma missa? Em parte era isso, mas só em parte. Ele amava seu deus, amava a Igreja e acreditava de modo passional que a sobrevivência de Wessex dependia da obediência à Igreja, por isso a protegia com a mesma ferocidade com que lutaria pelo seu país. E amava a ordem. Havia um lugar para cada coisa, e eu não me encaixava, e ele acreditava genuinamente que, se eu pudesse ser levado aos calcanhares de Deus, iria me tornar parte de sua ordem amada. Resumindo: ele me via como um jovem cão mal-educado que precisava de umas boas chicotadas antes de me juntar à disciplina da matilha.

Por isso me obrigou a me humilhar.

E Æthelwold se fez de idiota.

A princípio não. A princípio tudo foi solenidade. Cada homem do exército de Alfredo estava lá para olhar, e fizeram duas fileiras na chuva. As fileiras se estendiam até o altar sob o pano de vela esticado com cordas no qual Alfredo e sua mulher esperavam junto ao bispo e um bando de padres.

— De joelhos — disse-me Wulfhere. — Você precisa ir de joelhos — insistiu ele numa voz monótona — e se arrastar até o altar. Beije o pano do altar e em seguida fique deitado.

— Depois o quê?

— Depois Deus e o rei vão perdoá-lo. — Ele ficou esperando. — Ande logo — rosnou.

E eu fiz isso. Fiquei de joelhos e me arrastei na lama, e as filas silenciosas de homens me olhavam. Então Æthelwold, ao meu lado, começou a gemer gritando que era pecador. Levantava os braços, caía de cara, uivava dizendo que era um penitente, berrava dizendo-se pecador. A princípio, os homens ficaram sem graça e depois acharam divertido.

— Eu estive com mulheres! — gritava Æthelwold para a chuva. — E eram mulheres más! Perdoai-me!

Alfredo ficou furioso, mas não podia impedir alguém de bancar idiota diante de Deus. Talvez achasse que o remorso de Æthelwold era genuíno.

— Perdi a conta das mulheres! — gritou Æthelwold, depois bateu os punhos na lama. — Ah, meu Deus, eu adoro peitos! Meu Deus, adoro mulheres nuas, Deus, perdoai-me por isso! — Os risos se espalhavam. Cada homem devia ter se lembrado de que, antes que a devoção o apanhasse em suas garras úmidas, Alfredo fora notório pelas mulheres que havia perseguido. — Vós deveis me ajudar, meu Deus! — gritava Æthelwold enquanto nos arrastávamos a pouca distância um do outro. — Mandai-me uma criatura celestial!

— Para você fornicar com ela? — gritou uma voz na multidão, e os risos se transformaram em rugidos.

Ælswith foi levada para longe, para não ouvir algo inadequado. Os padres sussurravam uns com os outros, mas a penitência de Æthelwold, ainda que extravagante, parecia bastante real. Ele chorava. Eu sabia que na verdade estava rindo, mas ele uivava como se sua alma sofresse em agonia.

— Chega de peitos, meu Deus! — gritava ele. — Chega de peitos! — Estava bancando o idiota. Mas como os homens já o consideravam idiota, ele não se incomodava. — Deixai-me longe dos peitos, Deus! — gritava, e então Alfredo foi embora, sabendo que a solenidade do dia estava arruinada, e a maioria dos padres foi com ele, de modo que Æthelwold e eu nos arrastamos até um altar abandonado em que ele se virou em seu manto enlameado e se encostou na mesa. — Eu o odeio — disse em voz baixa, e eu soube que se referia ao tio. — Eu o odeio, e agora você me deve um favor, Uhtred.

— Devo.

— Vou pensar em um — disse ele.

Odda, o Jovem, não havia saído com Alfredo. Parecia perplexo. Minha humilhação, que ele certamente achara que iria desfrutar, havia se transformado em risos e ele tinha consciência de que os homens o observavam, avaliando sua sinceridade, e Odda foi para perto de um homem enorme que evidentemente era um de seus guarda-costas. O sujeito era alto e tinha o peito muito largo, mas era seu rosto que exigia atenção, porque parecia que a pele fora esticada demais sobre o crânio, deixando-o incapaz de qualquer expressão além de puro ódio e uma fome de lobo. A violência exalava dele como o fedor de um cão molhado. Quando me observava, era como o olhar sem alma de um animal, e entendi instintivamente que era esse homem que me mataria se Odda encontrasse uma chance de cometer assassinato. Odda não era nada, apenas o filho mimado de um homem rico, mas o dinheiro lhe dava meios de comandar assassinos. Então Odda puxou a manga do sujeito alto, os dois se viraram e foram embora.

O padre Beocca havia permanecido no altar.

— Beije-o — ordenou ele —, e depois se deite de barriga para baixo.

Em vez disso, fiquei de pé.

— Vá se danar, padre — respondi. Eu estava com raiva e minha raiva amedrontou Beocca, que recuou.

Mas eu havia feito o que o rei queria. Tinha sido penitente.

O homem alto ao lado de Odda, o Jovem, se chamava Steapa. Steapa Snotor, era como os homens o chamavam — ou Steapa, o Inteligente.

— É uma piada — disse-me Wulfhere enquanto eu tirava o manto de penitência e punha a cota de malha.

— Uma piada?

— Porque ele é burro como um boi. Tem ovas de sapo no lugar do cérebro. É estúpido, mas não é um lutador estúpido. Você não o viu em Cynuit?

— Não.

— Então o que Steapa é para você?

— Nada — respondi. Eu havia perguntado ao *ealdorman* quem era o guarda-costas de Odda para saber o nome do homem que talvez tentasse me matar, mas esse possível assassinato não era da conta de Wulfhere.

Wulfhere hesitou, querendo perguntar mais, depois decidiu que não conseguiria uma resposta melhor.

— Quando os dinamarqueses vierem — disse ele —, você será bem-vindo para se juntar aos meus homens.

Æthelwold, o sobrinho de Alfredo, estava segurando minhas duas espadas. Tirou Bafo de Serpente da bainha e olhou os padrões sinuosos da lâmina.

— Se os dinamarqueses vierem — disse ele a Wulfhere —, você deve deixar que eu lute.

— Você não sabe lutar.

— Então você deve me ensinar. — Em seguida enfiou Bafo de Serpente na bainha. — Wessex precisa de um rei que saiba lutar, em vez de rezar.

— Você deveria vigiar sua língua para não ser cortada, garoto — disse Wulfhere. Em seguida pegou as espadas com Æthelwold e me entregou. — Os dinamarqueses virão, portanto junte-se a mim quando isso acontecer.

Assenti, mas não falei nada. Quando os dinamarqueses viessem, pensei, eu planejava estar com eles. Tinha sido criado por dinamarqueses depois de ser capturado aos 10 anos, e eles poderiam ter me matado, mas em vez disso me trataram bem. Eu havia aprendido sua língua e cultuado seus deuses até não saber mais se era dinamarquês ou inglês. Se o *earl* Ragnar, o Velho, tivesse sobrevivido, eu jamais iria deixá-los. Mas ele morreu, assassinado numa noite de traição e fogo, e eu havia fugido para o sul até Wessex. Mas agora voltaria. Assim que os dinamarqueses saíssem de Exanceaster, iria me juntar ao filho de Ragnar — Ragnar, o Jovem — caso ele estivesse vivo. O navio de Ragnar, o Jovem, estivera na frota assolada pela grande tempestade. Muitos navios tinham sido afundados, e o que restara da frota havia seguido com dificuldade até Exanceaster, onde agora os barcos estavam transformados em cinzas na margem do rio ao lado da cidade. Eu não sabia se Ragnar estava vivo. Esperava que sim e rezava para que ele escapasse de Exanceaster, pois então eu iria até ele, ofereceria minha espada e a usaria contra Alfredo de Wessex. Então, um dia, obrigaria Alfredo a se enfiar num vestido e o faria se arrastar de joelhos até um altar de Tor. E iria matá-lo.

Esses eram os meus pensamentos enquanto cavalgávamos para Oxton. Era a propriedade que Mildrith havia me trazido no casamento e era um lugar lindo, mas tão cheio de dívidas que representava mais um fardo do que um prazer. As terras ficavam em encostas viradas para o leste, na direção das vastidões do Uisc, e acima da casa havia densos bosques de carvalhos e freixos de onde fluíam riachos pequenos e límpidos que atravessavam os campos em que cresciam centeio, trigo e cevada. A casa não era um castelo, e sim uma construção repleta de fumaça, feita de barro, esterco, carvalho e palha de centeio, e tão comprida e baixa que parecia um morro verde coberto de musgo, de onde a fumaça escapava por um buraco central. No quintal ao lado havia porcos, galinhas e montes de esterco da altura da casa. O pai de Mildrith havia cuidado da propriedade com o auxílio de um administrador chamado

Oswald, um sujeito astuto que havia me causado mais problemas ainda naquele domingo chuvoso enquanto voltávamos à fazenda.

Eu estava furioso, ressentido e vingativo. Alfredo havia me humilhado, o que tornou uma infelicidade para Oswald ele ter escolhido aquela tarde de domingo para arrastar um carvalho da mata no alto do morro. Eu estava pensando nos prazeres da vingança enquanto deixava meu cavalo escolher o caminho pela trilha através das árvores, e vi oito bois puxando o grande tronco na direção do rio. Três homens estavam atiçando os bois, enquanto um quarto, Oswald, ia montado no tronco, com um chicote. Ele me viu, pulou no chão e, por um instante, pareceu que queria correr para as árvores, mas então percebeu que não poderia fugir de mim, por isso apenas ficou parado e esperou enquanto eu ia até o grande tronco de carvalho.

— Senhor — cumprimentou Oswald. Ele estava surpreso em me ver. Provavelmente achava que eu havia sido morto com os outros reféns e essa crença o deixou descuidado.

Meu cavalo estava nervoso por causa do fedor de sangue que escorria nos flancos dos bois, e ficou pateando para a frente e para trás até que eu o acalmei com tapinhas no pescoço. Então olhei o tronco de carvalho, que devia ter uns 12 metros de comprimento — e era tão grosso quanto a altura de um homem.

— Bela árvore — falei a Oswald.

Ele olhou para Mildrith, que estava a vinte passos de distância.

— Bom dia, senhora — disse Oswald, apertando o chapéu de lã que usava sobre o cabelo ruivo e crespo.

— Dia molhado, Oswald — respondeu ela. Seu pai havia nomeado o administrador e Mildrith sentia uma fé inocente na confiabilidade dele.

— Eu disse: bela árvore — falei alto. — Onde foi derrubada?

Oswald enfiou o chapéu no cinto.

— Na encosta superior, senhor — disse vagamente.

— Na encosta superior das minhas terras?

Ele hesitou. Sem dúvida, sentiu-se tentado a dizer que vinha das terras de algum vizinho, mas essa mentira poderia ser facilmente descoberta, por isso ficou quieto.

— Das minhas terras? — perguntei de novo.

— Sim, senhor — admitiu ele.

— E para onde vai?

Ele hesitou de novo, mas precisava responder.

— Para a oficina de Wigulf.

— Wigulf vai comprá-la?

— Vai cortá-la, senhor.

— Não perguntei o que ele vai fazer com ela, mas sim se vai comprá-la.

Ouvindo a aspereza na minha voz, Mildrith interveio dizendo que algumas vezes seu pai mandava madeira para a oficina de Wigulf, mas eu a fiz silenciar.

— Ele vai comprá-la? — perguntei novamente a Oswald.

— Precisamos da madeira para fazer reparos, senhor, e Wigulf fica com a parte dele em madeira cortada.

— E você arrasta a árvore num domingo? — Ele não tinha nada a dizer quanto a isso. — Diga — continuei —, se precisamos de tábuas para consertos, por que nós mesmo não cortamos o tronco? Estamos sem homens? Ou sem cunhas? Ou sem malhos?

— Wigulf sempre fez isso — disse Oswald em tom carrancudo.

— Sempre? — repeti, e Oswald não disse nada. — Wigulf vive em Exanmynster? — perguntei. Exanmynster ficava a cerca de um quilômetro e meio ao norte e era o povoado mais próximo de Oxton.

— Sim, senhor.

— Então vou até Exanmynster agora. Wigulf vai me dizer quantas árvores como essa você lhe entregou no ano passado?

Houve silêncio, a não ser pela chuva pingando das folhas e o jorro intermitente do canto de pássaros. Fiz meu cavalo se aproximar uns passos de Oswald, que apertou o cabo do chicote como se estivesse pronto para me golpear.

— Quantas? — perguntei.

Oswald ficou quieto.

— Quantas? — perguntei mais alto.

— Marido — disse Mildrith.

35

Viking

— Quieta! — gritei. Oswald olhou para ela e depois para mim. — E quanto Wigulf lhe pagou? Quanto vale uma árvore assim? Oito xelins? Nove?

A raiva que me fizera agir tão impetuosamente na missa do rei surgiu de novo. Estava claro que Oswald roubava a madeira e era pago por isso, e o que eu deveria ter feito era acusá-lo de roubo e mandar levá-lo a um tribunal em que um júri decidiria sua culpa ou inocência, mas não me sentia disposto para esse processo. Simplesmente desembainhei Bafo de Serpente e instiguei meu cavalo. Mildrith gritou em protesto, mas ignorei-a. Oswald correu, e isso foi um erro, porque peguei-o com facilidade e Bafo de Serpente girou uma vez e abriu sua nuca. Pude ver miolos e sangue enquanto ele caía. Ele se retorceu no chão coberto de folhas. Girei o cavalo e cravei a espada em sua garganta.

— Isso foi assassinato! — gritou Mildrith.

— Isso foi justiça — rosnei. — Algo que falta em Wessex. — Cuspi no corpo de Oswald, que continuava se retorcendo. — O desgraçado estava roubando de nós.

Mildrith instigou seu cavalo, guiando a aia que carregava nosso filho morro acima. Deixei-a ir.

— Levem o tronco até a casa — ordenei aos escravizados que estavam cuidando dos bois. — Se for grande demais para arrastar morro acima, rachem-no aqui e levem as tábuas para a casa.

Naquela tarde, revistei a casa de Oswald e descobri 53 xelins enterrados no chão. Peguei a prata, confisquei suas panelas, a peneira, facas, fivelas e uma capa de pele de cervo, depois expulsei sua mulher e os três filhos de minhas terras. Eu tinha voltado para casa.

Dois

MINHA RAIVA NÃO FOI APLACADA matando Oswald. A morte de um administrador desonesto não era consolo para o que eu percebia como uma injustiça monstruosa. Por enquanto, Wessex estava a salvo dos dinamarqueses, mas só era um local seguro porque eu havia matado Ubba Lothbrokson, e minha recompensa fora a humilhação.

Pobre Mildrith. Era uma mulher pacífica que tinha boa impressão sobre todo mundo que conhecia, e agora se via casada com um guerreiro ressentido e raivoso. Sentia medo da ira de Alfredo, aterrorizada com a ideia de que a Igreja iria me punir por perturbar a paz e preocupada com a ideia de os parentes de Oswald exigirem um *wergild* de mim. E eles fariam isso. Um *wergild* era um preço de sangue que cada homem, mulher ou criança possuía. Se você matasse um homem, deveria pagar seu preço, ou então morrer também. E eu não tinha dúvida de que a família de Oswald iria até Odda, o Jovem, que fora nomeado *ealdorman* de Defnascir porque seu pai estava ferido demais para continuar como *ealdorman*, e Odda instruiria o *reeve* do distrito a me perseguir e me colocar em julgamento, mas eu não me importava. Caçava javalis e cervos, pensava e aguardava notícias das negociações em Exanceaster. Esperava que Alfredo fizesse o que sempre fazia, a paz com os dinamarqueses, e com isso os liberasse. E quando ele fizesse isso, eu procuraria Ragnar.

E enquanto esperava, encontrei meu primeiro seguidor. Era um sujeito escravizado e o descobri em Exanmynster num belo dia de primavera. Havia uma feira em que homens procuravam trabalho para os movimentados dias de colheita e de fazer feno. Como em todas as feiras, havia malabaristas, contadores de histórias, equilibristas, músicos e acrobatas. Também havia um homem alto, de cabelos brancos, rosto enrugado e sério, que vendia bolsas de couro encantado que transformavam ferro em prata. Ele nos mostrou como isso era feito. Eu o vi colocar dois pregos comuns na bolsa e um instante depois eram de prata pura. Ele disse que precisávamos colocar um crucifixo de prata na bolsa e depois dormir uma noite com ela amarrada ao pescoço antes que a magia funcionasse, e eu lhe paguei três xelins de prata por uma bolsa. E ela nunca funcionou. Passei meses procurando o sujeito, mas nunca o encontrei. Até hoje encontro esses homens e mulheres que vendem bolsas ou caixas enfeitiçadas, e agora mando que sejam chicoteados e expulsos das minhas terras, mas na época tinha apenas 20 anos e acreditava nos meus olhos. Aquele homem havia atraído uma grande multidão, porém havia mais gente ainda reunida perto do portão da igreja, onde gritos irrompiam a intervalos de alguns minutos. Instiguei meu cavalo até as últimas fileiras, recebendo olhares maldosos de pessoas que sabiam que eu havia matado Oswald, mas ninguém ousava me acusar do assassinato porque eu andava com Bafo de Serpente e Ferrão de Vespa.

Havia um rapaz perto da entrada da igreja. Estava nu até a cintura, descalço e com uma corda em volta do pescoço, amarrada à coluna do portão. Em sua mão havia um cajado curto e grosso. Ele tinha cabelos compridos e soltos, olhos azuis, rosto teimoso e sangue por todo o peito, na barriga e nos braços. Três homens o vigiavam. Também tinham cabelos claros e olhos azuis, e gritavam num sotaque estranho.

— Venham lutar contra o pagão! Três *pence* para quem fizer o desgraçado sangrar! Venham e lutem!

— Quem é ele? — perguntei.

— Um senhor dinamarquês, um dinamarquês pagão. — O homem tirou o chapéu enquanto falava comigo, depois se virou de novo para a turba. — Venham e lutem com ele! Vinguem-se! Façam um dinamarquês sangrar! Sejam bons cristãos! Machuquem um pagão!

Os três homens eram frísios. Suspeitei de que estivessem no exército de Alfredo e, agora que ele estava conversando com os dinamarqueses em vez de lutar contra eles, os três houvessem desertado. Os frísios vinham do outro lado do mar e tinham vindo apenas por um motivo: dinheiro, e de algum modo esse trio havia capturado o jovem dinamarquês e estava lucrando enquanto ele durasse. E isso poderia significar um bom tempo, porque ele era bom. Um jovem e forte saxão pagou seus três *pence* e recebeu uma espada com a qual golpeou loucamente o prisioneiro, mas o dinamarquês aparava todos os golpes, com lascas de madeira voando do cajado. E quando viu uma abertura, acertou o oponente na cabeça, com força suficiente para tirar sangue da orelha. O saxão cambaleou para longe, meio atordoado. O dinamarquês acertou o cajado em sua barriga e, enquanto o saxão se curvava para recuperar o fôlego, o cajado girou num golpe que abriria seu crânio como um ovo. Mas os frísios puxaram a corda e o dinamarquês caiu para trás.

— Temos outro herói? — gritou um frísio enquanto o jovem saxão era ajudado a ir para longe. — Andem, rapazes! Mostrem sua força! Façam um dinamarquês sangrar.

— Eu posso vencê-lo — disse eu. Em seguida apeei e abri caminho pela multidão. Dei as rédeas do meu cavalo a um garoto e então desembainhei Bafo de Serpente. — Três *pence*? — perguntei aos frísios.

— Não, senhor — disse um deles.

— Por quê?

— Não queremos um dinamarquês morto, não é?

— Queremos! — gritou alguém na multidão. As pessoas do vale do Uisc não gostavam de mim, mas gostavam ainda menos dos dinamarqueses, e adoraram a perspectiva de ver um prisioneiro ser trucidado.

— O senhor só pode feri-lo — disse o frísio. — E deve usar a nossa espada. — Ele estendeu a arma. Olhei-a, vi a borda cega e cuspi.

— Devo? — perguntei.

O frísio não queria discutir.

— O senhor só pode tirar sangue — disse ele.

O dinamarquês afastou os cabelos do rosto e me olhou. Mantinha o cajado baixo. Dava para ver que estava nervoso, mas não existia medo em seus olhos. Provavelmente havia travado uma centena de batalhas desde que os frísios o haviam capturado, mas essas lutas eram contra homens que não eram soldados, e ele devia saber, pelas minhas espadas, que eu era um guerreiro.

Sua pele estava manchada de hematomas e cheia de sangue e cicatrizes, e sem dúvida esperava outro ferimento de Bafo de Serpente, mas estava decidido a me fazer lutar.

— Qual é o seu nome? — perguntei em dinamarquês.

Ele piscou, surpreso.

— O seu nome, garoto. — Chamei-o de "garoto", mas ele não era muito mais novo do que eu.

— Haesten — disse ele.

— Haesten quem?

— Haesten Storrison — disse ele, dando o nome do pai.

— Lute com ele! Não converse! — gritou uma voz na multidão.

Virei-me para encarar o homem que havia gritado e ele não pôde me encarar, então me virei rápido, muito rápido, girei Bafo de Serpente num movimento rápido que Haesten aparou por instinto e Bafo de Serpente cortou o cajado como se ele estivesse podre. Haesten foi deixado com um cotoco, enquanto o resto da arma, cerca de um metro de freixo grosso, ficou no chão.

— Mate-o! — gritou alguém.

— Só tire sangue, senhor — disse um frísio. — Por favor, senhor. Ele não é um garoto ruim, para um dinamarquês. Só o faça sangrar e nós lhe pagamos.

Chutei o cajado de freixo para longe de Haesten.

— Pegue-o — falei.

Ele me olhou nervoso. Para pegar o cajado teria de ir até o fim da corda que o prendia e se curvar, e nesse momento iria expor as costas a Bafo de Serpente. Ficou me espiando com os olhos amargos por baixo da franja de cabelo sujo, depois decidiu que eu não iria atacá-lo quando ele se curvasse. Foi até o cajado. Enquanto ele se abaixava, chutei o pedaço de pau mais alguns centímetros adiante.

— Pegue — ordenei de novo.

Ele ainda estava com o cotoco de freixo. Enquanto dava mais um passo, fazendo força contra a corda, girou-o subitamente e tentou acertar a ponta quebrada na minha barriga. Era rápido, mas eu havia esperado o movimento e segurei seu pulso com a mão esquerda. Apertei com força, machucando-o.

— Pegue — falei pela terceira vez.

Dessa vez ele obedeceu, curvando-se para o cajado. Para alcançá-lo teve de esticar a amarra e eu brandi Bafo de Serpente contra a corda esticada, cortando-a. Haesten, que estivera fazendo força para a frente, caiu de cara enquanto a corda de couro era cortada. Pus o pé esquerdo em suas costas e deixei a ponta de Bafo de Serpente pousar em sua coluna.

— Alfredo ordenou que todos os prisioneiros dinamarqueses fossem levados a ele — disse eu aos frísios.

Os três me olharam sem dizer nada.

— Então, por que não levaram este homem ao rei? — perguntei furioso.

— Não sabíamos, senhor — respondeu um deles. — Ninguém nos disse. — O que não era surpreendente, porque Alfredo não tinha dado essa ordem.

— Vamos levá-lo ao rei agora, senhor — garantiu outro.

— Vou economizar o trabalho de vocês — disse eu, tirando o pé de cima de Haesten. — Levante-se — falei em dinamarquês. Em seguida joguei uma moeda para o garoto que segurava meu cavalo e montei na sela, e ofereci a mão a Haesten. — Suba atrás de mim — ordenei.

Os frísios protestaram, aproximando-se de mim com as espadas desembainhadas, por isso tirei Ferrão de Vespa da bainha e a entreguei a Haesten, que ainda não havia montado. Então virei o cavalo na direção dos frísios e sorri para eles.

— Essas pessoas já acham que sou assassino — balancei Bafo de Serpente para a multidão. — Além disso, sou o homem que enfrentou Ubba Lothbrokson junto ao mar e o matei. Digo para que possam alardear que mataram Uhtred de Bebbanburg.

Baixei a espada de modo a apontar para o homem mais próximo, e ele recuou. Os outros, não mais ansiosos por lutar do que o primeiro, foram com ele. Então Haesten subiu atrás de mim e eu esporeei o cavalo atravessando a multidão, que abriu caminho relutantemente.

Assim que estávamos livres deles fiz Haesten apear e me devolver Ferrão de Vespa.

— Como você foi capturado? — perguntei.

Ele contou que estava num dos navios de Guthrum que foram apanhados na tempestade e seu navio afundou, mas ele havia se agarrado a alguns destroços e foi jogado em terra, onde os frísios o encontraram.

— Éramos dois, senhor, mas o outro morreu.

— Agora você é um homem livre — falei.

— Livre?

— Você é um homem meu e vai me fazer um juramento, e lhe darei uma espada.

— Por quê?

— Porque uma vez um dinamarquês me salvou. E gosto dos dinamarqueses.

Além disso, eu queria Haesten porque precisava de homens. Não confiava em Odda, o Jovem, e temia Steapa Snotor, o guerreiro de Odda, por isso teria espadas em Oxton. Mildrith, claro, não queria guerreiros dinamarqueses em sua casa. Queria plantadores e camponeses, leiteiras e servos, mas eu lhe disse que era um senhor, e que um senhor tem espadas.

Sou de fato um senhor, senhor da Nortúmbria. Sou Uhtred de Bebbanburg. Meus ancestrais, que podem traçar a linhagem até o deus Woden, o Odin dinamarquês, já foram reis do norte da Inglaterra, e se meu tio não houvesse me roubado Bebbanburg quando eu tinha apenas 10 anos, eu ainda estaria vivendo lá como um senhor nortumbriano, em segurança na fortaleza batida pelo mar. Os dinamarqueses haviam capturado a Nortúmbria, e seu rei-marionete, Ricsig, governava em Eoferwic, mas Bebbanburg era forte demais para qualquer dinamarquês e meu tio Ælfric mandava lá, dizendo-se *ealdorman*, e os dinamarqueses o deixavam em paz desde que ele não os perturbasse. Eu frequentemente sonhava em voltar à Nortúmbria para reivindicar meu direito de nascença. Mas como? Para capturar Bebbanburg precisaria de um exército, e tinha apenas um jovem dinamarquês, Haesten.

E eu tinha outros inimigos na Nortúmbria. Havia o *earl* Kjartan e seu filho Sven, que perdera um olho por minha causa. Os dois me matariam de boa vontade e meu tio lhes pagaria por isso. Portanto, eu não tinha futuro na Nortúmbria, pelo menos na época. Mas voltaria. Esse era o desejo da minha alma, e voltaria com Ragnar, o Jovem, meu amigo, que ainda vivia porque seu navio suportara a tempestade. Soube disso por um padre que ouvira as negociações do lado de fora de Exanceaster e ele tinha certeza de que o *earl* Ragnar era um dos senhores dinamarqueses que faziam parte da delegação de Guthrum.

— Era um homem grande e muito barulhento — disse o padre.

Essa descrição me convenceu de que Ragnar estava vivo e meu coração ficou feliz com isso, porque eu soube que meu futuro estava com ele, e não com Alfredo. Quando as negociações terminassem e fosse feita uma trégua, sem dúvida os dinamarqueses sairiam de Exanceaster e eu daria minha espada a Ragnar e iria usá-la contra Alfredo, que me odiava. E eu o odiava.

Contei a Mildrith que sairíamos de Defnascir e iríamos a Ragnar, que eu seria homem dele e continuaria minha rixa de sangue contra Kjartan e contra meu tio lutando sob o estandarte da águia de Ragnar, e Mildrith respondeu com lágrimas e mais lágrimas.

Não suporto mulher chorando. Mildrith estava magoada e confusa, e eu sentia raiva. Rosnamos um para o outro como gatos selvagens, a chuva continuava caindo e eu me enfurecia como um animal enjaulado desejando que Alfredo e Guthrum terminassem de falar, porque todo mundo sabia que Alfredo deixaria Guthrum ir embora. E assim que Guthrum deixasse Exanceaster, eu poderia me juntar aos dinamarqueses e não me importava se Mildrith iria ou não, desde que meu filho, que tinha meu nome, fosse comigo. Por isso, caçava durante o dia, à noite bebia e sonhava com vingança e uma noite cheguei em casa e encontrei o padre Willibald esperando em casa.

Willibald era um homem bom. Havia sido capelão da frota de Alfredo quando eu comandava aqueles 12 navios e me disse que estava retornando a Hamtun, mas achava que eu gostaria de saber o que havia se desdobrado nas longas conversações entre Alfredo e Guthrum.

— Há paz, senhor — disse ele. — Graças a Deus, há paz.

— Graças a Deus — ecoou Mildrith.

Eu estava limpando o sangue da ponta de uma lança de caçar javali e não disse nada. Pensava que Ragnar fora libertado do cerco e que eu poderia me juntar a ele.

— O acordo foi selado com juramentos solenes ontem — disse Willibald. — Portanto, temos paz.

— Eles fizeram juramentos solenes um ao outro no ano passado — falei carrancudo. Alfredo e Guthrum haviam feito a paz em Werham, mas Guthrum havia rompido a trégua e assassinado os reféns que mantinha. Onze dos 12 morreram, e só eu sobrevivi porque Ragnar estava lá para me proteger.

— Então com o que eles concordaram?

— Os dinamarqueses vão entregar seus cavalos e marchar de volta a Mércia — disse Willibald.

Bom, pensei, porque era para lá que eu iria. Não falei isso a Willibald. Em vez disso, dei um riso de desprezo sugerindo que Alfredo estava apenas deixando que eles fossem embora.

— Por que Alfredo não luta contra eles? — perguntei.

— Porque eles são muitos, senhor. Porque homens demais morreriam dos dois lados.

— Ele deveria matar todos.

— A paz é melhor do que a guerra — disse Willibald.

— Amém — concordou Mildrith.

Comecei a afiar a lança, passando a pedra de amolar pela lâmina comprida. Pareceu-me que Alfredo tinha sido absurdamente generoso. Afinal de contas, Guthrum era o único líder que restava com alguma estatura do lado dos dinamarqueses, e estava numa armadilha. E se eu fosse Alfredo, não haveria acordo, apenas um cerco, e no fim o poder dos dinamarqueses no sul da Inglaterra estaria partido. Em vez disso, Guthrum poderia deixar Exanceaster.

— Está nas mãos de Deus — disse Willibald.

Olhei para ele. O padre era alguns anos mais velho do que eu, mas sempre parecera mais novo. Era sério, entusiasmado e gentil. Fora um bom capelão dos 12 navios, mas o coitado vivia enjoado no mar e ficava branco ao ver sangue.

— Deus fez a paz? — perguntei com ceticismo.

— Quem mandou a tempestade que afundou os navios de Guthrum? — retrucou Willibald com fervor. — Quem entregou Ubba nas nossas mãos?

— Eu — respondi.

Ele ignorou isso.

— Temos um rei temente a Deus, senhor. E Deus recompensa quem o serve com fé. Alfredo derrotou os dinamarqueses! E eles veem isso! Guthrum sabe reconhecer as intervenções divinas! Ele andou fazendo indagações sobre Cristo.

Fiquei quieto.

— Nosso rei acredita que Guthrum não está longe de ver a verdadeira luz de Cristo. — O padre se inclinou adiante e tocou meu joelho. — Nós jejuamos, senhor, rezamos, e o rei acredita que os dinamarqueses serão trazidos a Cristo. E quando isso acontecer, haverá uma paz permanente.

Ele acreditava em cada palavra daquele absurdo e, claro, aquilo era uma doce música aos ouvidos de Mildrith. Ela era uma boa cristã e tinha grande fé em Alfredo, e se o rei acreditava que seu deus iria lhe trazer a vitória, ela acreditaria nisso também. Para mim, era loucura, mas não falei nada enquanto um serviçal nos trazia cerveja, pão, cavalinha defumada e queijo.

— Teremos uma paz cristã selada por reféns — disse Willibald, fazendo o sinal da cruz acima do pão antes de comê-lo.

— Nós demos reféns a Guthrum de novo? — perguntei pasmo.

— Não. Mas ele concordou em nos dar reféns. Inclusive seis *earls*.

Parei de afiar a lança e olhei para Willibald.

— Seis *earls*?

— Incluindo seu amigo, Ragnar! — Willibald pareceu satisfeito com essa notícia, mas fiquei consternado. Se Ragnar não estivesse com os dinamarqueses, eu não poderia ir até eles. Ele era meu amigo e seus inimigos eram meus inimigos, mas sem Ragnar para me proteger, eu estaria horrivelmente vulnerável a Kjartan e Sven, pai e filho que haviam assassinado o pai de Ragnar e me queriam morto. Sem Ragnar, eu sabia, não poderia deixar Wessex.

— Ragnar é um dos reféns? — perguntei. — Tem certeza?

— Claro que tenho. Ele ficará sob a guarda do *ealdorman* Wulfhere. Todos os reféns ficarão sob a guarda de Wulfhere.

— Durante quanto tempo?

— Enquanto Alfredo desejar, ou até que Guthrum seja batizado. E Guthrum concordou com que nossos padres possam falar com seus homens. — Willibald me lançou um olhar implorante. — Devemos ter fé em Deus.

Devemos dar tempo a Deus para trabalhar no coração dos dinamarqueses. Agora Guthrum entende que nosso deus tem poder!

Levantei-me e fui até a porta, empurrando a cortina de couro e olhando para a amplidão da foz do Uisc. Sentia o coração doente. Odiava Alfredo, não queria estar em Wessex, mas agora parecia que estava condenado a permanecer aqui.

— E o que eu faço? — perguntei.

— O rei vai perdoá-lo, senhor — disse Willibald nervoso.

— Perdoar? — Virei-me para ele. — E o que o rei acredita que aconteceu em Cynuit? Você estava lá, padre, você contou a ele?

— Contei.

— E?

— Ele sabe que o senhor é um guerreiro corajoso e que sua espada é um bem valioso para Wessex. Ele irá recebê-lo de novo, tenho certeza, e irá recebê-lo com júbilo. Vá à igreja, pague suas dívidas e mostre que é um bom homem de Wessex.

— Não sou saxão do oeste — rosnei para ele. — Sou nortumbriano.

E isso era parte do problema. Eu era um forasteiro. Falava um inglês diferente. Os homens de Wessex eram ligados pela família, e eu vinha do norte estranho. As pessoas acreditavam que eu era pagão e me chamavam de assassino por causa da morte de Oswald. Algumas vezes, quando percorria a propriedade, homens faziam o sinal da cruz para evitar o mal que viam em mim. Chamavam-me de Uhtredærwe, que significa Uhtred, o Maligno, e eu não me sentia infeliz com o insulto, mas Mildrith sim. Ela lhes garantia que eu era cristão, mas mentia, e a infelicidade envenenou nossos espíritos durante todo aquele verão. Ela rezava pela minha alma, eu ansiava pela liberdade, e quando Mildrith implorava para que eu fosse com ela à igreja em Exanmynster, eu resmungava que jamais poria os pés em outra igreja até o fim dos meus dias. Ela chorava quando eu dizia isso e suas lágrimas me expulsavam de casa, para ir caçar, e algumas vezes essa caçada me levava à beira do mar, onde eu ficava olhando o *Heahengel*.

O barco estava meio adernado no litoral lamacento, erguido e largado repetidamente pelas marés, abandonado. Era um dos navios da frota de Alfredo, uma das 12 grandes embarcações de guerra que ele havia construído para atacar os barcos dinamarqueses que assolavam o litoral de Wessex, e Leofric e eu havíamos trazido o *Heahengel* de Hamtun, perseguindo a frota de Guthrum. Havíamos sobrevivido à tempestade que mandou tantos dinamarqueses para a morte e encalhado o *Heahengel* aqui. Deixamos o navio sem mastro e sem vela, e ele ainda estava na foz do Uisc, apodrecendo e aparentemente esquecido.

Arcanjo. Era isso que o nome significava. Alfredo o batizou e eu sempre odiei esse nome. Um navio deveria possuir um nome orgulhoso e ter uma fera na proa, alta e desafiante, uma cabeça de dragão para enfrentar o mar ou um lobo rosnando para aterrorizar os inimigos. Algumas vezes eu subia a bordo do *Heahengel* e via como os moradores do local haviam pilhado algumas tábuas do costado e que havia água em seu bojo, e me lembrava de seus dias de orgulho no mar, do vento chicoteando o cordame de couro de foca e o estrondo quando abalroamos um barco dinamarquês.

Agora, como eu, o *Heahengel* fora deixado para apodrecer, e algumas vezes eu sonhava em consertá-lo, arranjar novos cordames e uma vela nova, encontrar homens e levar seu casco comprido para o mar. Queria estar em qualquer outro local, queria estar com os dinamarqueses, e toda vez que eu falava isso, Mildrith chorava de novo.

— Você não pode me obrigar a viver com os dinamarqueses!

— Por que não? Eu vivi.

— Eles são pagãos! Meu filho não vai crescer pagão!

— Ele é meu filho também e vai cultuar os deuses que eu cultuo.

Então havia mais lágrimas, eu saía intempestivamente de casa e levava os cães para as florestas no alto, pensando no motivo para o amor azedar como leite. Depois de Cynuit, eu quisera muito ver Mildrith, e agora não podia suportar seu sofrimento e sua devoção, e ela não suportava minha ira. Mildrith só queria que eu cultivasse meus campos, ordenhasse minhas vacas e juntasse minha colheita para pagar as grandes dívidas que ela me trouxera em casamento. Essa dívida vinha de uma promessa feita pelo pai de Mildrith, uma promessa de dar à Igreja os rendimentos de quase metade de suas terras. Era uma promessa para todo o tempo, obrigando seus herdeiros, mas os ataques dinamarqueses e as colheitas ruins haviam-no arruinado. No entanto, a Igreja, venenosa como serpente, ainda insistia em que a dívida fosse paga e dizia que, se eu não pudesse pagar, nossas terras seriam tomadas por monges. E toda vez que eu ia a Exanceaster, podia sentir os padres e monges me olhando e adorando a perspectiva de enriquecimento. Exanceaster era inglesa de novo, já que Guthrum havia entregado os reféns e ido para o norte, de modo que uma espécie de paz chegara a Wessex. Os *fyrds*, exércitos temporários de cada distrito, tinham sido debandados e mandados de volta às fazendas. Salmos eram cantados em todas as igrejas. E, para marcar sua vitória, Alfredo estava mandando presentes a cada mosteiro e convento. Odda, o Jovem, celebrado como supremo vencedor de Wessex, recebera todas as terras na região de Cynuit em que a batalha havia acontecido e tinha ordenado a construção de uma igreja que teria um altar de ouro como agradecimento a Deus por permitir a sobrevivência de Wessex.

Mas por quanto tempo Wessex sobreviveria? Guthrum estava vivo e eu não compartilhava a crença cristã de que Deus havia mandado a paz a Wessex. E não era o único, já que em meados do verão Alfredo voltou a Exanceaster, onde convocou seu Witan, um conselho dos principais *thegns* e homens de Igreja do reino. Wulfhere de Wiltunscir foi um dos homens convocados. Fui à cidade uma noite e fiquei sabendo que o *ealdorman* e seus seguidores estavam alojados na The Swan, uma taverna perto do portão leste. Ele não estava lá, mas Æthelwold, o sobrinho de Alfredo, fazia o máximo para acabar com a cerveja da taverna.

— Não diga que o desgraçado convocou você para o Witan — cumprimentou-me azedamente. O "desgraçado" era Alfredo, que havia surrupiado o trono do jovem Æthelwold.

— Não. Vim falar com Wulfhere.

— O *ealdorman* está na igreja. E eu não estou. — Ele riu e indicou o banco à sua frente. — Sente-se e beba. Encha a cara. Depois vamos arranjar duas garotas. Três, se você gostar. Quatro, se quiser.

— Você se esquece de que sou casado.

— Como se isso algum dia impedisse alguém.

Sentei-me e uma das criadas me trouxe cerveja.

— Você está no Witan? — perguntei a Æthelwold.

— O que você acha? Que aquele desgraçado quer meu conselho? "Senhor rei", eu diria, "por que não pula de um penhasco alto e reza para que Deus lhe dê asas?" — Ele empurrou um prato de costeletas de porco na minha direção. — Vim para que eles possam ficar de olho em mim. Querem garantir que eu não esteja tramando uma traição.

— E está?

— Claro que estou. — Ele riu. — Você vai se juntar a mim? Você me deve um favor.

— Quer minha espada a seu serviço?

— Quero. — Ele falava sério.

— Então somos você e eu contra todo Wessex. Quem mais lutará conosco?

Ele franziu a testa, pensando, mas não conseguiu nenhum nome. Olhou para a mesa e senti pena. Eu sempre havia gostado de Æthelwold, mas ninguém jamais confiaria nele, porque era tão descuidado quanto irresponsável. Eu achava que Alfredo o havia avaliado corretamente. Deixaria que ele ficasse livre para beber e andar com mulheres até se tornar irrelevante.

— O que eu deveria fazer era me juntar a Guthrum — disse ele.

— Por que não faz isso?

Ele me olhou, mas não tinha como responder. Talvez soubesse a resposta: Guthrum iria recebê-lo bem, homenageá-lo, usá-lo e, um dia, matá-lo. Mas talvez essa fosse uma perspectiva melhor do que sua vida atual. Ele deu de ombros e se recostou, afastando o cabelo do rosto. Era um rapaz surpreendentemente bonito, e isso também o distraía, porque as garotas eram atraídas como os padres para o ouro.

— Wulfhere acha que Guthrum vem matar todos nós.

— Provavelmente — respondi.

— E se meu tio morrer — disse ele, não se preocupando em baixar a voz, ainda que houvesse uns vinte homens na taverna —, o filho dele é novo demais para ser rei.

— Certo.

— Então será a minha vez! — Æthelwold sorriu.

— Ou a de Guthrum.

— Então beba, amigo — disse ele —, porque estamos todos dentro da fossa. — Ele riu para mim, com o encanto subitamente nítido. — Então, se não vai lutar por mim, como propõe pagar o favor?

— Como você gostaria que fosse pago?

— Você poderia matar o abade Hewald? De um modo bem maligno? Lentamente?

— Poderia fazer isso — respondi. Hewald era abade em Winburnan e famoso pela severidade com que ensinava os garotos a ler.

— Por outro lado — continuou Æthelwold —, eu gostaria de matar pessoalmente aquele desgraçado esquelético, portanto não faça isso por mim, vou pensar em algo que não deixe meu tio feliz. Você não gosta dele, não é?

— Não.

— Então vamos tramar alguma maldade. Ah, meu Deus — essa última imprecação foi porque a voz de Wulfhere soou subitamente alta do lado de fora da porta. — Ele está com raiva de mim.

— Por quê?

— Uma das empregadas está grávida. Acho que ele queria fazer isso pessoalmente, mas eu montei nela primeiro. — Æthelwold terminou de beber sua cerveja. — Vou ao Three Bells. Quer ir?

— Preciso falar com Wulfhere.

Æthelwold saiu pela porta dos fundos enquanto o *ealdorman* passava pela da frente. Wulfhere estava acompanhado por uma dúzia de *thegn*s, mas me viu e atravessou a sala.

— Estavam reconsagrando a igreja do bispo — resmungou. — Horas e horas, uma desgraça! Nada além de cantos e rezas, horas de reza só para tirar a mancha dos dinamarqueses do lugar. — Ele sentou-se pesadamente. — Foi Æthelwold que eu vi aqui?

— Foi.

— Queria que você se juntasse à rebelião dele, não é?

— É.

— Idiota desgraçado. Então, por que você está aqui? Veio me oferecer sua espada? — Com isso queria dizer jurar aliança a ele e me tornar seu guerreiro.

— Quero ver um dos reféns, por isso vim pedir sua permissão.

— Reféns. — Ele estalou os dedos pedindo cerveja. — Reféns desgraçados. Tive de fazer novas construções para abrigá-los. E quem paga por isso?

— Você?

— Claro que sim. E devo alimentá-los também? Alimentá-los? Guardá-los? Cercá-los com muralhas? E Alfredo paga alguma coisa?

— Diga que você está construindo um mosteiro — sugeri.

Ele me olhou como se eu fosse louco, depois viu que era brincadeira e riu.

— Verdade, então ele me pagaria, não é? Ouviu falar do mosteiro que estão construindo em Cynuit?

— Ouvi dizer que terá um altar de ouro.

Ele riu de novo.

— Foi o que ouvi. Não acredito, mas ouvi dizer. — Ele ficou olhando uma das garotas da taverna atravessar o salão. — Não é da minha permissão que você precisa para ver os reféns, e sim da de Alfredo, e ele não vai dar.

— Da permissão de Alfredo?

— Eles não são simplesmente reféns, e sim prisioneiros. Tenho de trancá-los e vigiá-los dia e noite. Ordens de Alfredo. Ele pode achar que Deus nos trouxe paz, mas garantiu que tivesse reféns de alto nascimento. Seis *earls*! Sabe quantos seguidores eles têm? Quantas mulheres? Quantas bocas para alimentar?

— Se eu for a Wiltunscir poderei ver o *earl* Ragnar?

Wulfhere se virou para mim.

— O *earl* Ragnar? O barulhento? Gosto dele. Não, garoto, não pode, porque ninguém tem permissão de vê-los a não ser uma porcaria de um padre que fala a língua deles. Alfredo mandou-o e ele está tentando transformá-los em cristãos, e se você for sem minha permissão, Alfredo ficará sabendo e vai querer uma explicação da minha parte. Ninguém pode ver os pobres coitados. — Ele parou para coçar um piolho embaixo da gola. — Tenho de alimentar até os padres, e Alfredo também não paga por isso. Nem para eu alimentar aquele palerma do Æthelwold!

— Quando eu era refém em Werham — expliquei —, o *earl* Ragnar salvou minha vida. Guthrum matou os outros, mas Ragnar me protegeu. Disse que teriam de matá-lo antes de me matar.

— E ele parece ser um homem difícil de matar, mas se Guthrum atacar Wessex, é isso que devo fazer. Matar todos. Talvez não as mulheres. — Wulfhere olhou sombrio para o pátio da taverna, onde um grupo de seus homens estava jogando dados à luz da lua. — E Guthrum vai atacar — acrescentou em voz baixa.

— Não foi isso que ouvi dizer.

Ele me olhou cheio de suspeitas.

— E o que você ouviu, rapaz?

— Que Deus nos mandou a paz.

Wulfhere riu da minha zombaria.

— Guthrum está em Gleawcestre, que fica apenas a meio dia de marcha de nossa fronteira. E dizem que mais navios dinamarqueses chegam a cada dia. Estão em Lundene, estão no Humber, estão no Gewæsc. — Wulfhere fez uma careta. — Mais navios, mais homens, e Alfredo está construindo igrejas! E há o tal de Svein.

— Svein?

— Trouxe navios da Irlanda. Agora o desgraçado está em Gales, mas não vai ficar lá, vai? Virá para Wessex. E dizem que mais dinamarqueses vindos da Irlanda estão se juntando a ele. — Wulfhere pensou nessas más notícias. Eu não sabia se era verdade, porque esses boatos estavam sempre correndo, mas Wulfhere claramente acreditava. — Deveríamos marchar contra Gleawcestre e trucidar todos eles antes que eles nos trucidem, mas temos um reino governado por padres.

Era verdade, pensei, assim como era certo que Wulfhere não tornaria fácil para mim ver Ragnar.

— Você daria um recado a Ragnar? — perguntei.

— Como? Eu não falo dinamarquês. Poderia pedir ao padre, mas ele contaria a Alfredo.

— Ragnar está com uma mulher?

— Todos estão.

— Uma garota magra, cabelos pretos. Rosto parecendo um falcão.

Ele assentiu cautelosamente.

— Parece que sim. Tem um cachorro, certo?

— Ela tem um cachorro, e o nome dele é Nihtgenga.

Wulfhere deu de ombros como se não se importasse com o nome do cão, depois entendeu o significado.

— Um nome inglês? — perguntou. — Uma mulher dinamarquesa dá ao seu cão o nome de um espírito da noite, em inglês?

— Ela não é dinamarquesa. Seu nome é Brida, e é saxã.

Ele me encarou, depois riu.

— A vaca esperta. Ela andou ouvindo o que a gente fala, não é?

Brida era realmente esperta. Tinha sido minha primeira amante, uma garota da Ânglia Oriental que fora criada pelo pai de Ragnar e que agora dormia com Ragnar.

— Fale com ela — pedi —, mande lembranças minhas e diga que, se houver guerra... — Parei, não sabendo bem o que falar. Não havia sentido em prometer que faria o máximo para salvar Ragnar porque, se houvesse guerra, os reféns seriam trucidados muito antes que eu pudesse alcançá-los.

— Se houver guerra? — instigou Wulfhere.

— Se houver guerra — repeti as palavras que ele havia me falado antes da penitência —, todos procuraremos um modo de permanecer vivos.

Wulfhere me olhou por longo tempo e seu silêncio me disse que, mesmo eu não tendo conseguido encontrar uma mensagem para Ragnar, tinha dado uma mensagem a Wulfhere. Ele tomou um gole de cerveja.

— Então a vaca fala inglês, não é?

— Ela é saxã.

Assim como eu, mas eu odiava Alfredo e iria me juntar a Ragnar quando pudesse, se pudesse, independentemente do que Mildrith desejasse. Ou pelo menos pensava isso. Mas muito embaixo da terra, onde a serpente cadáver morde as raízes da Yggdrasil, a árvore da vida, há três fiandeiras. Três mulheres que fazem o nosso destino. Podemos acreditar que temos escolha, mas na verdade nossa vida está nos dedos das fiandeiras. Elas fazem nossa vida, e o destino é tudo. Os dinamarqueses sabem disso, e até os cristãos sabem. *Wyrd bið ful aræd*, é como dizemos os saxões: o destino é inexorável. E as fiandeiras decidiram meu destino, porque, uma semana depois da reunião do Witan, quando Exanceaster estava calma de novo, elas me mandaram um navio.

A primeira notícia que tive foi quando um homem escravizado veio correndo dos campos de Oxton dizendo que havia um navio dinamarquês no estuário do Uisc. Calcei botas e vesti a cota de malha, peguei minha espada no gancho da parede, gritei pedindo que um cavalo fosse arreado e cavalguei até a beira d'água, onde o *Heahengel* apodrecia.

E onde, no lado de dentro da comprida língua de areia que protege o Uisc do mar aberto, outro navio se aproximava. A vela estava enrolada na grande verga e os remos pingando subiam e desciam como asas, e o casco comprido deixava uma esteira que se alargava e brilhava prateada sob o sol nascente. A proa era alta, e ali parado havia um homem com malha inteira, um homem com elmo e lança. Atrás de mim, onde alguns pescadores viviam em choupanas junto à lama, pessoas corriam para os morros, levando as poucas posses que conseguiam carregar. Gritei para uma delas.

— Não é dinamarquês!

— Senhor?

— É um navio saxão do oeste — gritei, mas eles não acreditaram e foram correndo com seus animais. Durante anos haviam feito isso. Avistavam um navio e corriam, porque os navios traziam dinamarqueses e os dinamarqueses traziam a morte, mas esse navio não tinha cabeça de dragão, lobo ou águia na proa. Eu conhecia o navio. Era o *Eftwyrd*, o melhor nome dentre os navios de Alfredo — que afora esse tinham nomes devotos como *Heahengel*, *Apostol* ou *Cristenlic*. *Eftwyrd* significava dia do juízo final, que, mesmo sendo de inspiração cristã, descrevia com precisão o que ele havia levado a muitos dinamarqueses.

O homem na proa acenou e, pela primeira vez desde que eu havia me arrastado de joelhos até o altar de Alfredo, meu ânimo melhorou. Era Leofric. Então a proa do *Eftwyrd* deslizou na lama e o casco comprido parou com um tremor. Leofric juntou as mãos em concha.

— Qual é a profundidade desta lama?

— Não é nada! — gritei de volta. — Um palmo de profundidade, não mais!

— Posso andar nela?

— Claro que pode! — gritei de volta.

Ele pulou e, como eu sabia que iria acontecer, afundou até as coxas na gosma preta, e eu me dobrei sobre o arção da sela, gargalhando. A tripulação do *Eftwyrd* gargalhou comigo enquanto Leofric xingava. Demoramos dez minutos para arrancá-lo da lama, tempo em que uns vinte de nós estávamos cobertos daquela coisa fedorenta, mas então a tripulação, composta principalmente pelos meus antigos remadores e guerreiros, trouxe para a terra cerveja, pão e carne de porco salgada, e fizemos a refeição do meio-dia ao lado da maré montante.

— Você é um *earsling* — resmungou Leofric, olhando a lama grudada nos elos de sua cota de malha.

— Sou um *earsling* entediado — respondi.

— Está entediado? Nós também. — Parecia que a frota não navegava. Fora posta sob o comando de um homem chamado Burgweard, que era um soldado sem graça e digno cujo irmão era bispo em Scireburnam, e Burgweard tinha ordens para não perturbar a paz. — Se os dinamarqueses não se desgrudam da costa, nós também não.

— Então o que estão fazendo aqui?

— Ele nos mandou resgatar essa merda — Leofric assentiu para o *Heahengel*. — Quer 12 navios outra vez, certo?

— Achei que estavam construindo mais.

— Estavam construindo, mas tudo parou porque alguns ladrões desgraçados roubaram a madeira enquanto estávamos lutando em Cynuit, e então alguém se lembrou do *Heahengel* e cá estamos. Burgweard não pode ficar com apenas 11.

— Se ele não navega, por que quer outro navio?

— Para o caso de ter de navegar — explicou Leofric — e, se isso acontecer, ele quer 12. Não 11. Doze.

— Doze? Por quê?

— Porque — Leofric parou para morder um pedaço de pão —, porque no livro dos evangelhos diz que Cristo mandou seus discípulos dois a dois, e é assim que temos de ir, dois navios juntos, e se tivermos apenas 11, isso significa que só temos dez, se é que você me entende.

Encarei-o, sem saber se ele estava de brincadeira.

— Burgweard insiste em que vocês naveguem dois a dois?

Leofric insistiu.

— Porque o livro do padre Willibald diz isso.

— O evangelho?

— É o que o padre Willibald conta — disse Leofric com o rosto impávido, depois viu minha expressão e deu de ombros. — Honestamente! E Alfredo aprova.

— Claro que sim.

— E se você fizer o que o livro dos evangelhos manda — disse Leofric, ainda de rosto impávido —, nada pode dar errado, pode?

— Nada. Então vocês vieram aqui para reconstruir o *Heahengel*.

— Mastro novo, vela nova, novos cordames, remendar aquelas tábuas, calafetar e depois rebocar de volta a Hamtun. Isso pode demorar um mês.

— No mínimo.

— E nunca fui muito bom em fazer coisas. Sou bom em lutar e posso beber mais cerveja do que qualquer um, mas nunca fui muito bom com um malho e cunha ou com enxó. Eles são. — Leofric assentiu para um grupo de 12 homens estranhos para mim.

— Quem são?

— Construtores de navios.

— E vão fazer o serviço?

— Você não pode esperar que eu faça! — protestou Leofric. — Sou comandante do *Eftwyrd*!

— Então você está planejando beber minha cerveja e comer minha comida durante um mês enquanto esses 12 homens fazem o trabalho?

— Tem alguma ideia melhor?

Olhei para o *Eftwyrd*. Era um navio bem-feito, mais longo do que a maioria dos barcos dinamarqueses e com laterais altas que o tornavam uma boa plataforma de luta.

— O que Burgweard mandou você fazer? — perguntei.

— Rezar — respondeu Leofric azedamente — e consertar o *Heahengel*.

— Ouvi dizer que há um novo líder dinamarquês no mar de Sæfern e gostaria de saber se é verdade. Um homem chamado Svein. E ouvi dizer que há mais navios chegando da Irlanda para se juntar a ele.

— Esse tal de Svein está em Gales?

— Foi o que ouvi dizer.

— Então virá para Wessex.

— Se for verdade.

— Então você está pensando... — disse Leofric, depois parou ao perceber exatamente o que eu estava pensando.

— Estou pensando que não é bom para um navio ou uma tripulação ficar parados durante um mês, e estou pensando que talvez haja saques para fazer no mar de Sæfern.

— E se Alfredo ficar sabendo que estivemos lutando lá, vai arrancar nossas tripas.

Assenti na direção de Exanceaster, rio acima.

— Queimaram uma centena de navios dinamarqueses lá — disse eu —, e os destroços ainda estão na margem do rio. Talvez a gente consiga encontrar pelo menos uma cabeça de dragão para colocar na proa.

Leofric olhou para o *Eftwyrd*.

— Disfarçar o navio?

— Disfarçar — respondi, porque se eu pusesse uma cabeça de dragão no *Eftwyrd*, ninguém saberia que ele era um navio saxão. Seria visto como um barco dinamarquês, um atacante do mar, parte do pesadelo inglês.

Leofric sorriu.

— Não preciso de ordens para sair em patrulha, não é?

— Claro que não.

— E não lutamos desde Cynuit — disse ele pensativo. — E não lutar significa não saquear.

— E quanto à tripulação? — perguntei.

Leofric se virou para seus homens.

— A maioria é de sacanas malignos, não vão se incomodar. E todos precisam de saques.

— E entre nós e o mar de Sæfern há os britânicos.

— E todos são ladrões desgraçados, todos eles. — Leofric olhou para mim e riu. — Então, se Alfredo não quer ir à guerra, nós vamos?

— Tem alguma ideia melhor?

Leofric não respondeu durante longo tempo. Em vez disso, preguiçosamente, como se estivesse apenas pensando, ficou jogando pedrinhas numa poça. Não falei nada, só olhei a água espirrando, o padrão feito pelas pedras que caíam, e soube que ele estava procurando orientação do destino. Os dinamarqueses lançam varetas de runas, todos nós procurávamos os sinais dos pássaros, tentávamos escutar os sussurros dos deuses, e Leofric estava olhando as pedras caírem para encontrar seu destino. A última bateu sobre outra e deslizou na lama, e a trilha que ela deixou apontava para o sul, na direção do mar.

— Não — respondeu ele. — Não tenho ideia melhor.

E não me senti mais entediado, porque seríamos vikings.

Encontramos uma quantidade de cabeças de animais esculpidas ao lado do rio perto das muralhas de Exanceaster, todos fazendo parte dos destroços encharcados e embolados que mostravam onde a frota de Guthrum fora incendiada. Escolhemos duas das esculturas menos queimadas e levamos a bordo do *Eftwyrd*. Sua proa e a popa culminavam em postes simples e tivemos de cortar os postes até que as bases das duas cabeças esculpidas se encaixassem. A criatura da popa, a menor das duas, era uma serpente de boca aberta, provavelmente destinada a representar a Estripadora de Cadáveres, o monstro que atacava os mortos no inferno dinamarquês, e a fera que pusemos na proa era uma cabeça de dragão, mas estava tão enegrecida e desfigurada pelo fogo que mais parecia uma cabeça de cavalo. Cavamos os olhos pretos até encontrar madeira não queimada, fizemos o mesmo com a boca aberta e, quando terminamos, a coisa parecia dramática e feroz.

— Agora parece um *fyrdraca* — disse Leofric, cheio de felicidade. — Um dragão de fogo.

Os dinamarqueses sempre podiam tirar as cabeças de dragões ou animais da proa e da popa de seus navios porque não queriam que as criaturas de aparência horrenda amedrontassem os espíritos de terras amigáveis, por isso só colocavam os monstros esculpidos quando estavam em águas inimigas. Fizemos o mesmo, escondendo nosso *fyrdraca* e a cabeça de serpente no bojo do *Eftwyrd* enquanto voltávamos pelo rio até onde os construtores trabalhavam no *Heahengel*. Escondemos as cabeças de feras porque Leofric não queria que os construtores soubessem que ele planejava uma travessura.

— Aquele ali — ele sacudiu a cabeça na direção de um homem alto, magro e grisalho, encarregado do serviço — é mais cristão do que o papa. Abriria o bico para os padres locais se soubesse que iríamos lutar contra alguém, e os padres contariam a Alfredo, e Burgweard tiraria o *Eftwyrd* de mim.

— Você não gosta do Burgweard?

Leofric cuspiu em resposta.

— É uma coisa boa não haver dinamarqueses perto da costa.

— Ele é covarde?

— Não é covarde. Só acha que Deus vai lutar as batalhas. Passamos mais tempo ajoelhados do que nos remos. Quando você comandava a frota, nós ganhávamos dinheiro. Agora, até os ratos a bordo estão implorando por migalhas.

Havíamos ganhado dinheiro capturando navios dinamarqueses e pegando os saques deles, e ainda que nenhum de nós tenha ficado rico, todos possuíamos prata de sobra. Eu ainda era suficientemente rico porque tinha um tesouro escondido em Oxton, um tesouro que era o legado de Ragnar, o Velho, um tesouro que a Igreja e os parentes de Oswald tomariam se pudessem, mas prata nunca é demais. Prata compra terra, compra a lealdade de guerreiros, é o poder de um senhor, e sem prata um homem deve dobrar o joelho ou ser escravizado. Os dinamarqueses lideravam homens por causa da atração da prata, e nós não éramos diferentes. Se eu quisesse ser um senhor, se quisesse invadir as muralhas de Bebbanburg, precisaria de homens e de um grande tesouro para comprar as espadas, os escudos e os corações dos guerreiros, por isso iríamos ao mar à procura de prata, mas dissemos aos construtores que meramente planejávamos patrulhar o litoral. Embarcamos barris de cerveja, caixas de pão duro, queijos, barriletes de cavalinha defumada e mantas de toucinho. Contei a mesma história a Mildrith: que iríamos navegar de um lado para o outro ao longo do litoral de Defnascir e Thornsæta.

— E é o que deveríamos fazer de qualquer jeito — disse Leofric — para o caso de algum dinamarquês chegar.

— Os dinamarqueses estão na moita — respondi.

Leofric concordou com a cabeça.

— E quando um dinamarquês está na moita, a gente sabe que há encrenca pela frente.

Acreditei que ele tinha razão. Guthrum não estava longe de Wessex, e Svein, se existisse, estava a apenas um dia de viagem do litoral norte do reino. Alfredo podia acreditar que sua trégua se sustentaria e que os reféns iriam garanti-la, mas eu sabia, desde a infância, como os dinamarqueses eram famintos por terras e como ansiavam pelos campos luxuriantes e pelas ricas pastagens de Wessex. Eles viriam, e se Guthrum não os liderasse, outro chefe irlandês reuniria navios e homens e traria suas espadas e machados para o reino de Alfredo. Afinal de contas, os dinamarqueses governavam os outros três reinos ingleses. Dominavam a minha Nortúmbria, estavam trazendo colonos para Ânglia Oriental e sua língua ia se espalhando para o sul, através de Mércia. Não iriam querer que o último reino inglês prosperasse ao sul deles. Eram como lobos, no momento carrancudos na sombra, mas olhando um rebanho de ovelhas engordar.

Recrutei 11 rapazes de minhas terras e os levei a bordo do *Eftwyrd*. Também levei Haesten, e ele era útil porque havia passado a maior parte da vida nos remos. Então, numa manhã nevoenta, enquanto a maré forte baixava para o oeste, deslizamos o *Eftwyrd* para fora da margem do rio, remamos passando pela baixa língua de areia que abriga o Uisc e saímos nas longas ondulações do mar. Os remos rangiam em seus buracos forrados de couro, o peito da proa cortava as ondas, espalhando água branca ao longo do casco. O remo-leme lutava contra o meu toque e eu senti o ânimo crescer sob o vento fraco, olhei o céu perolado e fiz uma oração de agradecimento a Tor, Odin, Njord e Hoder.

Alguns pequenos barcos de pesca pontilhavam as águas próximas do litoral, mas enquanto íamos para o sul e o oeste, afastando-nos da terra, o mar se esvaziou. Olhei de volta para os morros baixos e castanhos cortados por um verde mais brilhante nos quais os rios rasgavam a costa, e então o verde se desbotou em cinza, a terra se tornou uma sombra e estávamos sozinhos com os pássaros brancos gritando. E foi então que tiramos a cabeça de serpente e o *fyrdraca* do fundo do casco e os encaixamos nos postes da proa e da popa, prendemos com cavilhas e viramos a proa para o oeste.

Não era mais o *Eftwyrd*. Agora o *Fyrdraca* navegava, e ia procurando encrenca.

Três

A TRIPULAÇÃO DO *EFTWYRD*, transformado então em *Fyrdraca*, estivera em Cynuit comigo. Eram lutadores e estavam ofendidos porque Odda, o Jovem, havia usurpado o crédito por uma batalha que eles haviam vencido. Também se sentiam entediados desde o conflito. De vez em quando, segundo Leofric, Burgweard exercitava a frota levando-a ao mar, mas na maioria do tempo eles esperavam em Hamtun.

— Mas fomos pescar uma vez — admitiu Leofric.

— Pescar?

— O padre Willibald fez um sermão falando de alimentar 5 mil pessoas com dois pedaços de pão e um cesto de arenques, então Burgweard disse que deveríamos levar redes e pescar. Queria alimentar a cidade, sabe? Havia muita gente com fome.

— Vocês pegaram alguma coisa?

— Cavalinhas. Um monte de cavalinhas.

— Mas nenhum dinamarquês?

— Nenhum dinamarquês — disse Leofric —, nem arenques, só cavalinhas. Os dinamarqueses desgraçados tinham desaparecido.

Mais tarde ficamos sabendo que Guthrum tinha dado ordens para que nenhum navio dinamarquês atacasse o litoral de Wessex para não romper sua trégua. Alfredo deveria ser atraído à convicção de que a paz viera, e isso significava que não havia embarcações piratas atacando os mares entre Kent e Cornwalum, e sua ausência encorajou os comerciantes a vir das terras ao sul para vender vinho ou comprar peles. O *Fyrdraca* abordou dois navios desses nos quatro primeiros dias. Eram embarcações francas, de bojo gordo, nenhuma com mais de seis remos de cada lado, e a duas acreditaram que o *Fyrdraca* era um navio viking, porque viam as cabeças de feras, ouviam Haesten e eu falarmos dinamarquês e viam os meus braceletes. Não matamos as tripulações, simplesmente roubamos suas moedas, armas e o máximo da carga que pudéssemos levar. Um navio estava repleto de fardos de lã, porque o povo do outro lado da água gostava das peles de ovelha saxãs, mas só pudemos pegar três fardos, por medo de atulhar os bancos do *Fyrdraca*.

À noite, encontrávamos uma enseada ou foz de rio e durante o dia remávamos até o mar e procurávamos presa, e a cada dia íamos mais para o oeste até eu ter certeza de que estávamos fora do litoral de Cornwalum, em território inimigo. Era o velho inimigo que havia confrontado nossos ancestrais quando eles vieram do mar do Norte para fazer a Inglaterra. Aquele inimigo falava uma língua estranha, e alguns britânicos viviam ao norte da Nortúmbria e outros em Gales ou em Cornwalum, todos os lugares nas bordas selvagens da ilha da Britânia, para onde haviam sido empurrados por nossa vinda. Eram cristãos, na verdade o padre Beocca havia me dito que eles eram cristãos antes mesmo de nós, e afirmava que ninguém que fosse cristão poderia ser inimigo verdadeiro de outro cristão, mas mesmo assim os britânicos nos odiavam. Algumas vezes se aliavam aos homens do norte para nos atacar, e algumas vezes os homens do norte os atacavam. Algumas vezes faziam guerra contra nós por conta própria, e no passado os homens de Cornwalum tinham criado muita encrenca para Wessex, mas Leofric afirmava que eles haviam sido tão castigados que agora se mijavam sempre que viam um saxão.

Não que a princípio tivéssemos visto algum britânico. Os lugares em que nos abrigávamos eram desertos, a não ser por uma foz de rio onde um barco feito de couro se afastou da costa e um homem seminu veio remando até nós e estendeu alguns caranguejos que queria vender. Pegamos um cesto cheio daqueles bichos e pagamos dois *pennies*. Na noite seguinte, encalhamos o *Fyrdraca* na maré montante e pegamos água doce num riacho, Leofric e eu subimos um morro para olhar o interior da terra. Fumaça subia de vales distantes, mas não havia ninguém à vista, nem mesmo um pastor.

— O que você estava esperando? — perguntou Leofric. — Inimigos?

— Um mosteiro.

— Um mosteiro! — Ele achou divertido. — Você quer rezar?

— Os mosteiros têm prata.

— Aqui, não. São pobres como arminhos. Além disso...

— Além disso, o quê?

Ele balançou a cabeça na direção da tripulação.

— Você tem uma dúzia de bons cristãos a bordo. E um monte de maus, também, claro, mas pelo menos uma dúzia de bons. Eles não atacariam um mosteiro com você.

Leofric estava certo. Alguns homens haviam demonstrado escrúpulos com relação à pirataria, mas eu lhes garanti que os dinamarqueses usavam navios mercantes para espionar os inimigos. Isso era bem verdadeiro, mas duvido de que qualquer das nossas vítimas estivesse servindo aos dinamarqueses. Mas os dois navios eram tripulados por estrangeiros e, como todos os saxões, a tripulação do *Fyrdraca* sentia uma aversão saudável pelos estrangeiros, apesar de fazer exceção para Haesten e a dúzia de tripulantes frísios. Os frísios eram piratas naturais, maus como os dinamarqueses, e aqueles 12 tinham vindo a Wessex para enriquecer na guerra, por isso ficaram satisfeitos ao ver que o *Fyrdraca* procurava saques.

Enquanto íamos para o oeste, começamos a ver povoados costeiros, alguns surpreendentemente grandes. Cenwulf, que havia lutado conosco em Cynuit e era um bom homem, contou que os britânicos de Cornwalum arrancavam estanho do chão e vendiam a estrangeiros. Sabia disso porque seu pai havia sido mercador e frequentemente navegava por aquela costa.

— Se eles vendem estanho — disse eu —, devem ter dinheiro.

— E homens para guardá-lo — respondeu Cenwulf secamente.

— Eles têm um rei?

Ninguém sabia. Parecia provável, mas não podíamos saber onde o rei vivia ou quem era, e talvez, como sugeriu Haesten, houvesse mais de um rei. Eles tinham armas, porque, uma noite, enquanto o *Fyrdraca* se esgueirava numa baía, uma flecha voou do topo de um penhasco e foi engolida pelo mar ao lado de nossos remos. Talvez nunca soubéssemos que a flecha havia sido disparada, mas por acaso eu estava olhando para cima e a vi, emplumada com penas cinza e sujas, descendo do céu até desaparecer com um *plop*. Uma flecha, e nenhuma outra veio em seguida, de modo que talvez fosse um alerta, e naquela noite deixamos o navio ancorado. Ao amanhecer, vimos duas vacas pastando perto de um riacho e Leofric pegou seu machado.

— As vacas estão aqui para nos matar — alertou Haesten em seu inglês recente e não muito bom.

— As vacas vão nos matar? — perguntei achando divertido.

— Já vi isso antes, senhor. Eles colocam vacas para nos atrair para terra, e então atacam.

Concedemos misericórdia às vacas, levantamos a âncora e fomos em direção à boca da baía. Um uivo soou atrás de nós e eu vi uma turba de homens sair de trás de arbustos e árvores. Tirei um dos braceletes de prata do meu braço esquerdo e dei a Haesten. Era seu primeiro bracelete e, sendo dinamarquês, sentiu um orgulho incomum. Ficou polindo-o durante toda a manhã.

O litoral ficou mais selvagem e era mais difícil encontrar refúgio, mas o tempo estava plácido. Capturamos um pequeno navio de oito remos que estava retornando à Irlanda e o aliviamos de 16 peças de prata, três facas, um bocado de lingotes de estanho, um saco de penas de ganso e seis peles de cabra. Nem de longe estávamos ficando ricos, mas a barriga do *Fyrdraca* ia se atulhando de peles e lingotes de estanho.

— Precisamos vender tudo isso — disse Leofric.

Mas a quem? Não conhecíamos ninguém que negociasse por aqui. Mas o que eu precisava fazer era desembarcar perto de um dos povoados maiores e roubar tudo. Queimar as casas, matar os homens, saquear a morada do chefe e voltar ao mar, entretanto os britânicos mantinham vigias nas cabeças de terra e sempre nos viam chegando — e sempre que estávamos perto de uma das suas cidades, víamos homens armados esperando. Eles haviam aprendido a lidar com os vikings, motivo pelo qual, segundo Haesten, agora os nórdicos viajavam em frotas de cinco ou seis navios.

— As coisas vão melhorar quando virarmos a costa — disse eu. Sabia que Cornwalum terminava em algum lugar a oeste e então poderíamos entrar no mar de Sæfern, onde talvez encontrássemos algum navio dinamarquês vindo da Irlanda, mas Cornwalum parecia não ter fim. Sempre que víamos uma ponta de litoral que eu achava que marcaria o fim da terra, era uma falsa esperança, porque havia outro penhasco adiante, e mais outro, e algumas vezes a maré era tão forte que mesmo quando navegávamos para o oeste éramos puxados de volta para o leste. Ser um viking era mais difícil do que eu pensava, e um dia o vento oeste aumentou e as ondas ficaram mais altas. As cristas se despedaçavam, chuvaradas sibilavam escuras vindo de um céu baixo e fomos em direção norte, à procura de abrigo a sotavento de uma ponta de terra.

Durante toda a noite e o dia seguinte o clima açoitou o promontório. As ondas brancas se despedaçavam nos altos penhascos. Estávamos suficientemente seguros, mas a comida ia acabando, e eu estava quase certo de que deveríamos abandonar os planos de ficar ricos, e navegar de volta ao Uisc, onde poderíamos fingir que estávamos somente patrulhando o litoral. Mas no segundo alvorecer ao abrigo daquele penhasco alto, enquanto o vento diminuía e a chuva se transformava numa garoa gelada, apareceu um navio junto à língua de terra a leste.

— Escudos! — gritou Leofric, e os homens, com frio e infelizes, encontraram suas armas e se alinharam junto à amurada.

O navio era menor do que o nosso, muito menor. Era atarracado, com proa alta e um mastro curto segurando uma verga larga na qual uma vela ampla estava enrolada. Meia dúzia de remadores o manobravam, e o piloto o levava diretamente na direção do *Fyrdraca*. E então, à medida que chegava perto e a proa pequena partia a água em branco, vi um ramo verde amarrado ao mastro curto.

— Eles querem conversar — falei.

— Esperemos que queiram comprar — resmungou Leofric.

Havia um padre no pequeno navio. A princípio eu não sabia que era um padre, porque parecia tão maltrapilho quanto os tripulantes, mas gritou que queria conversar conosco. E falava dinamarquês, ainda que não muito bem, e eu deixei o barco chegar ao flanco protegido do vento, onde seus tripulantes ficaram olhando uma fileira de homens armados segurando escudos. Cenwulf e eu puxamos o padre por cima da nossa amurada. Dois outros homens também queriam vir, mas Leofric os ameaçou com uma lança e eles recuaram. O pequeno navio se afastou para esperar enquanto o padre falava conosco.

Chamava-se padre Mardoc, e vi o crucifixo em seu pescoço assim que ele estava a bordo e ocupava encharcado um dos bancos de remos do *Fyrdraca*.

— Odeio cristãos — falei —, então por que não deveríamos dá-lo de comer a Njord?

Ele ignorou isso, ou talvez não soubesse que Njord era um dos deuses do mar.

— Eu lhes trouxe um presente do meu senhor — disse ele, e tirou de baixo do manto dois velhos braceletes.

Peguei-os. Eram insignificantes, simples aros de cobre, velhos, imundos de azinhavre e quase sem valor. Por um instante, me senti tentado a jogá-los no mar, cheio de escárnio, mas achei que nossa viagem havia rendido tão pouco lucro que até mesmo aqueles tesouros precários deveriam ser guardados.

— Quem é o seu senhor? — perguntei.

— O rei Peredur.

Quase ri. O rei Peredur? Pode-se esperar que um rei seja famoso, mas eu nunca ouvira falar de Peredur, o que sugeria que ele era pouco mais do que um chefe tribal com título sonoro.

— E por que esse tal de Peredur me manda presentes miseráveis?

O padre Mardoc ainda não sabia meu nome e tinha medo demais para perguntar. Estava rodeado de homens vestidos de couro, com cotas de malha, por escudos e espadas, machados e lanças, e acreditava que todos éramos dinamarqueses, já que eu havia ordenado que qualquer tripulante do *Fyrdraca* usando cruzes ou crucifixos os escondessem sob as roupas. Apenas Haesten e eu falávamos, e se o padre Mardoc achou estranho, não fez qualquer comentário. Em vez disso, contou que seu senhor, o rei Peredur, fora traiçoeiramente atacado por um vizinho chamado Callyn, e as forças de Callyn haviam tomado uma alta fortaleza perto do mar. Peredur nos pagaria bem se o ajudássemos a recapturar a fortaleza que se chamava Dreyndynas.

Mandei o padre Mardoc sentar-se na proa do *Fyrdraca* enquanto conversávamos sobre seu pedido. Algumas coisas eram óbvias. Ser bem-pago não significava que iríamos ficar ricos, mas que Peredur tentaria nos dar o mínimo possível e, provavelmente, depois de dar, tentaria tomar de volta matando-nos a todos.

— O que deveríamos fazer — alertou Leofric — é encontrar esse tal de Callyn e ver quanto ele nos pagaria.

O que era um conselho bastante bom, só que nenhum de nós sabia como encontrar Callyn, que mais tarde ficamos sabendo que era o rei Callyn. O que não significava nada, porque qualquer homem com mais de cinquenta seguidores armados se dizia rei em Cornwalum. Por isso fui até a proa do *Fyrdraca* e falei de novo com o padre Mardoc. Ele me disse que Dreyndynas era uma fortaleza alta, construída pelo povo antigo, e que guardava a estrada para o leste. E que enquanto Callyn dominasse a fortaleza o povo de Peredur estaria preso nas terras.

— Vocês têm navios — observei.

— E Callyn tem navios — disse ele. — E não podemos levar gado nos navios.

— Gado?

— Precisamos vender gado para viver.

Então Callyn havia cercado Peredur e nós representávamos uma chance de alterar o equilíbrio nessa pequena guerra.

— E quanto o seu rei nos pagará? — perguntei.

— Cem peças de prata.

Desembainhei Bafo de Serpente.

— Eu cultuo os deuses verdadeiros e sou serviçal particular de Hoder; Hoder gosta de sangue e eu não lhe dei nenhum há muitos dias.

O padre Mardoc pareceu aterrorizado, o que foi sensato de sua parte. Era jovem, ainda que isso fosse difícil de perceber porque o cabelo e a barba eram tão densos que na maior parte do tempo ele não passava de um nariz partido e um par de olhos rodeado por um emaranhado preto e sebento. Disse que tinha aprendido a falar dinamarquês quando fora escravizado por um chefe chamado Godfred, mas que conseguira escapar quando Godfred atacou as Sillans, ilhas que ficavam longe nas vastidões do oeste.

— Há alguma riqueza nas Sillans? — perguntei. Eu ouvira falar das ilhas, mas alguns homens afirmavam que eram míticas e outros diziam que as ilhas surgiam e sumiam com as luas, mas o padre Mardoc disse que elas existiam e eram chamadas de ilhas dos Mortos.

— Então ninguém vive lá?

— Algumas pessoas sim, mas os mortos têm suas casas lá.

— Eles têm riquezas?

— Seus navios tomaram tudo — disse ele. Isso depois de ter prometido que Peredur seria mais generoso, mas não sabia quanto. Disse porém que o rei estava disposto a pagar muito mais de cem moedas de prata por nossa ajuda, por isso mandamos que ele gritasse ao seu navio dizendo para nos guiar ao redor do litoral até o povoado de Peredur.

Não deixei o padre Mardoc voltar ao seu navio porque ele serviria de refém, caso a história que havia nos contado fosse falsa e Peredur estivesse meramente nos atraindo para uma emboscada.

Não estava. O lar de Peredur era um amontoado de construções numa colina íngreme junto a uma baía protegida por um muro de arbustos de espinheiro. Seu povo vivia dentro do muro; alguns homens eram pescadores, outros cuidavam do gado, e nenhum era rico, se bem que o rei tinha um castelo no alto, onde nos recebeu, mas não antes de tomarmos mais reféns. Três rapazes que, segundo nos garantiram, eram filhos de Peredur, foram levados ao *Fyrdraca* e eu dei à tripulação ordens de que deveriam ser mortos caso eu não retornasse. Então desembarquei com Haesten e Cenwulf. Fui vestido para a guerra, com cota de malha e elmo polido, e o povo de Peredur ficou espiando nós três passarmos, com olhos amedrontados. O lugar fedia a peixe e merda. O povo era maltrapilho e suas casas eram choupanas construídas na lateral da colina íngreme coroada pelo castelo de Peredur. Havia uma igreja ao lado do castelo com a cobertura de palha coberta de musgo e a empena decorada com uma cruz feita de madeira embranquecida, trazida pelo mar.

Peredur tinha o dobro da minha idade. Era um homem atarracado com rosto astuto e barba preta bifurcada. Recebeu-nos num trono, que era apenas uma cadeira de encosto alto, e esperou que nos curvássemos, mas nenhum de nós fez isso, o que o levou a reagir com uma careta. Havia uma dúzia de homens com ele, evidentemente seus cortesãos, mas nenhum parecia rico e todos eram velhos, a não ser um homem muito mais jovem que usava mantos de monge cristão. Ele se destacava naquele salão enfumaçado como um corvo num ajuntamento de gaivotas, já que seus mantos pretos eram limpos, o rosto barbeado e o cabelo e a tonsura muito bem-aparados. Não era mais velho do que eu, magro e de rosto sério, e esse rosto parecia inteligente, com uma expressão de nítida aversão por nós. Éramos pagãos, ou pelo menos Haesten e eu éramos pagãos, e eu havia dito a Cenwulf para ficar de boca fechada e esconder o crucifixo. Assim o monge presumiu que os três éramos dinamarqueses pagãos. O monge falava dinamarquês, muito melhor do que o padre Mardoc.

— O rei os saúda — disse ele. Tinha voz fina como os lábios e tão inamistosa quanto os olhos verde-claros. — Ele os saúda e gostaria de saber quem os senhores são.

— Meu nome é Uhtred Ragnarson — respondi.

— Por que está aqui, Uhtred Ragnarson? — perguntou o padre.

Contemplei-o. Não o olhei simplesmente, mas examinei como alguém examinaria um boi antes de matá-lo. Dei um olhar sugerindo que estava me perguntando onde faria os cortes. Ele entendeu e não esperou resposta para a pergunta, resposta que era óbvia se éramos dinamarqueses. Estávamos ali para roubar e matar, claro, o que mais ele achava que um navio viking estaria fazendo?

Peredur falou ao monge e os dois murmuraram durante algum tempo. Olhei o castelo ao redor, procurando qualquer evidência de riqueza. Não vi praticamente nada, a não ser três ossos de baleia empilhados num canto, mas claramente Peredur tinha algum tesouro, porque usava um pesado colar de bronze no pescoço e havia anéis de prata em seus dedos sujos, um broche de âmbar na gola do manto e um crucifixo de ouro escondido nas dobras do manto cheio de piolhos. Devia manter o tesouro enterrado, pensei, e duvidei de que algum de nós ficasse rico com essa aliança, mas na verdade também não estávamos ficando ricos com a viagem, e Peredur teria pelo menos de nos alimentar enquanto negociávamos.

O monge interrompeu meus pensamentos.

— O rei quer saber quantos homens o senhor pode levar contra o inimigo.

— O bastante — respondi peremptório.

— Isso não depende de quantos sejam os inimigos? — observou o monge com astúcia.

— Não — respondi. — Depende disto — e bati no punho de Bafo de Serpente. Era uma resposta boa, arrogante, e provavelmente a que o monge esperava. E, na verdade, era convincente porque eu tinha peito largo e era uma cabeça mais alto do que qualquer outro homem. — E quem é você, monge?

— Meu nome é Asser — disse ele. Era um nome britânico, claro, e na língua inglesa significava asno. E mais tarde sempre pensaria nele como o Asno. E haveria muitos *mais tardes*, já que, mesmo não sabendo, eu acabara de conhecer um homem que incomodaria minha vida como um piolho. Havia conhecido outro inimigo, mas naquele dia, no castelo de Peredur, ele era apenas um estranho monge britânico que se destacava dos companheiros porque tomava banho. Convidou-me a segui-lo até uma pequena porta na lateral do castelo. Indicando que Haesten e Cenwulf deveriam ficar onde estavam, curvei-me para passar pela porta e me vi ao lado de um monte de esterco, mas o objetivo de me levar para fora era mostrar a vista do leste.

Olhei por cima de um vale. Na encosta mais próxima ficavam os tetos enegrecidos de fumaça do povoado de Peredur, depois vinha a cerca de espinheiro que fora feita ao longo do riacho que se prolongava até o mar. Do outro lado do riacho as colinas subiam suavemente até uma crista distante. E lá, quebrando o horizonte como um furúnculo, ficava Dreyndynas.

— O inimigo — disse Asser.

Uma pequena fortaleza, notei.

— Quantos homens existem lá?

— Isso importa? — perguntou Asser num tom azedo, me pagando pela recusa em lhe dizer quantos homens eu liderava. Mas presumi que o padre Mardoc teria contado a tripulação enquanto estava a bordo do *Fyrdraca*, de modo que meu desafio fora sem sentido.

— Vocês, cristãos — disse eu —, acreditam que ao morrer vão para o céu. Não é?

— E daí?

— Sem dúvida devem receber bem esse destino, não é? Ficar perto de seu deus?

— Está me ameaçando?

— Não ameaço ratos insignificantes — respondi com prazer. — Quantos homens há naquela fortaleza?

— Quarenta? Cinquenta? — Ele claramente não sabia. — Podemos reunir quarenta.

— Então amanhã seu rei poderá ter sua fortaleza de volta.

— Ele não é meu rei — disse Asser, irritado com a suposição.

— Seu rei ou não, ele poderá ter a fortaleza de volta desde que nos pague adequadamente.

A negociação demorou até o anoitecer. Peredur, como dissera o padre Mardoc, estava disposto a pagar mais de cem xelins, mas temia que pegássemos o dinheiro e fôssemos embora sem lutar, por isso queria alguma garantia da minha parte. Queria reféns, coisa que recusei, e depois de uma hora ou mais de discussão ainda não havíamos chegado a um acordo, e foi então que Peredur convocou sua rainha. Isso não significou nada para mim, mas vi o Asno se enrijecer como se estivesse ofendido. Depois senti que todos os outros homens no castelo estavam estranhamente apreensivos. Asser fez um protesto, mas o rei o interrompeu com um gesto abrupto. Então uma porta na parte de trás do salão se abriu e Iseult entrou na minha vida.

Iseult. Encontrá-la ali foi como descobrir uma joia de ouro num monturo. Era pequena, magra como um elfo, com rosto luminoso e cabelo preto como penas de corvo. Usava manto preto e tinha colares de prata, pulseiras de prata, tornozeleiras de prata, e as joias tilintavam suavemente enquanto ela vinha até nós. Mas de algum modo, apesar de sua juventude, a mulher conseguia amedrontar os cortesãos de Peredur, que recuaram para longe. O rei pareceu nervoso, enquanto Asser, parado junto de mim, fez o sinal da cruz e depois cuspiu para afastar o mal.

Apenas a encarei, em transe. Havia dor em seu rosto, como se ela achasse a vida insuportável, e havia medo no rosto do marido quando falou com ela em voz baixa e respeitosa. Ela estremeceu quando Peredur falou e pensei que talvez fosse louca, porque sua careta era medonha, desfigurando a beleza, mas então ela se acalmou, me olhou e o rei falou com Asser.

— O senhor dirá à rainha quem é e o que fará pelo rei Peredur — disse Asser em voz distante e desaprovadora.

— Ela fala dinamarquês? — perguntei.

— Claro que não — respondeu ele rispidamente. — Simplesmente diga e acabe com isso.

Olhei nos olhos dela, aqueles olhos grandes e escuros, e tive a suspeita estranha de que a mulher podia enxergar através dos meus olhos e decifrar meus pensamentos mais íntimos. Mas pelo menos não fez uma careta ao me ver, como havia feito quando o marido falou.

— Meu nome é Uhtred Ragnarson — disse eu — e estou aqui para lutar pelo seu marido se ele pagar o que valho. E se não pagar nós vamos embora.

Achei que Asser iria traduzir, mas o monge ficou quieto.

Iseult continuou me olhando, e eu olhava de volta. Ela possuía uma pele impecável, intocada por doença, e rosto forte mas triste. Triste e lindo. Feroz e lindo. Fez com que eu me lembrasse de Brida, a mulher da Ânglia Oriental que fora minha amante e agora estava com Ragnar, meu amigo. Brida era tão cheia de fúria quanto uma bainha se enche com a espada, e senti o mesmo nessa rainha que era tão jovem, estranha, morena e linda.

— Sou Uhtred Ragnarson — ouvi-me falando de novo, mesmo sem sentir qualquer ânsia de falar — e faço milagres.

Não sei por que disse isso. Mais tarde fiquei sabendo que ela não fazia ideia do que falei, porque naquela época a única língua que falava era a dos britânicos, mas mesmo assim pareceu entender e sorriu. Asser prendeu o fôlego.

— Tenha cuidado, dinamarquês — sibilou ele. — Ela é uma rainha.

— Uma rainha? — perguntei ainda encarando-a. — Ou *a* rainha?

— O rei é abençoado com três esposas — disse o monge, desaprovando.

Iseult se virou e falou ao rei. Ele assentiu, depois fez um gesto respeitoso na direção da porta pela qual Iseult havia entrado. Ela foi evidentemente dispensada e seguiu obedientemente para a porta, mas parou ali e me lançou um último olhar especulativo. Depois saiu.

E de repente foi fácil. Peredur concordou em nos pagar um tesouro em prata. Mostrou o tesouro que estivera escondido num cômodo dos fundos. Havia moedas, joias quebradas, taças amassadas e três candelabros que haviam sido tirados da igreja. E quando pesei a prata usando uma balança apanhada no mercado, descobri que era o equivalente a 316 xelins, o que não era de negligenciar. Asser dividiu o tesouro em duas pilhas, uma apenas com a metade do tamanho da outra.

— Vamos lhe dar a parte menor esta noite — disse o monge — e o restante o senhor receberá quando Dreyndynas for recuperada.

— Acha que sou idiota? — perguntei sabendo que, depois da luta, seria difícil conseguir o restante da prata.

— Acha que eu sou? — retrucou ele, sabendo que se nos desse toda a prata o *Fyrdraca* desapareceria ao amanhecer.

No fim, concordamos que levaríamos um terço agora e os outros dois terços seriam levados ao campo de batalha, de modo que fosse facilmente acessível. Peredur havia esperado que eu deixasse a parte maior em seu castelo, e então eu teria de lutar morro acima através de suas ruas sujas de esterco. Era uma luta que eu teria perdido, e foi provavelmente a perspectiva dessa batalha que havia impedido os homens de Callyn de atacar o castelo de Peredur. Eles esperavam matá-lo de fome, ou pelo menos era isso que Asser acreditava.

— Fale-me de Iseult — exigi do monge quando a barganha havia terminado.

Ele fez um muxoxo.

— Posso ler o senhor como se fosse um missal.

— Não faço ideia do que seja um missal — respondi fingindo ignorância.

— Um livro de orações. E o senhor precisará de orações se tocar nela. — Em seguida, fez o sinal da cruz. — Ela é maligna — disse com veemência.

— Ela é uma rainha, uma jovem rainha. Então, como pode ser maligna?

— O que você sabe sobre os britânicos?

— Que fedem como arminhos e roubam como gralhas.

Ele me deu um olhar azedo e, por um momento, achei que iria se recusar a falar mais, porém engoliu seu orgulho britânico.

— Nós somos cristãos — disse o padre — e agradecemos a Deus por essa misericórdia, mas entre o nosso povo ainda há algumas superstições antigas. Costumes pagãos. Iseult é parte disso.

— Que parte?

Ele não gostava de falar daquilo, mas havia puxado o assunto da malignidade de Iseult, por isso explicou relutante:

— Ela nasceu na primavera, há 18 anos, e no seu nascimento houve um eclipse do sol, e as pessoas daqui são idiotas crédulas que acreditam que uma criança morena nascida na morte do sol tem poder. Fizeram dela uma... — ele parou, sem saber a palavra dinamarquesa — um *gwrach* — uma palavra que não significava nada para mim. — *Dewines* — disse irritado e, quando continuei demonstrando incompreensão, finalmente encontrou uma palavra. — Uma feiticeira.

— Uma bruxa?

— E Peredur se casou com ela. Fez dela sua rainha das sombras. É o que os reis fazem com essas garotas. Levam-nas para casa para poder usar seu poder.

— Que poder?

— As habilidades que o diabo dá às rainhas das sombras, claro — respondeu irritado. — Peredur acredita que ela pode ver o futuro. Mas é uma habilidade que só manterá enquanto for virgem.

Ri daquilo.

— Se você a desaprova, monge, eu lhe faria um favor caso a estuprasse. — Ele ignorou isso, ou pelo menos não respondeu além de me fazer uma careta áspera. — Ela consegue ver o futuro? — perguntei.

— Ela viu o senhor vitorioso e disse ao rei que podia confiar no senhor. Então me diga.

— Então ela certamente pode ver o futuro — respondi.

O irmão Asser deu um riso de desprezo diante da resposta.

— Deviam tê-la estrangulado com o próprio cordão umbilical — rosnou. — É uma vaca pagã, uma coisa do diabo, maligna.

Naquela noite, houve um festim, um festim para comemorar nosso pacto e eu esperei que Iseult estivesse lá, mas não estava. A mulher mais velha de Peredur se encontrava presente, mas era uma criatura carrancuda e suja, com dois furúnculos escorrendo no pescoço, e mal falava. No entanto, foi um festim surpreendentemente bom. Havia peixe, carne de boi, de carneiro, pão, cerveja, hidromel e queijo. Enquanto comíamos, Asser me contou que tinha vindo do reino de Dyfed, ao norte do mar de Sæfern, e que seu rei, um homem com um nome britânico impossível, que soava como alguém tossindo e soltando perdigotos, havia-o mandado a Cornwalum a fim de dissuadir os reis britânicos de apoiar os dinamarqueses.

Fiquei surpreso com isso, tão surpreso que parei de olhar as garotas que serviam a comida. Um harpista tocava na extremidade do castelo e duas garotas balançavam ao ritmo da música enquanto andavam.

— Você não gosta dos dinamarqueses — disse eu.

— Vocês são pagãos — respondeu Asser com escárnio.

— Então, por que fala a língua dos pagãos?

— Porque o meu abade queria nos mandar como missionários junto aos dinamarqueses.

— Você deveria ir. Seria um caminho rápido para o céu.

Ele ignorou isso.

— Aprendi dinamarquês, além de muitas outras línguas — disse altivo —, e falo a língua dos saxões também. E acho que o senhor não nasceu na Dinamarca, não é?

— Como sabe?

Ele deu de ombros

— Na Nortúmbria, os dinamarqueses corromperam os saxões — disse com severidade —, de modo que eles se consideram dinamarqueses. — Asser estava errado, mas eu não me encontrava em situação de corrigi-lo. — Pior — continuou —, eles extinguiram a luz de Cristo.

— A luz de Tor é forte demais para você?

— Os saxões do oeste são cristãos, e é nosso dever apoiá-los, não porque sintamos amor por eles, mas por causa de nosso amor por Cristo.

— Você conhece Alfredo de Wessex? — perguntei acidamente.

— Estou ansioso por conhecê-lo — disse ele com fervor —, porque soube que é um bom cristão.

— Também ouvi dizer.

— E Cristo o recompensa — continuou Asser.

— Recompensa?

Viking

— Cristo mandou a tempestade que destruiu a frota dinamarquesa e os anjos de Cristo destruíram Ubba. Isso é prova do poder de Deus. Se lutarmos contra Alfredo, estaremos contra Cristo, por isso não devemos fazê-lo. Essa é minha mensagem aos reis de Cornwalum.

Fiquei impressionado ao ver que um monge britânico no fim da terra da Britânia sabia tanto sobre o que acontecia em Wessex, e admiti que Alfredo ficaria satisfeito ao ouvir os absurdos de Asser, se bem que, claro, Alfredo havia mandado muitos mensageiros aos britânicos. Todos os seus mensageiros eram padres ou monges, e haviam pregado o evangelho de seu deus trucidando os dinamarqueses. Asser evidentemente havia recebido essa mensagem com entusiasmo.

— Então por que está lutando contra Callyn? — perguntei.

— Ele se juntaria aos dinamarqueses.

— E nós vamos vencer para que Callyn seja sensato.

Asser balançou a cabeça.

— Deus prevalecerá.

— Você espera — disse eu, tocando o pequeno amuleto do martelo de Tor, que usava numa tira de couro ao pescoço. — Mas se estiver errado, monge, nós tomaremos Wessex e Callyn irá compartilhar dos despojos.

— Callyn não compartilhará nada — disse Asser cheio de despeito — porque o senhor vai matá-lo amanhã.

Os britânicos nunca aprenderam a amar os saxões. Na verdade, nos odeiam, e naqueles anos em que o último reino inglês estava à beira da destruição, eles poderiam ter desequilibrado a balança juntando-se a Guthrum. Mas contiveram suas espadas, e por isso os saxões podem agradecer à Igreja. Homens como Asser haviam decidido que os hereges dinamarqueses eram um inimigo pior do que os cristãos ingleses, e se eu fosse um britânico iria me ressentir disso, porque os britânicos poderiam ter tomado de volta boa parte de suas terras perdidas caso se aliassem aos pagãos do norte. A religião cria estranhas alianças.

Assim como a guerra, e Peredur ofereceu a Haesten e a mim duas das serviçais para selar nossa barganha. Eu havia mandado Cenwulf de volta ao *Fyrdraca* com uma mensagem a Leofric, alertando-o para estar pronto para a luta de manhã, e achei que talvez Haesten e eu devêssemos retornar ao navio, mas as serviçais eram bonitas, por isso ficamos. E não precisei me preocupar, porque ninguém tentou nos matar naquela noite, e ninguém tentou nem mesmo quando Haesten e eu levamos o primeiro terço da prata até a beira d'água, de onde um barquinho a transportou para o nosso navio.

— Há o dobro disso esperando por nós — informei a Leofric.

Ele sacudiu o saco de prata com o pé.

— E onde você estava na noite passada?

— Na cama com uma britânica.

— *Earsling* — disse ele. — Então vamos lutar contra quem?

— Um bando de selvagens.

Deixamos dez homens guardando o navio. Se os homens de Peredur fizessem um esforço verdadeiro de capturar o *Fyrdraca*, aqueles dez teriam uma luta difícil e provavelmente uma derrota, mas eles estavam com os três reféns que poderiam ou não ser filhos de Peredur, de modo que esse era um risco que teríamos de correr. E pareceu bastante seguro porque Peredur havia reunido seu exército no lado leste da cidade. Digo exército, mas eram apenas quarenta homens, e eu levei mais trinta, mas meus trinta eram bem-armados e pareciam ferozes junto ao líder. Leofric, como eu, usava cota de malha, bem como meia dúzia dos meus tripulantes, e eu estava com meu belo elmo com sua cobertura de rosto. De modo que eu, pelo menos, parecia um senhor de batalhas.

Peredur usava couro e havia unido crina de cavalo preta a seu cabelo e às duas pontas da barba, de modo que os pêlos pendiam selvagemente, compridos e amedrontadores. Seus homens estavam armados principalmente com lanças, mas o próprio Peredur possuía uma bela espada. Alguns de seus homens tinham escudos e poucos estavam com elmos, e mesmo não duvidando de sua coragem, não os considerei formidáveis. Meus tripulantes eram formidáveis. Haviam lutado contra navios dinamarqueses junto ao litoral de Wessex e na parede de escudos em Cynuit. E eu não tinha dúvidas de que poderíamos destruir qualquer tropa que Callyn houvesse posto em Dreyndynas.

Já era de tarde antes de subirmos o morro. Deveríamos ter ido de manhã, mas alguns dos homens de Peredur estavam se recuperando da bebedeira noturna e as mulheres do povoado ficavam puxando os outros, não querendo que morressem. Depois Peredur e seus conselheiros se amontoaram e falaram sobre como deveriam travar a batalha, mas não sei o que havia para ser falado. Os homens de Callyn estavam na fortaleza, nós estávamos fora, por isso tínhamos de atacar os desgraçados. Nada inteligente, só um ataque, mas eles falaram por longo tempo e o padre Mardoc fez uma oração, ou melhor, gritou-a, e em seguida me recusei a avançar porque o restante da prata não fora apanhado.

Ela chegou, carregada num baú por dois homens. E assim, finalmente, sob o sol da tarde, subimos a colina do leste. Algumas mulheres nos acompanharam, soltando seus gritos de batalha, o que era um desperdício de fôlego porque o inimigo ainda estava longe demais para escutar.

— Então o que faremos? — perguntou Leofric.

— Formar uma cunha — supus. — Nossos melhores homens na primeira fila e você e eu na frente deles, e então matar os desgraçados.

Ele fez uma careta.

— Você já atacou uma fortaleza do povo antigo?

— Nunca.

— Pode ser difícil — alertou ele.

— Se for difícil demais, simplesmente matamos Peredur e seus homens e levamos a prata deles.

O irmão Asser, com a bainha do bom manto preto enlameada, veio correndo até onde eu estava.

— Seus homens são saxões! — disse em tom acusador.

— Odeio monges — rosnei para ele. — Odeio-os mais do que odeio padres. Gosto de matá-los. Gosto de abrir a barriga deles. Gosto de olhar os desgraçados morrer. Agora vá embora e morra antes de eu cortar sua garganta.

Ele foi correndo até Peredur com a notícia de que éramos saxões. O rei nos olhou taciturno. Havia pensado que recrutara uma tripulação de vikings dinamarqueses e agora descobria que éramos saxões do oeste, e não ficou feliz. Por isso, desembainhei Bafo de Serpente e bati com a lâmina no meu escudo de tília.

— Quer travar essa batalha ou não? — perguntei.

Peredur decidiu que queria lutar, ou melhor, queria que nós travássemos a batalha por ele, por isso chafurdamos subindo o morro que tinha duas cristas falsas, de modo que a tarde ia adiantada antes de emergirmos no cume longo e plano, e podermos ver os muros de turfa verde de Dreyndynas no horizonte. Um estandarte balançava. Era um triângulo de pano, sustentado no mastro por uma pequena cruzeta, e o estandarte mostrava um cavalo branco empinando em campo verde.

Então parei. O estandarte de Peredur era uma cauda de lobo pendurada num mastro. Eu não carregava nenhum, mas, como a maioria dos saxões, o meu seria uma bandeira retangular. Só conhecia um povo que usava estandartes triangulares, e me virei para o irmão Asser enquanto ele suava morro acima.

— Eles são dinamarqueses — acusei.

— E daí? Eu achava que você era dinamarquês, e todo mundo sabe que os dinamarqueses lutam contra qualquer um por causa de prata, até contra outros dinamarqueses. Mas está com medo deles, saxão?

— Sua mãe não pariu você — disse eu. — Peidou você pelo cu enrugado.

— Com medo ou não — insistiu Asser —, você pegou a prata de Peredur, portanto deve lutar contra eles agora.

— Diga mais uma palavra, monge, e eu corto seus bagos esqueléticos.

Eu estava olhando morro acima, tentando avaliar números. Tudo havia mudado desde que vi o estandarte do cavalo branco, porque em vez de lutar contra selvagens britânicos mal-armados, iríamos lutar contra uma tripulação de dinamarqueses mortais. Mas, se fiquei surpreso com isso, os dinamarqueses ficaram igualmente surpresos ao nos ver. Estavam apinhados na muralha de Dreyndynas, que era feita de terra com um fosso na frente e uma cerca de espinheiros em cima. Seria uma muralha difícil de atacar, pensei, especialmente se fosse defendida por dinamarqueses. Contei mais de quarenta homens no horizonte e sabia que haveria outros que não podia ver. Só os números me disseram que o ataque fracassaria. Poderíamos atacar e poderíamos chegar até a paliçada de espinhos, mas eu duvidava de que pudéssemos atravessá-la. Os dinamarqueses iriam matar uma quantidade dos nossos enquanto tentávamos e teríamos sorte em recuar morro abaixo sem uma perda muito grande.

— Estamos enfiados numa fossa — disse Leofric.

— Até o pescoço.

— Então, o que faremos? Voltar contra eles e pegar o dinheiro?

Não respondi porque os dinamarqueses haviam arrastado uma parte da cerca de espinhos; três deles pularam da muralha e vinham andando na nossa direção. Queriam falar.

— Quem diabos é aquele? — perguntou Leofric.

Estava olhando o líder dinamarquês. Era um homem enorme, grande como Steapa Snotor, vestido com uma cota de malha que fora polida com areia até brilhar. Seu elmo, tão polido quanto a malha, tinha uma cobertura de rosto modelada como uma máscara de javali, com focinho curto e largo, e do cocuruto do elmo voava um rabo de cavalo branco. Usava braceletes por cima da malha, aros de prata e ouro que o proclamavam como um chefe guerreiro, um dinamarquês de espada, um senhor da guerra. Caminhava pelo morro como se fosse dono, e na verdade era, porque possuía a fortaleza.

Asser correu para os dinamarqueses, com Peredur e dois cortesãos. Fui atrás deles e encontrei Asser tentando convencer os dinamarqueses. Disse que Deus nos havia trazido e que nós iríamos trucidá-los, que seu melhor curso de ação era render-se agora e entregar suas almas pagãs a Deus.

— Nós vamos batizá-los — disse Asser — e haverá muito júbilo no céu.

O líder dinamarquês tirou lentamente o elmo. Seu rosto era quase tão amedrontador quanto a máscara de javali. Era um rosto largo, endurecido pelo sol e o vento, com os olhos vazios e inexpressivos de um matador. Tinha uns trinta anos, barba curta e uma cicatriz descendo do canto do olho esquerdo pelo rosto abaixo. Entregou o elmo a um de seus homens e, sem dizer palavra, levantou a saia da cota de malha e começou a mijar no manto de Asser. O monge saltou para trás.

Ainda mijando, o dinamarquês me olhou.

— Quem é você?

— Uhtred Ragnarson. E você?

— Svein do Cavalo Branco — disse ele em tom desafiador, como se eu conhecesse sua reputação, e por um instante não falei nada. Seria o mesmo Svein que estaria juntando tropas em Gales? Então o que estava fazendo aqui?

— Você é Svein da Irlanda? — perguntei.

— Svein da Dinamarca. — Ele deixou a cota de malha cair e olhou irado para Asser, que estava ameaçando os dinamarqueses com a vingança do céu. — Se quer viver — disse a Asser —, feche essa boca imunda. — Asser fechou a boca. — Ragnarson. — Svein me olhou de volta. — *Earl* Ragnar? Ragnar Ravnson? O Ragnar que servia a Ivar?

— Esse mesmo.

— Então você é o filho saxão.

— Sou. E você? É o Svein que trouxe homens da Irlanda?

— Eu trouxe homens da Irlanda — admitiu ele.

— E está juntando forças em Gales?

— É o que eu faço — disse ele vagamente. Olhou para meus homens, avaliando se lutariam bem, depois me olhou de cima a baixo, notando a cota de malha e o elmo, e especialmente os braceletes. Quando a inspeção terminou, ele balançou a cabeça indicando que nós dois deveríamos nos afastar alguns passos e conversar particularmente.

Asser foi contra, dizendo que qualquer coisa que fosse falada deveria ser ouvida por todos, mas eu o ignorei e segui Svein morro acima.

— Você não pode tomar esta fortaleza — disse Svein.

— Certo.

— Então, o que vai fazer?

— Retornar ao povoado de Peredur, claro.

Ele assentiu.

— E se eu atacar o povoado?

— Vai tomá-lo. Mas vai perder homens. Talvez uma dúzia.

— O que significa 12 remadores a menos — disse ele, pensando. Depois olhou para além de Peredur, onde dois homens carregavam a caixa. — Aquele é o seu prêmio pela batalha?

— É?

— Vamos dividir?

Hesitei um segundo.

— E vamos dividir o que houver na cidade? — perguntei.

— Concordo. — Então ele olhou para Asser, que estava sussurrando ansioso com Peredur. — Ele sabe o que estamos fazendo — disse sério —, portanto uma mentira necessária vai acontecer. — Eu ainda estava tentando entender o que ele dizia quando Svein me deu um tapa no rosto. Bateu com força, minha mão foi até Bafo de Serpente e seus dois homens correram até ele, com espadas na mão.

— Vou sair da fortaleza e me juntar a você — disse Svein em voz baixa. Depois, mais alto: — Seu merda de bode, desgraçado!

Cuspi na direção dele e seus dois homens fingiram levá-lo para longe. Então voltei pisando com força até Asser.

— Vamos matar todos eles — falei com selvageria. — Vamos matar todos!

— O que ele lhe disse? — perguntou Asser. Ele havia temido, e com razão, que Svein e eu tivéssemos feito uma aliança, mas a rápida demonstração de Svein pusera dúvidas na mente do monge, e eu alimentei as dúvidas xingando feito um doido, gritando contra Svein, que recuava, dizendo que mandaria sua alma miserável para Hel, que era a deusa dos mortos. — Vocês vão lutar? — perguntou Asser.

— Claro que vamos lutar! — gritei para ele, depois fui até Leofric. — Estamos do mesmo lado dos dinamarqueses — disse rapidamente a ele. — Vamos matar esses britânicos, capturar o povoado e dividir tudo com os dinamarqueses. Diga aos homens, mas discretamente.

Fiel à palavra, Svein trouxe seus homens para fora de Dreyndynas. Isso deveria alertar a Asser e Peredur sobre a traição, já que nenhum homem sensato abandonaria uma bela posição defensiva como uma muralha de terra encimada por espinhos para travar batalha em terreno aberto, mas eles consideraram que era arrogância dinamarquesa. Presumiram que Svein acreditava que poderia destruir todos nós em batalha franca, e ele tornou essa suposição mais provável fazendo uma vintena de seus homens desfilar a cavalo, sugerindo que pretendia despedaçar nossa parede de escudos com suas espadas e machados, depois perseguir os sobreviventes com a cavalaria armada de lanças. Svein formou sua parede de escudos na frente dos cavaleiros e eu fiz outra parede de escudos à esquerda da linha de Peredur, e assim que estávamos arrumados gritamos insultos uns contra os outros. Leofric andava pela nossa fileira, sussurrando com os homens, e eu mandei Cenwulf e dois outros para a retaguarda, com ordens, e nesse momento Asser correu até nós.

— Ataquem — exigiu o monge apontando para Svein.

— Quando estivermos prontos — respondi, porque Leofric ainda não tinha dado as ordens a todos os homens.

— Ataquem agora! — berrou Asser, e quase estripei o desgraçado ali mesmo, o que teria poupado um monte de problemas futuros, mas mantive a paciência e Asser voltou até Peredur, onde começou a rezar com as duas mãos levantadas, exigindo que Deus mandasse fogo do céu para consumir os pagãos.

— Você confia em Svein? — Leofric havia retornado para perto de mim.

— Confio em Svein — respondi. Por quê? Só porque ele era dinamarquês e eu gostava dos dinamarqueses. Hoje em dia, claro, todos concordamos que eles são a prole de Satã, pagãos indignos de confiança, selvagens e qualquer outra coisa que queiramos lhes chamar, mas na verdade os dinamarqueses são guerreiros e gostam de outros guerreiros, e mesmo sendo verdade que Svein poderia ter me persuadido a atacar Peredur para depois poder nos atacar, não acreditei nisso. Além do mais, no castelo de Peredur havia uma coisa que eu queria e, para consegui-la, precisava trocar de lado.

— *Fyrdraca!* — gritei, e esse era o nosso sinal. Viramos a parede de escudos para a direita e fomos em frente.

Claro que foi uma chacina fácil. Os homens de Peredur não tinham coragem para lutar. Haviam esperado que recebêssemos o grosso do ataque dinamarquês e que poderiam rapinar em busca de saque entre os feridos de Svein, mas em vez disso nós nos viramos contra eles, atacamos e os derrubamos. Svein chegou pela direita e os homens de Peredur fugiram. Foi então que os cavaleiros de Svein bateram os calcanhares, levantaram as lanças e atacaram.

Não foi uma luta, foi um massacre. Dois dos homens de Peredur fizeram alguma resistência, mas Leofric empurrou suas lanças de lado com o machado e eles morreram gritando. Peredur caiu sob minha espada e não lutou. Pareceu resignado com a morte que lhe dei bastante rápido. Cenwulf e seus dois companheiros fizeram o que eu havia ordenado: interceptar o baú de prata, e corremos ao redor deles enquanto os cavaleiros de Svein perseguiam os fugitivos. O único homem que escapou foi Asser, o monge. Conseguiu isso correndo para o norte, em vez de para o oeste. Os cavaleiros de Svein estavam descendo o morro, cravando as lanças nas costas dos homens de Peredur, e Asser viu que apenas a morte estava naquela direção. Por isso, com rapidez surpreendente, mudou de direção e correu passando por meus homens, com as saias levantadas na altura dos joelhos. Gritei para os homens da direita matarem o desgraçado, mas eles simplesmente me olharam e o deixaram ir.

— Mandei matá-lo — rosnei.

— Ele é um monge! — respondeu um deles. — Quer que eu vá para o inferno?

Olhei Asser entrar correndo de lado no vale e, em verdade, não me importei muito se ele viveria ou morreria. Pensei que os cavaleiros de Svein iriam pegá-lo, mas talvez não o tivessem visto. Mas pegaram o padre Mardoc e um deles arrancou a cabeça do padre com um único golpe da espada, o que fez alguns de meus homens se persignar.

Os cavaleiros fizeram sua matança, mas os outros dinamarqueses de Svein montaram uma parede de escudos virada para nós. No centro, sob o estandarte do cavalo branco, estava o próprio Svein com seu elmo da máscara do javali. O escudo tinha um cavalo branco pintado nas tábuas e sua arma era um machado, o maior machado de guerra que eu já vira. Meus homens se remexeram nervosos.

— Fiquem parados! — rosnei para eles.

— Estamos enfiados até o pescoço — disse Leofric baixinho.

Svein nos encarava e pude ver a luz da morte em seus olhos. Ele estava com clima para matar, e nós éramos saxões. Houve um estrondo quando seus homens levantaram os escudos para formar uma parede. Então joguei Bafo de Serpente para o ar. Joguei tão alto que a grande lâmina girou ao sol, e claro que todos estavam imaginando se eu iria pegá-la ou se ela cairia no capim.

Apanhei-a, pisquei para Svein e enfiei a lâmina na bainha. Ele riu e o clima de matança passou, quando percebeu que não poderia se dar ao luxo das perdas que teria inevitavelmente, se lutasse conosco.

— Realmente acharam que eu ia atacar vocês? — gritou ele por cima do terreno fofo.

— Eu esperava que você me atacasse — gritei de volta — para não ter de dividir o saque com você.

Ele baixou o machado e andou na nossa direção, fui na direção dele e nos abraçamos. Homens dos dois lados baixaram as armas.

— Vamos tomar o povoado do desgraçado miserável? — perguntou Svein.

Assim todos voltamos morro abaixo, passando pelos corpos dos homens de Peredur, e não havia ninguém defendendo o muro de espinhos ao redor do povoado, de modo que foi fácil entrar. Alguns homens tentaram proteger suas casas, mas muito poucos. A maioria das pessoas fugiu para a praia, mas não havia barcos suficientes para levá-las para longe, de modo que os dinamarqueses de Svein as cercaram, separando entre os úteis e os mortos. Os úteis eram as jovens e os que poderiam ser vendidos e escravizados, os mortos eram o resto.

Não tomei parte. Em vez disso, com todos os meus homens, fui direto ao castelo de Peredur. Alguns dinamarqueses, achando que a prata estaria lá, também iam subindo o morro, mas cheguei primeiro ao castelo, empurrei a porta e vi Iseult esperando.

Juro que ela estava esperando porque seu rosto não demonstrou medo nem surpresa. Estava sentada no trono do rei, mas levantou-se como se me desse as boas-vindas enquanto eu caminhava pelo salão. Então tirou a prata do pescoço, dos braços e dos tornozelos e estendeu em silêncio, numa oferenda. Peguei tudo e joguei para Leofric.

— Vamos dividir com Svein — disse eu.

— E ela? — Ele parecia achar divertido. — Vamos dividir também?

Em resposta, tirei a capa do pescoço de Iseult. Por baixo ela usava um vestido preto. Eu ainda estava com Bafo de Serpente desembainhada, e usei a lâmina sangrenta para talhar a capa até arrancar uma tira da bainha. Iseult ficou me olhando, o rosto sem demonstrar nada. Quando a tira foi arrancada, eu lhe devolvi a capa, depois amarrei uma ponta da faixa de pano em seu pescoço e a outra no meu cinto.

— Ela é minha — falei.

Viking

Mais dinamarqueses estavam entrando no castelo e alguns olharam com ar lupino para Iseult. Então Svein chegou e rosnou para os homens começarem a cavar o piso do castelo em busca de moedas de prata escondidas. Riu ao ver Iseult amarrada.

— Pode ficar com ela, saxão — disse ele. — É bonita, mas gosto com mais carne nos ossos.

Mantive Iseult comigo enquanto festejávamos naquela noite. Havia bastante cerveja e hidromel no povoado, por isso ordenei que meus homens não lutassem com os dinamarqueses, e Svein disse para seus homens não brigarem conosco. No geral, fomos obedecidos, mas inevitavelmente alguns homens discutiram por causa das mulheres capturadas. Um dos garotos que eu havia trazido da minha propriedade recebeu uma facada na barriga e morreu de manhã.

Svein achou divertido sermos um navio saxão do oeste.

— Alfredo mandou vocês? — perguntou ele.

— Não.

— Ele não quer lutar, não é?

— Ele vai lutar — respondi —, só que acha que seu deus lutará por ele.

— Então é um idiota. Os deuses não fazem o que queremos. Eu gostaria que fizessem. — Em seguida chupou um osso de porco. — Então, o que está fazendo aqui?

— Procurando dinheiro. O mesmo que você.

— Eu estou procurando aliados.

— Aliados?

Ele estava suficientemente bêbado para falar com mais liberdade do que quando nos conhecemos, e percebi que aquele era de fato o Svein que supostamente estaria juntando homens em Gales. Admitiu isso, mas acrescentou que não tinha guerreiros suficientes.

— Guthrum pode liderar dois mil homens em batalha, talvez mais! Preciso igualar isso.

Então ele era rival de Guthrum. Guardei essa informação.

— Acha que os homens de Cornwalum vão lutar com você?

— Eles prometeram — respondeu Svein, partindo um pedaço de cartilagem. — Por isso, vim para cá. Mas os desgraçados mentiram. Callyn não é um rei de verdade, é um chefe de povoado! Estou perdendo tempo aqui.

— Nós dois não poderíamos derrotar Callyn?

Svein pensou nisso e depois assentiu.

— Poderíamos. — De repente, franziu a testa, olhando para as sombras do castelo, e vi que ele estava olhando para um de seus homens que tinha uma garota no colo. Evidentemente, gostou da garota, porque bateu na mesa, apontou para ela, chamou com um sinal e o homem a trouxe com relutância. Svein fez com que a garota se sentasse, abriu a túnica dela para ver os seios e lhe deu seu pote de cerveja. — Vou pensar nisso — disse-me.

— Ou está pensando em nos atacar?

Ele riu.

— Você é Uhtred Ragnarson e ouvi falar da luta no rio, onde matou Ubba.

Evidentemente, eu tinha mais reputação entre meus inimigos do que entre meus supostos amigos. Svein insistiu em que eu contasse a história da morte de Ubba, coisa que fiz, e contei a verdade, que Ubba havia escorregado e caído, e que isso me levou a tirar sua vida.

— Mas homens disseram que você lutou bem.

Iseult ouviu tudo isso. Não falava nossa língua, mas seus grandes olhos pareciam acompanhar cada palavra. Quando o festim acabou, eu a levei até os pequenos cômodos nos fundos do castelo e ela usou minha guia improvisada para me puxar até seu quarto com paredes de madeira. Fiz uma cama com nossas capas.

— Quando isto terminar — falei em palavras que ela não entendia —, você terá perdido seu poder.

Iseult pôs os dedos nos meus lábios para me calar, e ela era uma rainha, por isso obedeci.

De manhã, terminamos de devastar a cidade. Iseult me mostrou quais casas poderiam ter algo de valor e, em termos gerais, estava certa, ainda que a busca significasse demolir as casas, já que as pessoas escondiam seus pequenos tesouros na palha dos tetos. Assim, espalhamos ratos e camundongos enquanto jogávamos para baixo a palha mofada e remexíamos. Depois, cavamos embaixo de cada fogão ou em qualquer outro lugar em que alguém poderia enterrar prata, e recolhemos cada pedaço de metal, cada panela ou gancho de pesca. A busca demorou o dia inteiro. Naquela noite, dividimos o saque na praia.

Evidentemente, Svein havia pensado em Callyn e, estando sóbrio enquanto pensava, havia decidido que o rei era forte demais.

— Podemos derrotá-lo facilmente — disse ele —, mas também vamos perder homens.

Uma tripulação de navio não pode suportar muitas perdas. Não tínhamos perdido ninguém na luta contra Peredur, mas Callyn era um rei mais forte e certamente suspeitaria de Svein, o que significava que teria as tropas prontas e armadas.

— E ele tem muito pouco para ser tomado — disse Svein com escárnio.

— Ele está pagando a você?

— Está me pagando assim como Peredur lhe pagou.

— Eu dividi isso com você.

— Não o dinheiro que ele pagou antes da luta — disse Svein com um riso. — Isso você não dividiu.

— Que dinheiro?

— Então estamos quites — disse ele, e ambos havíamos nos dado muito bem com a morte de Peredur, já que Svein tinha pessoas escravizadas e cada um de nós agora possuía mais de novecentos xelins em prata e metal, o que não era uma fortuna, especialmente quando estivesse dividida entre os homens, mas era melhor do que o que eu havia conseguido até então na viagem. Além disso, eu tinha Iseult. Ela não estava mais amarrada a mim, mas ficou ao meu lado e percebi que ela se sentia feliz com isso. Havia demonstrado um prazer maligno ao ver seu lar destruído, e eu decidi que ela devia odiar Peredur. Ele a temia e ela o odiava, e se fosse verdade que ela podia ver o futuro, devia ter me visto e dado um mau conselho ao marido para tornar esse futuro verdadeiro.

— E então, aonde você vai agora? — perguntou Svein. Estávamos andando pela praia, passando pelas pessoas escravizadas que nos observavam com olhos sombrios e ressentidos.

— Estou pensando em ir ao mar de Sæfern.

— Não há mais nada lá — disse ele com desprezo.

— Nada?

— Foi devastado — disse ele, indicando que navios dinamarqueses e noruegueses haviam esgotado todos os tesouros dos litorais. — Você só vai encontrar no mar de Sæfern nossos navios trazendo homens da Irlanda.

— Para atacar Wessex?

— Não! — Ele riu para mim. — Estou pensando em começar a negociar com os reinos galeses.

— E eu estou pensando em levar meu navio à lua e construir um castelo para festas por lá.

Ele riu.

— Mas, por falar em Wessex, ouvi dizer que estão construindo uma igreja onde você matou Ubba. É verdade?

— Também ouvi.

— Uma igreja com um altar de ouro?

— Também ouvi isso — admiti. Escondi minha surpresa por ele saber dos planos de Odda, o Jovem, mas não deveria estar surpreso. Um boato sobre ouro se espalharia como erva daninha. — Ouvi falar — disse de novo —, mas não acredito.

— Igrejas têm dinheiro — observou ele pensativamente, depois franziu a testa —, mas aquele é um lugar estranho para construir uma igreja.

— Estranho por quê?

— Tão perto do mar? Um lugar fácil de ser atacado.

— Talvez eles queiram que você ataque, e terão homens prontos para defender.

— Quer dizer, um ardil? — Ele pensou nisso.

— E Guthrum não deu ordens de que os saxões do oeste não deveriam ser provocados?

— Guthrum pode ordenar o que quiser — disse Svein com aspereza —, mas eu sou Svein do Cavalo Branco e não recebo ordens de Guthrum. — Ele continuou andando, franzindo a testa enquanto pisava nas redes de pesca que homens agora mortos haviam pendurado para secar. — Dizem que Alfredo não é idiota.

— E não é mesmo.

— Se ele pôs coisas valiosas perto do mar, não vai deixá-las sem guarda.

— Svein era um guerreiro, mas, como os melhores guerreiros, não era louco. Hoje em dia, quando se fala dos dinamarqueses, as pessoas imaginam que eram todos pagãos selvagens, insensatos em sua violência terrível, mas a maioria era como Svein e temia perder homens. Esse era sempre o grande temor e a fraqueza dos dinamarqueses. O navio de Svein se chamava *Cavalo Branco* e tinha uma tripulação de 53 homens. Se uma dúzia desses homens fosse morta ou ferida gravemente, o *Cavalo Branco* ficaria fatalmente enfraquecido. Assim que entrava numa luta, claro, ele era como todos os dinamarqueses, aterrorizador, mas sempre havia muito pensamento antes de qualquer luta. Ele coçou um piolho, depois sinalizou para as pessoas que seus homens haviam escravizado. — Além do mais, eu tenho isso.

Queria dizer que não iria a Cynuit. As pessoas, assim que fossem vendidas, lhe renderiam prata, e ele devia ter admitido que Cynuit não valia as perdas.

Svein precisou da minha ajuda na manhã seguinte. Seu navio estava no porto de Callyn e ele pediu que eu o levasse, com mais uns vinte homens, para pegá-lo. Deixamos o restante de sua tripulação no povoado de Peredur. Eles guardaram as pessoas escravizadas que seriam levadas e queimaram o lugar enquanto transportávamos Svein costa acima até o povoado de Callyn. Esperamos lá durante um dia, enquanto Svein acertava suas contas, e usamos o tempo para vender peles e estanho aos mercadores de Callyn. E ainda que tenhamos recebido um preço muito baixo, era melhor viajar com prata do que com carga volumosa. Agora o *Fyrdraca* estava brilhando com prata e os tripulantes, sabendo que receberiam sua parte devida, estavam felizes. Haesten queria ir com Svein, mas recusei o pedido.

— Eu salvei sua vida e você tem de me servir mais tempo para pagar por isso.

Ele aceitou e ficou satisfeito quando lhe dei um segundo bracelete como recompensa pelos homens que havia matado em Dreyndynas.

O *Cavalo Branco* de Svein era menor do que o *Fyrdraca*. Sua proa tinha uma cabeça de cavalo esculpida e a popa, uma cabeça de lobo. No topo do mastro havia uma ventoinha decorada com um . Perguntei a Svein sobre o cavalo e ele riu.

— Quando eu tinha 16 anos, apostei o garanhão do meu pai contra o cavalo branco do nosso rei. Precisava ganhar do campeão do rei em luta livre e de espadas. Meu pai bateu em mim por fazer a aposta, mas eu venci! De modo que o cavalo branco me dá sorte. Só monto cavalos brancos. — E assim seu navio era o *Cavalo Branco* e eu o acompanhei voltando pela costa até onde uma densa nuvem de fumaça marcava o lugar em que Peredur havia governado.

— Vamos ficar com ele? — perguntou Leofric, perplexo ao ver que estávamos retornando ao oeste, em vez de virar na direção de Defnascir.

— Estou pensando em ver onde a Britânia termina — respondi, e não tinha vontade de retornar ao Uisc e ao sofrimento de Mildrith.

Svein pôs pessoas escravizadas no bojo de seu navio. Passamos uma última noite na baía, sob a fumaça densa, e de manhã, enquanto o sol nascente tremulava do outro lado do mar, remamos para longe. Enquanto passávamos a ponta de terra a oeste, indo para o oceano aberto, vi um homem nos observando do topo de um penhasco, vi que ele usava manto preto e, mesmo estando muito longe, pensei ter reconhecido Asser. Iseult também o viu e sibilou como um gato, fechou o punho e o brandiu na direção dele, abrindo os dedos no último instante como se lançasse um feitiço contra o monge.

Então me esqueci dele porque o *Fyrdraca* estava de volta ao mar aberto e íamos ao lugar onde o mundo acabava.

E tinha uma rainha das sombras por companhia.

Segunda Parte

O rei do pântano

QUATRO

ADORO O MAR. CRESCI JUNTO DELE, se bem que em minhas lembranças os mares de Bebbanburg são cinzentos, geralmente carrancudos e raramente ensolarados. Não se parecem nem um pouco com as grandes águas que rolam de além das ilhas dos Mortos para trovejar e se despedaçar contra as rochas do oeste da Britânia. Lá, o mar se ergue como se os deuses do oceano flexionassem os músculos, os pássaros brancos gritam interminavelmente, o vento lança os borrifos contra os penhascos e o *Fyrdraca*, correndo na frente daquele vento forte, deixava um caminho no mar e o leme lutava contra mim, pulsando com a vida da água, os movimentos do barco e o júbilo da viagem. Iseult me olhava, perplexa com minha felicidade, mas então lhe entreguei o remo-leme e vi seu corpo magro se empenhando contra a força do mar, até que ela entendeu o poder do remo e conseguiu mover o navio. E então riu.

— Eu viveria no mar — disse eu, ainda que ela não entendesse. Eu havia lhe dado um bracelete do tesouro de Peredur, um anel de prata para o dedo do pé e um colar de dentes de monstro, todos afiados, compridos e brancos, presos num fio de prata.

Virei-me e observei o *Cavalo Branco* de Svein cortar a água. Algumas vezes sua proa rompia uma onda de modo que a parte da frente do casco, todo verde e escuro em razão do limo, empinava em direção ao céu com a cabeça de cavalo rosnando para o sol. Depois, ele caía com um estrondo e o mar explodia em branco ao redor das tábuas. Os remos, como os nossos, estavam a bordo, com os buracos tampados. Nós dois seguíamos sob vela e o *Fyrdraca* era o navio mais rápido, não porque fosse mais bem-construído, mas porque o casco era mais longo.

Há um tremendo júbilo num navio assim, e uma alegria ainda maior em ter a barriga do navio gorda com a prata de outros homens. É a alegria viking, impulsionar um casco com cabeça de dragão através de um mar cheio de vento na direção de um futuro pleno de festa e risos. Os dinamarqueses me ensinaram isso e eu os amo por esse motivo, por mais que sejam porcos pagãos. Naquele momento, correndo na frente do *Cavalo Branco* de Svein, eu era o homem mais feliz do mundo, livre de todos os homens de igreja, das leis e dos deveres de Alfredo de Wessex. Mas então dei ordens para que a vela fosse baixada, uma dúzia de homens soltou os cabos e a grande verga desceu raspando pelo mastro. Tínhamos chegado ao fim da Britânia e eu iria dar meia-volta. Acenei para Svein enquanto o *Cavalo Branco* passava rapidamente por nós. Ele acenou de volta, olhando o *Fyrdraca* balançar nas longas ondas do oceano.

— Já viu o bastante? — perguntou Leofric.

Eu estava olhando para o fim da Britânia, onde as rochas suportavam o ataque do mar.

— Penwith — disse Iseult, dando-me o nome britânico daquela ponta de terra.

— Quer ir para casa? — perguntei a Leofric.

Ele deu de ombros. A tripulação estava girando a verga, alinhando-a de proa a popa para ser guardada em suas presilhas enquanto outros amarravam a vela para não balançar. Os remos estavam se preparando para nos levar para o leste e o *Cavalo Branco* ia ficando menor à medida que entrava no mar de Sæfern.

Olhei para Svein, invejando-o.

— Preciso ser rico — falei a Leofric.

Ele riu.

— Tenho um caminho a seguir, e é para o norte. De volta a Bebbanburg. E Bebbanburg nunca foi capturada, de modo que preciso de homens para tomá-la. Muitos homens bons e muitas espadas afiadas.

— Nós temos prata — disse ele, indicando o bojo do navio.

— Não o bastante — respondi azedamente. Meus inimigos tinham dinheiro e Alfredo afirmava que eu devia dinheiro à Igreja, e os tribunais de

Defnascir deviam estar me caçando para pagar o *wergild*. Eu só poderia ir para casa se tivesse prata suficiente para pagar à Igreja, subornar os tribunais e atrair homens para o meu estandarte. Olhei o *Cavalo Branco*, agora pouco mais do que uma vela acima do mar agitado pelo vento, e senti a velha tentação de ir com os dinamarqueses. Esperar até que Ragnar estivesse livre e lhe dar meu braço da espada, mas então estaria lutando contra Leofric e ainda precisaria ganhar dinheiro, conseguir homens, ir para o norte e batalhar pelo meu direito de nascença. Toquei o martelo de Tor e rezei pedindo um sinal.

Iseult cuspiu. Isso não foi totalmente verdadeiro. Ela disse uma palavra que parecia alguém pigarreando, cuspindo e engasgando ao mesmo tempo, e estava apontando por cima da amurada. Vi um peixe estranho saltar sobre a água. Era grande como um cão veadeiro e tinha barbatana triangular.

— Golfinho — disse Leofric.

— *Llamhydydd* — repetiu Iseult, dando ao peixe seu nome britânico.

— Eles dão sorte aos marinheiros — disse Leofric.

Eu nunca vira um golfinho, mas de repente havia uma dúzia daquelas criaturas. Eram cinzentas, suas costas brilhavam ao sol e todas iam para o norte.

— Levante a vela de novo — ordenei a Leofric.

Ele me encarou. A tripulação estava soltando os remos e tirando os tampões dos buracos.

— Quer levantar a vela? — perguntou Leofric.

— Vamos para o norte. — Eu havia rezado por um sinal e Tor tinha me mandado os golfinhos.

— Não há nada no mar de Sæfern — insistiu Leofric. — Svein disse isso.

— Svein disse que não havia saques no mar de Sæfern porque os dinamarqueses pegaram tudo, portanto isso significa que os dinamarqueses têm os saques. — Senti um jorro de felicidade tão intenso que dei um soco no ombro de Leofric e abracei Iseult. — E Svein disse que os navios deles estão vindo da Irlanda.

— E daí? — Leofric coçou o ombro.

— Homens da Irlanda! Dinamarqueses vindo da Irlanda para atacar Wessex. Se você trouxesse uma tripulação da Irlanda, o que traria junto?

— Tudo o que possuísse — respondeu Leofric em tom peremptório.

— E eles não sabem que estamos aqui! Eles são ovelhas e nós somos um dragão de fogo.

Ele riu.

— Está certo.

— Claro que estou certo! Sou um senhor! Estou certo e vou ficar rico! Todos vamos ficar ricos! Vamos comer em pratos de ouro, mijar na garganta de nossos inimigos e transformar as mulheres deles em nossas prostitutas. — Eu estava berrando esse absurdo enquanto andava pelo centro do barco, soltando as amarras da vela. — Todos ficaremos ricos com sapatos de prata e gorros de ouro. Seremos mais ricos do que reis! Vamos chafurdar em prata, cobrir nossas putas com ouro e cagar toletes de âmbar! Amarrem esses remos! Tapem os buracos, vamos para o norte, vamos ser ricos como bispos, cada um de nós! — Os homens estavam rindo, satisfeitos porque eu rugia de entusiasmo, e os homens gostam de ser liderados.

Eles tinham restrições quanto a ir para o norte porque isso nos levaria para longe das vistas da terra, e eu nunca estivera tão longe assim do litoral. E também sentia medo, porque Ragnar havia me contado histórias de nórdicos que se sentiram tentados pelas vastidões do mar, a navegar sempre para o oeste, e disse que havia terras por lá, terras para além das ilhas dos Mortos, terras onde fantasmas caminhavam, mas não sei se contou a verdade. No entanto, estou certo de que ele disse que muitos daqueles navios nunca voltaram. Eles viajam para o sol poente e continuam indo porque não podem suportar a volta, por isso velejam até onde os navios perdidos morrem no escuro fim do mundo.

O mundo, no entanto, não terminava ao norte. Disso eu sabia, mas não tinha certeza do que ficava no norte. Dyfed estava lá, em algum local, e a Irlanda, e havia outros lugares com nomes bárbaros e povo selvagem que vivia como cães famintos nas bordas incultas da terra. Mas também existia uma vastidão de mar, uma enormidade de ondas vazias. E assim, quando a vela foi içada e o vento estava impulsionando o *Fyrdraca* para o norte, apoiei-me no leme para levá-lo um tanto ao leste, por medo de que nos perdêssemos na vastidão do oceano.

— Você sabe para onde está indo? — perguntou Leofric.

— Não.

— Você se importa?

Em resposta, ri. O vento, que antes vinha do sul, chegava mais do oeste, e a maré nos levou para o leste, de modo que à tarde pude ver terra e pensei que deveria ser a terra dos britânicos no lado norte do Sæfern. Mas à medida que chegávamos mais perto, vi que era uma ilha. Mais tarde descobri que era o local que os homens do norte chamam de Lundi, porque essa é a palavra deles para o papagaio-do-mar, e os penhascos da ilha eram tomados pelos pássaros que gritavam para nós quando chegamos a uma enseada no lado oeste da ilha. Era um local desconfortável para passar a noite ancorado, porque as ondas grandes chegavam rolando. Assim baixamos a vela e remamos ao redor dos penhascos até encontrarmos abrigo no lado leste.

Fui para terra com Iseult e cavamos algumas tocas de papagaios-do-mar para encontrar ovos, mas todos estavam chocados, por isso nos contentamos em matar um par de cabritos para a refeição da noite. Ninguém morava na ilha, mas devia ter morado, porque havia os destroços de uma pequena igreja e um campo de sepulturas. Os dinamarqueses haviam queimado tudo, derrubado a igreja e cavado os túmulos em busca de ouro. Subimos até um lugar alto e eu examinei o mar da tarde em busca de navios, mas não vi nenhum. No entanto, me perguntei se poderia ver terra ao sul. Era difícil ter certeza porque o horizonte sul estava repleto de nuvens escuras, porém uma tira mais escura dentro das nuvens podia significar morros, e presumi que estava olhando para Cornwalum ou a parte ocidental de Wessex. Iseult cantava para si mesma.

Fiquei olhando. Ela estava estripando um dos cabritos mortos, fazendo isso desajeitadamente porque não era acostumada a esse trabalho. Era magra, tão magra que parecia os *ælfcynn*, o povo dos elfos, mas estava feliz. Com o tempo, eu descobriria quanto ela odiava Peredur. O rei a havia valorizado e transformado em rainha, mas também a mantinha como prisioneira em seu castelo, para que só ele pudesse lucrar com seus poderes. O povo pagava a Peredur para ouvir as profecias de Iseult, e um dos motivos de Callyn ter lutado contra o vizinho era para tomar Iseult. As rainhas das sombras eram valorizadas entre os britânicos porque faziam parte dos mistérios antigos, os poderes que dominavam a terra antes da chegada dos monges, e Iseult era uma das últimas rainhas das sombras. Nascera na escuridão do sol, mas agora estava livre e eu descobriria que ela possuía uma alma selvagem como um falcão. Mildrith, a pobre Mildrith, queria ordem e rotina. Queria o castelo varrido, as roupas limpas, as vacas ordenhadas, que o sol nascesse, que o sol se pusesse e que nada mudasse, mas Iseult era diferente. Era estranha, nascida nas sombras e cheia de mistério. Nada que me dizia naqueles primeiros dias fazia sentido, porque não tínhamos língua em comum, mas na ilha, enquanto o sol se punha, peguei a faca para terminar de cortar as entranhas do cabrito, ela pegou gravetos e teceu uma pequena gaiola. Mostrou-me a gaiola, quebrou-a e, com seus dedos longos e brancos, imitou um pássaro voando livre. Apontou para si mesma, jogou os restos de gravetos para longe e riu.

Na manhã seguinte, ainda em terra, vi barcos. Eram dois e navegavam a oeste da ilha, indo para o norte. Eram embarcações pequenas, provavelmente mercadores de Cornwalum, e seguiam com o vento sudoeste em direção à costa escondida para onde eu presumia que Svein teria levado o *Cavalo Branco*.

Seguimos os dois navios pequenos. Quando tínhamos vadeado até o *Fyrdraca*, levantado a âncora e remado saindo de sotavento da ilha, os dois barcos estavam quase fora do campo de visão. Mas assim que nossa vela foi içada, começamos a nos aproximar. Eles devem ter ficado aterrorizados ao ver um navio-dragão sair de trás da ilha, mas baixei a vela um pouco para diminuir nossa velocidade e os seguimos pela maior parte do dia até que, finalmente, uma linha azul-acinzentada apareceu na borda do mar. Terra. Içamos a vela totalmente e ultrapassamos os dois barcos pequenos e bojudos. Assim, pela primeira vez, cheguei ao litoral de Gales. Os britânicos tinham outro nome para ele, mas nós simplesmente chamávamos o lugar de Gales, que significa "estrangeiros", e muito mais tarde deduzi que devíamos ter chegado a Dyfed, que é o nome do homem de igreja que converteu os britânicos de Gales ao cristianismo e teve seu nome dado ao reino mais ocidental dos galeses.

Encontramos uma enseada profunda para nos abrigarmos. Rochas guardavam a entrada, mas assim que entramos estávamos livres do vento e do mar, e a enseada era tão estreita que nossa proa raspou em pedra enquanto passávamos com o *Fyrdraca*. Depois, dormimos a bordo, os homens e suas mulheres esparramados sob os bancos dos remadores. Havia uma dúzia de mulheres a bordo, todas capturadas da tribo de Peredur, e naquela noite uma delas conseguiu escapar, presumivelmente deslizando por cima da amurada e nadando até a costa. Não foi Iseult. Ela e eu dormimos no pequeno espaço escuro sob a plataforma do leme, um buraco tapado por uma capa, e Leofric me acordou ali ao amanhecer, preocupado com a hipótese de a mulher desaparecida alertar a região contra nós. Dei de ombros.

— Não ficaremos muito tempo aqui.

Mas ficamos na enseada o dia inteiro. Eu queria emboscar navios que viessem pela costa e vimos dois, mas eles viajavam juntos e eu não poderia atacar mais de um navio por vez. Os dois usavam velas, cavalgando o vento sudoeste, e ambos eram dinamarqueses, ou talvez noruegueses, e ambos estavam cheios de guerreiros. Deviam ter vindo da Irlanda, ou talvez do litoral leste da Nortúmbria, e sem dúvida iam se juntar a Svein, atraídos pela perspectiva de capturar uma boa terra saxã ocidental.

— Burgweard deveria estar com toda a frota aqui — disse eu. — Ele poderia despedaçar esses desgraçados.

Dois cavaleiros vieram nos olhar à tarde. Um tinha uma corrente brilhante no pescoço, sugerindo que era de alta classe, mas nenhum deles veio até a praia de cascalho. Ficaram olhando do topo do pequeno vale que descia até a enseada e depois de um tempo se foram. Agora o sol estava baixo, mas era verão, de modo que os dias estavam longos.

— Se eles trouxerem homens... — disse Leofric, enquanto os dois cavaleiros se afastavam. Mas não terminou o pensamento.

Olhei para os altos penhascos dos dois lados da enseada. Homens poderiam jogar pedras daquelas alturas e o *Fyrdraca* seria esmagado como se fosse um ovo.

— Poderíamos colocar sentinelas lá em cima — sugeri, mas nesse momento Eadric, que liderava os homens que ocupavam os bancos da frente a estibordo, gritou dizendo que havia uma embarcação à vista. Corri para a frente e lá estava ela.

A presa perfeita.

Era um navio grande, não tão grande quanto o *Fyrdraca*, mas mesmo assim grande, e seguia baixo na água por causa da carga pesada. De fato, levava tantas pessoas que a tripulação não tinha ousado içar a vela, porque, mesmo o vento não sendo forte, iria aderná-lo a sotavento perigosamente perto da água. Por isso, era impelido a remos e agora estava perto da terra, evidentemente procurando um lugar onde pudesse passar a noite, e a tripulação sem dúvida se sentira tentada por nossa pequena baía. E agora percebia que já a ocupávamos. Pude ver um homem na proa apontando mais para a frente na costa e enquanto isso homens se armavam. Gritei para Haesten pegar o remoleme. Ele sabia o que fazer e senti confiança de que faria bem, ainda que isso significasse a morte de alguns colegas dinamarqueses. Cortamos as cordas que nos prendiam à terra enquanto Leofric trazia minha cota de malha, o elmo e o escudo. Vesti-me para a batalha enquanto os remos eram puxados para dentro do navio, depois coloquei o elmo de modo que as bordas da visão ficaram subitamente escurecidas pela cobertura do rosto.

— Vamos! — gritei. Os remos cortaram a água e o *Fyrdraca* avançou. Algumas pás dos remos bateram nas pedras enquanto seguíamos, mas nenhuma se quebrou, e eu estava olhando o navio adiante, tão perto agora. Em sua proa havia um lobo rosnando, e pude ver homens e mulheres nos olhando, sem acreditar no que viam. Pensavam ver um navio dinamarquês, um dos seus, no entanto estávamos armados e íamos na direção deles. Um homem gritou um alerta e eles correram atrás das armas. Leofric gritou para nossos homens colocarem os corações nos remos, e as hastes longas se curvaram sob a tensão enquanto o *Fyrdraca* saltava sobre as ondas pequenas e eu gritava para os homens deixarem os remos e chegarem à proa. Cenwulf e os 12 que ele comandava já estavam lá, enquanto nossa grande proa se chocava contra os remos inimigos, partindo-os.

Haesten havia feito bem. Eu tinha lhe dito para ir em direção à parte dianteira do navio, onde seu bordo livre estava baixo, e nossa proa se ergueu acima das tábuas de seu costado, fazendo-o mergulhar na água. Cambaleamos com o impacto, mas então pulei na barriga do navio de cabeça de lobo. Cenwulf e seus homens estavam atrás de mim, e ali começamos a matança.

O navio inimigo estava tão cheio de homens que eles provavelmente eram em número maior do que nós, mas estavam mortos de cansaço depois de um longo dia remando, não haviam esperado um ataque e nós estávamos famintos por riqueza. Tínhamos feito isso antes e a tripulação era bem-treinada, e foi abrindo caminho a golpes pelo barco, espadas e machados girando. O mar entrava por cima da amurada, de modo que vadeávamos pela água enquanto subíamos nos bancos dos remadores. A água ao redor dos pés ficou vermelha. Algumas de nossas vítimas saltaram no mar e se agarraram aos remos partidos numa tentativa de fugir. Um homem de barba comprida e olhos selvagens veio até nós com uma grande espada. Eadric cravou uma lança em seu peito e Leofric acertou a cabeça dele com seu machado, acertou de novo, e o sangue espirrou na vela que estava enrolada na proa e na popa em sua verga comprida. O homem caiu de joelhos e Eadric cravou a lança mais fundo, de modo que o sangue jorrou na água. Quase caí quando uma onda fez inclinar o navio meio inundado. Um homem gritou e tentou cravar uma lança em mim. Recebi-a no escudo, empurrei-a de lado e acertei Bafo de Serpente em seu rosto. Ele cambaleou, tentando escapar do golpe, e eu o derrubei pela amurada com a bossa pesada do escudo. Senti movimento à direita; girei Bafo de Serpente como uma foice e acertei uma mulher na cabeça. Ela caiu como um bezerro morto, com uma espada na mão. Chutei a espada para longe e pisei a barriga da mulher. Uma criança gritou e eu a empurrei de lado, golpeei um homem com gibão de couro, levantei o escudo para bloquear o golpe de seu machado e depois o espetei com Bafo de Serpente. A espada se cravou fundo em sua barriga, tão fundo que a lâmina ficou presa e tive de pisar nele para soltá-la. Cenwulf passou por mim, o rosto rosnando coberto de sangue, a espada girando. A água ia até meus joelhos. Então cambaleei e quase caí quando todo o navio se sacudiu e percebi que tínhamos sido levados na direção da terra e batemos em rochas. Dois cavalos estavam amarrados na barriga do navio e os animais gritaram por causa do cheiro de sangue. Um deles rompeu a amarra e pulou na água, nadando com os olhos brancos em direção ao mar aberto.

— Vamos matá-los! Todos eles! — ouvi-me gritando. Era o único modo de tomar um navio, esvaziá-lo de lutadores, mas agora ele estava se esvaziando enquanto os sobreviventes pulavam na água ensanguentada. Meia dúzia de homens havia sido deixada a bordo do *Fyrdraca,* e eles estavam mantendo-o longe das rochas com os remos. Uma lâmina acertou a parte de trás de meu tornozelo direito e eu me virei, vendo um homem ferido tentando cortar meu tendão com uma faca pequena. E golpeei e golpeei, trucidando-o na água agitada. Acho que foi o último homem a morrer a bordo, ainda que alguns dinamarqueses continuassem agarrados à lateral do navio. E esses nós afastamos a golpes.

    Agora o *Fyrdraca* estava do lado do mar, com relação ao navio condenado. Gritei para os homens a bordo o trazerem para perto. Ele saltava muito mais alto do que o navio meio afundado, e jogamos a pilhagem por cima da amurada. Havia sacos, caixas e barris. Muitos eram pesados e alguns tilintavam com moedas. Tiramos os objetos valiosos dos inimigos mortos, tomando seis cotas de malha e uma dúzia de elmos, e encontramos mais três cotas de malha no bojo inundado. Peguei oito braceletes com os mortos. Jogamos as armas a bordo do *Fyrdraca* e depois cortamos o cordame do navio capturado. Soltei o cavalo que restava tremendo à medida que a água subia. Pegamos a verga e a vela do navio, e o tempo todo os sobreviventes observavam da costa, onde alguns haviam encontrado um refúgio precário acima das rochas lavadas pelo mar. Fui até o espaço embaixo da plataforma de dormir e encontrei um grande elmo de guerra, uma coisa linda com a cobertura de rosto decorada e uma cabeça de lobo moldada em prata no topo. Joguei meu antigo elmo no *Fyrdraca* e coloquei o novo. Em seguida, passei os sacos de moedas. Embaixo dos sacos havia o que pensei que era um pequeno escudo embrulhado em pano preto, e pensei em deixá-lo onde estava. Depois joguei-o no *Fyrdraca* assim mesmo. Estávamos ricos.

    — Quem é você? — gritou um homem da terra.

    — Uhtred — gritei de volta.

Ele cuspiu na minha direção e eu ri. Nossos homens estavam subindo de novo a bordo do *Fyrdraca*. Alguns estavam recuperando remos da água e Leofric ia levando o *Fyrdraca* para longe, temendo que ele fosse apanhado pelas rochas.

    — Suba a bordo! — gritou para mim, e vi que eu era o último homem, por isso segurei a popa do *Fyrdraca*, pus um dos pés num remo e subi a bordo. — Remem! — gritou Leofric, e assim nos afastamos dos destroços.

    Duas jovens tinham sido jogadas para cima junto com a pilhagem, e eu as encontrei chorando junto ao mastro do *Fyrdraca*. Uma não falava nenhuma língua que eu reconhecesse, e mais tarde descobrimos que era da Irlanda, mas a outra era dinamarquesa e, assim que me agachei ao lado dela, tentou me atacar e cuspiu na minha cara. Dei-lhe um tapa de volta e isso a fez atacar de novo. Era uma garota alta, forte, com um emaranhado de cabelos claros e olhos azuis luminosos. Tentou enfiar os dedos nos buracos dos olhos do meu elmo novo e tive de lhe dar outro tapa, o que fez meus homens rir. Alguns gritavam para ela continuar lutando comigo, mas em vez disso ela subitamente irrompeu em lágrimas e se recostou na base do mastro. Tirei o elmo e perguntei seu nome. A única resposta foi gemer dizendo que queria morrer, mas quando falei que ela estava livre para se jogar do barco, a garota não se moveu. Seu nome era Freyja, tinha 15 anos e seu pai era o dono do navio que havíamos afundado. Era o homem grande com a espada, seu nome era Ivar e ele tivera terras em Dyflin, onde quer que isso fosse. Freyja começou a chorar de novo quando olhou meu elmo novo, que pertencera ao seu pai.

— Ele morreu sem cortar as unhas — disse em voz acusadora, como se eu fosse responsável por esse azar. E era mesmo má sorte, porque agora as coisas feias do inferno usariam as unhas de Ivar para construir o navio que traria o caos no fim do mundo.

— Aonde vocês estavam indo? — perguntei.

Para Svein, claro. Ivar estava infeliz em Dyflin, que ficava na Irlanda e tinha mais noruegueses do que dinamarqueses e também possuía tribos nativas selvagens. Ele se sentira atraído pela perspectiva de terra em Wessex, por isso abandonou suas terras na Irlanda, pôs todos os bens e riquezas a bordo de seus navios e partiu para o leste.

— Navios? — perguntei.

— Eram três quando saímos — disse Freyja —, mas perdemos os outros à noite.

Achei que seriam os dois navios que tínhamos visto antes, mas os deuses haviam sido bons comigo, porque Freyja confirmou que seu pai havia colocado as posses mais valiosas em seu próprio navio, o que capturamos, e tínhamos tido sorte porque havia barris de moedas e caixas de prata. Havia âmbar, azeviche e marfim. Havia armas e armaduras. Fizemos uma contagem aproximada enquanto o *Fyrdraca* se afastava lentamente da costa e mal

O rei do pântano

pudemos acreditar em nossa fortuna. Uma caixa continha pequenos pedaços de ouro, moldados mais ou menos como tijolos, mas o melhor de tudo foi o embrulho que eu havia pensado que era um pequeno escudo, mas que, quando tiramos o pano, revelou-se um grande prato de prata onde estava modelada uma crucifixão. Em torno da cena de morte, rodeando a borda pesada do prato, havia santos. Doze. Presumi que fossem os apóstolos e que o prato fosse o tesouro de alguma igreja ou mosteiro da Irlanda antes de ser capturado por Ivar. Mostrei o prato aos meus homens.

— Isto — falei com reverência — não é parte da pilhagem. Isto deve voltar à Igreja.

Leofric atraiu meu olhar, mas não riu.

— Vai voltar à Igreja — falei de novo, e alguns dos meus homens, os mais devotos, murmuraram que eu estava fazendo a coisa certa. Embrulhei o prato e coloquei sob a plataforma do leme.

— De quanto é sua dívida com a Igreja? — perguntou Leofric.

— Você tem uma mente parecida com um cu de bode.

Ele riu, depois olhou para além de mim.

— Agora, o que faremos? — perguntou.

Achei que ele estava perguntando o que deveríamos fazer com o resto de nossa vida encantada, mas em vez disso Leofric estava olhando para a costa onde, à luz do fim de tarde, pude ver homens armados se alinhando no topo do penhasco. Os britânicos de Dyfed tinham vindo atrás de nós, porém tarde demais. No entanto, sua presença significava que não poderíamos voltar à enseada, por isso ordenei que os remos fossem usados e que o navio se dirigisse ao leste. Os britânicos nos acompanharam ao longo da costa. A mulher que havia escapado na noite devia estar rezando para que buscássemos refúgio em terra, para poderem nos matar. Poucos navios passavam a noite no mar, a não ser que fossem obrigados, mas não ousei procurar abrigo. Virei para o sul e remamos para longe da costa, enquanto no oeste o sol vazava fogo vermelho através de fendas nas nuvens, de modo que todo o céu luzia como se um deus houvesse sangrado.

— O que você vai fazer com a garota? — perguntou Leofric.

— Freyja?

— Esse é o nome dela? Você quer?

— Não — respondi.

— Eu quero.

— Ela vai comer você vivo — alertei. A garota era provavelmente uma cabeça mais alta do que Leofric.

— Gosto delas assim.

— É toda sua — disse eu. E desse modo é a vida. Um dia Freyja era a filha mimada de um *earl*, e no outro, era escravizada.

Dei as cotas de malha aos que mereciam. Havíamos perdido dois homens e mais três estavam muito feridos, mas esse era um custo baixo. Afinal de contas, tínhamos matado vinte ou trinta dinamarqueses e os sobreviventes estavam em terra, onde os britânicos podiam tratá-los bem ou não. O melhor de tudo é que estávamos ricos, e esse conhecimento era um consolo enquanto a noite caía.

Hoder é o deus da noite e eu rezei a ele. Joguei meu velho elmo no mar como presente, porque todos estávamos com medo do escuro que nos engolia, e era uma escuridão completa, porque nuvens tinham vindo do oeste para cobrir o céu. Sem lua, sem estrelas. Por algum tempo, houve o brilho de uma fogueira na costa norte, mas isso desapareceu e ficamos cegos. O vento aumentou, as ondas nos fizeram corcovear. Puxamos os remos a bordo e deixamos o ar e a água nos carregar, porque não podíamos ver nem guiar o barco. Fiquei no convés, olhando a escuridão, e Iseult ficou comigo, sob minha capa. E me lembrei da expressão de deleite em seu rosto quando havíamos entrado em batalha.

O amanhecer foi cinzento e o mar era de um cinza pintado de branco. O vento estava frio e não havia terra à vista, mas dois pássaros brancos voaram acima de nós e considerei isso um sinal. Remamos na direção em que eles haviam ido, e no fim daquele dia, num mar raivoso e com chuva fria, vimos terra. Era a ilha dos papagaios-do-mar outra vez, onde encontramos abrigo na enseada e fizemos fogueira em terra.

— Quando os dinamarqueses souberem o que fizemos... — disse Leofric.

— Vão nos procurar — terminei para ele.

— Um monte deles vai nos procurar.

— Então está na hora de ir para casa.

Os deuses haviam sido bons conosco e, no amanhecer seguinte, num mar mais calmo, remamos para o sul até a terra e seguimos a costa em direção ao oeste. Rodearíamos as terras selvagens onde os golfinhos nadavam, viraríamos para o leste e encontraríamos nossa casa.

Muito mais tarde descobri o que Svein fizera depois de nos separarmos. E como o que ele fez afetou minha vida e tornou a inimizade com Alfredo ainda pior, devo contar aqui.

Suspeito de que a ideia de um altar de ouro em Cynuit havia abocanhado seu coração, porque ele carregou o sonho de volta a Glwysing, onde seus homens estavam reunidos. Glwysing era outro reino dos britânicos ao sul de Gales, um local em que havia bons portos e onde o rei recebia bem os dinamarqueses porque sua presença impedia os homens de Guthrum de atacar atravessando a fronteira com Mércia.

Svein ordenou que um segundo navio com tripulação o acompanhasse e juntos atacaram Cynuit. Chegaram ao amanhecer e posso imaginar seus navios com feras na proa aparecendo no cinza da alvorada como monstros saindo de um pesadelo. Subiram o rio, remos chapinhando, depois encalharam os barcos e as tripulações desceram, homens com cotas de malha e elmos, dinamarqueses com lanças, dinamarqueses com espadas, e encontraram a igreja e o mosteiro semiconstruídos.

Odda, o Jovem, foi quem escolheu o local, mas sabia que ficava perto demais do mar, por isso decidiu fazer uma construção fortificada. A torre da igreja seria de pedra e suficientemente alta para que homens montassem vigia no topo. Os padres e monges seriam rodeados por uma paliçada e um fosso inundado, mas quando Svein chegou em terra, nada disso estava terminado, de modo que o local era indefensável. E, além disso, mal havia quarenta soldados, e todos morreram ou fugiram minutos depois do desembarque dinamarquês. Então os dinamarqueses queimaram todo o trabalho que fora feito e cortaram a alta cruz de madeira que normalmente marcava um mosteiro, e que fora a primeira coisa feita pelos construtores.

Os construtores eram monges, muitos deles noviços. Svein os arrebanhou e exigiu que mostrassem onde estavam escondidos os objetos valiosos. E prometeu misericórdia se dissessem a verdade. E eles disseram. Não havia muita coisa de valor, certamente nenhum altar de ouro, mas suprimentos e madeira precisavam ser comprados, de modo que os monges tinham um baú de moedas de prata que foi recompensa suficiente para os dinamarqueses, que então derrubaram a torre construída pela metade, destruíram a paliçada que não estava pronta e mataram algumas cabeças de gado. Então Svein perguntou aos monges onde Ubba estava enterrado e foi recebido por um silêncio carrancudo. As espadas foram desembainhadas de novo e a pergunta foi feita pela segunda vez, e os monges foram obrigados a confessar que a igreja estava sendo construída exatamente em cima da sepultura do chefe morto. Essa sepultura havia sido um monte de terra, mas os monges o haviam escavado e jogado o corpo no rio, e quando os dinamarqueses ouviram essa história, a misericórdia fugiu de suas almas.

Os monges foram obrigados a entrar no rio até que alguns ossos foram achados, e esses ossos foram postos numa pira funerária feita com tábuas das construções inacabadas. Segundo todos os relatos, era uma pira gigantesca, e então ela foi acesa. E quando os ossos estavam no coração de um incêndio descomunal, os monges foram jogados nas chamas. Enquanto seus corpos queimavam, os dinamarqueses escolheram duas garotas, capturadas dos abrigos dos soldados, estupraram-nas e depois as estrangularam, mandando suas almas para fazer companhia a Ubba no Valhalla. Ouvimos tudo isso de duas crianças, que sobreviveram escondendo-se numa área de espinheiros, e de algumas pessoas da cidade próxima que foram arrastadas para ver o fim da pira funerária.

— Svein do Cavalo Branco fez isso — disseram a eles, que foram obrigados a repetir as palavras. Era costume dinamarquês deixar algumas testemunhas horrorizadas, de modo que as histórias espalhassem o medo e acovardassem outras pessoas que poderiam ser atacadas. E sem dúvida a história dos monges queimados e das garotas assassinadas atravessou Wessex como um vento forte no capim seco. Tornou-se exagerada, como acontece com essas histórias. O número de monges mortos cresceu de 16 para sessenta, o das garotas estupradas, de duas para vinte, e a prata roubada, de um baú de moedas para um tesouro digno dos deuses. Alfredo mandou um recado a Guthrum, exigindo saber por que não deveria matar os reféns que tinha, e Guthrum lhe mandou um presente em ouro, dois evangelhos capturados e uma carta humilde em que afirmava que os dois navios não eram de suas forças, e sim de piratas de além do mar. Alfredo acreditou nele, de modo que os reféns sobreviveram e a paz prevaleceu, mas Alfredo exigiu que fosse pronunciada uma maldição contra Svein em cada igreja de Wessex. O chefe dinamarquês seria condenado por toda a eternidade, seus homens iriam queimar no fogo do inferno e seus filhos, e os filhos de seus filhos, teriam a marca de Caim. Perguntei a um padre o que era a marca de Caim. Ele explicou que Caim era o filho de Adão e Eva e havia sido o primeiro assassino, mas o padre não sabia qual era a marca. Achava que Deus a reconheceria.

Assim, os navios de Svein foram embora, deixando uma coluna de fumaça no litoral de Wessex, e eu não soube de nada. Com o tempo, saberia de tudo, mas por enquanto estava indo para casa.

Seguimos lentamente, abrigando-nos a cada noite, voltando pelo caminho que nos levou para além da colina enegrecida onde estivera o povoado de Peredur, e continuamos em frente, sob sol e chuva de verão, até que havíamos retornado ao Uisc.

Agora o *Heahengel* estava flutuando e tinha seu mastro no lugar, o que significava que Leofric poderia levá-lo com o *Eftwyrd* — já que o *Fyrdraca* não existia mais — de volta a Hamtun. Primeiro dividimos o saque e, ainda que Leofric e eu tivéssemos ficado com a maior parte, cada homem foi embora rico. Fiquei com Haesten e Iseult e os levei até Oxton, onde Mildrith chorou de alívio porque havia pensado que eu podia estar morto. Falei que havíamos patrulhado a costa, o que era bastante verdadeiro, e que tínhamos capturado um navio dinamarquês cheio de riquezas. Espalhei as moedas e os tijolos de ouro no chão e lhe dei um bracelete de âmbar e um colar de azeviche. Os presentes a distraíram de Iseult, que a observava com olhos arregalados, escuros. E se Mildrith viu as joias da garota britânica, não falou nada.

Havíamos retornado a tempo para a colheita, mas foi ruim, porque houvera chuva demais naquele verão. Havia uma doença preta no centeio, o que significava que ele nem poderia ser dado aos animais, porém a palha era suficientemente boa para cobrir o castelo que eu havia construído. Sempre gostei de construir. Fiz o castelo com barro, cascalho e palha, tudo misturado junto para levantar paredes grossas. Traves de carvalho se apoiavam nas paredes e caibros de carvalho sustentavam o telhado alto e comprido que parecia dourado quando a primeira palha foi posta no lugar. As paredes foram pintadas com calcário em pó misturado com água, e um dos homens do local derramou sangue de boi na mistura, de modo que as paredes ficaram da cor de um sol de verão ao entardecer. A grande porta do castelo era virada para o leste, na direção do Uisc, e eu paguei a um homem de Exanceaster para esculpir o portal com lobos se retorcendo, porque o estandarte de Bebbanburg, o meu estandarte, é uma cabeça de lobo. Paguei bem aos construtores, e quando outros homens ouviram dizer que eu tinha prata, vieram procurando emprego, e mesmo estando ali para construir meu castelo, só peguei os que tinham experiência em lutar. Equipei-os com pás, machados, enxós, armas e escudos.

— Você está montando um exército — acusou Mildrith. Seu alívio por meu retorno azedou rapidamente quando ficou claro que eu não era mais cristão do que quando a havia deixado.

— Dezessete homens? Um exército?

— Estamos em paz — disse ela. Acreditava nisso porque os bispos diziam, e os bispos recebiam ordens de Alfredo. Um padre viajante procurou abrigo conosco uma noite e insistiu em que a guerra contra os dinamarqueses havia acabado.

— Ainda temos dinamarqueses na fronteira — disse eu.

— Deus acalmou o coração deles — insistiu o padre, e me disse que Deus havia matado os irmãos Lothbrok: Ubba, Ivar e Halfdan, e que o restante dos dinamarqueses ficou tão chocado com as mortes que não ousava mais lutar contra cristãos. — É verdade, senhor — disse o padre, sério. — Ouvi isso numa pregação em Cippanhamm. O rei estava lá e louvou Deus pela verdade disso. Devemos transformar nossas espadas em pontas de arado e as pontas das lanças em foices para colheita.

Ri da ideia de derreter Bafo de Serpente para transformá-la numa ferramenta de arar os campos de Oxton, mas, afinal de contas, eu não acreditava nos absurdos do padre. Os dinamarqueses estavam dando tempo, só isso. No entanto, a situação realmente parecia pacífica à medida que o verão deslizava imperceptivelmente para o outono. Nenhum inimigo atravessou a fronteira de Wessex e nenhum navio atacou nosso litoral. Colhemos o trigo, pegamos perdizes, caçamos cervos no morro, pusemos redes em estacas no rio e treinamos com as armas. As mulheres fiavam, colhiam nozes, cogumelos e amoras. Havia maçãs e peras, porque era tempo da fartura, época em que os animais engordavam antes da matança do inverno. Comíamos como reis. Quando meu castelo ficou pronto, dei uma festa, Mildrith viu a cabeça de boi sobre a porta e soube que era uma oferenda a Tor, mas não disse nada.

Mildrith odiava Iseult, o que não era de surpreender, já que eu havia dito a Mildrith que Iseult era uma rainha dos britânicos e que eu a mantinha por causa de um resgate que os britânicos ofereceriam. Eu sabia que esse resgate jamais viria, mas a história servia até certo ponto para explicar a presença de Iseult, mas Mildrith se ressentia de que a mulher britânica tivesse sua própria casa.

— Ela é uma rainha — disse eu.

— Você a leva para caçar — respondeu Mildrith, ressentida.

Eu fazia mais do que isso, mas Mildrith optou por ficar cega a boa parte. Mildrith queria pouco mais do que sua Igreja, seu bebê e sua rotina invariável. Comandava as mulheres que ordenhavam as vacas, batiam a manteiga, fiavam a lã e colhiam mel, e sentia orgulho imenso em que essas coisas fossem bem-feitas. Se um vizinho visitasse, havia uma agitação de pânico enquanto o castelo era limpo; e ela se preocupava muito com a opinião desses vizinhos. Queria que eu pagasse o *wergild* de Oswald. Não lhe importava que o sujeito tivesse sido apanhado num roubo, porque pagar o *wergild* traria a paz no vale do Uisc. Até queria que eu visitasse Odda, o Jovem.

— Vocês poderiam ser amigos — implorava.

— Amigo daquela cobra?

— E Wirken disse que você não pagou o *tithe*.

Wirken era o padre de Exanmynster, e eu o odiava.

— Ele come e bebe o *tithe* — rosnei. O *tithe* era o pagamento que todos os senhores de terras deveriam fazer à Igreja, e por direito eu deveria ter mandado a Wirken parte de minha colheita, mas não fiz isso. No entanto, o padre costumava vir a Oxton, aparecendo quando achava que eu estaria caçando, comia minha comida, bebia minha cerveja e estava ficando gordo com isso.

— Ele vem rezar conosco — disse Mildrith.

— Ele vem comer.

— E disse que o bispo vai tomar as terras se não pagarmos a dívida.

— A dívida será paga.

— Quando? Nós temos o dinheiro! — Ela indicou o castelo novo. — Quando?

— Quando eu quiser — rosnei. Não disse quando nem como, porque, se dissesse, o padre Wirken saberia e o bispo saberia. Não bastava pagar a dívida. O pai de Mildrith havia tolamente doado parte dos produtos futuros de nossas terras à Igreja e eu queria que esse fardo fosse retirado, de modo que a dívida não crescesse até a eternidade, e para isso precisava surpreender o bispo. Por isso, mantinha Mildrith na ignorância e inevitavelmente essas discussões terminavam com suas lágrimas. Eu estava farto dela e ela sabia. Um dia, encontrei-a batendo na criada de Iseult. A garota era saxã e eu a dera a Iseult como serviçal, mas ela também trabalhava com o leite e Mildrith estava espancando-a porque alguns queijos não tinham sido virados. Arrastei Mildrith para longe. E isso, claro, provocou outra discussão, e Mildrith mostrou que não era tão cega afinal de contas, porque me acusou de tentar produzir bastardos em Iseult, o que era bem verdade, mas lembrei-a de que seu pai tivera um monte de bastardos, meia dúzia dos quais agora trabalhava para nós.

— Deixe Iseult e a criada dela em paz — falei, provocando mais lágrimas. Aqueles não eram dias felizes.

Foi a época em que Iseult aprendeu a falar inglês, ou pelo menos a versão do inglês da Nortúmbria, porque aprendeu principalmente comigo.

— Você é meu *hamem* — dizia ela. Eu era o homem de Mildrith e o *hamem* de Iseult. Ela dizia que havia nascido de novo no dia em que cheguei ao castelo de Peredur. — Eu tinha sonhado com você. Alto e de cabelos dourados.

— Agora você não sonha? — perguntei, sabendo que seus poderes de previsão vinham dos sonhos.

— Ainda sonho — respondeu ela séria. — Meu irmão fala comigo.

— Seu irmão? — perguntei surpreso.

— Eu nasci com um irmão gêmeo. Meu irmão saiu primeiro, e quando nasci, ele morreu. Ele foi para o mundo das sombras e fala comigo sobre o que vê lá.

— O que ele vê?

— Vê o seu rei.

— Alfredo é tão bom ou mau assim? — perguntei azedamente.

— Não sei. Os sonhos são sombrios.

Ela não era cristã. Em vez disso, acreditava que todo lugar e toda coisa na terra tem seu deus ou sua deusa; uma ninfa para um riacho, uma dríade para um bosque, um espírito para uma árvore, um deus para o fogo e outro para o mar. O deus cristão, como Tor ou Odin, era apenas mais uma divindade em meio a essa multidão invisível de forças, e seus sonhos, segundo ela, eram como espiar os deuses. Um dia, enquanto cavalgava ao meu lado nas colinas acima do mar vazio, ela falou de repente que Alfredo me daria poder.

— Ele me odeia — disse eu. — Não vai me dar nada.

— Ele vai lhe dar poder — insistiu ela peremptoriamente. Olhei-a e ela olhou para onde as nuvens encontravam as ondas. Seu cabelo preto estava solto e o vento o agitava. — Meu irmão me disse. Alfredo vai lhe dar poder e você tomará de volta seu lar no norte, e sua mulher será uma criatura de ouro.

— Minha mulher?

Ela me olhou e houve tristeza em seu rosto.

— Pronto — disse ela. — Agora você sabe. — Em seguida, bateu com os calcanhares e fez o cavalo correr pelo topo da encosta, o cabelo balançando, os olhos úmidos de lágrimas. Eu queria saber mais, porém ela disse que havia me contado o que sonhara e que eu deveria ficar contente.

No fim do verão, levamos os porcos para a floresta, para se alimentar com as nozes caídas das faias e as bolotas de carvalho. Comprei sacos de sal porque a época da matança estava chegando e a carne dos nossos porcos e bois seria salgada em barris para nos alimentar durante o inverno. Parte dessa comida viria dos homens que alugavam terras nas bordas da propriedade, e eu visitei todos eles para saberem que eu esperava pagamento em trigo, centeio e animais. E para mostrar o que aconteceria se tentassem me enganar, comprei uma dúzia de boas espadas com um ferreiro em Exanceaster. Dei as espadas aos meus homens e nos dias que iam encurtando treinamos com elas. Talvez Mildrith não acreditasse no que estava por vir, mas eu não achava que Deus tivesse mudado o coração dos dinamarqueses.

 O fim do outono trouxe chuva pesada e o *reeve* do distrito de Oxton. O *reeve* se chamava Harald e era encarregado de manter a paz de Defnascir. Veio a cavalo e com ele estavam seis outros cavaleiros, todos com cotas de malha e elmos e todos com espadas ou lanças. Esperei por ele no castelo, fazendo-o apear e entrar nas sombras repletas de fumaça. Ele veio cautelosamente, esperando uma emboscada, então seus olhos se acostumaram à semiescuridão e me viu sentado perto da lareira central.

 — Você está convocado para o tribunal do distrito — disse ele.

Seus homens o haviam acompanhado para dentro do castelo.

 — Você traz espadas à minha casa? — perguntei.

Harald olhou o salão ao redor e viu meus homens armados com lanças e machados. Eu tinha visto os cavaleiros se aproximando e convoquei meus homens, ordenando que se armassem.

Harald tinha reputação de ser um sujeito decente, sensato e justo, e sabia que armas num castelo podiam levar a matança.

 — Esperem lá fora — ordenou aos seus homens, e eu sinalizei para meus homens baixarem suas armas. — Você está convocado... — começou Harald outra vez.

 — Já ouvi — disse eu.

 — Há uma dívida a ser paga e a morte de um homem para compensar.

Não falei nada. Um dos meus cães rosnou baixinho e eu pus a mão em seu pelo para silenciá-lo.

 — O tribunal vai se reunir no Dia de Todos os Santos — disse Harald — na catedral.

— Estarei lá — respondi.

Ele tirou o elmo, revelando uma careca cercada de cabelos castanhos. Era pelo menos dez anos mais velho do que eu, um homem grande, com dois dedos faltando na mão do escudo. Mancava ligeiramente enquanto andava até mim. Acalmei os cães e esperei.

— Eu estive em Cynuit — disse ele, falando baixo.

— Eu também, mas há homens que fingem que não estive.

— Sei o que você fez.

— Eu também.

Ele ignorou meu jeito carrancudo. Estava demonstrando simpatia, mas eu era orgulhoso demais para demonstrar que a apreciava.

— O *ealdorman* enviou homens para tomar este lugar assim que a sentença for dada — alertou ele.

Houve um som ofegante atrás de mim e percebi que Mildrith havia entrado no castelo. Harald fez uma reverência a ela.

— O castelo será tomado? — perguntou Mildrith.

— Se a dívida não for paga, as terras serão dadas à Igreja — disse Harald. Em seguida, olhou para os caibros recém-talhados, como se estivesse pensando em por que eu construiria um castelo numa terra condenada a ser entregue a Deus.

Mildrith veio para o meu lado. Estava claramente perturbada com a convocação de Harald, mas fez grande esforço para se conter.

— Lamento muito sobre sua mulher — disse ela.

Um tremor dolorido passou pelo rosto de Harald enquanto ele fazia o sinal da cruz.

— Ela estava doente havia muito tempo, senhora. Foi misericórdia de Deus levá-la, acho.

Eu não sabia que ele era viúvo, nem me importei muito.

— Ela era uma boa mulher — disse Mildrith.

— Era sim — concordou Harald.

— E rezo por ela.

— Agradeço isso.

— Assim como rezo por Odda, o Velho — continuou Mildrith.

— Que Deus seja louvado, ele vive. — Harald fez o sinal da cruz de novo. — Mas está fraco e sentindo dores. — Ele tocou o couro cabeludo mostrando onde Odda, o Velho, havia sido ferido.

— E quem é o juiz? — perguntei asperamente, interrompendo os dois.

— O bispo — disse Harald.

— Não é o *ealdorman*?

— Ele está em Cippanhamm.

Mildrith insistiu em dar cerveja e comida a Harald e seus homens. Ela e Harald conversaram por muito tempo, compartilhando notícias de vizinhos e parentes. Os dois eram de Defnascir e eu não era, por isso sabia pouco sobre as pessoas de quem eles falavam, mas fiquei de orelha em pé quando Harald disse que Odda, o Jovem, ia se casar com uma garota de Mércia.

— Ela está exilada aqui — disse ele — com a família.

— É bem-nascida? — perguntou Mildrith.

— Tremendamente.

— Desejo sorte aos dois — disse Mildrith com sinceridade evidente. Naquele dia, estava feliz, animada com a companhia de Harald, mas quando ele foi embora, ela me censurou por ter sido grosseiro. — Harald é um bom homem — insistiu Mildrith —, um homem gentil. Ele lhe daria conselho, ajudaria você!

Ignorei-a, mas dois dias mais tarde fui a Exanceaster com Iseult e todos os meus homens, incluindo Haesten; agora eu tinha 18 guerreiros e os havia armado, dado escudos e casacos de couro. Levei-os pela feira que sempre acompanhava as audiências dos tribunais. Havia homens andando com pernas de pau e malabaristas, um sujeito que comia fogo e um urso dançarino. Havia cantores, harpistas, contadores de histórias, mendigos e currais com ovelhas, cabras, bois, porcos, gansos, patos e galinhas. Havia bons queijos, peixe defumado, odres de banha de porco, potes de mel, bandejas de maçãs e cestos de peras. Iseult, que não estivera em Exanceaster antes, ficou espantada com o tamanho e a vida da cidade, com a proximidade fervilhante das casas. Vi pessoas fazendo o sinal da cruz quando a viram, porque tinham escutado falar da rainha das sombras mantida em Oxton e sabiam que era estrangeira e pagã.

Mendigos se apinhavam diante do portão do bispo. Havia uma aleijada com uma criança cega, homens que tinham perdido braços ou pernas nas guerras, uma quantidade deles, e eu lhes joguei algumas moedas. Depois, como estava a cavalo, passei abaixado sob o arco do pátio ao lado da catedral em que uma dúzia de criminosos acorrentados esperava o destino. Um grupo de jovens monges, nervosos com os homens acorrentados, alinhava pedras, moldando construções em forma de colmeia, enquanto uns vinte homens armados se reuniam ao redor de três fogueiras. Eles olharam meus seguidores com suspeita enquanto um jovem padre, com as mãos abanando, corria por cima das poças.

— Armas não devem ser trazidas ao recinto! — disse-me com seriedade.

— Eles têm armas — apontei para os homens que se aqueciam perto das chamas.

— São os homens do *reeve*.

— Então, quanto antes vocês cuidarem de meus negócios, mais cedo minhas armas terão ido embora — respondi.

Ele me olhou ansioso.

— Qual é o seu negócio?

— É com o bispo.

— O bispo está rezando — disse o padre com reprovação, como se eu devesse saber disso. — E não pode receber todos os homens que chegam aqui. O senhor pode falar comigo.

Sorri e ergui a voz um pouco.

— Em Cippanhamm, há dois anos, seu bispo era amigo de Eanflæd. Ela tem cabelos ruivos e expõe sua mercadoria diante da taverna Corncrake. O negócio dela é a prostituição.

As mãos do padre estavam abanando de novo numa tentativa de me persuadir a baixar a voz.

— Eu estive com Eanflæd — continuei —, e ela me falou sobre o bispo. Disse...

Os monges pararam o trabalho de construção e estavam agora prestando atenção, mas o padre me interrompeu meio gritando:

— Talvez o bispo tenha um momento livre.

— Então lhe diga que estou aqui — falei em tom agradável.

— O senhor é Uhtred de Oxton?

— Não. Sou o senhor Uhtred de Bebbanburg.

— Sim, senhor.

O bispo se chamava Alewold e era na verdade o bispo de Cridianton, mas aquele lugar não era considerado tão seguro quanto Exanceaster, de modo que por anos os bispos de Cridianton haviam morado na cidade maior. O que, como Guthrum demonstrara, não era a decisão mais inteligente. Os dinamarqueses de Guthrum haviam pilhado a catedral e a casa do bispo, que ainda era mal mobiliada, e descobri Alewold sentado atrás de uma mesa que parecia ter pertencido a um açougueiro, porque o tampo pesado era cheio de cortes de faca e manchado de sangue velho. Ele me olhou indignado.

— Você não deveria estar aqui — disse ele.

— Por quê?

— Você tem negócios diante do tribunal amanhã.

— Amanhã você estará sentado como juiz. Hoje você é um bispo.

Ele recebeu isso com um pequeno gesto de cabeça. Era um homem idoso, com papadas pesadas e reputação de juiz severo. Havia estado com Alfredo em Scireburnan quando os dinamarqueses chegaram a Exanceaster, motivo pelo qual continuava vivo. E como todos os bispos de Wessex, apoiava fervorosamente o rei. E eu não tinha dúvida de que a aversão de Alfredo por mim era conhecida de Alewold, o que significava que eu poderia esperar pouca clemência quando o tribunal estivesse reunido.

— Estou ocupado — disse Alewold, indicando os pergaminhos sobre a mesa manchada. Dois escrivães compartilhavam a mesa e meia dúzia de padres ressentidos havia se reunido atrás da cadeira do bispo.

— Minha mulher herdou uma dívida para com a Igreja — disse eu.

Alewold olhou para Iseult, que havia entrado sozinha na casa comigo. Parecia linda, orgulhosa e rica. Havia prata em sua garganta e no cabelo, e seu manto era preso com dois broches, um de azeviche e outro de âmbar.

— Sua mulher? — perguntou o bispo sarcasticamente.

— Eu anularia a dívida — respondi, ignorando a pergunta. Pus uma bolsa em sua mesa de açougueiro, e o prato de prata que havíamos tomado de Ivar deslizou para fora. A prata fez um ruído satisfatório ao bater. E de repente, naquela pequena sala escura mal iluminada por três velas fracas e uma pequena janela com grades, pareceu que o sol havia nascido. A prata pesada brilhava e Alewold ficou simplesmente olhando.

Há bons padres. Beocca é um, Willibald, outro, mas descobri em minha longa vida que a maioria dos homens da Igreja prega os méritos da pobreza enquanto corre atrás da riqueza. Adoram dinheiro, e a Igreja atrai dinheiro como uma vela traz mariposas. Eu sabia que Alewold era um homem cobiçoso, tão cobiçoso por riquezas quanto pelas delícias de uma puta ruiva em Cippanhamm, e ele não conseguia afastar os olhos do prato. Estendeu a mão e acariciou a borda grossa como se mal acreditasse no que estava vendo, depois puxou o prato e examinou os 12 apóstolos.

— Um cibório — disse com reverência.

— Um prato — falei casualmente.

Um dos outros padres se inclinou sobre os ombros de um dos escrivães.

— Trabalho irlandês — disse ele.

— Parece irlandês — concordou Alewold, depois me olhou cheio de suspeitas. — Está devolvendo à Igreja?

— Devolvendo? — perguntei inocente.

— O prato foi obviamente roubado, e você fez bem, Uhtred, em trazê-lo de volta.

— Mandei fazer o prato para o senhor.

Ele virou o prato, o que exigiu algum esforço, porque era pesado, e assim que estava invertido apontou para os arranhões na prata.

— É antigo.

— Mandei fazer na Irlanda — falei em tom grandioso. — E sem dúvida foi mal manuseado pelos homens que o trouxeram do outro lado do mar.

Ele sabia que eu estava mentindo. Não me importei.

— Há artesãos de prata em Wessex que poderiam lhe fazer um cibório — disse rispidamente um dos padres.

— Achei que talvez o senhor o quisesse — disse eu, depois me inclinei e tirei o prato das mãos do bispo. — Mas se prefere um trabalho saxão, eu posso...

— Devolva! — disse Alewold. E quando não fiz menção de obedecer, sua voz ficou implorante. — É uma coisa linda. — Ele podia vê-lo em sua igreja, ou talvez em seu castelo, e o queria. Houve silêncio enquanto o bispo olhava o prato. Se soubesse que o prato existia, se eu tivesse falado com Mildrith, ele teria uma reação pronta, mas era como se estivesse dominado pelo desejo da prata pesada. Uma serviçal trouxe uma jarra e ele a mandou embora com um gesto. Notei que a mulher era ruiva. — Você mandou fazer o prato — disse Alewold com ceticismo.

— Em Dyflin — respondi.

— Foi para lá que você foi com o navio do rei? — perguntou o padre que havia falado rispidamente comigo.

— Nós patrulhamos a costa, nada mais.

— O valor do prato — começou Alewold, depois parou.

— Está muito além da dívida que Mildrith herdou — disse eu. Isso provavelmente não era verdade, mas estava próximo da quantia, e eu podia ver que Alewold não se importava. Eu alcançaria meu objetivo.

A dívida foi anulada. Insisti em ter isso por escrito, e escrito três vezes, e os surpreendi sendo capaz de ler e descobrindo que o primeiro pedaço de pergaminho não fazia menção à Igreja abrir mão de seus direitos dos produtos futuros da minha propriedade, mas isso foi corrigido e deixei o bispo ficar com uma cópia, enquanto eu levava duas.

— Você não será indiciado por dívida — disse o bispo enquanto apertava seu sinete na cera da última cópia —, mas ainda há a questão do *wergild* de Oswald.

— Confio em seu julgamento bom e sensato, bispo — disse eu, e abri a bolsa pendurada à cintura, tirando um pequeno lingote de ouro. Certifiquei-me de que ele pudesse ver que havia mais ouro dentro enquanto colocava o lingote ao lado do prato. — Oswald era ladrão.

— A família dele vai jurar o contrário — disse o padre.

— E eu trarei homens que jurarão que ele era.

Um julgamento dependia tremendamente de juramentos, mas os dois lados trariam o máximo de mentirosos que pudessem juntar, e em geral a decisão era favorável aos melhores mentirosos ou, se os dois lados fossem igualmente convincentes, era favorável a quem tivesse a simpatia dos espectadores. Mas era melhor ter a simpatia do juiz. A família de Oswald teria muitos

121
O rei do pântano

apoiadores ao redor de Exanceaster, mas o ouro é um argumento muito melhor num tribunal.

E foi assim. Para perplexidade de Mildrith, a dívida foi paga e a família de Oswald não recebeu os duzentos xelins de *wergild*. Nem me incomodei em ir ao tribunal, contando com a força persuasiva do ouro. E sem dúvida o bispo descartou peremptoriamente a exigência de *wergild*, dizendo que todos sabiam que Oswald era ladrão. Assim eu ganhei. Isso não me tornou mais popular. Para as pessoas que viviam no vale do Uisc, eu era um intrometido da Nortúmbria e, pior, sabiam que eu era pagão, mas ninguém ousava me confrontar porque eu não ia a qualquer local fora da propriedade sem meus homens, e meus homens não iam a lugar nenhum sem suas espadas.

A colheita estava nos depósitos. Agora era tempo de os dinamarqueses chegarem, quando tinham certeza de encontrar comida para seus exércitos, mas nem Guthrum nem Svein atravessaram a fronteira. Em vez disso, o inverno chegou e nós matamos os animais, salgamos a carne, raspamos as peles e fizemos geleia de pé de boi. Tentava escutar o som dos sinos das igrejas tocando numa hora incomum, porque isso significaria que os dinamarqueses haviam atacado, mas os sinos não tocaram.

Mildrith rezava para que a paz continuasse e eu, sendo jovem e estando entediado, rezava para que não continuasse. Ela rezava ao deus cristão; eu levava Iseult à floresta no alto e fazia sacrifícios a Hoder, Odin e Tor, e os deuses estavam escutando, porque na escuridão embaixo da árvore da forca, onde as três fiandeiras teciam nossa vida, um fio vermelho foi trançado em minha vida. O destino é tudo, e logo depois do Yule as fiandeiras trouxeram um mensageiro real a Oxton. E ele, por sua vez, trouxe-me uma convocação. Parecia possível que o sonho de Iseult fosse verdade e que Alfredo me daria poder, porque recebi ordem de ir a Cippanhamm falar com o rei. Fui convocado ao Witan.

Cinco

$\mathfrak{M}$ILDRITH ESTAVA EMPOLGADA com a convocação. O Witan dava conselho ao rei, e seu pai jamais fora rico ou importante o suficiente para receber uma convocação dessas. Assim, ficou num júbilo enorme porque o rei queria minha presença. O *witanegemot*, como era chamada a reunião, realizava-se sempre na Festa de Santo Estêvão, o dia depois do Natal, mas minha convocação exigia que eu estivesse lá no décimo segundo dia depois do Natal. Isso deu a Mildrith tempo para lavar roupas para mim. Elas precisavam ser fervidas, esfregadas, secadas e escovadas. Três mulheres fizeram o serviço e levaram três dias antes que Mildrith ficasse convencida de que eu não iria desgraçá-la aparecendo em Cippanhamm com a aparência de um vagabundo. Ela não foi convocada, nem esperava me acompanhar, mas fez questão de dizer a todos os nossos vizinhos que eu daria conselhos ao rei.

— Você não deve usar isso — disse ela apontando para o amuleto de Tor.

— Sempre uso.

— Então esconda. E não seja beligerante!

— Beligerante?

— Ouça o que os outros disserem. Seja humilde. E lembre-se de parabenizar Odda, o Jovem.

— Por quê?

— Ele vai se casar. Diga que rezo pelos dois.

Ela estava feliz de novo, certa de que, ao pagar a dívida da Igreja, eu havia recuperado os favores de Alfredo, e seu bom humor nem foi estragado quando anunciei que levaria Iseult. Ela se eriçou ligeiramente ao saber da notícia, depois disse que era certo que Iseult fosse levada a Alfredo.

— Se ela é uma rainha — disse Mildrith —, então pertence à corte de Alfredo. Este não é um lugar adequado para ela.

Insistiu em levar moedas de prata à igreja em Exanceaster, onde doou o dinheiro aos pobres e agradeceu por eu ter sido restaurado aos favores de Alfredo. Também agradeceu a Deus pela saúde de nosso filho, Uhtred. Eu o via pouco, porque ainda era um bebê e nunca tive muita paciência com bebês, mas as mulheres de Oxton me garantiam constantemente que ele era um menino saudável e forte.

Partimos dois dias antes da data. Levei Haesten e seis homens como escolta porque, ainda que os homens do *reeve* patrulhassem as estradas, havia muitos lugares selvagens onde os fora da lei atacavam os viajantes. Usávamos cotas de malha ou túnicas de couro, com espadas, lanças, machados e escudos. Todos íamos a cavalo. Iseult tinha uma pequena égua preta que eu lhe havia comprado, e eu também lhe dera uma capa de pele de lontra. E quando passávamos por povoados, as pessoas a olhavam porque ela montava como homem, com o cabelo preto preso numa corrente de prata. O povo se ajoelhava para ela, bem como para mim, e pedia esmolas. Ela não levou a aia, porque eu me lembrava de como todas as tavernas e casas de Exanceaster haviam ficado apinhadas quando o Witan se reuniu, e convenci Iseult de que teríamos dificuldade em conseguir acomodações para nós mesmos, quanto mais para uma criada.

— O que o rei quer de você? — perguntou ela enquanto seguíamos pelo vale do Uisc. A água da chuva se empoçava nas fendas profundas, brilhando ao sol do inverno, enquanto as florestas brilhavam com folhas de azevinho e se iluminavam com as frutinhas da sorveira-brava, dos espinheiros, sabugueiros e teixos.

— Você não deveria me dizer isso? — perguntei.

Ela sorriu.

— Ver o futuro é como viajar por uma estrada desconhecida. Geralmente, não se pode ver muito adiante, e quando pode é só um vislumbre. E meu irmão não me dá sonhos sobre tudo.

— Mildrith acha que o rei me perdoou.

— E perdoou?

Dei de ombros.

— Talvez. — Eu esperava que sim, não porque quisesse o perdão de Alfredo, mas porque queria o comando da frota de novo. Queria estar com Leofric. Queria o vento no rosto e a chuva do mar nas bochechas. — Mas é estranho ele não me querer lá durante todo o *witanegemot*.

— Talvez eles quisessem discutir coisas religiosas no início — sugeriu Iseult.

— Nesse caso, ele não me quereria lá.

— Então é isso. Eles falam sobre o deus deles, mas no fim vão falar dos dinamarqueses, e por isso ele o convocou. Ele sabe que precisa de você.

— Ou talvez só me queira lá para a festa.

— A festa?

— A festa da Noite de Reis — expliquei, e essa me pareceu a explicação mais provável: Alfredo havia decidido me perdoar e, para demonstrar que agora me aprovava, deixaria que eu comparecesse à festa de inverno. Eu esperava secretamente que isso fosse verdade, e era uma esperança estranha. Estivera pronto para matar Alfredo havia apenas alguns meses, mas agora, mesmo ainda o odiando, queria sua aprovação. Para ver o que é ser ambicioso. Se eu não pudesse ascender com Ragnar, faria minha reputação com Alfredo.

— Sua estrada, Uhtred, é como uma lâmina brilhante sobre um pântano escuro. Eu a vejo com clareza.

— E a mulher de ouro?

Ela não disse nada.

— É você? — perguntei.

— O sol escureceu quando nasci — disse ela —, por isso sou uma mulher de escuridão e prata, não de ouro.

— Então quem é ela?

— Alguém de longe, Uhtred, de longe. — E não quis dizer mais. Talvez não soubesse mais, ou talvez estivesse supondo.

Chegamos a Cippanhamm na tarde do décimo primeiro dia do Yule. Ainda havia gelo nos regos e o sol era uma grosseira bola vermelha acima dos galhos pretos e emaranhados enquanto chegávamos à porta oeste da cidade. A cidade estava cheia, mas eu era conhecido na taverna Corncrake, onde a prostituta ruiva chamada Eanflæd trabalhava, e ela arranjou abrigo para nós num estábulo meio arruinado onde uma quantidade de cães fora presa. Segundo ela, os cães pertenciam a Huppa, *ealdorman* de Thornsæta, mas achava que os animais poderiam sobreviver a uma ou duas noites no pátio.

— Huppa não deve achar isso — disse ela —, mas ele pode apodrecer no inferno.

— Ele não paga? — perguntei.

Em resposta, ela cuspiu, depois me olhou com curiosidade.

— Ouvi dizer que Leofric está aqui.

— E está? — perguntei animado pela notícia.

— Não o vi, mas alguém disse que está. No palácio real. Talvez Burgweard o tenha trazido. — Burgweard era o novo comandante da frota, o que desejava que seus navios navegassem dois a dois, imitando os discípulos de Cristo. — Seria melhor que Leofric não estivesse aqui — terminou Eanflæd.

— Por quê?

— Porque não veio me ver! — respondeu ela indignada. — Por isso. — Eanflæd era cinco ou seis anos mais velha do que eu, de rosto largo, testa alta e cabelos eriçados. Era popular, tanto que tinha bastante liberdade na taverna, que devia seus lucros mais às habilidades dela do que à qualidade da cerveja. Eu sabia que Eanflæd era amiga de Leofric, mas pelo seu tom suspeitei de que desejava ser mais do que amiga. — Quem é ela? — perguntou balançando a cabeça na direção de Iseult.

— Uma rainha.

— Acho que existe outro nome para isso. Como vai sua mulher?

— Está em Defnascir.

— Você é como todo o resto, não é? — Ela estremeceu. — Se sentir frio esta noite, traga os cães de volta para esquentá-lo. Vou trabalhar.

Sentimos frio, mas dormi bastante bem e na manhã seguinte, o décimo segundo dia depois do Natal, deixei meus seis homens na Corncrake e levei Iseult e Haesten às construções do rei, que ficavam atrás de uma paliçada ao sul da cidade, onde o rio se enrolava junto aos muros. Os homens deveriam comparecer ao *witanegemot* com servidores, mas geralmente não com um dinamarquês e uma britânica, mas Iseult queria ver Alfredo e eu quis agradá-la. Além disso, havia a grande festa daquela noite e, mesmo eu a alertando de que as festas de Alfredo eram pobres, Iseult queria estar presente. Haesten, com sua cota de malha e a espada, estava ali para protegê-la porque eu suspeitava de que talvez Iseult não recebesse permissão de entrar no castelo em que o *witanegemot* debatia, e teria de esperar até a noite pela chance de vislumbrar Alfredo.

O porteiro exigiu que deixássemos as armas, coisa que fiz de má vontade, mas nenhum homem, a não ser a guarda pessoal do rei, podia chegar armado à presença de Alfredo. O dia de conversações já havia começado, segundo disse o porteiro, por isso passamos rapidamente pelos estábulos e pela grande e nova capela real com suas duas torres. Um grupo de padres estava amontoado perto da porta principal do grande castelo e dentre eles reconheci Beocca, o antigo sacerdote do meu pai. Sorri cumprimentando-o, mas seu rosto, enquanto vinha para nós, estava abatido e pálido.

— Você está atrasado — disse ele incisivamente.

— Não está satisfeito em me ver? — perguntei com sarcasmo.

Ele me olhou. Apesar da vesguice, do cabelo ruivo e da mão esquerda paralisada, Beocca havia adquirido uma austeridade séria. Agora era capelão real, confessor e confidente do rei, e as responsabilidades haviam escavado rugas fundas em seu rosto.

— Rezei para jamais ver este dia — disse ele, e fez o sinal da cruz. — Quem é essa? — perguntou olhando Iseult.

— Uma rainha dos britânicos.

— O quê?

— Uma rainha. Está comigo. Quer ver Alfredo.

Não sei se ele acreditou, mas pareceu não se importar. Em vez disso, estava distraído, preocupado, e, como vivia num estranho mundo de privilégio real e devoção obsessiva, presumi que seu sofrimento fora causado por alguma discussão teológica mesquinha. Ele era o padre que rezava missas em Bebbanburg quando eu era criança, e depois da morte do meu pai havia fugido da Nortúmbria porque não suportava viver entre os dinamarqueses pagãos.

Havia encontrado refúgio na corte de Alfredo, na qual se tornou amigo do rei. Também era meu amigo, um homem que havia preservado os pergaminhos provando minha reivindicação ao título de senhor de Bebbanburg. Mas naquele décimo segundo dia do Yule, não estava nem um pouco satisfeito em me ver. Puxou meu braço, levando-me na direção da porta.

— Devemos entrar. E que Deus, em sua misericórdia, proteja você.

— Me proteja?

— Deus é misericordioso — disse Beocca. — E você deve rezar por essa misericórdia. — Então os guardas abriram a porta do castelo e entramos no grande salão. Ninguém impediu Iseult e, de fato, havia uma quantidade de outras mulheres olhando os procedimentos nas bordas do salão.

Também havia mais de cem homens, ainda que apenas quarenta ou cinquenta compusessem o *witanegemot*. E esses *thegns* e homens importantes da Igreja ocupavam cadeiras e bancos num semicírculo diante do tablado em que Alfredo estava sentado com dois padres e Ælswith, sua mulher, que se encontrava grávida. Atrás deles, coberto por um pano vermelho, havia um altar com velas grossas e uma pesada cruz de prata, e ao redor das paredes havia plataformas nas quais, em tempos normais, as pessoas dormiam ou comiam para ficar longe dos ventos violentos. Mas nesse dia as plataformas estavam apinhadas com os seguidores dos *thegns* e nobres do Witan, e entre eles, claro, havia um monte de padres e monges, porque a corte de Alfredo mais parecia um mosteiro do que um castelo real. Beocca sinalizou indicando que Iseult e Haesten deveriam se juntar a esses espectadores, depois me puxou em direção ao semicírculo de conselheiros privilegiados.

Ninguém notou minha chegada. Estava escuro no salão, porque pouca luz do sol de inverno penetrava pelas janelas pequenas e altas. Braseiros tentavam oferecer algum calor, mas fracassavam, conseguindo apenas adensar a fumaça nos caibros altos. Havia uma grande lareira central, mas o fogo fora retirado para abrir espaço ao círculo de bancos e cadeiras do *witanegemot*. Um homem alto, de capa azul, estava de pé enquanto eu me aproximava. Falava da necessidade de consertar pontes, e de como os *thegns* locais estavam se esquivando ao dever. E sugeriu que o rei nomeasse uma autoridade para supervisionar as estradas do reino. Outro homem interrompeu, reclamando que uma nomeação dessas transgrediria os privilégios dos *ealdormen* dos distritos, e isso deu início a um coro de vozes, algumas a favor da proposta, a maioria contra, e dois padres, sentados a uma mesinha ao lado do tablado de Alfredo, tentavam anotar todos os comentários. Reconheci Wulfhere, o *ealdorman* de Wultunscir, que bocejava prodigiosamente. Perto dele estava Alewold, o bispo de Exanceaster, coberto de peles. Ninguém me percebia, ainda. Beocca havia me contido, como se esperasse uma calmaria nos procedimentos antes de me arranjar um assento. Dois serviçais trouxeram cestos com lenha para alimentar os braseiros, e foi então que Ælswith me viu. Inclinou-se e sussurrou no ouvido de Alfredo. Ele estivera atento à discussão, mas então olhou para além de seu conselho, espiando-me.

E um silêncio baixou sobre o grande salão. Houvera um murmúrio de vozes quando os homens viram o rei sendo distraído da discussão sobre pontes e todos se viraram para me olhar. E então houve um silêncio que foi quebrado pelo espirro de um padre, e uma agitação súbita e estranha quando os homens mais perto de mim, os que estavam sentados perto das pedras frias do fogão, moveram-se de lado. Não estavam abrindo caminho para mim, e sim me evitando.

Ælswith sorria, e então eu soube que estava encrencado. Minha mão foi instintivamente para o lado esquerdo do corpo, mas é claro que eu não tinha uma espada, portanto não poderia tocar seu punho para dar sorte.

— Falaremos sobre pontes mais tarde — disse Alfredo. Ele se levantou. Usava um aro de bronze como coroa e um manto azul com acabamento em pele, combinando com o vestido usado pela esposa.

— O que está acontecendo? — perguntei a Beocca.

— Fique em silêncio! — Foi Odda, o Jovem, que falou. Estava vestido em sua glória guerreira, com malha brilhante coberta por uma capa preta, botas de cano alto e um cinto de espada vermelho, do qual pendiam suas armas, já que Odda, como comandante da guarda do rei, tinha permissão para entrar armado no palácio real. Olhei em seus olhos e vi triunfo, o mesmo triunfo que havia no rosto franzido da senhora Ælswith, e soube que não fora trazido para receber os favores do rei, e sim para enfrentar meus inimigos.

Eu estava certo. Um padre foi chamado do meio da turba escura junto da porta. Era um rapaz com rosto gorducho e expressão de desprezo. Movia-se rapidamente, como se o dia não tivesse horas suficientes para que terminasse seu trabalho. Fez uma reverência ao rei, depois pegou um pergaminho na mesa em que os dois escrivães estavam sentados e foi para o centro do círculo do Witan.

— Esta é uma questão urgente — disse Alfredo — que, com a permissão do Witan, abordaremos agora. — Ninguém discordaria disso, portanto um rumor baixo ofereceu a aprovação para interromper as discussões mais mundanas. Alfredo assentiu. — O padre Erkenwald lerá as acusações — disse o rei, que ocupou o trono de novo.

Acusações? Eu estava confuso como um javali entre cães e lanças e parecia incapaz de me mover, por isso simplesmente fiquei parado enquanto o padre Erkenwald desenrolava o pergaminho e pigarreava.

— Uhtred de Oxton — disse ele falando numa voz aguda e precisa —, neste dia você é acusado do crime de tomar um navio do rei sem o consentimento do próprio, de levar esse navio ao país de Cornwalum e lá travar guerra contra os britânicos, de novo sem o consentimento de nosso rei, e isso podemos provar com juramentos. — Houve um pequeno murmúrio no salão, um murmúrio que foi interrompido quando Alfredo levantou a mão magra. — Além disso, você é acusado — continuou Erkenwald — de fazer aliança com o pagão chamado Svein, e com a ajuda dele assassinou cristãos em Cornwalum, apesar de o povo daquele lugar viver em paz com nosso rei, e disso também temos prova por meio de juramentos. — Ele fez uma pausa, e agora houve silêncio completo no salão. — E você é acusado — agora a voz de Erkenwald estava mais baixa, como se mal pudesse acreditar no que estava lendo — de se juntar ao pagão Svein num ataque contra o reino de nosso rei abençoado cometendo assassinatos vis e roubos de igreja em Cynuit. — Dessa vez não houve murmúrio, e sim uma explosão de gritos indignados, e Alfredo não fez qualquer menção de interromper, de modo que Erkenwald teve de levantar a voz para terminar o indiciamento. — E isso também — agora ele estava gritando, e os homens silenciaram para ouvi-lo — provaremos com juramentos. — Ele baixou o pergaminho, deu-me um olhar de puro desprezo e voltou para a borda do tablado.

— Ele está mentindo — rosnei.

— Você terá chance de falar — disse um homem da Igreja, de aparência feroz, que estava sentado ao lado de Alfredo. Ele vestia manto de monge, mas por cima usava uma meia capa de padre ricamente bordada com cruzes. Tinha fartos cabelos brancos e voz profunda, séria.

— Quem é ele? — perguntei a Beocca.

— O santíssimo Æthelred — disse Beocca baixinho e, vendo que eu não reconhecia o nome: — Arcebispo de Contwaraburg, claro.

O arcebispo se inclinou para falar com Erkenwald. Ælswith estava me encarando. Nunca havia gostado de mim, e agora estava olhando minha destruição e sentindo enorme prazer. Enquanto isso, Alfredo estudava as traves do teto como se nunca as tivesse observado antes, e percebi que ele não pretendia tomar parte do julgamento, porque aquilo era um julgamento. Ele deixaria que outros provassem minha culpa, mas sem dúvida pronunciaria a sentença, e não somente contra mim, parecia, porque o arcebispo fez um muxoxo.

— O segundo prisioneiro está aqui?

— Está mantido nos estábulos — respondeu Odda, o Jovem.

— Deveria estar aqui — disse o arcebispo indignado. — Um homem tem o direito de ouvir seus acusadores.

— Que outro homem? — perguntei.

Era Leofric, que foi trazido acorrentado ao salão, e não houve gritos contra ele porque os homens o percebiam como meu seguidor. O crime era meu, Leofric fora apanhado pelo mesmo crime, e agora sofreria por isso, mas sem dúvida tinha a simpatia dos homens no salão quando foi trazido para perto de mim. Eles o conheciam, ele era de Wessex, ao passo que eu era um intrometido da Nortúmbria. Ele me deu um olhar pesaroso enquanto os guardas o levavam ao meu lado.

— Estamos enfiados nisso até o cu — murmurou Leofric.

— Quieto! — sibilou Beocca.

— Confie em mim — disse eu.

— Confiar em você? — perguntou Leofric amargamente.

Mas eu havia olhado para Iseult e ela havia balançado minimamente a cabeça, indicando, pelo que reconheci, que ela vira um resultado para este dia, e que o resultado era bom.

— Confie em mim — falei de novo.

— Os prisioneiros devem ficar em silêncio — disse o arcebispo.

— Até nosso cu real — murmurou Leofric.

O arcebispo sinalizou para o padre Erkenwald.

— O senhor tem as pessoas que vão jurar?

— Sim, senhor.

— Então ouçamos o primeiro.

Erkenwald sinalizou para outro padre, que estava junto à porta que dava numa passagem nos fundos do salão. A porta foi aberta e uma figura magra, com manto preto, entrou. Não pude ver seu rosto porque ele usava capuz. Foi rapidamente até a frente do tablado, fez uma reverência ao rei e se ajoelhou para o arcebispo, que estendeu a mão, de modo que seu dedo pesado, cheio de joias, pudesse ser beijado. Só então o homem se levantou, empurrou o capuz para trás e se virou para me encarar.

Era o Asno. Asser, o monge galês. Que me encarou enquanto mais um padre lhe trazia um evangelho em que ele pôs a mão magra.

— Juro — disse ele num inglês com sotaque, ainda me encarando — que o que digo é verdade, e Deus me ajude nesta tarefa e me condene ao fogo eterno do inferno se eu mentir. — Ele se curvou e beijou o livro dos evangelhos com a ternura de um homem que acariciasse a amante.

— Desgraçado — murmurei.

Asser era bom em prestar depoimentos. Falou com clareza, descrevendo como eu havia chegado a Cornwalum num navio que tinha uma cabeça de animal na proa e outra na popa. Contou que eu havia concordado em ajudar o rei Peredur, que estava sendo atacado por um vizinho ajudado pelo pagão Svein, e como eu havia traído Peredur aliando-me ao dinamarquês.

— Juntos — disse Asser — eles fizeram uma grande chacina e eu mesmo vi um santo padre ser morto.

— Você correu como uma galinha covarde — disse eu —, não pôde ver nada.

Asser se virou para o rei e fez uma reverência.

— Eu fugi, senhor rei. Sou monge, não guerreiro, e quando Uhtred tornou aquela colina vermelha com sangue cristão, eu realmente fugi. Não tenho orgulho disso, senhor rei, e busquei o perdão de Deus pela minha covardia.

Alfredo sorriu e o arcebispo descartou as observações de Asser, como se elas não fossem nada.

— E quando abandonou a chacina — perguntou Erkenwald —, o que houve?

— Fiquei olhando do topo de um morro e vi Uhtred de Oxton deixar aquele local na companhia do navio pagão. Dois navios indo para o oeste.

— Eles navegaram para o oeste? — perguntou Erkenwald.

— Para o oeste — confirmou Asser.

Erkenwald me olhou. Houve silêncio no salão enquanto os homens se inclinavam adiante para captar cada porcaria de palavra.

— E o que havia a oeste? — perguntou Erkenwald.

— Não sei — respondeu Asser. — Mas se eles não foram para o fim do mundo, presumo que tenham rodeado Cornwalum e ido para o mar de Sæfern.

— E não sabe mais nada? — perguntou Erkenwald.

— Sei que ajudei a enterrar os mortos e rezei por suas almas, e vi as cinzas da igreja incendiada, mas o que Uhtred fez quando saiu daquele local de matança não sei. Só sei que ele foi para o oeste.

Alfredo estava objetivamente não participando dos procedimentos, mas sem dúvida gostava de Asser porque, quando o testemunho do galês terminou, chamou-o ao tablado e o recompensou com uma moeda e um momento de conversa em particular. Os homens do Witan falaram entre si, algumas vezes me olhando com a curiosidade que demonstramos aos condenados. A senhora Ælswith, subitamente muito graciosa, sorriu para Asser.

— Tem alguma coisa a dizer? — perguntou-me Erkenwald quando Asser foi dispensado.

— Vou esperar até que todas as suas mentiras sejam contadas.

A verdade, claro, era que Asser havia dito a verdade, e dito com simplicidade, com clareza e de modo persuasivo. Os conselheiros do rei ficaram impressionados, assim como ficaram impressionados com o segundo testemunho.

Era Steapa Snotor, o guerreiro que jamais se afastava do lado de Odda, o Jovem. Suas costas estavam eretas, os ombros, retos, e o rosto feroz com a

133

O rei do pântano

pele esticada era sério. Olhou-me, fez uma reverência ao rei e em seguida pôs a mão enorme no livro dos evangelhos e deixou Erkenwald guiá-lo pelo juramento. E jurou dizer a verdade sob pena da agonia eterna do inferno. E então mentiu. Mentiu calmamente e em voz monótona e sem emoção. Contou que estivera encarregado dos soldados que guardavam o local de Cynuit em que a nova igreja estava sendo construída, e como dois navios haviam chegado ao amanhecer e como guerreiros jorravam dos navios, e como havia lutado contra eles e matado seis, mas que eram muitos, demasiados, e que foi obrigado a recuar. Mas tinha visto os atacantes matar os padres e ouvira o líder pagão gritar o próprio nome, alardeando.

— Ele se chamava Svein.

Steapa fez uma pausa e franziu a testa, como se tivesse problemas para contar até dois, e em seguida assentiu.

— Ele tinha dois navios.

— E comandava os dois?

— Svein comandava um dos navios — disse Steapa, depois apontou o dedo para mim. — E ele comandava o outro.

A audiência pareceu rosnar, e o ruído era tão ameaçador que Alfredo bateu no braço da cadeira e finalmente se levantou para restaurar o silêncio. Steapa ficou inabalável. Permaneceu sólido como um carvalho, e mesmo não tendo contado sua história de modo tão convincente quanto o irmão Asser, havia algo muito terrível em seu testemunho. Era muito casual, contado totalmente desprovido de emoção, era muito direto e nada dele era verdade.

— Uhtred comandava o segundo navio — disse Erkenwald —, mas Uhtred participou da matança?

— Se participou? — perguntou Steapa. — Ele a comandou. — Steapa resmungou essas palavras e os homens do salão rosnaram de raiva.

Erkenwald se virou para o rei.

— Senhor rei — disse —, ele deve morrer.

— E suas propriedades devem ser confiscadas! — gritou o bispo Alewold, com tamanha empolgação que um redemoinho de seu cuspe pousou e sibilou no braseiro mais próximo. — Devem ser confiscadas para a Igreja!

Os homens no salão bateram os pés no chão para mostrar que aprovavam. Ælswith assentiu vigorosamente, mas o arcebispo bateu palmas pedindo silêncio.

— Ele não falou — lembrou a Erkenwald, depois assentiu para mim. — Diga o que tem a dizer — ordenou.

— Implore misericórdia — alertou-me Beocca em voz baixa.

Quando você está enfiado até o cu em merda, só há uma coisa a fazer. Atacar, por isso admiti que estivera em Cynuit e essa admissão provocou alguns sons ofegantes no salão.

— Mas não no verão passado — continuei. — Estive lá na primavera, quando matei Ubba Lothbrokson, e há homens neste salão que me viram fazer isso! No entanto, Odda, o Jovem, reivindicou esse crédito. Ele tomou o estandarte de Ubba, que eu derrubei, e o levou ao rei, afirmando que havia matado Ubba. Agora, para que eu não espalhe a verdade, que ele é covarde e mentiroso, Odda quer me assassinar por causa de mentiras. — Apontei para Steapa. — Ele mente.

Steapa cuspiu para mostrar seu escárnio. Odda, o Jovem, estava furioso, mas não disse nada, e alguns homens notaram. Ser chamado de covarde e mentiroso é ser convidado a batalhar, mas Odda permaneceu imóvel como um toco.

— Você não pode provar o que diz.

— Posso provar que matei Ubba.

— Não estamos aqui para discutir isso — disse Erkenwald em tom altivo —, e sim para determinar se você violou a paz do rei com um ataque ímpio em Cynuit.

— Então convoquem minha tripulação. Convoquem-nos aqui, façam com que eles jurem e perguntem o que fizeram no verão. — Esperei, e Erkenwald não fez nada. Olhou para o rei como se pedisse ajuda, mas os olhos de Alfredo estavam momentaneamente fechados. — Ou será que vocês estão com tanta pressa para me matar que não ousam esperar para ouvir a verdade?

— Eu tenho o juramento de Steapa — disse Erkenwald, como se isso tornasse qualquer outra prova desnecessária. Estava ruborizado.

— E pode ter o meu juramento, e o juramento de Leofric, e o juramento de um tripulante que está aqui. — Virei-me e chamei Haesten, que pareceu com medo ao ser chamado, mas instigado por Iseult veio para o meu lado. — Faça com que ele jure — exigi a Erkenwald.

Erkenwald não sabia o que fazer, mas alguns homens no Witan gritaram dizendo que eu tinha o direito de convocar pessoas para juramento, e o recém-chegado deveria ser ouvido. Assim, um padre trouxe o livro do evangelho para Haesten. Dispensei o padre.

— Ele vai jurar sobre isto — falei, e peguei o amuleto de Tor.

— Ele não é cristão? — perguntou Erkenwald, atônito.

— Ele é dinamarquês — respondi.

— Como podemos confiar na palavra de um dinamarquês? — perguntou Erkenwald.

— Mas o nosso rei confia — retruquei. — Ele confia na palavra de Guthrum para manter a paz, então por que este dinamarquês não seria digno de confiança?

Isso provocou alguns sorrisos. Muitos do Witan achavam Alfredo confiante demais em Guthrum e eu senti a simpatia no salão mudar para o meu lado, mas então o arcebispo interveio, declarando que o juramento de um pagão não tinha valor.

— Absolutamente nenhum — disse rispidamente. — Ele deve se sentar.

— Então mande Leofric fazer juramento — exigi. — Depois traga aqui nossa tripulação e ouça o testemunho deles.

— E todos vão mentir com uma só língua — disse Erkenwald. — E o que aconteceu em Cynuit não é a única questão em que você é acusado. Nega que navegou com o navio do rei? Que foi a Cornwalum e lá traiu Peredur e matou seu povo cristão? Nega que o irmão Asser contou a verdade?

— Mas e se a rainha de Peredur lhes disser que Asser mente? — perguntei. — E se ela lhes dissesse que ele mente como um cão diante do fogão? — Erkenwald me encarou. Todos me encararam. Eu me virei e fiz um gesto para Iseult, que se adiantou, alta e delicada, com a prata brilhando no pescoço e nos pulsos. — A rainha de Peredur — anunciei —, que peço que ouçam sob juramento, e ouçam como o marido dela estava planejando se juntar aos dinamarqueses num ataque a Wessex.

Isso era absurdo completo, claro, mas foi o melhor que pude inventar no momento. E Iseult, eu sabia, juraria que era verdade. O motivo pelo qual Svein lutaria contra Peredur se o britânico planejava apoiá-lo era uma perigosa tábua solta no argumento, mas não importava realmente, porque eu havia confundido tanto os procedimentos que ninguém tinha certeza do que fazer. Erkenwald ficou sem fala. Homens se levantaram para olhar Iseult, que os olhou de volta calmamente, e o rei e o arcebispo baixaram a cabeça juntos. Ælswith, com uma das mãos apertando a barriga grávida, sibilou conselhos a eles. Nenhum queria convocar Iseult por medo do que ela diria, e suspeito de que Alfredo, sabendo que o julgamento já começara atolado em mentiras, achava que ele só poderia piorar.

— Você é bom, *earsling* — murmurou Leofric. — Você é muito bom.

Odda, o Jovem, olhou para o rei, depois para seus colegas membros do Witan, e devia saber que eu estava escorrendo para fora de sua armadilha porque puxou Steapa de lado. Falou com ele urgentemente. O rei estava franzindo a testa, o arcebispo parecia perplexo. O rosto manchado de Ælswith demonstrou fúria enquanto Erkenwald estava atônito. Então Steapa os resgatou.

— Eu não minto! — gritou ele.

Parecia inseguro quanto ao que dizer em seguida, mas conseguiu a atenção do salão. O rei fez um gesto para ele, como se o convidasse a continuar, e Odda, o Jovem, sussurrou no ouvido do grandalhão.

— Ele diz que eu minto — disse Steapa, apontando para mim. — E eu digo que não, e minha espada diz que não minto. — Ele parou abruptamente, tendo feito o que era provavelmente o mais longo discurso de sua vida, mas bastava. Pés bateram no chão e homens gritaram que Steapa estava certo, coisa que não estava, mas ele havia reduzido todo o emaranhado de mentiras e acusações a um julgamento por combate, e todos gostavam disso. O arcebispo continuou perturbado, mas Alfredo fez um gesto pedindo silêncio.

Ele me olhou.

— E então? — perguntou. — Steapa diz que a espada sustentará a verdade dele. E a sua?

Eu poderia ter dito que não. Poderia ter insistido em que deixassem Iseult falar e depois permitido que o Witan aconselhasse ao rei quanto a que lado havia dito a maior verdade, mas sempre fui grosseiro, sempre fui impetuoso, e o convite para lutar cortou todo o emaranhado. Se eu lutasse e vencesse, Leofric e eu estávamos inocentes de todas as acusações.

Nem pensei em perder. Só olhei para Steapa.

— Minha espada diz que falo a verdade — respondi a ele — e que você é um saco de peido fedorento, um mentiroso do inferno, uma fraude e um perjuro que merece a morte.

— Estamos enfiados até o cu de novo — disse Leofric.

Homens gritaram comemorando. Gostavam de uma luta de morte, era uma diversão muito melhor do que ouvir o harpista de Alfredo cantar os salmos. Alfredo hesitou e eu vi Ælswith olhar de mim para Steapa, e ela deve ter achado que ele era o maior guerreiro, porque se inclinou adiante, tocou o cotovelo de Alfredo e sussurrou com urgência.

E o rei assentiu.

— Concedido — disse ele. Parecia exausto, como se desanimado pelas mentiras e insultos. — Vocês lutarão amanhã. Espadas e escudos, nada mais. — Em seguida, levantou a mão para interromper os gritos. — Senhor Wulfhere?

— Senhor? — Wulfhere lutou para ficar de pé.

— Você arranjará a luta. E que Deus conceda a vitória à verdade. — Alfredo ficou de pé, recolheu o manto e saiu.

E Steapa, pela primeira vez desde que eu o vira, deu um sorriso.

— Você é um idiota desgraçado — disse Leofric. Ele fora solto de suas correntes e recebera permissão de passar a noite comigo. Haesten estava lá, bem como Iseult e meus homens que haviam sido trazidos da cidade. Estávamos alojados na área do rei, num estábulo que fedia a esterco, mas não notei o cheiro. Era a Noite de Reis, de modo que havia uma grande festa no castelo do rei, mas fomos deixados no frio, vigiados por dois guardas reais.

— Steapa é bom — alertou Leofric.

— Eu sou bom.

— Ele é melhor — contrapôs Leofric peremptoriamente. — Vai trucidar você.

— Não vai — disse Iseult com calma.

— Maldição, ele é bom! — insistiu Leofric, e eu acreditei.

— É culpa daquele monge desgraçado — falei com amargura. — Ele foi abrir o bico com Alfredo, não foi? — Na verdade, Asser fora mandado pelo rei de Dyfed para garantir aos saxões do oeste que Dyfed não estava planejando guerra, mas Asser havia aproveitado a oportunidade de sua embaixada para contar a história do *Eftwyrd*, e daí foi um pequeno salto para concluir que nós havíamos ficado com Svein durante o ataque a Cynuit. Alfredo não tinha prova de nossa culpa, mas Odda, o Jovem, vira uma chance de me destruir e convenceu Steapa a mentir.

— Agora Steapa vai matar você — resmungou Leofric —, independentemente do que ela diz. — Iseult não se incomodou em responder a ele. Estava usando punhados de palha suja para limpar minha cota de malha. A armadura havia sido trazida da taverna Corncrake, mas eu teria de esperar até de manhã para pegar minhas armas, o que significava que não estariam recém-afiadas. Steapa, como servia a Odda, o Jovem, era um dos guarda-costas do rei, por isso teria toda a noite para colocar um gume em sua espada. A cozinha real havia nos mandado comida, mas eu não tinha apetite. — Vá devagar de manhã — disse Leofric.

— Devagar?

— Você luta com raiva, e Steapa é sempre calmo.

— Então é melhor ir com raiva — disse eu.

— É o que ele quer. Ele vai se desviar e se desviar até você estar cansado, depois vai acabar com você. É como ele luta.

Harald nos contou a mesma coisa. Harald era o *reeve* do distrito de Defnascir, o viúvo que havia me convocado ao tribunal de Exanceaster, mas também havia lutado ao nosso lado em Cynuit, e isso cria um laço. E em algum momento na escuridão ele veio chapinhando na chuva e na lama e chegou à pequena fogueira que fora acesa no abrigo de gado sem esquentá-lo. Parou junto à porta e me olhou com censura.

— Você esteve com Svein em Cynuit? — perguntou.

— Não.

— Foi o que pensei. — Harald entrou no estábulo e se sentou junto à fogueira. Os dois guardas reais estavam junto à porta e ele os ignorou, e isso foi interessante. Todos serviam a Odda, e o jovem *ealdorman* não ficaria satisfeito em saber que Harald havia nos procurado, mas obviamente Harald confiava em que os dois guardas não contariam, o que sugere que havia insatisfação nas fileiras de Odda. Harald pôs um pote de cerveja no chão. — Steapa está sentado à mesa do rei — disse ele.

— Então está comendo mal — respondi.

Harald concordou com a cabeça, mas não sorriu.

— Não é uma grande festa — admitiu ele. Em seguida, olhou o fogo por um momento, depois me olhou. — Como vai Mildrith?

— Bem.

— Ela é uma boa mulher — disse ele, depois olhou para a beleza morena de Iseult antes de se virar para o fogo de novo. — Haverá uma missa ao amanhecer, depois disso você e Steapa vão lutar.

— Onde?

— No campo do outro lado do rio — disse ele, depois empurrou o pote de cerveja para mim. — Ele é canhoto.

Não pude me lembrar de ter lutado contra um homem que segurasse a espada na mão esquerda, mas não conseguia ver desvantagem nisso. Os dois teríamos os escudos virados para o escudo do outro, em vez de para a arma, mas isso seria problema para nós dois. Dei de ombros.

— Ele está acostumado com isso — explicou Harald — e você não. E ele usa malha até aqui — e tocou o próprio tornozelo. — E tem uma tira de ferro na bota esquerda.

— Porque é o pé vulnerável?

— Ele o coloca na frente, convidando o ataque, depois golpeia seu braço da espada.

— Então ele é um homem difícil de matar — falei em tom ameno.

— Ninguém fez isso ainda — disse Harald, sombrio.

— Você não gosta dele?

A princípio, Harald não respondeu. Bebeu cerveja e depois passou o pote a Leofric.

— Gosto do velho — disse, falando de Odda, o Velho. — Tem péssimo temperamento, mas é bastante justo. Mas o filho? — Ele balançou a cabeça com tristeza. — Acho que o filho não foi testado. Steapa? Não desgosto dele, mas é como um cão de caça. Só sabe matar.

Olhei o fogo débil, procurando um sinal dos deuses nas pequenas chamas, mas não veio nenhum, pelo menos que eu tenha visto.

— Mas ele deve estar preocupado — disse Leofric.

— Steapa? — perguntou Harald. — Por que estaria preocupado?

— Uhtred matou Ubba.

Harald balançou a cabeça.

— Steapa não pensa o suficiente para ficar preocupado. Só sabe que vai matar Uhtred amanhã.

Pensei na luta com Ubba. Ele fora um grande guerreiro, com reputação que brilhava sempre que os nórdicos viajavam, e eu o havia matado, mas a verdade é que apoiou um pé nas tripas esparramadas de um homem agonizante e escorregou. Sua perna deslizou para o lado, ele perdeu o equilíbrio e eu consegui cortar os tendões de seu braço.

Toquei o amuleto do martelo e pensei que os deuses haviam me mandado um sinal, afinal de contas.

— Uma tira de ferro na bota? — perguntei.

Harald assentiu.

— Ele não se importa muito com o modo como você o ataca. Sabe que você está vindo da esquerda e vai bloquear a maior parte dos seus ataques com a espada. Espada grande, pesada. Mas alguns golpes vão passar e ele não vai se importar. Você vai desperdiçá-los contra ferro. Cota pesada, elmo, bota, não importa. Vai ser como atacar um carvalho, e depois de um tempo você vai cometer um erro. Ele vai estar arranhado e você vai estar morto.

Ele tinha razão, pensei. Atacar um homem coberto de armadura com uma espada raramente rendia muita coisa além de um hematoma, porque o gume seria parado por malha ou elmo. A malha não pode ser aberta com uma espada, motivo pelo qual muitos homens levavam machados em batalha, mas as regras do julgamento por combate diziam que a luta devia ser com espadas. Uma estocada com espada furaria a malha, mas Steapa não seria um alvo fácil para uma estocada.

— Ele é rápido? — perguntei.

— O bastante — respondeu Harald, depois deu de ombros. — Não tão rápido quanto você — acrescentou de má vontade. — Mas não é lento.

— O que o dinheiro diz? — perguntou Leofric, mas certamente sabia a resposta.

— Ninguém está apostando um tostão em Uhtred — respondeu Harald.

— Você deveria apostar — disse eu.

Harald sorriu, mas eu soube que ele não aceitaria o conselho.

— O grande dinheiro é o que Odda vai dar a Steapa quando ele matar você. Cem xelins.

— Uhtred não vale isso — disse Leofric com humor áspero.

— Por que ele quer tanto que eu morra? — pensei em voz alta. Não podia ser Mildrith, pensei, e a discussão sobre quem havia matado Ubba era coisa do passado, mas ainda assim Odda, o Jovem, conspirava contra mim.

Harald fez uma longa pausa antes de responder. Estava com a cabeça careca abaixada e pensei que estivesse rezando, mas então ele ergueu os olhos.

— Você o ameaça — disse em voz baixa.

— Eu não o vejo há meses — protestei —, então como posso ameaçá-lo?

Harald parou de novo, escolhendo as palavras com cuidado.

— O rei está frequentemente adoentado — disse depois de uma pausa — e quem pode dizer por quanto tempo ele viverá? E, que Deus não permita, se ele morrer logo, o Witan não escolherá seu filho bebê como rei. Vai escolher um nobre com reputação obtida no campo de batalha. Vai escolher um homem que possa enfrentar os dinamarqueses.

— Odda? — ri ao pensar em Odda como rei.

— Quem mais? — perguntou Harald. — Mas se você se apresentasse diante do Witan e jurasse a verdade sobre a batalha em que Ubba morreu, talvez eles não o escolhessem. De modo que você o ameaça, e ele teme você por causa disso.

— Por isso, agora está pagando a Steapa para transformá-lo em picadinho — acrescentou Leofric, sombrio.

Harald foi embora. Era um homem decente, honesto e trabalhador, e havia corrido um risco ao vir me ver. E eu fora má companhia porque não agradeci o gesto. Estava claro que ele achava que eu deveria morrer de manhã, e havia feito o máximo para me preparar para a luta, mas apesar da previsão confiante de Iseult, de que eu viveria, não dormi bem. Estava preocupado e com frio. A chuva se transformou em chuva com neve durante a noite e o vento chicoteava o estábulo. Ao amanhecer, o vento e a chuva com neve haviam parado. Em vez disso, uma névoa cobria as construções e água gelada pingava da palha do teto repleta de musgo. Tive um desjejum precário com pão úmido. E, enquanto estava comendo, o padre Beocca veio e disse que Alfredo queria falar comigo.

Eu estava azedo.

— Quer dizer que ele quer rezar comigo?

— Quer falar com você — insistiu Beocca e, quando não me mexi, ele bateu com o pé aleijado. — Não é um pedido, Uhtred. É uma ordem real!

Vesti a cota de malha, não porque fosse hora de me armar para a luta, mas porque o forro de couro oferecia algum calor numa manhã fria. A malha não estava muito limpa, apesar dos esforços de Iseult. A maioria dos homens usava cabelo curto, mas eu gostava do costume dinamarquês, de deixá-lo comprido, por isso amarrei-o atrás com uma tira e Iseult tirou os fiapos de palha dele.

— Devemos nos apressar — disse Beocca, e eu o acompanhei através da lama, passando pelo grande salão e a igreja recém-construída, indo até algumas construções menores feitas de tábua que ainda não havia ficado cinza com o tempo. O pai de Alfredo usara Cippanhamm como abrigo de caça, mas Alfredo estava expandindo-a. A igreja fora a primeira construção nova e ele a havia construído antes mesmo de consertar e aumentar a paliçada, e essa era uma indicação de suas prioridades. Mesmo agora, quando a nobreza de Wessex estava reunida a apenas um dia de marcha dos dinamarqueses, parecia haver no local mais homens de Igreja do que soldados. E essa era outra indicação de como Alfredo pensava em proteger seu reino.

— O rei é generoso — sussurrou Beocca enquanto passávamos por uma porta. — Portanto, seja humilde.

Beocca bateu em outra porta, não esperou resposta e a empurrou, indicando que eu deveria entrar. Não me acompanhou, mas fechou a porta, deixando-me numa semiescuridão lúgubre.

Um par de velas de cera de abelha tremulava num altar, e à luz delas vi dois homens ajoelhados diante da cruz de madeira simples que estava entre as velas. Os homens estavam de costas para mim, mas reconheci Alfredo pela capa azul com acabamento de pele. O segundo era um monge. Os dois rezavam em silêncio e eu esperei. O cômodo era pequeno, evidentemente uma capela particular, e a única mobília era o altar coberto e um genuflexório sobre o qual havia um livro fechado.

— Em nome do Pai — Alfredo rompeu o silêncio.

— E do Filho — disse o monge, falando em inglês com sotaque, e eu reconheci a voz do Asno.

— E do Espírito Santo — concluiu Alfredo. — Amém.

— Amém — ecoou Asser, e os dois se levantaram, os rostos plenos do júbilo de cristãos devotos que rezaram bem. Alfredo piscou como se estivesse surpreso em me ver, mas devia ter escutado a batida de Beocca e o som da porta se abrindo e fechando.

— Espero que tenha dormido bem, Uhtred — disse ele.

— Espero que o senhor tenha.

— As dores me mantêm acordado — disse Alfredo, tocando a barriga, depois foi até um lado do cômodo e abriu um grande par de postigos de madeira, inundando a capela com uma luz débil e enevoada. A janela dava para um pátio e eu percebi homens lá fora. O rei estremeceu, porque estava gélido na capela.

— Hoje é dia da festa de são Cedd — disse ele.

Não falei nada.

— Já ouviu falar em são Cedd? — perguntou ele e, quando meu silêncio traiu a ignorância, o rei sorriu com indulgência. — Era da Ânglia Oriental, não estou certo, irmão?

— O abençoadíssimo Cedd era de fato da Ânglia Oriental, senhor — confirmou Asser.

— E sua missão era em Ludene — continuou Alfredo —, mas concluiu seus dias em Lindisfarena. Você deve conhecer aquela casa, não é, Uhtred?

— Conheço, senhor. — A ilha ficava a pouca distância de Bebbanburg e há não muito tempo eu havia cavalgado até seu mosteiro com o *earl* Ragnar e visto os monges morrer sob espadas dinamarquesas. — Conheço bem — acrescentei.

— Então Cedd é famoso em sua terra natal?

— Não ouvi falar dele, senhor.

— Penso nele como um símbolo — disse Alfredo. — Um homem que nasceu em Ânglia Oriental, fez o trabalho de sua vida em Mércia e morreu na Nortúmbria. — Ele juntou suas mãos compridas e pálidas, de modo que os dedos se abraçaram. — Os saxões da Inglaterra, Uhtred, se juntaram diante de Deus.

— E se uniram em oração jubilosa com os britânicos — acrescentou Asser devotamente.

— Eu rogo ao Deus Todo-poderoso por esse resultado feliz — disse o rei, sorrindo para mim, e nesse momento reconheci o que ele estava dizendo. Ficou ali parado, parecendo tão humilde, sem coroa, sem um colar grandioso, sem braceletes, nada além de um pequeno broche de granada prendendo a capa no pescoço, e falava de um resultado feliz, mas o que estava realmente vendo era o povo saxão unido sob um rei. Um rei de Wessex. A devoção de Alfredo escondia uma ambição monstruosa.

— Devemos aprender com os santos — disse Alfredo. — A vida deles é um guia na escuridão que nos rodeia, e o exemplo de são Cedd ensina que devemos estar unidos, por isso odeio derramar sangue saxão no dia da festa de são Cedd.

— Não precisa haver derramamento de sangue, senhor — disse eu.

— Fico feliz em ouvir — exclamou Alfredo.

— Se as acusações contra mim forem retiradas.

O sorriso sumiu de seu rosto e ele foi até a janela, olhando para o pátio enevoado. Eu olhei para onde ele olhava e vi que uma pequena exibição estava sendo montada para mim. Estavam vestindo a armadura em Steapa. Dois homens passavam uma enorme cota de malha por cima de seus ombros largos, enquanto um terceiro esperava com um escudo grande e uma espada monstruosa.

— Falei com Steapa ontem à noite — disse o rei, dando as costas para a janela —, e ele me disse que havia uma névoa quando Svein atacou Cynuit. Uma névoa matinal como esta. — Ele indicou a brancura que escorria entrando na capela.

— Não sei disso, senhor — disse eu.

— Portanto, é possível que Steapa tenha se equivocado quando pensou ter visto você. — Quase sorri. O rei sabia que Steapa havia mentido, mas não diria isso. — O padre Willibald também falou com a tripulação do *Elfwyrd* e nenhum tripulante confirmou a história de Steapa.

A tripulação ainda estava em Hamtun, de modo que o informe de Willibald devia ter vindo de lá, e isso significava que o rei sabia que eu era inocente da chacina em Cynuit antes mesmo de eu ser acusado.

— Então fui indiciado falsamente? — perguntei com aspereza.

— Você foi acusado — corrigiu o rei — e as acusações podem ser refutadas.

— Ou retiradas.

— Eu posso retirar as acusações — concordou Alfredo. Steapa, do lado de fora da janela, estava se certificando de que sua malha se ajustasse confortavelmente girando a espada. E ela era grande. Era enorme, uma lâmina que parecia um martelo. Então o rei semicerrou a janela, escondendo Steapa. — Posso retirar a acusação sobre Cynuit, mas não creio que o irmão Asser tenha nos mentido.

— Eu tenho uma rainha que diz que ele mente.

— Uma rainha das sombras — sibilou Asser. — Uma pagã! Uma feiticeira! — Ele olhou para Alfredo. — Ela é maligna, senhor. Uma bruxa! *Maleficos non patieris vivere*!

— Não permitirás que uma bruxa viva — traduziu Alfredo para mim. — Esse é o mandamento de Deus, Uhtred, das sagradas escrituras.

— Sua resposta à verdade é ameaçar de morte uma mulher? — perguntei com desprezo.

Alfredo se encolheu diante disso.

— O irmão Asser é um bom cristão — disse ele com veemência — e diz a verdade. Você foi à guerra sem minhas ordens. Usou meu navio, meus homens e se comportou traiçoeiramente! Você é mentiroso, Uhtred, e é uma fraude! — Ele falava com raiva, mas conseguiu controlá-la. — Acredito que pagou sua dívida para com a Igreja com bens roubados de outros bons cristãos.

— Não é verdade — respondi com aspereza. Eu havia pago as dívidas com bens roubados de um dinamarquês.

— Então retome a dívida e não teremos morte neste abençoado dia de são Cedd.

Ele estava me oferecendo a vida. Alfredo esperou minha resposta, sorrindo. Tinha certeza de que eu iria aceitar a oferta porque, para ele, isso parecia razoável. Ele não gostava de guerreiros, de armas e de matança. O destino havia decretado que ele devia passar seu reinado lutando, mas não era de seu gosto. Queria civilizar Wessex, dar-lhe devoção e ordem, e dois homens lutando até a morte numa manhã de inverno não era sua ideia de um reino bem-governado.

Mas eu odiava Alfredo. Odiava-o por ter me humilhado em Exanceaster quando me fizera usar manto de penitente e me arrastar de joelhos. E não pensava nele como meu rei. Ele era saxão do oeste e eu era da Nortúmbria, e achava que enquanto ele fosse rei de Wessex teria pouca chance de sobreviver. Ele acreditava que Deus iria protegê-lo dos dinamarqueses e eu acreditava que eles teriam de ser derrotados pelas espadas. Também tinha uma ideia de como derrotar Steapa, apenas uma ideia, e não sentia desejo de assumir uma dívida que já havia pago. E era jovem, idiota, arrogante e nunca pude resistir a um impulso estúpido.

— Tudo o que falei é verdade — menti — e defendo essa verdade com minha espada.

Alfredo se encolheu diante do meu tom de voz.

— Está dizendo que o irmão Asser mentiu?

— Ele distorce a verdade como uma mulher torce o pescoço de uma galinha.

O rei abriu a janela, mostrando o poderoso Steapa em sua brilhante glória guerreira.

— Quer realmente morrer? — perguntou ele.

— Quero lutar pela verdade, senhor rei — respondi com teimosia.

— Então é um idiota — disse Alfredo, a raiva aparecendo de novo. — É mentiroso, idiota e pecador. — Ele passou por mim, abriu a porta e gritou a um serviçal para dizer ao *ealdorman* Wulfhere que a luta seria travada. — Vá — acrescentou a mim —, e que sua alma receba a justa recompensa.

Wulfhere fora encarregado de arranjar a luta, mas houve um atraso porque o *ealdorman* havia desaparecido. A cidade foi revirada, os prédios reais foram revistados, mas não havia sinal dele, até que um homem escravizado responsável pelo estábulo informou nervoso que Wulfhere e seus homens haviam ido embora de Cippanhamm antes do amanhecer. Ninguém sabia o motivo, mas alguns supunham que Wulfhere não queria participar de um julgamento por combate, o que fazia pouco sentido para mim, já que o *ealdorman* jamais me parecera um homem melindroso. O *ealdorman* Huppa, de Thornsæta, foi nomeado para substituí-lo, de modo que era quase meio-dia quando minhas espadas foram trazidas e nós fomos acompanhados até a campina do outro lado da ponte junto à porta leste da cidade. Uma multidão enorme havia se reunido na margem mais distante do rio. Havia aleijados, mendigos, malabaristas, mulheres vendendo tortas, dezenas de padres, crianças empolgadas e, claro, os guerreiros da nobreza saxã do oeste, que estavam em Cippanhamm para a reunião do Witan, todos ansiosos para ver Steapa Snotor mostrar sua habilidade renovada.

— Você é um idiota desgraçado — disse-me Leofric.

— Porque insisti em lutar?

— Você poderia ter desistido.

— E os homens me chamariam de covarde.

E isso também era verdade, não se podia recuar de uma luta e permanecer como homem. Fazemos muita coisa nesta vida, se pudermos. Fazemos filhos, riqueza, juntamos terra, construímos castelos, juntamos exércitos e fazemos festins, mas só uma coisa sobrevive a nós. A reputação. Eu não podia desistir.

Alfredo não veio à luta. Em vez disso, com a grávida Ælswith e seus dois filhos, acompanhados por uns vinte guardas e um número equivalente de padres e cortesãos, havia cavalgado para o oeste. Estava acompanhando o irmão Asser no início da jornada do monge que retornava a Dyfed, e o rei seus guerreiros lutar como cães ferozes. Porém, ninguém mais em Wessex queria perder a batalha. Estavam ansiosos por ela, no entanto Huppa queria que tudo fosse organizado, por isso insistiu em que a multidão se afastasse do terreno úmido ao lado do rio para nos dar espaço. Passado algum tempo, as pessoas foram amontoadas num barranco verde que dava para a grama pisoteada, e Huppa foi até Steapa perguntar se ele estava pronto.

Estava. Sua cota de malha brilhava ao sol fraco. O elmo reluzia. O escudo era uma coisa gigantesca, com bossa e aro de ferro, um escudo que devia pesar tanto quanto um saco de grãos e era uma arma em si, caso ele conseguisse me acertar com ele, mas sua arma principal era a grande espada, mais comprida e mais pesada do que qualquer uma que eu já vira.

Seguido por dois guardas, Huppa veio até mim. Seus pés chapinhavam na grama e pensei que o chão seria traiçoeiro.

— Uhtred de Oxton — disse ele. — Está pronto?

— Meu nome é Uhtred de Bebbanburg.

— Está pronto? — perguntou ele, ignorando a correção.

— Não — respondi.

Um murmúrio perpassou as pessoas mais próximas de mim e se espalhou. E depois de alguns instantes toda a multidão estava zombando. Consideravam-me covarde, e esse pensamento foi reforçado quando larguei o escudo e a espada e fiz Leofric ajudar enquanto tirava a pesada cota de malha. Odda, o Jovem, parado junto de seu campeão, estava rindo.

— O que está fazendo? — perguntou Leofric.

— Espero que você tenha apostado dinheiro em mim — respondi.

— Claro que não apostei.

— Está se recusando a lutar? — perguntou Huppa.

— Não — respondi, e quando estava sem armadura peguei Bafo de Serpente de volta com Leofric. Apenas Bafo de Serpente. Sem elmo, sem escudo, só minha boa espada. Agora não tinha fardos. O chão estava pesado, Steapa usava armadura completa, mas eu estava leve, era rápido e me sentia pronto.

— Estou pronto — falei a Huppa.

Ele foi até o centro da campina, levantou um dos braços, baixou-o e a multidão gritou, aplaudindo.

Beijei o martelo pendurado no pescoço, confiei a alma ao grande deus Tor e avancei.

Steapa veio firme na minha direção, escudo erguido, espada estendida à esquerda. Não havia qualquer traço de preocupação em seus olhos. Era um trabalhador cumprindo sua profissão e eu me perguntei quantos homens ele havia matado, e ele devia pensar que minha morte seria fácil porque eu não tinha proteção, nem mesmo escudo. Assim caminhamos um na direção do outro até que, a 12 passos dele, corri. Corri para ele, fintei à direita, na direção de sua espada, depois virei rapidamente à esquerda, ainda correndo, agora passando por ele, e percebi a espada enorme girando depressa depois de mim enquanto ele se virava. Mas então eu estava atrás dele, ele ainda estava girando e me ajoelhei, abaixei-me, ouvi a lâmina passar acima da minha cabeça e estava de pé outra vez, dando uma estocada.

A espada rompeu sua cota de malha, tirou sangue de trás de seu ombro esquerdo, porém ele era mais rápido do que eu havia esperado e já interrompera aquele primeiro giro longo e estava trazendo a espada de volta. E seu giro soltou Bafo de Serpente. Eu o havia arranhado.

Dancei recuando dois passos. Fui para a esquerda de novo e ele me atacou, esperando me esmagar com o peso do escudo, mas corri de volta à direita, aparando a espada com Bafo de Serpente. O estalo das lâminas foi como o sino do juízo final. E estoquei de novo, dessa vez mirando sua cintura, mas ele recuou depressa. Continuei indo para a direita, com o braço vibrando pelo choque das espadas. Fui depressa, fazendo-o girar, e fingi uma estocada, trouxe-o para a frente e voltei para a esquerda. O terreno era lamacento. Senti medo de escorregar, mas a velocidade era minha arma. Precisava mantê-lo girando, mantê-lo golpeando o ar vazio e aproveitar qualquer chance para usar a ponta de Bafo de Serpente. Se o sangrasse bastante, pensei, ele iria se cansar. Mas ele adivinhou minha tática e começou a fazer movimentos curtos para me frustrar, e cada movimento era seguido pelo sibilar daquela espada gigantesca. Queria fazer com que eu aparasse os golpes e esperava quebrar Bafo de Serpente quando as lâminas se encontrassem. Temi a mesma coisa. Ela era bem-feita, mas até a melhor espada pode se quebrar.

Ele me forçou para trás, tentando me encurralar contra os espectadores no barranco, para poder me despedaçar diante deles. Deixei-o me impelir, então me desviei para a esquerda, onde meu pé escorregou, e me apoiei sobre esse joelho. A multidão, agora logo atrás de mim, respirou fundo e uma mulher gritou porque a espada enorme de Steapa estava girando como um machado para o meu pescoço. Só que eu não havia escorregado, apenas fingira, e pressionei o pé direito, saí de baixo do golpe e girei pelo seu flanco direito. Ele empurrou o escudo, acertando meu ombro com a borda e eu soube que teria um hematoma ali, mas também tive uma oportunidade minúscula, estoquei com Bafo de Serpente. Sua ponta furou a malha dele outra vez, raspando as costelas nas costas. Ele rugiu enquanto se virava, soltando minha lâmina de sua malha, mas eu já estava recuando.

Parei a dez passos de distância. Ele parou também e ficou me olhando. Agora surgia uma ligeira perplexidade em seu rosto. Ainda não havia preocupação, apenas perplexidade. Ele adiantou o pé esquerdo, como Harald havia me alertado. Esperava que eu fosse atacá-lo e contaria com a tira de ferro da bota para protegê-lo enquanto pisava, golpeava e me espancava até a morte. Sorri para ele e joguei Bafo de Serpente da mão direita para a esquerda e segurei-a ali. E isso foi um novo quebra-cabeça para ele. Alguns homens podiam lutar com as duas mãos, será que eu era um deles? Ele recuou o pé.

— Por que chamam você de Steapa Snotor? — perguntei. — Você não é inteligente. Tem o cérebro de um ovo estragado.

Estava tentando enfurecê-lo e esperava que essa raiva o tornasse descuidado, mas meu insulto ricocheteou. Em vez de correr para mim em fúria, ele veio devagar, observando a espada na minha mão esquerda, e os homens no morro gritavam para ele me matar. De repente, corri na sua direção, saltei à direita e ele girou para mim um pouco tarde, pensando que eu iria para a esquerda no último momento. Girei Bafo de Serpente de volta e ela pegou seu braço da espada e pude sentir a lâmina raspando os anéis da malha, mas não os atravessou. Então eu estava longe dele e a coloquei de volta na mão direita, virei-me, ataquei e me afastei no último instante, de modo que seu giro enorme me errou por mais de um metro.

Ele continuava perplexo. Aquilo parecia uma luta de cão e touro, e ele era o touro, e seu problema era me colocar num local em que pudesse usar sua força e seu peso maiores. Eu era o cão, e meu serviço era atraí-lo, provocá-lo e mordê-lo até que ele enfraquecesse. Ele havia pensado que eu iria com cota de malha e escudo, que nós iríamos combater durante alguns instantes até que minha força acabasse e ele poderia me jogar no chão com golpes maciços e me despedaçar com sua grande espada, mas até agora a lâmina não havia tocado em mim. Mas eu não o havia enfraquecido. Meus dois cortes haviam tirado sangue, mas eram meros arranhões. De modo que então ele se adiantou de novo, esperando me empurrar de volta para o rio. Uma mulher gritou de cima do barranco e presumi que estivesse tentando encorajá-lo. Os gritos ficaram mais altos e eu simplesmente recuei mais depressa, fazendo Steapa cambalear para a frente. Mas eu havia deslizado para a sua direita e estava retornando para ele, fazendo-o girar, e então ele parou subitamente e olhou para além de mim, seu escudo baixou e sua espada desceu também, e eu só precisava estocar. Ele estava ali para a matança. Eu poderia enfiar Bafo de Serpente em seu peito ou na garganta, cravá-la em sua barriga, mas não fiz nada disso. Steapa não era idiota na luta, e achei que ele estaria tentando me atrair. E não engoli a isca. Se eu estocasse, pensei, ele me esmagaria entre o escudo e a espada. Steapa queria que eu pensasse que ele estava indefeso e que eu poderia entrar no alcance de suas armas, mas em vez disso parei e abri os braços, convidando-o a me atacar, assim como ele estava me convidando a atacá-lo.

Mas ele me ignorou. Só ficou olhando para além do meu ombro. E agora os gritos da mulher eram agudos, havia homens gritando e Leofric estava gritando o meu nome. E os espectadores não estavam mais nos olhando, e sim fugindo em pânico.

Por isso, dei as costas a Steapa e olhei na direção da cidade sobre a colina, aninhada na curva do rio.

E vi que Cippanhamm estava pegando fogo. A fumaça escurecia o céu de inverno e o horizonte estava cheio de homens, homens montados, homens com espadas, machados, escudos, lanças e estandartes, e mais cavaleiros vinham da porta leste, trovejando sobre a ponte.

Porque as orações de Alfredo haviam falhado e os dinamarqueses tinham vindo a Wessex.

SEIS

STEAPA RECUPEROU OS SENTIDOS antes de mim. Olhou boquiaberto os dinamarqueses atravessando a ponte e simplesmente correu para o seu senhor, Odda, o Jovem, que estava gritando pedindo cavalos. Os dinamarqueses se espalhavam a partir da ponte, galopando pela campina com espadas desembainhadas e lanças apontadas. A fumaça da cidade em chamas penetrava nas nuvens baixas de inverno. Algumas das construções do rei estavam pegando fogo. Um cavalo sem cavaleiro, com os estribos balançando, galopou pela grama. Então Leofric segurou meu cotovelo e me puxou para o norte ao lado do rio. A maioria das pessoas tinha ido para o sul e os dinamarqueses estavam seguindo-as, de modo que o norte parecia oferecer mais segurança. Iseult estava com minha cota de malha e eu peguei-a com ela, deixando-a levar Ferrão de Vespa. E atrás de nós os cavalos empinavam relinchando enquanto os dinamarqueses trucidavam a massa em pânico. As pessoas se espalhavam. Cavaleiros em fuga passavam rapidamente por nós, com os cascos lançando torrões de terra úmida e grama a cada passo. Vi Odda, o Jovem, se afastar com três outros cavaleiros. Harald, o *reeve* do distrito, era um deles, mas não pude ver Steapa e por um momento temi que o grandalhão estivesse me procurando. Então me esqueci dele quando um bando de dinamarqueses se virou para o norte perseguindo Odda.

— Onde estão nossos cavalos? — gritei para Leofric, que ficou perplexo, e me lembrei de que ele não tinha viajado a Cippanhamm comigo. Provavelmente, os animais ainda estavam no pátio atrás da taverna Corncrake, o que significava que estavam perdidos.

Havia um salgueiro caído em meio a um agrupamento de amieiros desfolhados junto ao rio, e paramos ali para respirar, escondidos pelo tronco do salgueiro. Vesti a cota de malha, pus as espadas no cinto e peguei o elmo e o escudo com Leofric.

— Onde está Haesten? — perguntei.

— Fugiu — disse Leofric. Assim como o restante dos homens. Eles haviam se juntado ao pânico e foram para o sul. Leofric apontou para o norte. — Problema — disse rapidamente. Havia uns vinte dinamarqueses vindo pela nossa margem do rio, bloqueando a fuga, mas ainda estavam a alguma distância, ao passo que os homens que perseguiam Odda haviam desaparecido, de modo que Leofric nos levou pela campina à beira da água até um emaranhado de espinheiros, amieiros, urtigas e hera. No centro, havia uma velha cabana de barro, talvez abrigo de algum pastor. Ainda que estivesse meio desmoronada, a cabana oferecia um esconderijo melhor do que o salgueiro, por isso nós três mergulhamos na urtiga e nos agachamos atrás das tábuas apodrecidas.

Um sino tocava na cidade. Parecia o toque lento que anunciava um enterro. Parou abruptamente, recomeçou e por fim terminou. Uma trompa soou. Uma dúzia de cavaleiros galopou passando perto do nosso esconderijo. Todos tinham capas pretas e escudos pintados de preto, marca dos guerreiros de Guthrum.

Guthrum. Guthrum, o Sem-sorte. Ele se dizia rei de Ânglia Oriental, mas queria ser rei de Wessex e essa era sua terceira tentativa de tomar o país. E dessa vez, pensei, sua sorte havia mudado. Enquanto Alfredo estivera comemorando a Noite de Reis e o Witan se reunia para discutir a manutenção de pontes e a punição de malfeitores, Guthrum havia marchado. O exército dos dinamarqueses estava em Wessex, Cippanhamm havia caído e os grandes homens do reino de Alfredo tinham sido surpreendidos, espalhados ou mortos. A trompa soou de novo e a dúzia de cavaleiros de capa preta se virou e foi na direção do som.

— Deveríamos saber que os dinamarqueses estavam vindo — falei com raiva.

— Você sempre disse que eles viriam — lembrou Leofric.

— Alfredo não tem espiões em Gleawcestre?

— Em vez disso, tinha padres rezando lá — respondeu Leofric com amargura. — E confiou na trégua de Guthrum.

Toquei o amuleto do martelo. Havia-o tirado de um garoto em Eoferwic. Na época, eu também era garoto, e meu oponente lutou comigo num redemoinho de punhos e pés, eu o derrubei na margem do rio e tirei seu amuleto. Ainda o tenho. Toco-o com frequência, lembrando a Tor que estou vivo, mas naquele dia toquei-o porque pensei em Ragnar. Os reféns seriam mortos, e seria por isso que Wulfhere havia cavalgado ao amanhecer? Mas como ele poderia saber que os dinamarqueses vinham? Se Wulfhere soubesse, Alfredo saberia e as forças dos saxões do oeste estariam preparadas. Nada disso fazia sentido, só que Guthrum havia atacado de novo durante uma trégua, e na última vez em que ele havia violado uma trégua tinha mostrado que estava disposto a sacrificar os reféns destinados a impedir exatamente um ataque assim. Parecia certo que fizera isso de novo, de modo que Ragnar estaria morto e meu mundo estava demolido.

Mortos demais. Havia cadáveres na campina entre nosso esconderijo e o rio, e a matança continuava. Alguns saxões haviam corrido de volta para a cidade, descoberto que a ponte estava guardada e tentaram escapar para o norte, e nós os vimos sendo alcançados pelos dinamarqueses. Três homens tentaram resistir, parados em grupo com as espadas a postos, mas um dinamarquês empinou o cavalo e os atacou, e sua lança atravessou a cota de malha de um dos homens, esmagando seu peito, e os outros dois foram jogados de lado pelo peso do cavalo. Imediatamente, mais dinamarqueses chegaram, espadas e machados subiram e o cavaleiro esporeou o animal, indo em frente. Uma garota gritou e correu em círculos aterrorizados, até que um dinamarquês, o cabelo comprido voando, inclinou-se sobre o cavalo e puxou o vestido dela acima da cabeça, de modo que ela ficou cega e seminua. Ela cambaleou na grama molhada e meia dúzia de dinamarqueses riram, então um deles bateu em suas nádegas nuas com a espada e outro a arrastou para o sul, os gritos abafados pelo vestido embolado. Iseult estava tremendo e eu passei o braço coberto com a cota de malha ao redor de seus ombros.

Eu poderia ter me juntado aos dinamarqueses na campina. Falava a língua deles, e com o cabelo comprido e os braceletes, parecia dinamarquês. Mas Haesten estava em algum lugar em Cippanhamm e poderia me trair, e Guthrum não gostava muito de mim. E mesmo que eu sobrevivesse, a coisa ficaria difícil para Leofric e Iseult. Aqueles dinamarqueses estavam num clima feroz, empolgados com o sucesso fácil, e se uma dúzia deles decidisse que queria Iseult, iria tomá-la quer achassem que eu era dinamarquês ou não. Estavam caçando em matilhas, de modo que era melhor ficar escondido até que o frenesi passasse. Do outro lado do rio, no topo da colina baixa em que Cippanhamm era construída, pude ver a maior igreja da cidade queimando. O teto de palha estava fazendo redemoinhos no céu em grandes tiras de chamas e plumas de fumaça cheia de fagulhas.

— O que, em nome de Deus, você estava fazendo lá atrás? — perguntou Leofric.

— Lá atrás? — sua pergunta me confundiu.

— Dançando ao redor de Steapa como um mosquito! Ele poderia suportar aquilo o dia inteiro!

— Eu o feri. Duas vezes.

— Feriu? Santo Deus, ele já se feriu mais se barbeando!

— Agora não importa, não é?

Achei que Steapa já estaria morto. Ou talvez tivesse escapado. Não sabia. Nenhum de nós sabia o que estava acontecendo, só que os dinamarqueses tinham vindo. E Mildrith? Meu filho? Estavam longe e presumivelmente receberiam um aviso do ataque dinamarquês, mas eu não tinha dúvida de que os dinamarqueses continuariam indo para o sul, penetrando fundo em Wessex, e não havia nada que eu pudesse fazer para proteger Oxton. Não tinha cavalos, nem homens, nem chance de chegar ao litoral sul antes dos soldados montados de Guthrum.

Vi um dinamarquês passar com uma garota atravessada na sela.

— O que aconteceu com aquela garota dinamarquesa que você levou para casa? — perguntei a Leofric. — A que capturamos em Gales.

— Ainda está em Hamtun, e agora que não estou lá ela provavelmente foi para a cama de outro.

— Provavelmente? Certamente.

— Então que o desgraçado se sirva. Ela chora um bocado.

— Mildrith faz isso — disse eu, e então, depois de uma pausa: — Eanflæd estava com raiva de você.

— Eanflæd? Com raiva de mim! Por quê?

— Porque você não foi vê-la.

— Como poderia? Eu estava acorrentado. — Leofric pareceu satisfeito ao saber que a prostituta havia perguntado por ele. — Eanflæd não chora, chora?

— Não que eu tenha visto.

— Boa mulher, aquela. Acho que ela gostaria de Hamtun.

Se Hamtun ainda existisse. Será que uma frota dinamarquesa viera de Lundene? Será que Svein estaria atacando a partir do mar de Sæfern? Eu não sabia de nada, a não ser que Wessex estava sofrendo o caos e a derrota. Começou a chover de novo, uma chuva fina, de inverno, fria e que pinicava. Iseult se encolheu mais baixo e eu a abriguei com meu escudo. A maioria das pessoas que havia se reunido para ver a luta perto do rio tinha fugido para o sul, e apenas um punhado viera na nossa direção, o que significava que havia menos dinamarqueses perto do esconderijo, e os que estavam nas campinas ao norte do rio agora iam juntando seus espólios. Tiravam dos cadáveres armas, cintos, malha, roupas, tudo o que tivesse valor. Alguns saxões haviam sobrevivido, mas estavam sendo levados para longe com as crianças e as mulheres mais jovens para ser vendidas e escravizadas. Os velhos eram mortos. Um homem ferido estava se arrastando de quatro e uma dúzia de dinamarqueses o atormentava como gatos brincando com um pardal ferido, espetando-o com espadas e lanças, sangrando-o até a morte lenta. Haesten era um dos atormentadores.

— Sempre gostei de Haesten — falei com tristeza.

— Ele é dinamarquês — disse Leofric com escárnio.

— Mesmo assim, eu gostava dele.

— Você o deixou vivo e agora ele voltou para os seus. Você deveria tê-lo matado.

Fiquei olhando Haesten chutar o homem que gritava em agonia, implorando para ser morto, mas o grupo de rapazes continuava golpeando-o, rindo, e os primeiros corvos chegaram. Frequentemente, me perguntei se os corvos sentem cheiro de sangue, porque o céu pode estar sem nem um deles o dia inteiro, mas quando um homem morre, eles surgem do nada, com suas asas pretas e brilhantes. Talvez Odin os mande, porque os corvos são seus pássaros, e agora eles desciam para se refestelar com olhos e lábios, o primeiro prato de cada festim de corvos. Os cães e raposas viriam em seguida.

— O fim de Wessex — observou Leofric com tristeza.

— O fim da Inglaterra — disse eu.

— O que vamos fazer? — perguntou Iseult.

Eu não tinha resposta. Ragnar devia estar morto, o que significava que eu não possuía refúgio entre os dinamarqueses. Alfredo provavelmente estava morto ou fugindo, e agora meu dever era para com meu filho. Ele era apenas um bebê, mas era meu filho e levava meu nome. Bebbanburg seria dele se eu pudesse tomá-la de volta; e se eu não pudesse tomá-la, seria dever dele recapturar a fortaleza, e assim o nome de Uhtred de Bebbanburg continuaria até o último caos que tumultuasse o mundo agonizante.

— Devemos ir a Hamtun encontrar a tripulação — disse Leofric.

Só que os dinamarqueses já deviam estar lá, não é? Ou então estavam indo. Sabiam onde se encontrava a força de Wessex, onde os grandes senhores tinham seus castelos, onde os soldados se reuniam, e Guthrum devia estar mandando homens para queimar, matar e com isso desarmar o último reino saxão.

— Precisamos de comida — disse eu —, comida e calor.

— Acenda uma fogueira aqui e estaremos mortos — resmungou Leofric.

Por isso esperamos. A chuvinha se transformou em chuva com neve. Haesten e seus novos companheiros, agora que sua vítima estava morta, afastaram-se, deixando a campina vazia, a não ser pelos cadáveres e os corvos. Mesmo assim, continuamos esperando, mas Iseult, que era magra como Alfredo, estava tremendo incontrolavelmente. Por isso, no fim da tarde, tirei meu elmo e soltei o cabelo.

— O que você está fazendo? — perguntou Leofric.

— Por enquanto, somos dinamarqueses — disse eu. — Só fique de boca fechada.

Levei-os na direção da cidade. Eu teria preferido esperar até o anoitecer, mas Iseult estava com frio demais para aguardar mais tempo e eu só esperava que os dinamarqueses tivessem se acalmado. Eu podia parecer dinamarquês, mas a situação ainda era perigosa. Haesten poderia me ver, e se dissesse aos outros como eu havia emboscado o navio dinamarquês perto de Dyfed, eu poderia esperar apenas uma morte lenta. Por isso, fomos nervosamente, passando por cadáveres ensanguentados ao longo do caminho junto ao rio. Os corvos protestavam quando nos aproximávamos, saltando indignados nos salgueiros invernais, e voltavam ao festim quando havíamos passado. Havia mais cadáveres empilhados junto à ponte, onde os jovens capturados para serem escravizados estavam sendo obrigados a cavar uma sepultura. Os dinamarqueses que os guardavam estavam bêbados e nenhum nos fez parar enquanto passávamos pela ponte de madeira e sob o arco que continuava enfeitado com azevinho e hera comemorando o Natal.

Agora os incêndios estavam diminuindo, abafados pela chuva, ou então extintos pelos dinamarqueses que estavam saqueando casas e igrejas. Fiquei nos becos mais estreitos, passando por uma oficina de ferreiro, uma loja de peles e um lugar onde antes se vendiam potes. Nossas botas faziam barulho nos cacos de cerâmica. Um jovem dinamarquês vomitava na entrada do beco e me disse que Guthrum estava nas construções reais, onde haveria uma festa à noite. Ele se empertigou, ofegando para recuperar o fôlego, mas estava suficientemente sóbrio para me oferecer um saco de moedas em troca de Iseult. Havia mulheres gritando ou soluçando em casas e o barulho delas estava deixando Leofric com raiva, mas mandei que ele ficasse quieto. Dois de nós não poderíamos libertar Cippanhamm, e se o mundo tivesse virado de cabeça para baixo e fosse um exército saxão ocidental capturando uma cidade dinamarquesa, o som não seria diferente.

— Alfredo não permitiria — disse Leofric carrancudo.

— Você faria assim mesmo. Você já fez.

Eu queria notícias, mas os dinamarqueses nas ruas pareciam loucos. Tinham vindo de Gleawecestre, partindo muito antes do amanhecer, haviam capturado Cippanhamm e agora queriam desfrutar do que a cidade oferecesse. A grande igreja havia queimado, mas homens remexiam as brasas procurando prata. Por falta de aonde ir, subimos o morro até a taverna Corncrake, onde sempre bebíamos, e encontramos Eanflæd, a prostituta ruiva, sendo segura numa mesa por três dinamarqueses enquanto três outros, nenhum com mais de 17 ou 18 anos, se revezavam estuprando-a. Mais uma dúzia de dinamarqueses bebia numa paz completa, praticamente sem notar o estupro.

— Se você a quiser, vai ter de esperar — disse um dos rapazes.

— Quero agora — respondi.

— Então pode pular no poço de merda — disse ele. Estava bêbado. Tinha barba rala e olhos insolentes. — Pode pular no poço de merda — disse de novo, evidentemente gostando do insulto, depois apontou para Iseult — e eu vou ficar com ela enquanto você se afoga. — Dei-lhe um soco, quebrando seu nariz e sujando seu rosto de sangue, e enquanto ele ofegava, chutei-o com força entre as pernas. Ele caiu gemendo e eu acertei um segundo homem na barriga enquanto Leofric perdia todas as frustrações do dia num ataque selvagem contra outro. Os dois que haviam segurado Eanflæd se viraram para nós e um deles guinchou quando ela agarrou seu cabelo e cravou os dedos com as unhas afiadas em seus olhos. O oponente de Leofric estava no chão. Ele pisou na garganta do garoto, bati na cabeça do meu até levá-lo perto da porta, depois chutei o outro nas costelas, resgatei a vítima de Eanflæd e quebrei seu maxilar, depois voltei ao garoto que havia ameaçado estuprar Iseult. Arranquei um aro de prata de sua orelha, tirei um bracelete e roubei sua bolsa, que tilintava com moedas. Larguei a prata no colo de Eanflæd e chutei entre as pernas do sujeito que gemia, chutei de novo e o arrastei para a rua.

— Vá pular num poço de merda — disse eu, depois bati a porta. Os outros dinamarqueses, ainda bebendo do lado oposto da taverna, haviam olhado a luta com ar divertido, e agora nos deram aplausos irônicos.

— Desgraçados — disse Eanflæd, evidentemente falando dos homens que havíamos expulsado. — Estou toda ralada. O que vocês dois estão fazendo aqui?

— Eles acham que somos dinamarqueses — respondi.

— Precisamos de comida — disse Leofric.

— Eles pegaram quase tudo. — Eanflæd balançou a cabeça na direção dos dinamarqueses que estavam sentados. — Mas talvez ainda haja alguma coisa nos fundos. — Ela amarrou sua cinta. — Edwulf está morto. — Edwulf era o dono da taverna. — E obrigada por me ajudar, seus desgraçados mancos! — Ela gritou isso para os dinamarqueses, que não entenderam e simplesmente riram para ela. Depois foi para os fundos arranjar comida para nós, mas um dos homens estendeu a mão, parando-a.

— Aonde você vai? — perguntou ele em dinamarquês.

— Vai passar por você — gritei eu.

— Quero cerveja — disse ele. — E você? Quem é?

— Sou o homem que vai cortar sua garganta se impedir essa mulher de pegar comida.

— Quietos, quietos! — disse um homem mais velho, depois franziu a testa para mim. — Eu não conheço você?

— Eu estava com Guthrum em Readingum — respondi — e em Werham.

— Deve ser isso. Ele se saiu melhor desta vez, hein?

— Ele se saiu melhor — concordei.

O sujeito apontou para Iseult.

— É sua?

— Não está à venda.

— Só estou perguntando, amigo, só perguntando.

Eanflæd trouxe pão velho, carne de porco fria, maçãs enrugadas e um queijo duro como pedra no qual se retorciam vermes vermelhos. O sujeito mais velho levou um pote de cerveja para a nossa mesa, evidentemente como oferta de paz, sentou-se, conversou comigo e fiquei sabendo um pouco mais do que estava acontecendo. Guthrum havia trazido quase três mil homens para atacar Cippanhamm. O próprio Guthrum estava agora no castelo de Alfredo e metade de seus homens ficaria em Cippanhamm como guarnição enquanto o restante planejava ir para o sul ou o oeste de manhã.

— Para manter os desgraçados fugindo, hein? — disse o sujeito, depois franziu a testa para Leofric. — Ele não fala muito.

— Ele é mudo.

— Conheci um homem que tinha uma mulher muda. Era tremendamente feliz. — Ele olhou com ciúme para meus braceletes. — Então, a quem você serve?

— Svein do Cavalo Branco.

— Svein? Ele não esteve em Readingum. Nem em Werham.

— Estava em Dyflin — respondi —, mas na época eu servia a Ragnar, o Velho.

— Ah, Ragnar! Coitado.

— Imagino que o filho dele esteja morto, não é? — perguntei.

— O que mais poderia ser? Reféns, coitados. — Ele pensou um segundo e depois franziu a testa de novo. — O que Svein está fazendo aqui? Achei que ele viria de navio.

— E vem — disse eu. — Só viemos aqui para falar com Guthrum.

— Svein manda um mudo falar com Guthrum?

— Ele me mandou para falar, e mandou ele — sacudi o polegar na direção do carrancudo Leofric — para matar pessoas que fazem perguntas demais.

— Certo, certo! — O sujeito levantou uma das mãos para afastar minha beligerância.

Dormimos no jirau do estábulo, aquecidos pela palha, e partimos antes do amanhecer. Naquele momento, cinquenta saxões do oeste poderiam ter retomado Cippanhamm, porque os dinamarqueses estavam bêbados, dormindo e esquecidos do mundo. Leofric roubou uma espada, um machado e um escudo de um homem que roncava na taverna, depois saímos sem ser questionados pela porta do oeste. Num campo do lado de fora, encontramos mais de cem cavalos guardados por dois homens que dormiam numa cabana de palha, e poderíamos ter levado todos os animais, porém não tínhamos selas nem arreios. Por isso, com relutância, eu soube que precisaríamos andar. Agora éramos quatro, porque Eanflæd decidira ir conosco. Ela havia enrolado Iseult em duas capas grandes, mas a garota britânica ainda tremia.

Caminhamos para o oeste e o sul ao longo de uma estrada que serpenteava através de morros baixos. Íamos para Baðum, e de lá eu poderia virar para o sul na direção de Defnascir e de meu filho, mas estava claro que os dinamarqueses já se encontravam adiante de nós. Alguns deviam ter vindo a cavalo nessa direção, no dia anterior, porque no primeiro povoado em que chegamos não havia galos cantando, nenhum som, e o que eu havia pensado que era névoa matinal era fumaça de cabanas queimadas. Uma fumaça mais densa aparecia à frente, sugerindo que os dinamarqueses poderiam já ter chegado a Baðum, uma cidade que eles conheciam muito bem porque haviam negociado ali uma de suas tréguas. Então, naquela tarde, uma horda de dinamarqueses montados apareceu na estrada atrás de nós e tivemos de ir para o oeste, subindo as colinas, para encontrar um esconderijo.

Caminhamos por uma semana. Encontramos abrigo em choupanas. Algumas estavam desertas e outras ainda tinham pessoas apavoradas, mas cada dia curto de inverno era manchado por fumaça enquanto os dinamarqueses assolavam Wessex. Um dia descobrimos uma vaca, presa em seu curral numa propriedade deserta. Estava com um bezerro e mugia de fome. Naquela noite, nos refestelamos com carne fresca. No dia seguinte, não pudemos nos mexer porque fazia um frio de rachar, uma chuva forte vinha no vento leste e as árvores se sacudiam como se estivessem em agonia. A construção que nos deu abrigo tinha vazamentos, a fogueira nos sufocava e Iseult ficou simplesmente sentada, de olhos arregalados e vazios, olhando as pequenas chamas.

— Quer voltar a Cornwalum? — perguntei.

Ela pareceu surpresa por eu ter falado. Demorou alguns instantes para juntar os pensamentos, depois deu de ombros.

— O que há lá para mim?

— O lar — disse Eanflæd.

— Uhtred é o lar para mim.

— Uhtred é casado — respondeu Eanflæd asperamente.

Iseult ignorou isso.

— Uhtred vai guiar homens — disse ela, balançando para trás e para a frente. — Centenas de homens. Uma horda luminosa. Quero ver.

— Ele vai guiar você à tentação, só isso — declarou Eanflæd. — Vá para casa, garota, reze e espere que os dinamarqueses não venham.

Continuamos tentando ir para o sul e fizemos pequenos progressos a cada dia, mas os dias eram curtos e difíceis, e os dinamarqueses pareciam estar em toda parte. Mesmo quando atravessávamos campos distantes de qualquer trilha ou caminho, havia uma patrulha de dinamarqueses a distância, e para evitá-los éramos constantemente levados para o oeste. A leste de nós ficava a estrada romana que partia de Baðum e chegava a Exanceaster, a via principal naquela parte de Wessex, e supus que os dinamarqueses a estivessem usando e mandando patrulhas para os dois lados da estrada. E eram essas patrulhas que nos levavam cada vez mais para perto do mar de Sæfern, mas lá não podia haver segurança, porque Svein certamente teria vindo de Gales.

Também deduzi que Wessex havia finalmente caído. Encontramos algumas pessoas fugitivas de seus povoados e escondidas no mato, mas ninguém tinha notícias, apenas boatos. Ninguém tinha visto qualquer soldado saxão do oeste, ninguém tinha ouvido falar de Alfredo, só viam dinamarqueses e a fumaça sempre presente. De vez em quando, atravessávamos um povoado devastado ou uma igreja incendiada. Víamos corvos voando negros e os seguíamos até encontrar corpos apodrecendo. Estávamos perdidos, e qualquer esperança que eu tivesse de chegar a Oxton havia sumido há muito. Presumi que Mildrith tivesse fugido para o oeste subindo os morros, como sempre faziam as pessoas da região do Uisc quando os dinamarqueses chegavam. Esperava que ela estivesse viva, esperava que meu filho estivesse vivo, mas o futuro dele era tão sombrio quanto as noites de inverno.

— Talvez devêssemos fazer nossa paz — sugeri a Leofric uma noite. Estávamos numa cabana de pastor, agachados ao redor de uma pequena fogueira que enchia de fumaça a construção baixa com teto de turfa. Tínhamos assado uma dúzia de costelas cortadas de um cadáver de cordeiro meio comido. Estávamos todos imundos, úmidos e com frio. — Talvez devêssemos encontrar os dinamarqueses e jurar aliança.

— E virar escravos? — perguntou Leofric amargamente.

— Seremos guerreiros.

— Lutando por um dinamarquês? — Ele cutucou o fogo, provocando um novo jorro de fumaça. — Eles não podem ter tomado Wessex inteiro — protestou.

— Por que não?

— É grande demais. Tem de haver alguns homens lutando. Só precisamos encontrá-los.

Pensei nas antigas discussões em Lundene. Na época, eu era uma criança que estava com os dinamarqueses e seus líderes haviam argumentado que o melhor modo de tomar Wessex era atacar seu coração ocidental e dividir seu poder. Outros queriam começar o ataque tomando o antigo reino de Kent, a parte mais fraca de Wessex e que continha o grande templo de Contwaraburg, porém o argumento mais ousado tinha vencido. Eles haviam atacado no oeste e aquele primeiro ataque fracassou, no entanto agora Guthrum tivera sucesso. Mas até onde ele tivera sucesso? Kent ainda era saxão? Defnascir?

— E o que acontece com Mildrith se você se juntar aos dinamarqueses? — perguntou Leofric.

— Ela deve ter se escondido — respondi carrancudo, e houve silêncio, mas vi que Eanflæd estava ofendida e esperei que ela contivesse a língua.

Não conteve.

— Você se importa? — perguntou num desafio.

— Eu me importo — respondi.

Eanflæd desprezou a resposta.

— Ela ficou chata?

— Claro que ele se importa. — Leofric tentou ser pacificador.

— Ela é uma esposa — retrucou Eanflæd, ainda me olhando. — Os homens se cansam das esposas. — Iseult ficou ouvindo, com os olhos grandes e escuros indo de mim para Eanflæd.

— O que você sabe sobre esposas? — perguntei.

— Já fui casada — respondeu ela.

— Foi? — perguntou Leofric, surpreso.

— Fui casada por três anos, com um homem que era da guarda de Wulfhere. Ele me deu dois filhos, depois morreu na batalha que matou o rei Æthelred.

— Dois filhos? — perguntou Iseult.

— Eles morreram — disse Eanflæd com aspereza. — É isso que acontece com as crianças. Elas morrem.

— Você era feliz com ele? — perguntou Leofric. — Com o seu marido?

— Durante uns três dias. E nos três anos seguintes aprendi que os homens são uns desgraçados.

— Todos? — perguntou Leofric.

O rei do pântano

— A maioria. — Ela sorriu para Leofric, depois tocou o joelho dele. — Você, não.

— E eu? — perguntei.

— Você? — Ela me olhou por um instante. — Eu não confiaria em você numa distância maior do que o meu cuspe — disse ela, e havia um veneno verdadeiro em sua voz, deixando Leofric sem graça e me deixando surpreso. Chega um momento na vida em que nós nos vemos como os outros nos veem. Acho que isso faz parte do crescimento, e nem sempre é confortável. Naquele momento, Eanflæd lamentou ter falado com tanta aspereza, porque tentou suavizar a coisa. — Não conheço você, só sei que é amigo de Leofric.

— Uhtred é generoso — disse Iseult com lealdade.

— Geralmente os homens são generosos quando querem alguma coisa — retrucou Eanflæd.

— Eu quero Bebbanburg — falei.

— O que quer que isso seja — disse Eanflæd. — E para conseguir, você faria qualquer coisa. Qualquer coisa.

Houve silêncio. Vi um floco de neve aparecer na porta meio coberta. Flutuou em direção à luz da fogueira e derreteu. Leofric rompeu o silêncio incômodo.

— Alfredo é um homem bom.

— Ele tenta ser bom — disse Eanflæd.

— Só tenta? — perguntei com sarcasmo.

— Ele é como você — disse ela. — Mataria para obter o que quer, mas há uma diferença. Ele tem consciência.

— Quer dizer, ele tem medo dos padres.

— Ele tem medo de Deus. E todos deveríamos ser assim. Porque um dia vamos responder a Deus.

— Eu, não — respondi.

Eanflæd deu um risinho de desprezo, mas Leofric mudou o assunto dizendo que estava nevando, e depois de um tempo dormimos. Iseult se agarrou a mim em seu sono e choramingou e estremeceu enquanto eu ficava acordado, meio sonhando, pensando em suas palavras: eu comandaria uma horda brilhante. Parecia uma profecia improvável. Na verdade, eu achava que seus poderes deviam ter ido embora junto com a virgindade, e então dormi também, acordando num mundo transformado em branco. Os gravetos e os galhos estavam cobertos de neve, mas ela já ia se derretendo, pingando num amanhecer nevoento. Quando saí, encontrei um minúsculo rouxinol morto, do lado de fora da porta, e achei que era um presságio ruim.

Leofric saiu da cabana piscando diante da claridade do amanhecer.

— Não se incomode com Eanflæd — disse ele.

— Não me incomodo.

— O mundo dela acabou.

— Então devemos refazê-lo.

— Isso significa que você não vai se juntar aos dinamarqueses?

— Sou saxão.

Leofric meio sorriu disso. Abriu a calça e mijou.

— Se seu amigo Ragnar estivesse vivo — perguntou, olhando o vapor subir da urina —, você ainda seria saxão?

— Ele está morto, não está? — respondi desanimado. — Sacrificado à ambição de Guthrum.

— Então agora você é saxão?

— Sou saxão — repeti, parecendo mais seguro do que me sentia, porque não sabia o que o futuro reservava. Como poderíamos saber? Talvez Iseult tivesse dito a verdade: Alfredo me daria poder, eu comandaria uma horda brilhante e teria uma mulher de ouro, mas eu estava começando a duvidar dos poderes de Iseult. Alfredo poderia já estar morto e seu reino fora condenado. E naquele momento eu só sabia que a terra se estendia para o sul até uma crista coberta de neve, e lá terminava numa luminosidade estranha e vazia. O horizonte parecia a borda do mundo, acima de um abismo de luz perolada. — Continuaremos indo para o sul — disse eu. Não havia mais nada a fazer, a não ser andar em direção à claridade.

Andamos. Seguimos uma trilha de ovelhas até o topo da montanha e vi que os morros desciam íngremes, indo até os vastos pantanais do mar. Havíamos chegado a um grande brejo, e a claridade que eu vira era a luz de inverno se refletindo nos lagos compridos e nos riachos sinuosos.

— E agora? — perguntou Leofric, e eu não tive resposta. Por isso nos sentamos sob as frutinhas de um teixo encurvado pelo vento e olhamos a imensidão de pântano, água, capim e juncos. Esse era o vasto pantanal que se estendia terra adentro a partir do Sæfern, e se eu quisesse alcançar Defnascir teria de rodeá-lo ou tentar atravessá-lo. Se o rodeássemos, teríamos de ir até a estrada romana, e era ali que estavam os dinamarqueses. Mas se tentássemos atravessar o pântano, enfrentaríamos outros perigos e eu havia escutado mil histórias de homens que se perderam em seus atoleiros emaranhados. Diziam que havia espíritos ali, espíritos que apareciam à noite como luzes tremeluzentes, e havia caminhos que levavam apenas a areia movediça ou a poços que afogavam. Mas também havia povoados no pântano, locais em que pessoas pegavam peixes e enguias. O povo do pântano era protegido pelos espíritos e pelas mudanças súbitas na maré que podiam cobrir uma estrada num piscar de olhos. Agora, enquanto a última neve dos bancos de juncos se derretia, o pântano parecia uma vastidão de terra inundada, com os riachos e lagos inchados pelas chuvas de inverno, mas quando a maré subisse, pareceria um mar interior pontilhado de ilhas. Podíamos ver uma dessas ilhas não muito longe, e havia um amontoado de cabanas naquele pedacinho de terreno mais elevado. Aquele seria um local onde encontrar comida e calor, se pudéssemos chegar lá. Em algum momento, poderíamos atravessar todo o pântano, encontrando caminho de ilha em ilha, mas demoraria muito mais do que um dia e teríamos de encontrar refúgio a cada maré alta. Olhei para as longas e frias vastidões de água, quase pretas por baixo das nuvens de chumbo que vinham do mar, e meu ânimo afundou porque eu não conseguia saber aonde íamos, ou por que, ou o que o futuro guardava.

Pareceu ficar mais frio enquanto estávamos sentados, e então uma neve fraca começou a vir das nuvens escuras. Apenas alguns flocos, mas o bastante para me convencer de que tínhamos de encontrar abrigo logo. Subia fumaça do povoado mais próximo no pântano, evidência de que alguém ainda vivia ali. Haveria comida em suas choupanas e algum calor débil.

— Temos de ir até aquela ilha — falei apontando.

Mas os outros estavam olhando para o oeste, onde um bando de pombos havia irrompido das árvores ao pé da encosta. Os pássaros subiram e voaram em círculos.

— Há alguém lá — disse Leofric.

Esperamos. Os pombos se acomodaram nas árvores mais acima no morro.

— Talvez um javali — disse eu.

— Os pombos não fugiriam de um javali — disse Leofric. — Os javalis não espantam pombos, nem os cervos. Há gente por lá.

O pensamento em javalis e cervos me fez pensar no que teria acontecido com meus cães. Será que Mildrith os havia abandonado? Eu nem havia lhe contado onde tinha escondido os restos do saque que havíamos pego no litoral de Gales. Tinha cavado um buraco num canto do meu castelo novo e enterrado o ouro e a prata junto à pedra sob a coluna de madeira, mas não era o esconderijo mais inteligente. Se houvesse dinamarqueses em Oxton, eles certamente procurariam nos cantos do piso do castelo, especialmente se uma lança sondando encontrasse um local em que a terra fora remexida. Um bando de patos voou no alto. A neve estava caindo mais forte, turvando a longa vista por sobre o pântano.

— Padres — disse Leofric.

Havia meia dúzia de homens a oeste. Vestiam mantos pretos e tinham saído das árvores, caminhando ao longo da margem do pântano, claramente procurando um caminho em sua vastidão emaranhada, mas não havia uma trilha óbvia para o pequeno povoado em sua ilha minúscula, de modo que os padres chegaram mais perto de nós, rodeando o pé da montanha. Um deles carregava um cajado comprido e, mesmo a distância, pude ver um brilho junto à sua cabeça e suspeitei de que fosse um cajado de bispo, do tipo que tem uma pesada cruz de prata. Outros três levavam sacos pesados.

— Acha que há comida naqueles fardos? — perguntou Leofric cheio de desejo.

— Eles são padres — respondi com selvageria. — Devem estar carregando prata.

— Ou livros — sugeriu Eanflæd. — Padres gostam de livros.

Agora apareceu um grupo de três mulheres e duas crianças. Uma das mulheres usava uma ampla capa de pele prateada e outra carregava a criança menor. As mulheres e as crianças não estavam muito longe, atrás dos padres que as esperaram, e então todos caminharam para o leste até estar abaixo de nós. Ali descobriram algum tipo de caminho serpenteando pântano adentro. Cinco padres levaram a mulher para o pântano enquanto o sexto homem, evidentemente mais novo do que os outros, voltava rapidamente para o oeste.

— O que ele está fazendo? — perguntou Leofric.

Outro bando de patos voou baixo, roçando a encosta em direção aos compridos lagos do pântano. Redes, pensei. Devia haver redes nos povoados do pântano e poderíamos pegar peixes e aves selvagens. Poderíamos comer bem por alguns dias. Enguias, patos, peixes, gansos. Se houvesse redes suficientes, poderíamos até prender cervos guiando-os para as armadilhas emaranhadas.

— Eles não estão indo a lugar algum — disse Leofric com escárnio, assentindo para os padres que haviam entrado uns cem passos no pântano. O caminho era enganoso. Havia oferecido uma rota aparente para o povoado, mas então sumiu num trecho de juncos em que os padres se amontoaram. Não queriam voltar e não queriam ir para a frente, por isso ficaram onde estavam, perdidos, com frio e desanimados. Pareciam estar discutindo.

— Precisamos ajudá-los — disse Eanflæd. Quando não falei nada ela protestou, dizendo que uma das mulheres estava segurando um bebê. — Temos de ajudá-los! — insistiu.

Eu ia responder que a última coisa de que precisávamos eram mais bocas famintas para alimentar, mas suas palavras ásperas na noite haviam me convencido de que eu precisava fazer alguma coisa para lhe mostrar que não era tão traiçoeiro quanto ela evidentemente acreditava. Assim, levantei-me, peguei o escudo e comecei a descer o morro. Os outros foram atrás, mas antes mesmo de estarmos na metade da descida, ouvi gritos vindos do oeste. O padre solitário que havia ido naquela direção estava agora com quatro soldados e eles se viraram enquanto cavaleiros saíram do meio das árvores. Eram seis cavaleiros, depois mais oito surgiram, em seguida mais dez, e percebi que toda uma coluna de soldados montados saía das árvores mortas de inverno. Tinham escudos pretos e capas pretas, portanto deviam ser homens de Guthrum. Um dos padres perdidos no pântano voltou correndo pelo caminho e vi que ele tinha uma espada e ia ajudar os companheiros.

Era uma coisa corajosa para um único padre fazer, mas bastante inútil. Agora os quatro soldados e o padre solitário haviam sido cercados. Estavam parados, costas contra costas, e os cavaleiros dinamarqueses os rodeavam, golpeando, e então dois cavaleiros viram o padre com a espada e esporearam os cavalos na direção dele.

— Aqueles dois são nossos — disse a Leofric.

Era estupidez. Os quatro homens estavam condenados, bem como o padre, se não interviéssemos. Mas éramos apenas dois e, mesmo que matássemos os dois cavaleiros, ainda estaríamos em número tremendamente menor. Mas eu estava impulsionado pelo desprezo de Eanflæd, cansado de bater cabeça pelo campo no inverno e sentia raiva, por isso corri morro abaixo, sem pensar no barulho que fazia enquanto atravessava o mato baixo e quebradiço. O padre sozinho estava de costas para o pântano e os cavaleiros disparavam contra ele enquanto Leofric e eu saímos das árvores e chegamos pelo lado esquerdo deles.

Acertei o flanco do cavalo mais próximo com meu escudo pesado. Houve um grito do cavalo e uma explosão de solo molhado, capim, neve e cascos quando homem e animal caíram de lado. Eu também estava no chão, derrubado pelo impacto, mas me recuperei primeiro e encontrei o cavaleiro emaranhado nos estribos, uma perna presa sob o cavalo que lutava, e golpeei forte com Bafo de Serpente. Cortei sua garganta, pisei em seu rosto, golpeei de novo, escorreguei em seu sangue, depois deixei-o e fui ajudar Leofric que estava aparando os golpes do segundo homem, ainda a cavalo. A espada do dinamarquês bateu no escudo de Leofric, depois ele precisou virar o cavalo para me enfrentar e o machado de Leofric acertou a cara do cavalo. O animal empinou, o cavaleiro escorregou para trás e eu recebi sua coluna com a ponta de Bafo de Serpente. Dois a menos. O padre com a espada, a menos de 12 passos, não havia se mexido. Só estava olhando para nós.

— Volte ao pântano! — gritei para ele. — Vá! Vá! — Agora Iseult e Eanflæd estavam conosco, pegaram o padre e correram com ele para o caminho. A trilha poderia levar a lugar nenhum, mas era melhor enfrentar o restante dos dinamarqueses ali do que em terreno firme ao pé do morro.

E aqueles dinamarqueses de capa preta estavam vindo. Tinham matado os poucos soldados, visto seus dois companheiros ser mortos e agora vinham atrás de vingança.

— Venha! — rosnei para Leofric e, pegando o cavalo ferido pelas rédeas, corri para o pequeno caminho sinuoso.

— Um cavalo não vai ajudar você aqui — disse Leofric.

O cavalo estava nervoso. Tinha a cara ferida e o caminho era escorregadio, mas eu o arrastei pela trilha até estarmos perto do pequeno trecho de terra em que os refugiados se amontoavam. Agora os dinamarqueses também estavam no caminho, seguindo-nos. Haviam apeado. Só podiam vir dois a dois, e em alguns lugares apenas um homem podia usar a trilha. Num desses lugares, parei o cavalo e troquei Bafo de Serpente pelo machado de Leofric. O cavalo me espiou com um grande olho castanho.

— Isto é para Odin — falei, e golpeei o machado em seu pescoço, cortando através da crina e da pele. Uma mulher gritou atrás de mim quando o sangue jorrou brilhante e alto no dia opaco. O cavalo relinchou, tentou empinar e eu o golpeei de novo. Dessa vez ele caiu, sacudindo os cascos, com sangue e água espirrando. A neve ficou vermelha enquanto eu golpeava o machado pela terceira vez, finalmente imobilizando-o. Agora o animal agonizante era um obstáculo atravessado na trilha e os dinamarqueses teriam de lutar ao redor do cadáver. Peguei Bafo de Serpente de volta.

— Vamos matá-los um a um — falei a Leofric.

— Por quanto tempo? — Ele assentiu em direção ao oeste e eu vi mais dinamarqueses chegando, toda uma tripulação de navio, dinamarqueses montados jorrando ao longo da borda do pântano. Cinquenta homens? Talvez mais, porém mesmo assim eles só poderiam usar o caminho um a um ou dois a dois e teriam de passar por cima do cavalo morto para chegar a Bafo de Serpente ou ao machado de Leofric. Ele havia perdido seu antigo machado, que fora retirado quando o levaram a Cippanhamm, mas parecia gostar da arma roubada. Fez o sinal da cruz, tocou a lâmina e sopesou o escudo enquanto os dinamarqueses vinham.

Dois rapazes chegaram primeiro. Eram loucos e selvagens, querendo ganhar reputação, mas o primeiro foi parado pelo machado de Leofric batendo

O cavaleiro da morte

em seu escudo e eu passei Bafo de Serpente por baixo do escudo, cortando seu tornozelo. Ele caiu, xingando e atrapalhando o companheiro. Leofric arrancou o machado de lâmina larga e golpeou de novo. O segundo homem tropeçou no cavalo e Bafo de Serpente pegou-o por baixo do queixo, acima da cota de couro, e o sangue escorreu pela lâmina num jorro súbito. Agora havia dois cadáveres dinamarqueses acrescentados à barricada de carne de cavalo. Eu estava provocando os outros dinamarqueses, chamando-os de vermes de cadáver, dizendo que conhecia crianças que lutavam melhor. Outro homem veio, gritando de fúria enquanto saltava por cima do cavalo. Foi contido pelo escudo de Leofric e Bafo de Serpente recebeu sua espada com um estalo surdo. Sua lâmina se partiu, e mais dois homens estavam tentando passar pelo cavalo, lutando na água que ia até os joelhos. Cravei Bafo de Serpente na barriga do primeiro, empurrando-a através da armadura de couro, deixei-o para morrer e girei à direita contra o homem que tentava passar pela água. A ponta de Bafo de Serpente rasgou seu rosto, espirrando sangue na neve, que ia ficando mais densa. Avancei, os pés afundando, golpeei de novo e ele não conseguia se mexer no atoleiro. Bafo de Serpente acertou sua goela. Eu estava gritando de júbilo porque a calma da batalha havia chegado, aquela sensação, e o único outro júbilo comparável é o de estar com uma mulher.

É como se a vida ficasse lenta. O inimigo se movia como se estivesse vadeando em lama, mas eu era rápido como um martim-pescador. Há fúria, mas é uma fúria controlada, e há júbilo, o júbilo que os poetas celebram ao falar da batalha, e uma certeza de que a morte não está no destino daquele dia. Minha cabeça estava cheia de cantos, uma nota insistente, alta e aguda, o hino da morte. Eu só queria que mais dinamarqueses chegassem para Bafo de Serpente e me parecia que nesses momentos ela assumia uma vida própria. Pensar era agir. Um homem passou pelo flanco do cavalo, pensei em cortar seu tornozelo, soube que ele poderia baixar o escudo e assim abrir a parte superior do corpo a um ataque, e antes que o pensamento fosse ao menos coerente, isso estava feito, e Bafo de Serpente havia tirado um de seus olhos. Ela havia abaixado e subido, já estava movendo-se à direita para enfrentar outro homem que tentava rodear o cavalo. Deixei que ele passasse junto à cabeça ensanguentada do garanhão e, com escárnio, empurrei-o na água, pisei em cima dele e mantive sua cabeça sob minha bota enquanto ele se afogava. Gritei com os dinamarqueses, disse que eu era o porteiro do Valhalla, que eles haviam mamado sangue de covarde e que eu queria que viessem à minha lâmina. Implorei que viessem, mas seis homens estavam mortos ao redor do cavalo e agora os outros ficaram cautelosos.

Subi no cavalo morto e abri os braços. Ergui o escudo alto à minha esquerda e a espada à direita; minha cota de malha estava suja de sangue, a neve caía ao redor do elmo com crista de lobo e eu só conhecia o júbilo de matança juvenil.

— Eu matei Ubba Lothbrokson! — gritei para eles. — Eu o matei! Então venham se juntar a ele! Sintam o gosto de sua morte! Minha espada quer vocês!

— Barcos — disse Leofric. Não o escutei. O homem que pensei ter afogado ainda estava vivo e de repente se levantou do pântano, tossindo e vomitando água. Pulei do cavalo e pus o pé em sua cabeça de novo.

— Deixe-o viver! — gritou uma voz atrás de mim. — Quero um prisioneiro!

O homem tentou lutar contra meu pé, mas Bafo de Serpente o manteve embaixo. Ele lutou de novo e eu quebrei sua espinha com Bafo de Serpente. Ele ficou imóvel.

— Eu disse que queria um prisioneiro — protestou a voz atrás de mim.

— Venham morrer! — gritei para os dinamarqueses.

— Barcos — disse Leofric de novo. Olhei para trás e vi três botes vindo pelo pântano. Eram botes compridos, de fundo chato, impelidos por homens usando varas. Encalharam do outro lado do grupo de refugiados, que subiu rapidamente a bordo. Os dinamarqueses, sabendo que Leofric e eu teríamos de recuar se quiséssemos a segurança dos botes, se prepararam para um ataque e eu sorri, convidando-os.

— Ainda há um barco — disse Leofric. — Espaço para nós. Você terá de correr como o diabo.

— Vou ficar aqui — gritei, mas em dinamarquês. — Estou me divertindo.

Então houve uma agitação no caminho quando um homem chegou à frente dos dinamarqueses e os outros se afastaram para lhe dar espaço. Usava cota de malha e tinha um elmo prateado, com uma asa de corvo no topo. Mas quando chegou mais perto, tirou o elmo e eu vi o osso com ponta de ouro em seu cabelo. Era o próprio Guthrum. O osso era uma costela de sua mãe e ele o usava por amor à memória dela. Olhou-me, o rosto magro triste, e então olhou para os homens que tínhamos matado.

— Vou caçá-lo como um cão, Uhtred Ragnarson — disse ele. — E vou matá-lo como um cão.

— Meu nome é Uhtred Uhtredson — respondi.

— Temos de fugir — sussurrou Leofric.

A neve redemoinhou no pântano, agora tão densa que eu mal podia ver o topo da montanha de onde tínhamos visto os pombos girando.

— Você é um homem morto, Uhtred — disse Guthrum.

— Não conheci sua mãe — gritei —, mas gostaria de ter conhecido.

Seu rosto assumiu o ar reverente que qualquer menção à sua mãe sempre provocava. O dinamarquês pareceu lamentar ter falado com tanta aspereza comigo, porque fez um gesto conciliatório.

— Ela era uma grande mulher — disse ele.

Sorri. Naquele momento, pensando agora, eu poderia ter trocado de lado facilmente e Guthrum me receberia como se eu tivesse acabado de fazer um elogio à sua mãe, mas eu era um rapaz beligerante e o júbilo da batalha estava comigo.

— Eu teria cuspido no rosto feio dela, e agora mijo na alma da sua mãe e digo que os animais de Niflheim estão fornicando com os ossos rançosos dela.

Ele gritou de fúria e todos atacaram, alguns espadanando nas águas rasas, todos desesperados para me alcançar e vingar o insulto terrível, mas Leofric e eu estávamos correndo como javalis perseguidos, disparamos por entre os juncos, entramos na água e nos jogamos no último bote. Os dois primeiros tinham ido embora, mas o terceiro havia esperado por nós e, enquanto nos esparramávamos nas tábuas molhadas, o homem com a vara fez força e o barquinho deslizou para longe, na água negra.

Os dinamarqueses tentaram vir atrás, mas estávamos indo surpreendentemente rápido, deslizando por entre a neve que caía. Guthrum gritava comigo e uma lança foi atirada, mas o homem do pântano fez força com a vara de novo e a lança mergulhou inofensiva na lama.

— Vou encontrar você! — gritou Guthrum.

— E eu com isso? — gritei de volta. — Seus homens só sabem morrer! — Levantei Bafo de Serpente e beijei sua lâmina pegajosa. — E sua mãe era uma puta dos anões!

— Você deveria ter deixado aquele homem viver — disse uma voz atrás de mim —, porque eu queria interrogá-lo. — O barquinho continha apenas um passageiro além de Leofric e eu. Era o padre que usava espada, e agora estava sentado na proa chata do barco, franzindo a testa para mim. — Não havia necessidade de matar aquele homem — disse com seriedade, e eu o encarei com tamanha fúria que ele se encolheu. Danem-se todos os padres, pensei. Eu havia salvado a vida do desgraçado e tudo o que ele fazia era me censurar. Então vi que não era nenhum padre.

Era Alfredo.

O barquinho deslizava pelo pântano, algumas vezes passando sobre a água preta, algumas vezes farfalhando através de capim ou juncos. O homem que o guiava era uma criatura encurvada, de pele escura, com barba enorme, roupas de pele de lontra e boca desdentada. Agora os dinamarqueses de Guthrum estavam muito atrás, levando seus mortos de volta para terreno mais firme.

— Preciso saber o que eles planejam — reclamou Alfredo. — O prisioneiro poderia ter contado.

Ele falou com mais respeito. Pensando bem, percebi que eu o havia amedrontado, porque a frente de minha cota de malha estava coberta de sangue e havia mais sangue no meu rosto e no elmo.

— Eles planejam acabar com Wessex — respondi curto e grosso. — Não é preciso um prisioneiro para dizer isso.

— Senhor — disse ele.

Encarei-o.

— Eu sou rei! — insistiu ele. — Dirija-se a um rei com respeito.

— Rei de quê? — perguntei.

— O senhor não está ferido? — perguntou Leofric a Alfredo.

— Não, graças a Deus. Não. — Ele olhou para a espada que estava segurando. — Graças a Deus. — Vi que Alfredo não estava usando roupa de padre, e sim uma ampla capa preta. Seu rosto comprido estava muito pálido. — Obrigado, Leofric — disse ele, depois me olhou e pareceu estremecer. Estávamos alcançando os outros dois barquinhos e vi que Ælswith, grávida e envolta numa capa de raposa prateada, estava em um deles. Iseult e Eanflæd também estavam nesse barco, e os padres se apinhavam no outro. Vi que o bispo Alewold, de Exanceaster, era um deles.

— O que aconteceu, senhor? — perguntou Leofric.

Alfredo suspirou. Agora estava tremendo, mas contou sua história. Havia saído a cavalo de Cippanhamm com a família, os guarda-costas e uns vinte homens da Igreja para acompanhar o monge Asser na primeira parte de sua jornada.

— Tivemos uma missa de ação de graças na igreja em Soppan Byrg. É uma igreja nova — acrescentou sério para Leofric — e muito boa. Cantamos salmos, rezamos, e o irmão Asser seguiu seu caminho em júbilo. — Ele fez o sinal da cruz. — Rezo para que esteja em segurança.

— Espero que o desgraçado mentiroso esteja morto — rosnei.

Alfredo ignorou isso. Depois da missa, todos foram a um mosteiro próximo para comer, e enquanto estavam lá os dinamarqueses haviam chegado. O grupo real fugiu, encontrando abrigo na floresta próxima enquanto o mosteiro era incendiado. Depois disso, tentaram cavalgar para o leste entrando no coração de Wessex, mas, como nós, haviam sido constantemente empurrados por patrulhas dinamarquesas. Uma noite, abrigando-se numa fazenda, foram surpreendidos por tropas dinamarquesas que mataram alguns guardas de Alfredo e capturaram todos os seus cavalos. E desde então vinham andando, tão perdidos quanto nós, até chegar ao pântano.

— Deus sabe o que vai acontecer agora — disse Alfredo.

— Vamos lutar — respondi. Ele apenas me olhou e eu dei de ombros. — Vamos lutar — falei de novo.

Alfredo olhou para o pântano.

— Encontrar um navio — disse ele, mas tão baixo que quase não escutei. — Encontrar um navio e ir para a Frankia. — Ele apertou a capa ao redor do corpo magro. A neve estava se adensando enquanto caía, mas derretia assim que batia na água escura. Os dinamarqueses haviam desaparecido, perdidos na neve atrás.

— Aquele era Guthrum? — perguntou Alfredo.

— Era Guthrum — respondi. — E ele sabia que perseguia vocês?

— Acho que sim.

— O que mais atrairia Guthrum para cá? — perguntei. — Ele quer vê-lo morto. Ou capturado.

Mas por enquanto estávamos seguros. O povoado na ilha tinha umas vinte choupanas úmidas cobertas de junco e alguns depósitos sobre palafitas. As construções eram cor de lama, a rua era de lama, as cabras e as pessoas eram cobertas de lama, porém, por mais pobre que fosse, o lugar podia fornecer comida, abrigo e algum calor. Os homens da aldeia tinham visto os refugiados e, depois de uma discussão, decidiram resgatá-los. Suspeito que quisessem nos pilhar, em vez de salvar nossa vida, mas Leofric e eu parecíamos formidáveis, e assim que os moradores entenderam que seu rei era o hóspede fizeram o máximo, desajeitadamente, por ele e sua família. Um dos homens, num dialeto que eu mal podia entender, quis saber o nome do rei. Nunca ouvira falar em Alfredo. Sabia dos dinamarqueses, mas disse que seus navios nunca haviam chegado à aldeia, ou a qualquer um dos outros povoados no pântano. Contou que os moradores viviam de cervos, cabras, peixe, enguias e aves selvagens; e tinham bastante comida, mas a lenha era escassa.

Ælswith estava grávida do terceiro filho, e os dois primeiros estavam aos cuidados de aias. Havia Eduardo, o herdeiro de Alfredo, que tinha 3 anos e estava doente. Tossia, e Ælswith ficou preocupada com ele, mas o bispo Alewold insistia em que era apenas um resfriado de inverno. Também havia a irmã mais velha de Eduardo, Æthelflaed, que agora estava com 6 anos e era uma cabeça luminosa com cachos dourados, um sorriso cativante e olhos inteligentes. Alfredo a adorava e naqueles primeiros dias no pântano ela era seu único raio de luz e esperança. Uma noite, enquanto estávamos sentados ao redor de uma fogueira pequena e agonizante, com Æthelflaed dormindo com sua cabeça dourada no colo do pai, ele me perguntou sobre meu filho.

— Não sei onde está — respondi. Éramos apenas nós dois, todos os outros dormiam, e eu estava sentado perto da porta olhando o pântano manchado de gelo, preto e prata sob uma meia-lua.

— Quer ir encontrá-lo? — perguntou ele, sério.

— Quer realmente que eu faça isso? — perguntei. Ele pareceu perplexo. — Essas pessoas estão lhe dando abrigo — expliquei —, mas num instante cortariam sua garganta. Elas não farão isso enquanto eu estiver aqui.

Ele ia protestar, depois entendeu que eu provavelmente falava a verdade. Acariciou o cabelo da filha. Eduardo tossiu. Ele estava na cabana da mãe. A tosse havia piorado, piorado muito, e todos suspeitávamos de que fosse a tosse com chiado que matava crianças pequenas. Alfredo se encolheu ouvindo aquilo.

— Você lutou contra Steapa?— perguntou ele.

— Nós lutamos — respondi diretamente —, os dinamarqueses chegaram e não terminamos. Ele estava sangrando, eu não.

— Ele estava sangrando?

— Pergunte a Leofric. Ele estava lá.

Alfredo ficou quieto por longo tempo, depois disse baixinho:

— Ainda sou rei.

De um pântano, pensei, e não disse nada.

— E é costume chamar o rei de "senhor" — continuou ele.

Só fiquei olhando seu rosto magro e pálido iluminado pelo fogo agonizante. Ele parecia muito solene, mas também amedrontado, como se estivesse fazendo um esforço gigantesco para se agarrar aos farrapos de sua dignidade. Alfredo jamais careceu de bravura, mas não era guerreiro e não gostava muito da companhia de guerreiros. A seus olhos eu era um bruto; perigoso, desinteressante, mas subitamente indispensável. Sabia que eu não iria chamá-lo de senhor, por isso não insistiu.

— O que você percebe com relação a este lugar? — perguntou.

— É molhado.

— O que mais?

Procurei a armadilha na pergunta e não encontrei.

O rei do pântano

— Só pode ser alcançado com botes de fundo chato e os dinamarqueses não têm barcos assim. Mas quando tiverem será necessário mais do que Leofric e eu para lutar contra todos eles.

— Não tem igreja — disse ele.

— Eu sabia que gostava daqui.

Alfredo ignorou isso.

— Sabemos tão pouco sobre nosso reino! — disse perplexo. — Eu achava que havia igrejas em toda parte. — Em seguida, fechou os olhos por alguns instantes e me olhou de um jeito lamentoso. — O que devo fazer?

Eu havia lhe dito para lutar, mas agora não podia ver qualquer luta nele, apenas desespero.

— Pode ir para o sul — respondi pensando que era o que ele queria ouvir. — Ir para o sul e atravessar o mar.

— Ser outro rei saxão exilado — disse ele com amargura.

— Nós nos escondemos aqui, e quando acharmos que os dinamarqueses não estiverem olhando, vamos para o litoral sul e encontramos um navio.

— Como vamos nos esconder? Eles sabem que estamos aqui. E estão dos dois lados do pântano. — O homem do pântano nos dissera que a frota dinamarquesa havia desembarcado em Cynuit, que ficava na borda oeste do pântano. Presumi que essa frota fosse comandada por Svein, e certamente ele estaria se perguntando como encontrar Alfredo. Achei que o rei estava condenado, e sua família também. Se Æthelflaed tivesse sorte, seria criada por uma família dinamarquesa, como eu, porém mais provavelmente todos seriam mortos para que nenhum saxão jamais pudesse reivindicar a coroa de Wessex.

— E os dinamarqueses estarão vigiando o litoral sul — continuou Alfredo.

— Estarão mesmo — concordei.

Ele olhou para o pântano em que o vento noturno ondulava as águas, sacudindo o longo reflexo de uma lua de inverno.

— Os dinamarqueses não podem ter tomado Wessex inteiro — disse ele, depois se encolheu porque Eduardo estava tossindo muito dolorosamente.

— Provavelmente não — concordei.

— Se pudéssemos encontrar homens — disse ele, e ficou quieto.

— O que faríamos com homens?

O cavaleiro da morte

— Atacaríamos a frota. — Ele apontou para o oeste. — Poderíamos nos livrar de Svein, se for Svein que está em Cynuit, depois sustentar as colinas de Defnascir. Se obtivermos uma vitória, outros homens virão. Ficaremos mais fortes e um dia poderemos enfrentar Guthrum.

Pensei nisso. Ele havia falado em tom opaco, como se realmente não acreditasse nas palavras, mas achei que faziam uma espécie de sentido perverso. Havia homens em Wessex, homens que estavam sem líder, mas eram homens que queriam um líder, homens que lutariam, e talvez pudéssemos sustentar o pântano, depois derrotar Svein, em seguida capturar Defnascir. E assim, pedaço a pedaço, retomar Wessex. Então pensei melhor e admiti que era um sonho. Os dinamarqueses tinham vencido. Éramos fugitivos.

Alfredo estava acariciando o cabelo dourado da filha.

— Os dinamarqueses vão nos caçar aqui, não vão?

— Vão.

— Vocês podem nos defender?

— Só eu e Leofric?

— Você é guerreiro, não é? Disseram-me que foi realmente você que derrotou Ubba.

— Você sabia que eu matei Ubba? — perguntei.

— Você pode nos defender?

Eu não iria me desviar.

— Você sabia que eu consegui sua vitória em Cynuit? — perguntei irritado.

— Sim — disse ele, simplesmente.

— E minha recompensa foi me arrastar até o seu altar? Ser humilhado? — Minha raiva tornou a voz alta demais e Æthelflaed abriu os olhos e me encarou.

— Eu cometi erros — disse Alfredo —, e quando tudo isto acabar, quando Deus devolver Wessex aos saxões ocidentais, farei o mesmo. Vestirei o manto de penitente e me submeterei a Deus.

Quis matar na hora aquele devoto desgraçado, mas Æthelflaed estava me espiando com seus olhos grandes. Não havia se mexido, por isso seu pai

O rei do pântano

não sabia que ela estava acordada, mas eu sabia, de modo que em vez de soltar as rédeas da raiva cortei-a abruptamente.

— Você vai descobrir que a penitência ajuda — falei.

Ele se animou com isso.

— Ajudou a você?

— Me deu raiva e me ensinou a odiar. E a raiva é boa. O ódio é bom.

— Você não está falando sério.

Meio desembainhei Bafo de Serpente e os olhos da pequena Æthelflaed se arregalaram mais.

— Isto mata — disse eu, deixando a espada deslizar de volta para sua bainha forrada de pêlo de carneiro —, mas é a raiva e o ódio que lhe dão a força para matar. Se formos para a batalha sem raiva e ódio, estaremos mortos. Precisamos de todas as lâminas, da raiva e do ódio que possamos reunir se quisermos sobreviver.

— Mas você pode? — perguntou ele. — Pode nos defender aqui? O bastante para escapar dos dinamarqueses enquanto decidimos o que fazer?

— Sim.

Eu não fazia ideia se estava falando a verdade, de fato duvidava de que estivesse, mas possuía um orgulho de guerreiro, por isso dei uma resposta de guerreiro. Æthelflaed não havia afastado os olhos de mim. Tinha apenas 6 anos, mas juro que entendia tudo o que falávamos.

— Então eu o encarrego dessa tarefa. Aqui e agora eu o nomeio defensor da minha família. Aceita a responsabilidade?

Eu era um bruto arrogante. Ele estava me desafiando, claro, e sabia o que estava fazendo, ainda que eu não soubesse. Apenas me empertiguei.

— Claro que aceito — respondi. — Sim.

— Sim o quê?

Hesitei, mas ele havia me lisonjeado, havia me dado uma responsabilidade de guerreiro, por isso lhe dei o que ele queria e o que estava decidido a não lhe dar.

— Sim, senhor.

Ele estendeu a mão. Agora eu sabia que ele queria mais. Eu nunca pretendera lhe conceder esse desejo, mas o havia chamado de "senhor", por isso me ajoelhei e, por cima do corpo de Æthelflaed, segurei sua mão com as minhas duas.

— Diga — exigiu ele, e pôs o crucifixo que estava pendurado em seu pescoço entre nossas mãos.

— Juro ser seu homem — falei, olhando seus olhos claros — até que sua família esteja em segurança.

Ele hesitou. Eu havia jurado, mas havia qualificado o juramento. Deixara claro que não permaneceria como seu homem para sempre, mas ele aceitou os termos. Deveria ter me beijado nas duas bochechas, mas isso incomodaria Æthelflaed, por isso levantou minha mão direita e beijou os dedos, depois beijou o crucifixo.

— Obrigado — disse ele.

A verdade, claro, era que Alfredo estava acabado. Mas, com a perversidade e a arrogância da juventude idiota, eu lhe dera meu juramento e prometera lutar por ele.

E tudo, acho, só porque uma menina de 6 anos estava me olhando. E tinha cabelos de ouro.

Sete

AGORA O REINO DE WESSEX era um pântano, e durante alguns dias teve rei, bispo, quatro padres, dois soldados, a mulher grávida do rei, duas aias, uma prostituta, duas crianças — uma das quais doente — e Iseult.

Três dos quatro padres deixaram o pântano primeiro. Alfredo estava sofrendo, assolado pela febre e as dores de barriga que o afligiam com tanta frequência, e parecia incapaz de se obrigar a tomar qualquer decisão. Por isso, juntei os três padres mais jovens, disse que eles eram bocas inúteis que não podíamos nos dar ao luxo de alimentar, e ordenei que deixassem o pântano e descobrissem o que estava acontecendo em terreno seco.

— Encontrem soldados — disse eu — e digam que o rei quer que venham para cá. — Dois dos padres imploraram para ser poupados da missão, afirmando que eram estudiosos incapazes de sobreviver ao inverno, ao confronto com dinamarqueses ou a fazer qualquer trabalho de verdade, e Alewold, o bispo de Exanceaster, os apoiou, dizendo que suas orações conjuntas eram necessárias para manter o rei saudável e em segurança. Por isso, lembrei ao bispo que Eanflæd estava presente.

— Eanflæd? — Ele piscou para mim como se nunca tivesse escutado o nome.

— A puta de Cippanhamm — respondi. Ele continuou a parecer ignorante. — Cippanhamm — continuei —, onde você e ela fornicavam na taverna Corncrake, e ela diz...

— Os padres viajarão — disse ele rapidamente.

— Claro que viajarão, mas deixarão a prata aqui.

— Prata?

Os padres vinham carregando o tesouro de Alewold, que incluía o grande cibório que eu lhe dera para saldar as dívidas de Mildrith. Esse tesouro era minha arma seguinte. Peguei tudo e mostrei aos homens do pântano. Disse que haveria prata em troca da comida que nos dessem, do combustível que trouxessem, dos barquinhos que fornecessem e das notícias que nos contassem, notícias sobre os dinamarqueses do lado mais distante do pântano. Queria que os homens do pântano estivessem do nosso lado, e a visão da prata os encorajou, mas o bispo Alewold correu imediatamente até Alfredo e reclamou que eu havia roubado da Igreja. O rei estava de ânimo muito baixo para se importar, de modo que Ælswith, sua mulher, entrou na refrega. Ælswith era merciana e Alfredo havia se casado com ela para aumentar os elos entre Wessex e Mércia, mas isso nos adiantou pouco, porque os dinamarqueses governavam Mércia. Havia um monte de mercianos que lutariam pelo rei saxão ocidental, mas nenhum arriscaria a vida por um rei reduzido a um reino encharcado num pântano de maré.

— Você devolverá o cibório! — ordenou Ælswith. Ela parecia maltrapilha, com o cabelo oleoso emaranhado, a barriga inchada e as roupas imundas. — Devolva agora. Neste instante!

Olhei para Iseult.

— Eu devo?

— Não — disse Iseult.

— Ela não manda aqui! — gritou Ælswith.

— Mas ela é uma rainha — disse eu. — E você não. — Essa era uma das causas da amargura de Ælswith, o fato de os saxões ocidentais nunca chamarem a mulher do rei de rainha. Ela queria ser a rainha Ælswith e precisava se contentar com menos. Tentou pegar o cibório de volta, mas eu o joguei no chão e, quando ela tentou alcançá-lo, girei o machado de Leofric. A lâmina se cravou no grande prato, mutilando a crucifixão em prata. Ælswith guinchou alarmada e recuou, e eu golpeei de novo. Foram necessários vários golpes, mas finalmente reduzi o prato pesado a pedaços de prata amassada que joguei junto com as moedas que havia tirado dos padres. — Prata em troca de sua ajuda! — disse aos homens do pântano.

Ælswith cuspiu na minha direção e voltou ao seu filho. Eduardo tinha 3 anos e agora era evidente que estava morrendo. Alewold havia afirmado que não passava de um simples resfriado de inverno, mas claramente era coisa pior, muito pior. Toda noite ouvíamos as tosses, um som extraordinariamente rouco, violento, vindo de uma criança tão pequena, e todos ficávamos acordados, temendo o próximo ataque, encolhendo-nos para longe do som desesperado, áspero, e quando as crises de tosse acabavam, temíamos que não começassem de novo. Cada silêncio era como a chegada da morte, mas de algum modo o menininho sobrevivia, agarrando-se à vida naqueles dias frios e úmidos no pântano. O bispo Alewold e as mulheres tentavam tudo o que sabiam. Um livro dos evangelhos foi posto no peito dele e o bispo rezou. Uma mistura de ervas, titica de galinha e cinzas foi posta em seu peito e o bispo rezou. Alfredo não viajava a lugar nenhum sem suas preciosas relíquias. O anel de artelho de Maria Madalena foi esfregado no peito do menino e o bispo rezou, mas Eduardo só ficou mais fraco e mais magro. Uma mulher do pântano, que tinha reputação de curandeira, tentou fazer com que ele suasse até expulsar a tosse, e quando isso não funcionou, ela amarrou um peixe vivo ao peito dele e ordenou que a tosse passasse para o peixe, e certamente o peixe morreu, mas o menino continuou tossindo, o bispo rezou e Alfredo, magro como o filho doente, estava desesperado. Sabia que os dinamarqueses iriam procurá-lo, mas enquanto a criança estivesse doente ele não ousava se mexer e certamente não podia contemplar a longa caminhada para o sul até o litoral, onde poderia encontrar um navio para levar sua família ao exílio.

Agora estava resignado a esse destino. Tinha ousado esperar que talvez recuperasse o reino, mas a fria realidade era mais persuasiva. Os dinamarqueses dominavam Wessex e Alfredo era rei de nada, e seu filho estava morrendo.

— É um pagamento — disse ele. Era a noite depois que os três padres foram embora e Alfredo abriu a alma para mim e para o bispo Alewold. Estávamos do lado de fora, olhando a lua pratear a névoa do pântano, e havia lágrimas no rosto de Alfredo. Ele não estava realmente falando com nenhum de nós, apenas consigo mesmo.

— Deus não tiraria um filho para punir o pai — disse Alewold.

— Deus sacrificou o próprio filho — respondeu Alfredo em tom opaco — e mandou Abraão matar Isaac.

— Ele poupou Isaac — retrucou o bispo.

— Mas não está poupando Eduardo — disse Alfredo, e se encolheu enquanto a tosse medonha soava na cabana. Pôs a cabeça nas mãos, cobrindo os olhos.

— Pagamento por quê? — perguntei, e o bispo sibilou, me repreendendo por uma pergunta tão indelicada.

— Æthelwold — disse Alfredo em voz opaca. Æthelwold era o seu sobrinho, o bêbado e ressentido filho do antigo rei.

— Æthelwold nunca seria rei — disse Alewold. — É um idiota!

— Se eu nomeá-lo rei agora — disse Alfredo, ignorando o que o bispo havia dito —, talvez Deus poupe Eduardo, não é?

— Dê o menino a Iseult — disse eu.

— Uma pagã! — alertou Alewold a Alfredo. — Uma adúltera! — eu podia ver que Alfredo sentia-se tentado pela minha sugestão, mas Alewold ia ganhando a disputa. — Se Deus não quer curar Eduardo, acha que ele vai deixar uma bruxa ter sucesso?

— Ela não é bruxa — disse eu.

— Amanhã é a véspera do Dia de Santa Agnes — disse Alewold me ignorando. — Um dia santo, senhor, um dia de milagres! Vamos rezar a santa Agnes e sem dúvida ela irá liberar o poder de Deus sobre o menino. — Ele ergueu as mãos para o céu escuro. — Amanhã, senhor, vamos invocar a força dos anjos, vamos pedir a ajuda do céu para o seu filho e a abençoada Agnes expulsará a doença maligna do jovem Eduardo.

Alfredo ficou quieto, apenas olhava os poços do pântano, cercados por uma fina pele de gelo que parecia brilhar à fraca luz da lua.

— Eu sei que a abençoada Agnes faz milagres! — pressionou o bispo. — Havia um menino em Exanceaster que não conseguia andar, mas a santa lhe deu forças e agora ele corre.

— Verdade? — perguntou Alfredo.

— Vi com meus próprios olhos — respondeu o bispo. — Testemunhei o milagre.

Alfredo sentiu confiança.

— Então amanhã — disse ele.

Não fiquei para ver o poder de Deus ser liberado. Em vez disso, peguei um barquinho e fui para o sul até um lugar chamado Æthelingæg, que ficava na borda sul do pântano e era o maior dos povoados do pantanal. Eu estava começando a conhecer a região. Leofric ficava com Alfredo, para proteger o rei e sua família, mas eu explorava, descobrindo uma quantidade de trilhas através do vazio aquático. Os caminhos eram chamados de *tronqueiros* e eram feitos de toras que chapinhavam sob os pés, mas usando-os eu podia caminhar por quilômetros. Também havia rios que serpenteavam pela terra baixa, e o maior deles, o Pedredan, passava perto de Æthelingæg, que era uma ilha, com boa parte coberta de amieiros onde viviam cervos e cabras selvagens. Mas também havia um grande povoado no ponto mais alto da ilha e o chefe do local construiu um castelo. Não era um castelo real, nem sequer do tamanho do que eu havia construído em Oxton, mas dava para ficar de pé embaixo das traves do teto e a ilha tinha tamanho suficiente para acomodar um pequeno exército.

Uma dúzia de tronqueiros partia de Æthelingæg, mas nenhum levava diretamente à terra firme. Seria um lugar difícil para Guthrum atacar, porque ele teria de andar no pântano, mas Svein, que agora sabíamos que comandava os dinamarqueses em Cynuit, na foz do Pedredan, consideraria aquele um lugar fácil de se aproximar, porque poderia trazer seus navios até o rio e, logo ao norte de Æthelingæg, poderia virar para o sul entrando no rio Thon, que passava pela ilha. Levei o barquinho até o centro do Thon e descobri, como havia temido, que tinha profundidade mais do que suficiente para os navios dinamarqueses com cabeças de animais.

Voltei ao local em que o Thon fluía para o Pedredan. Do outro lado do rio mais largo havia um morro súbito, íngreme e alto, que se destacava no pântano ao redor como um gigantesco morro funerário. Era um local perfeito para fazer uma fortaleza, e se pudesse ser construída uma ponte cruzando o Pedredan, nenhum navio dinamarquês poderia subir o rio.

Voltei ao povoado onde descobri que o chefe era um velho grisalho e teimoso chamado Haswold, que não sentia vontade de ajudar. Falei que pagaria com boa prata para mandar fazer uma ponte atravessando o Pedredan, mas Haswold declarou que a guerra entre Wessex e os dinamarqueses não o afetava.

— Há loucura por lá — disse ele, acenando vagamente para os morros do leste. — Sempre há loucura por lá, mas aqui no pântano nós cuidamos da nossa vida. Ninguém se incomoda conosco e nós não nos incomodamos com eles. — O sujeito fedia a peixe e fumaça. Usava peles de lontra gordurosas de óleo de peixe e sua barba grisalha era pintalgada de escamas de peixe. Tinha olhos pequenos e atentos num rosto velho e esperto, e além disso possuía meia dúzia de mulheres, a mais nova uma criança que poderia ser neta dele. O velho a acariciava na minha frente como se a existência da garota provasse sua hombridade. — Eu sou feliz — disse ele com um riso de desprezo. — Então por que deveria me importar com a sua felicidade?

— Os dinamarqueses poderiam acabar com sua felicidade.

— Os dinamarqueses? — Ele riu disso e o riso se transformou em tosse. Cuspiu. — Se os dinamarqueses vierem, entraremos mais fundo no pântano e os dinamarqueses irão embora. — Ele riu para mim e senti vontade de matá-lo, mas isso não adiantaria. Havia mais cinquenta homens no povoado e eu teria durado o tempo de uns 12 batimentos cardíacos. Mas o homem que eu realmente temia era um sujeito alto, de ombros largos e encurvado, com expressão perplexa. O que me amedrontava nele era que carregava um comprido arco de caça. Não um dos arcos curtos para aves pequenas, que muitos homens do pântano possuíam, e sim uma arma de matar cervos, do tamanho de um homem e capaz de fazer uma flecha atravessar uma cota de malha. Haswold devia ter sentido meu medo do arco, porque convocou o homem para ficar ao seu lado. O sujeito pareceu confuso com o chamado, mas obedeceu. Haswold enfiou a mão nodosa por baixo das roupas da garota e me olhou enquanto mexia lá dentro, rindo do que percebia como minha impotência. — Se os dinamarqueses vierem — disse de novo —, vamos entrar mais fundo no pântano e os dinamarqueses vão embora. — Enfiou a mão mais fundo no vestido de pele de cabra da garota e apertou com força os seios. — Os dinamarqueses não podem nos seguir, e se nos seguirem Eofer os mata. — Eofer era o arqueiro e, ao ouvir seu nome, ele pareceu espantado, depois preocupado. — Eofer é meu homem — alardeou Haswold —, enfia flechas onde eu mando. — Eofer assentiu.

— Seu rei quer que seja feita uma ponte — disse eu. — Uma ponte e uma fortaleza.

— Rei? — Haswold olhou para o povoado. — Não conheço nenhum rei. Se algum homem for rei aqui, sou eu. — Ele gargalhou disso. Olhei os moradores do povoado e não vi nada além de rostos opacos. Nenhum compartilhava a diversão de Haswold. Achei que não eram felizes sob seu governo e talvez ele sentisse o que eu estava pensando, porque de repente ficou com raiva, empurrando a menina-esposa para longe. — Deixe-nos! — gritou comigo. — Vá embora!

Retornei à ilha menor onde Alfredo se abrigava e onde Eduardo estava morrendo. Era o anoitecer e as orações do bispo a santa Agnes haviam fracassado. Eanflæd me contou como Alewold havia convencido Alfredo a abrir mão de uma de suas relíquias mais preciosas, uma pena da pomba que Noé havia soltado da arca. Alewold cortou a pena em duas partes, devolvendo uma ao rei, e a outra foi queimada numa panela limpa. Quando se reduziu a cinzas, os restos foram postos numa taça com água benta que Ælswith obrigou seu filho a beber. Ele fora enrolado numa pele de cordeiro, porque o cordeiro era o símbolo de santa Agnes, que fora uma criança mártir em Roma.

Mas nem a pena nem a pele de cordeiro funcionou. No mínimo, segundo Eanflæd, o menino ficou pior. Alewold estava rezando junto dele agora.

— Ele lhe deu a extrema-unção — disse Eanflæd. E me olhou com lágrimas nos olhos. — Iseult pode ajudar?

— O bispo não quer deixar.

— Não quer deixar? — reagiu ela indignada. — Não é ele que está morrendo!

Assim Iseult foi convocada, Alfredo veio da cabana e Alewold, farejando heresia, veio com ele. Eduardo estava tossindo de novo, o som era terrível no silêncio do início de noite. Alfredo se encolhia diante do barulho, depois exigiu saber se Iseult podia curar a doença de seu filho.

Iseult não respondeu imediatamente. Em vez disso, se virou e olhou para o pântano, onde a lua se erguia sobre a névoa.

— A lua está crescendo — disse ela.

— Você conhece alguma cura? — implorou Alfredo.

— Uma lua crescente é boa — disse Iseult em tom opaco, depois se virou para ele. — Mas haverá um preço...

— O que você quiser!

— Não é um preço para mim — disse ela por ele tê-la entendido mal. — Mas sempre há um preço. Um vive? Outro deve morrer.

— Heresia! — interveio Alewold.

Duvido que Alfredo tenha entendido as últimas três palavras de Iseult, ou então não se importou com o significado. Apenas agarrou a tênue esperança de que talvez ela pudesse ajudar.

— Você pode curar meu filho? — perguntou.

Ela fez uma pausa, depois assentiu.

— Há um modo.

— Que modo?

— O meu modo.

— Heresia! — alertou Alewold de novo.

— Bispo! — disse Eanflæd alertando. O bispo pareceu abalado e silenciou.

— Agora? — perguntou Alfredo a Iseult.

— Amanhã à noite — respondeu ela. — Demora. Há coisas a fazer. Se ele viver até o anoitecer de amanhã, eu posso ajudar. O senhor deve me trazer o menino quando a lua nascer.

— Esta noite não? — implorou Alfredo.

— Amanhã — respondeu Iseult com firmeza.

— Amanhã é a festa de são Vicente — disse Alfredo, como se isso pudesse ajudar, e de algum modo a criança sobreviveu àquela noite. No dia seguinte, dia de são Vicente, Iseult foi comigo até a margem leste, onde colheu liquens, bardana, celidônia e visgo. Não quis deixar que eu usasse metal para raspar o líquen ou cortar as ervas, e antes que qualquer uma fosse colhida, tínhamos de caminhar três vezes ao redor das plantas que, por causa do inverno, eram umas coisas pobres e encolhidas. Também me fez cortar galhos de espinheiro, e pude usar uma faca para isso porque evidentemente o espinheiro não era tão importante quanto o líquen ou as ervas. Enquanto trabalhava, eu olhava o horizonte, procurando algum dinamarquês, mas se eles patrulhavam a borda do pântano nenhum apareceu naquele dia. Fazia frio, um vento forte que se grudava às roupas. Demoramos muito tempo para encontrar as plantas de que Iseult precisava, mas finalmente sua bolsa estava cheia. Arrastei os arbustos de espinheiro de volta para a ilha e os levei até a cabana, onde ela me instruiu para cavar dois buracos no chão.

— Devem ter uma fundura equivalente ao tamanho do menino — disse ela. — E estar separados por uma distância equivalente ao tamanho do seu antebraço.

Não quis me dizer para que eram os buracos. Estava contida, à beira das lágrimas. Pendurou a celidônia e a bardana numa trave do teto, depois socou o líquen e o visgo numa pasta que umedeceu com cuspe e urina, e entoou longos feitiços em sua língua sobre a tigela rasa de madeira. Tudo isso demorou muito tempo e algumas vezes ela simplesmente ficava sentada, exausta, na escuridão do outro lado do fogão, balançando para trás e para a frente.

— Não sei se consigo fazer — disse uma vez.

— Você pode tentar — falei impotente.

— E se eu fracassar, eles vão me odiar mais do que nunca.

— Eles não odeiam você.

— Eles me consideram pecadora e pagã, e me odeiam.

— Então cure a criança e eles vão amá-la.

Não pude cavar os buracos tão fundos como ela queria, porque o solo ia ficando cada vez mais molhado, e a apenas uns sessenta centímetros os dois buracos estavam se enchendo de água salobra.

— Faça-os mais largos — ordenou Iseult —, o bastante para que a criança possa se agachar neles. — Fiz o que ela mandou, depois Iseult me fez unir os dois buracos abrindo uma passagem na terra úmida que os dividia. Isso teve de ser feito com cuidado para garantir que um arco de solo permanecesse, deixando um túnel entre os buracos. — Está errado — disse Iseult, não falando de minha escavação e sim da magia que planejava fazer. — Alguém vai morrer, Uhtred. Em algum lugar uma criança vai morrer para que esta viva.

— Como sabe disso?

— Porque meu gêmeo morreu quando eu nasci e eu tenho o poder dele. Mas se eu usá-lo, ele vem do mundo das sombras e toma o poder de volta.

A escuridão caiu e o menino continuou tossindo, mas aos meus olhos agora o som parecia mais débil, como se não restasse mais vida suficiente em seu corpo pequeno. Alewold continuava rezando. Iseult se agachou no chão de nossa cabana, olhando a chuva, e quando Alfredo se aproximou, ela sinalizou para que ele se afastasse.

— Ele está morrendo — disse o rei, desamparado.

— Ainda não — respondeu Iseult. — Ainda não.

A respiração de Eduardo era pesada. Todos podíamos ouvi-la e todos achávamos que cada tomada de fôlego seria a última. Ainda assim, Iseult não se mexia, até que finalmente surgiu uma fenda nas nuvens de chuva e um luar débil tocou o pântano. Ela mandou que eu pegasse o menino.

Ælswith não queria que Eduardo fosse. Queria que ele se curasse, mas quando falei que Iseult insistia em trabalhar sua magia sozinha, Ælswith gemeu dizendo que não queria que seu filho morresse longe da mãe. Seu choro perturbou Eduardo, que começou a tossir de novo. Eanflæd acariciou a testa do menino.

— Ela consegue fazer? — perguntou-me.

— Sim — respondi, e não sabia se estava falando a verdade.

Eanflæd segurou os ombros de Ælswith.

— Deixe o menino ir, senhora. Deixe-o ir.

— Ele vai morrer!

— Deixe-o ir — disse Eanflæd, e Ælswith desmoronou nos braços da prostituta.

Peguei o filho de Alfredo, que parecia leve como a pena que não o havia curado. Estava quente, mas tremia, e eu o enrolei numa capa de lã e o levei até Iseult.

— Você não pode ficar — disse ela. — Deixe-o comigo.

Esperei com Leofric no escuro. Iseult insistiu em que não podíamos olhar pela porta da cabana, mas eu larguei o elmo junto à porta e, agachado sob o beiral, podia ver um reflexo do que acontecia lá dentro. A chuva fraca parou e a lua ficou mais clara.

O menino tossia. Iseult despiu-o e esfregou sua pasta de ervas no peito dele. Depois começou a cantar em sua língua, parecia um canto interminável, rítmico, triste e tão monótono que quase me fez dormir. Eduardo chorou uma vez, o choro se transformou em tosse e a mãe dele gritou em sua cabana dizendo que o queria de volta. Alfredo acalmou-a, depois veio se juntar a nós e eu sinalizei para ele se abaixar, para não fazer sombra à luz da lua diante da porta de Iseult.

Olhei para o elmo e vi, à pequena luz refletida da fogueira, que Iseult, agora também nua, estava colocando o menino num dos buracos. Então, ainda cantando, empurrou-o pela passagem na terra. Seu canto parou e, em vez disso, ela começou a ofegar, depois a gritar, depois a ofegar de novo. Gemia, e Alfredo fez o sinal da cruz. Depois houve silêncio e não pude ver direito, mas de repente Iseult gritou alto, um grito de alívio, como se uma grande dor houvesse terminado. E vislumbrei-a puxando o menino nu pelo segundo buraco. Colocou-o em sua cama e ele ficou quieto enquanto ela enfiava os arbustos de espinheiro no túnel de terra. Depois deitou-se ao lado do menino e se cobriu com uma capa grande.

Houve silêncio. Esperei, esperei, e continuou havendo silêncio. E o silêncio se estendeu até eu entender que Iseult estava dormindo. O menino dormia também, ou então estava morto. Peguei o elmo e fui para a cabana de Leofric.

— Devo pegar o menino? — perguntou Alfredo, nervoso.

— Não.

— A mãe dele...

— Deve esperar até de manhã, senhor.

— O que posso dizer a ela?

— Que seu filho não está tossindo, senhor.

Ælswith gritou dizendo que Eduardo estava morto, mas Eanflæd e Alfredo a acalmaram. Todos esperamos, e ainda havia silêncio, e no fim adormeci.

Acordei ao amanhecer. Estava chovendo como se o mundo fosse acabar, uma chuva cinza e torrencial que chegava em vastas cortinas do mar de Sæfern, uma chuva que martelava no chão e jorrava da cobertura de junco e fazia riachos na ilhota onde as pequenas cabanas pareciam agachadas. Fui até a porta do abrigo de Leofric e vi Ælswith olhando de sua porta. Parecia desesperada, como uma mãe em vias de saber que seu filho havia morrido, e não havia nada além de silêncio na cabana de Iseult. Ælswith começou a chorar, as lágrimas terríveis de uma mãe despojada. E então houve um som estranho. A princípio não pude ouvir direito, porque a chuva estava barulhenta, mas então percebi que o som era de riso. Riso de criança, e um instante depois Eduardo, ainda nu como um ovo e todo enlameado do renascimento através da passagem de terra, saiu correndo da cabana de Iseult e foi até a mãe.

— Santo Deus — disse Leofric.

Iseult, quando a encontrei, estava chorando e não queria ser consolada.

— Preciso de você — falei com aspereza.

Ela me olhou.

— Precisa de mim?

— Para construir uma ponte.

Ela franziu a testa.

— Você acha que uma ponte pode ser feita com magia?

— Desta vez, eu faço a magia. Quero você saudável. Preciso de uma rainha.

Ela assentiu. E, a partir daquele dia, Eduardo prosperou.

Os primeiros homens chegaram, convocados pelos padres que eu havia mandado à terra firme. Chegavam sozinhos ou dois a dois, lutando através do tempo de inverno e do pântano, trazendo histórias de ataques dinamarqueses, e quando tínhamos dois dias de sol eles chegavam em grupos de seis ou sete, de modo que a ilha ficou apinhada. Mandei-os em patrulha, mas ordenei que nenhum fosse muito para o oeste porque não queria provocar Svein, cujos homens estavam acampados junto ao mar. Ele ainda não havia nos atacado, o que era idiotice, porque poderia ter trazido seus navios rio acima e depois atravessado o pântano. Mas eu sabia que ele iria atacar quando estivesse pronto, por isso eu precisava fazer nossas defesas. E para isso precisava de Æthelingæg.

Alfredo estava se recuperando. Continuava doente, mas viu os favores de Deus na recuperação de seu filho e nunca lhe ocorreu que fora magia pagã que causara a recuperação. Até Ælswith estava generosa e, quando pedi emprestada sua capa de raposa prateada e as poucas joias que possuía, entregou-as sem reclamar. A capa de pele estava suja, mas Eanflæd a escovou e penteou.

Agora havia mais de vinte homens em nossa ilha, provavelmente o bastante para capturar Æthelingæg de seu chefe carrancudo, mas Alfredo não queria que homens do pântano fossem mortos. Eram seus súditos, disse ele, e se os dinamarqueses atacassem, eles poderiam ainda lutar por nós, o que significava que a ilha maior e seu povoado deviam ser tomados através de ardis. Assim, uma semana depois do renascimento de Eduardo, levei Leofric e Iseult para o sul, até o povoado de Haswold. Iseult estava vestida com a capa de raposa prateada, tinha uma corrente de prata no cabelo e um grande broche de granada sobre o seio. Eu havia escovado seu cabelo até brilhar, e naquela semi-escuridão de inverno ela parecia uma princesa vinda do céu luminoso.

Leofric e eu, vestidos com cota de malha e elmos, não fizemos nada além de andar por Æthelingæg, mas depois de um tempo veio um homem mandado por Haswold e disse que o chefe queria falar conosco. Acho que Haswold esperava que fôssemos à sua cabana fedorenta, mas exigi que em vez disso ele viesse até nós. Ele poderia ter tirado de nós o que quisesse, claro, já que éramos apenas três e ele tinha seus homens, incluindo o arqueiro Eofer, mas Haswold havia finalmente entendido que coisas terríveis estavam acontecendo no mundo fora do pântano e que aqueles acontecimentos poderiam penetrar até mesmo em sua estabilidade aquática. Assim, optou por conversar. Veio até nós no portão norte do povoado, que não passava de uma cancela para conter ovelhas, encostada em armadilhas de peixe apodrecidas. E ali, como eu esperava, olhou Iseult como se nunca tivesse visto uma mulher. Seus olhos pequenos e espertos saltaram para mim e de volta para Iseult.

— Quem é ela? — perguntou ele.

— Uma companheira — respondi em tom descuidado. Virei-me para olhar o morro íngreme do outro lado do rio, onde queria que a fortaleza fosse construída.

— É sua esposa? — perguntou Haswold.

— Uma companheira — repeti. — Tenho uma dúzia como ela.

— Eu pago por ela — disse Haswold. Uns vinte homens estavam atrás dele, mas apenas Eofer tinha uma arma mais perigosa do que uma lança para caçar enguias.

Virei Iseult de frente para ele, depois parei atrás dela, pus as mãos sobre seus ombros e soltei o grande broche de ágata. Ela estremeceu ligeiramente e eu sussurrei dizendo que estava segura. Quando o alfinete do broche deslizou para fora da pele pesada, abri a capa. Mostrei sua nudez a Haswold e ele babou na barba cheia de escamas de peixe. E seus dedos sujos se remexeram nas imundas peles de lontra. Então fechei a capa e deixei Iseult prender o broche.

— Quanto você pagaria? — perguntei.

— Posso simplesmente pegá-la — disse Haswold, balançando a cabeça para seus homens.

Sorri daquilo.

— Poderia, mas muitos de vocês morrerão antes de nós morrermos, e nossos fantasmas voltarão para matar suas mulheres e fazer suas crianças gritarem. Você não ouviu dizer que temos uma bruxa conosco? Acha que suas armas podem lutar contra magia?

Nenhum deles se mexeu.

— Tenho prata — disse Haswold.

— Não preciso de prata. O que quero é uma ponte e uma fortaleza. — Virei-me e apontei para o morro do outro lado do rio. — Como se chama aquele morro?

Ele deu de ombros.

— Morro — respondeu. — Só Morro.

— Ele deve se transformar numa fortaleza, deve ter muros de troncos, um portão de troncos e uma torre para que os homens possam ver bem longe no rio. E depois quero uma ponte indo até o forte, uma ponte suficientemente forte para impedir a passagem dos navios.

— Você quer parar navios? — perguntou Haswold. Em seguida, coçou a virilha e balançou a cabeça. — Não posso construir uma ponte.

— Por quê?

— É fundo demais. — Provavelmente era verdade. Agora a maré estava baixa e o Pedredan fluía carrancudo entre barrancos de lama íngremes e fundos. — Mas posso bloquear o rio — continuou Haswold, com os olhos ainda em Iseult.

— Bloqueie o rio e construa uma fortaleza.

— Se você me der a mulher, terá os dois.

— Faça o que quero e você poderá ter ela, suas irmãs e suas primas. Todas as 12.

Haswold teria drenado todo o pântano e construído uma nova Jerusalém pela chance de fornicar com Iseult, mas não havia pensado além da ponta do pau. No entanto, para mim isso bastava, e nunca vi um trabalho feito tão depressa. Foi realizado em dias. Primeiro ele bloqueou o rio e fez isso com inteligência, montando uma barreira flutuante de troncos e árvores caídas, até com os galhos emaranhados, tudo amarrado com cordas de couro de cabra. Uma tripulação de navio poderia desmantelar a barreira, mas não se estivesse sendo atacada por lanças e flechas da fortaleza no morro, que tinha uma paliçada de madeira, um fosso inundado e uma torre débil, feita de troncos de amieiro amarrados com cordas de couro. Era tudo trabalho grosseiro, mas o muro era bastante sólido, e comecei a temer que o pequeno forte estivesse pronto antes que um número suficiente de saxões do oeste chegasse para formar a guarnição, mas os três padres estavam fazendo o seu serviço e os soldados continuavam chegando. Pus uns vinte deles em Æthelingæg e mandei que terminassem a fortaleza.

Quando o trabalho estava feito, ou quase feito, levei Iseult de volta a Æthelingæg e a vesti como antes, só que dessa vez ela usava uma túnica de pele de cervo por baixo da preciosa capa de pele. Coloquei-a no centro do povoado e disse que Haswold poderia tomá-la. Ele me olhou cautelosamente e depois para Iseult.

— Ela é minha? — perguntou.

— Toda sua — respondi, e me afastei dela.

— E as irmãs? — perguntou ele cheio de cobiça. — E as primas?

— Vou trazê-las amanhã.

Ele chamou Iseult para sua cabana.

O rei do pântano

— Venha.

— No país dela — disse eu —, é costume o homem levar a mulher para a cama.

Ele olhou o lindo rosto de olhos escuros acima da ampla capa prateada. Afastei-me mais, abandonando-a, e ele saltou para a frente, tentando pegá-la. Iseult trouxe as mãos para fora da pele grossa e estava segurando Ferrão de Vespa. A lâmina se cravou na barriga de Haswold. Ela deu um grito de horror e surpresa quando puxou a lâmina para cima, e eu a vi hesitar, chocada pelo esforço necessário para rasgar a barriga de um homem e pela realidade do que havia feito. Então trincou os dentes e forçou a lâmina, abrindo-o como uma carpa estripada. Ele deu um estranho miado enquanto cambaleava para trás, afastando-se dos olhos vingativos de Iseult. Seus intestinos se derramaram na lama, e então eu cheguei ao lado dela, com Bafo de Serpente desembainhada. Iseult estava ofegando, tremendo. Quisera fazer isso, mas duvidei de que fosse fazer outra vez.

— Foi dito para vocês lutarem por seu rei — rosnei aos moradores. Haswold estava no chão, retorcendo-se, o sangue encharcando as roupas de pele de lontra. Ele miou de novo e uma de suas mãos imundas remexeu no meio das tripas esparramadas. — Por seu rei! — repeti. — Quando é dito para lutarem por seu rei, isso não é um pedido, e sim um dever! Cada homem aqui é um soldado e seus inimigos são os dinamarqueses, e se não lutarem por eles, lutarão contra mim!

Iseult continuava ao lado de Haswold, que se sacudia como um peixe agonizante. Afastei-a e o golpeei com Bafo de Serpente, cortando a garganta dele.

— Pegue a cabeça dele — disse ela.

— A cabeça?

— Magia forte.

Prendemos a cabeça de Haswold no muro da fortaleza, de modo a ficar olhando na direção dos dinamarqueses, e com o tempo mais cabeças apareceram ali. Eram as cabeças dos principais apoiadores de Haswold, assassinados pelos moradores que estavam felizes por se livrar de seu domínio. Eofer, o arqueiro, não foi um deles. Era um simplório, incapaz de falar coisas com sentido, mas grunhia e, de vez em quando, soltava uivos. Podia ser dominado por uma criança, e quando lhe pediam para usar o arco, demonstrava força terrível e pontaria espantosa. Era o caçador de Æthelingæg, capaz de derrubar um javali adulto a cem passos, e era isso que seu nome significava: javali.

Deixei Leofric comandando a guarnição em Æthelingæg e levei Iseult de volta ao refúgio de Alfredo. Ela ficou em silêncio e achei que estava afundada no sofrimento, mas de repente riu.

— Olhe! — apontou para o sangue do morto grudado e pegajoso na capa de pele de Ælswith.

Ainda estava com Ferrão de Vespa. Era a minha espada curta — um sax —, uma lâmina maligna numa luta de perto, quando os homens ficam tão apinhados que não há espaço para brandir uma espada longa ou um machado. Passou a lâmina na água e depois usou a bainha da capa de Ælswith para limpar o sangue diluído do aço.

— Matar um homem é mais difícil do que pensei — disse ela.

— É preciso força.

— Mas agora tenho a alma dele.

— Foi por isso que você fez?

— Para dar vida é preciso tirar de outro lugar. — Ela me devolveu Ferrão de Vespa.

Alfredo estava se barbeando quando voltamos. Estivera deixando a barba crescer, não como disfarce, mas porque estava de ânimo muito baixo para se incomodar com a aparência. Porém, quando Iseult e eu chegamos ao seu refúgio, ele estava de pé, nu até a cintura, ao lado de uma grande tina cheia de água aquecida. Seu peito era pateticamente magro, a barriga funda, mas havia se lavado, penteado o cabelo e agora raspava a barba com uma navalha antiga que apanhara emprestado com um homem do pântano. Sua filha Æthelflæd segurava um pedaço de prata que servia como espelho.

— Estou me sentindo melhor — disse-me com solenidade.

— Bom, senhor. Também estou.

— Isso significa que matou alguém?

— Ela matou — e balancei a mão na direção de Iseult.

Ele lhe deu um olhar especulativo.

— Minha mulher estava perguntando se Iseult é mesmo rainha — disse ele, mergulhando a navalha na água.

— Era — respondi —, mas isso significa pouco em Cornwalum. Era rainha de um monte de esterco.

— E é pagã?

— Era um reino cristão. O irmão Asser não lhe contou?

— Disse que não eram bons cristãos.

— Achei que isso era para Deus julgar.

— Bom, Uhtred, bom! — Ele balançou a navalha para mim, depois se curvou para o espelho prateado e raspou o lábio superior. — Ela pode prever o futuro?

— Pode.

Alfredo raspou em silêncio por alguns instantes. Æthelflæd olhava Iseult solenemente.

— Então — disse Alfredo —, ela diz se eu serei rei de Wessex de novo?

— Será — respondeu Iseult em voz monótona, surpreendendo-me.

Alfredo a encarou.

— Minha mulher diz que podemos procurar um navio, agora que Eduardo está melhor. Procurar um navio, ir para a Frankia e talvez viajar a Roma. Há uma comunidade saxã em Roma. — Ele passou a lâmina no maxilar. — Eles vão nos receber bem.

— Os dinamarqueses serão derrotados — disse Iseult, ainda em voz monótona, mas sem qualquer tremor de dúvida.

Alfredo esfregou o rosto.

— O exemplo de Boécio me diz que ela está certa — disse ele.

— Boécio? — perguntei. — É um dos seus guerreiros?

— Era um romano, Uhtred — respondeu Alfredo num tom que zombava de mim por não saber. — Era cristão, filósofo e rico em aprendizado nos livros. Rico mesmo! — Ele fez uma pausa, contemplando a história de Boécio. — Quando o pagão Alarico venceu Roma, e toda a civilização e a religião verdadeira foram condenadas, Boécio sozinho se ergueu contra os pecadores. Sofreu, mas acabou vencendo, e podemos nos animar por meio dele. Podemos mesmo. — Ele apontou a navalha para mim. — Nunca devemos esquecer o exemplo de Boécio, Uhtred, nunca.

— Não esquecerei, senhor, mas acha que o aprendizado nos livros vai tirá-lo daqui?

— Acho que quando os dinamarqueses forem embora vou deixar crescer uma barba de verdade. Obrigado, meu doce — essas últimas palavras foram para Æthelflæd. — Devolva o espelho a Eanflæd, está bem?

Æthelflæd saiu correndo e Alfredo me olhou com certo ar de diversão.

— Você fica surpreso porque minha mulher e Eanflæd ficaram amigas?

— Fico feliz com isso, senhor.

— Eu também.

— Mas sua mulher sabe qual é a profissão de Eanflæd?

— Não exatamente. Acredita que Eanflæd era cozinheira numa taverna. O que é bastante verdadeiro. Então temos uma fortaleza em Æthelingæg?

— Temos. Leofric comanda lá e tem 43 homens.

— E temos 28 aqui. As próprias hostes dos Midianitas! — Evidentemente, estava achando divertido. — Então devemos nos mudar para lá.

— Talvez em uma ou duas semanas.

— Por que esperar?

Dei de ombros.

— Este lugar está mais no interior do pântano. Quando tivermos mais homens, quando soubermos que podemos sustentar Æthelingæg, será a hora de o senhor ir para lá.

Ele vestiu uma camisa suja.

— Sua nova fortaleza pode conter os dinamarqueses?

— Vai diminuir o ímpeto deles, senhor. Mas eles ainda podem lutar atravessando o pântano.

Mas iriam achar difícil, porque Leofric estava cavando fossos para defender o lado oeste de Æthelingæg.

— Está dizendo que Æthelingæg é mais vulnerável do que este lugar?

— Sim, senhor.

— Motivo pelo qual devo ir para lá. Os homens não podem dizer que seu rei está enfiado num lugar inalcançável, não é? — Ele sorriu para mim. —

O rei do pântano

Devem dizer que ele desafiou os dinamarqueses. Que esperou onde eles poderiam alcançá-lo, que se colocou no perigo.

— E a família dele?

— E a família dele — disse Alfredo com firmeza. E pensou um momento. — Se eles vierem em força total, podem tomar todo o pântano, não é verdade?

— Sim, senhor.

— Então nenhum lugar é mais seguro do que outro. Mas qual é o tamanho da força de Svein?

— Não sei, senhor.

— Não sabe? — Era uma censura, bastante gentil, mas mesmo assim uma censura.

— Não cheguei perto deles, senhor — expliquei —, porque até agora éramos fracos demais para resistir, e enquanto não nos perturbarem, também não os perturbaremos. Não há sentido em chutar uma colmeia de abelhas selvagens, a não ser que estejamos decididos a pegar o mel.

Ele assentiu, aceitando o argumento.

— Mas precisamos saber quantas abelhas existem, não é? Portanto, amanhã vamos dar uma olhada no nosso inimigo. Você e eu, Uhtred.

— Não, senhor — respondi com firmeza. — Eu vou. O senhor não deve se arriscar.

— É exatamente isso que preciso fazer, e os homens devem saber que faço isso porque sou o rei, e por que os homens quereriam um rei que não compartilhe seu perigo? — Ele esperou uma resposta, mas eu não tinha nenhuma. — Então vamos fazer nossas orações e depois comer.

Era cozido de peixe. Era sempre cozido de peixe.

E no dia seguinte fomos encontrar o inimigo.

Éramos seis. O homem que manobrava o barco, Iseult e eu, dois dos soldados recém-chegados e Alfredo. Tentei de novo fazer com que ele ficasse para trás, mas ele insistiu.

— Se alguém deve ficar — argumentou ele — é Iseult.

— Ela vem — disse eu.

— Evidentemente. — Alfredo não discutiu, e todos subimos na grande canoa de fundo chato e fomos para o oeste. Alfredo ficou olhando os pássaros, milhares de pássaros. Havia galeirões, galinhas-d'água, mergulhões, patos e garças. E no oeste, branca contra o céu carrancudo, havia uma nuvem de gaivotas.

O homem do pântano fez com que deslizássemos silenciosos e rápidos pelos canais secretos. Havia ocasiões em que parecia estar nos levando direto para bancos de junco e capim, mas a embarcação rasa deslizava através deles, entrando em outro trecho de água aberta. A maré montante ondulava nas aberturas, trazendo peixes para as redes e armadilhas escondidas. Abaixo das gaivotas, mais a oeste, pude ver os mastros da frota de Svein, que havia sido arrastada para a terra, no litoral.

Alfredo também viu.

— Por que eles não se juntam a Guthrum?

— Porque Svein não quer receber ordens de Guthrum.

— Você sabe disso?

— Ele me contou.

Alfredo fez uma pausa, talvez pensando no meu julgamento diante do Witan. Olhou-me pesaroso.

— Que tipo de homem é ele?

— Formidável.

— Então por que não nos atacou aqui?

Eu estivera pensando a mesma coisa. Svein havia perdido uma chance de ouro de invadir o pântano e caçar Alfredo. Então por que nem havia tentado?

— Porque há saques mais fáceis em outros lugares — sugeri — e porque ele não vai fazer o que Guthrum quer. Os dois são rivais. Se Svein receber ordens de Guthrum, estará reconhecendo Guthrum como seu rei.

Alfredo olhou para os mastros distantes que pareciam pequenos arranhões contra o céu, depois apontei em silêncio para uma colina que se erguia íngreme da vastidão de água a oeste, e o homem do pântano foi obedientemente naquela direção. E quando o barco encalhou, nós subimos através de um denso bosque de amieiros e passamos por algumas choupanas precárias de onde pessoas carrancudas, vestindo peles de lontra sujas, nos olhavam passar. O homem do pântano não sabia se o lugar tinha nome, só o chamava de Brant, que significa íngreme, e era íngreme. Íngreme e alto, oferecendo vista para o sul, na direção em que o Pedredan coleava como uma grande serpente através do coração do pântano. E na foz do rio, onde areia e lama se estendiam até o mar de Sæfern, pude ver os navios dinamarqueses.

Estavam encalhados na outra margem do Pedredan, no mesmo lugar em que Ubba havia encalhado seus navios antes de encontrar a morte em batalha. De lá, Svein poderia facilmente remar até Æthelingæg, porque o rio era largo e fundo, e não enfrentaria qualquer desafio até chegar à barreira ao lado do forte em que Leofric esperava. Eu queria que Leofric e sua guarnição tivessem algum aviso caso os dinamarqueses atacassem, e esse morro alto oferecia uma visão do acampamento de Svein, mas era suficientemente distante para não convidar um ataque por parte do inimigo.

— Deveríamos fazer um farol aqui — sugeri a Alfredo. — Uma fogueira acesa aqui daria a Æthelingæg duas ou três horas de alerta antes de um ataque dinamarquês.

Ele assentiu, mas não disse nada. Olhava os navios distantes, mas eles estavam muito longe para ser contados. Parecia pálido, e eu sabia que ele achara dolorosa a subida até o cume, por isso agora insisti que descesse até onde as choupanas deixavam fumaça escapar.

— O senhor deveria descansar lá — disse eu. — Vou contar os navios. Mas o senhor deve descansar.

Ele não discutiu e suspeitei de que suas dores de estômago o estavam perturbando de novo. Encontrei uma cabana ocupada por uma viúva com quatro filhos pequenos, dei-lhe uma moeda de prata e disse que seu rei precisava de calor e abrigo pelo dia. Não creio que ela tenha entendido quem ele era, mas sabia o valor de um xelim, por isso Alfredo entrou em sua casa e ficou sentado junto ao fogo.

— Dê-lhe um caldo — falei à viúva, cujo nome era Elwide — e deixe-o dormir.

Ela zombou disso.

— Não se pode dormir enquanto há trabalho! — disse ela. — Há enguias para tirar a pele, peixe para defumar, redes para remendar, armadilhas para trançar.

— Eles podem trabalhar — falei apontando os dois soldados da guarda, e os deixei sob o terno domínio de Elwide enquanto Iseult e eu íamos de barco em direção ao sul. Como a foz do Pedredan ficava a apenas cinco ou seis quilômetros de distância, e como Brant era um marco tão óbvio, deixei o homem do pântano para ajudar a tirar a pele das enguias e defumá-las.

Atravessamos um rio menor e depois passamos por um grande charco interrompido por feno-da-areia. Agora eu podia ver o morro na margem oposta do Pedredan, onde havíamos caído na armadilha de Ubba, e contei a Iseult a história da luta enquanto impelia o barco pela água rasa. O casco encalhou duas vezes e tive de levá-lo para águas mais profundas até perceber que a maré estava baixando depressa, por isso amarrei o barco a uma estaca meio apodrecida. Depois caminhamos por uma vastidão de lama que ia secando e acelga brava, em direção ao Pedredan. Eu havia encalhado mais longe do rio do que havia pretendido, e foi uma longa caminhada num vento gelado, mas pudemos ver tudo de que precisávamos assim que chegamos ao barranco íngreme à margem do rio. Os dinamarqueses também puderam nos ver. Eu não estava com cota de malha, mas levava as espadas, e a visão atraiu homens à outra margem, onde gritaram insultos por cima da água cheia de redemoinhos. Ignorei-os. Estava contando navios e vi 24 barcos com cabeças de feras puxados para a tira de terra onde havíamos derrotado Ubba no ano anterior. Os navios queimados de Ubba também estavam lá, com as costelas pretas meio enterradas na areia onde os homens cabriolavam e gritavam insultos.

— Quantos homens você vê? — perguntei a Iseult.

Havia alguns dinamarqueses nos restos meio arruinados do mosteiro onde Svein tinha matado os monges, mas a maioria estava nos barcos.

— Só homens? — perguntou ela.

— Esqueça as mulheres e crianças.

Havia uma quantidade de mulheres, principalmente no pequeno povoado que ficava um pouco rio acima.

Ela não sabia as palavras em inglês para os números maiores, por isso me deu a estimativa abrindo e fechando os dedos seis vezes.

— Sessenta? — perguntei, e assenti. — No máximo setenta. E há 24 navios. — Ela franziu a testa, não entendendo o que eu queria dizer. — Vinte e quatro navios significa um exército de quantos? Oitocentos? Novecentos homens? Então esses sessenta ou setenta são os guardas dos navios. E os outros? Onde estão os outros? — Fiz a pergunta a mim mesmo, olhando enquanto cinco dinamarqueses arrastavam um pequeno barco até a beira d'água. Planejavam atravessar remando e nos capturar, mas eu não pretendia ficar tanto tempo. — Os outros — respondi à minha própria pergunta — foram para o sul. Deixaram as mulheres para trás e foram saquear. Estão queimando, matando, ficando ricos. Estão estuprando Defnascir.

— Eles estão vindo — disse Iseult, olhando os cinco homens subir no barquinho.

— Quer que eu os mate?

— Você consegue? — ela parecia esperançosa.

— Não. Então vamos embora.

Começamos a retornar pela vastidão de lama e areia. Parecia lisa, mas era cortada por valetas com água correndo e a maré havia mudado. O mar estava recuando de volta para a terra com velocidade surpreendente. O sol ia baixando, emaranhando-se com nuvens pretas e o vento empurrava a enchente pelo Sæfern, a água gorgolejava e estremecia preenchendo os pequenos riachos. Virei-me e vi que os cinco dinamarqueses haviam abandonado a perseguição e voltado para a margem oeste onde suas fogueiras pareciam delicadas contra a luz do dia se esvaindo.

— Não estou vendo o barco — disse Iseult.

— Ali. — Mas eu não tinha certeza porque a luz ia diminuindo e nosso barquinho estava amarrado contra um fundo de juncos. Agora íamos pulando de um ponto seco ao outro, a maré continuou subindo e os pontos secos se encolhiam. Então estávamos chapinhando na água e o vento continuava a impulsionar a maré para dentro.

As marés são grandes no Sæfern. Seria possível construir uma casa na maré baixa, e na alta ela teria desaparecido sob as ondas. Ilhas aparecem na maré baixa, ilhas com cumes nove metros acima da água, e na alta elas somem. Esta maré era empurrada pelo vento e vinha rápida e fria. Iseult começou a hesitar, por isso peguei-a no colo e a levei como uma criança. Estava lutando; o sol sumia por trás das nuvens baixas a oeste e agora parecia que eu vadeava num interminável mar gelado. Mas então, talvez porque a escuridão estivesse baixando, ou talvez porque Hoder, o deus cego da noite, me favorecesse, vi o barquinho fazendo força contra a amarra.

Larguei Iseult no barco e subi pelo lado baixo. Cortei a corda e desmoronei, com frio, molhado e apavorado, e deixei o barquinho deslizar na maré.

— Você precisa voltar para perto do fogo — repreendeu Iseult. Agora desejei ter trazido o homem do pântano, porque precisava encontrar uma rota. Era uma viagem longa e gélida nas últimas luzes do dia. Iseult se agachou ao meu lado e olhou para longe, por sobre a água, na direção em que um morro se erguia verde e íngreme contra a terra ao leste.

— Eanflæd me disse que aquele morro é Avalon — disse ela com reverência.

— Avalon?

— Onde Artur está enterrado.

— Achei que você acreditava que ele estava dormindo.

— Ele está dormindo — disse ela com fervor. — Dorme na sepultura com seus guerreiros. — Ela olhou o morro distante que parecia luzir porque fora apanhado no último facho errante de luz do sol que descia como uma lança do oeste, por baixo da fornalha de nuvens acesas. — Artur — disse ela num sussurro. — Foi o maior rei que já viveu. Tinha uma espada mágica. — Ela me contou histórias de Artur, como ele havia arrancado a espada de uma pedra e como havia liderado os maiores guerreiros em batalha, e pensei que os inimigos dele éramos nós, os saxões ingleses. No entanto, agora Avalon ficava na Inglaterra, e me perguntei se, em alguns anos, os saxões se lembrariam de seus reis perdidos e diriam que eles eram grandes; e o tempo todo os dinamarqueses nos dominariam. Quando o sol desapareceu, Iseult estava cantando baixinho em sua língua, mas me disse que a canção era sobre Artur, como ele havia encostado uma escada na lua e pescado com rede um monte de estrelas para fazer um manto para sua rainha, Guinevere. Sua voz nos levou através da água crepuscular, deslizando entre juncos. Atrás de nós as fogueiras dos guardas dos navios dinamarqueses se desbotavam na escuridão que vinha chegando. Longe um cão uivou e o vento suspirou frio, uma chuvarada rápida fez estremecer o atoleiro negro.

Iseult parou de cantar enquanto Brant surgia.

— Haverá uma grande luta — disse em voz baixa. Suas palavras me pegaram de surpresa e eu achei que ela ainda estava pensando em Artur e imaginando que o rei adormecido irromperia de sua cama de terra, em meio a torrões de barro e aço. — Uma luta junto ao morro — continuou ela —, um morro íngreme, haverá um cavalo branco, o sangue escorrerá pela encosta e os dinamarqueses vão fugir dos *sais*.

Os *sais* éramos nós, os saxões.

— Você sonhou isso? — perguntei.

— Sonhei.

— Então é verdade?

— É destino — disse ela, e eu acreditei. E nesse momento a proa do barco raspou na margem da ilha.

Era uma escuridão de breu, mas na praia havia fogueiras para defumar peixe. À sua luz agonizante encontramos o caminho até a casa de Elwide. Ela era feita de troncos de amieiro e coberta de junco. Encontrei Alfredo sentado junto à lareira central onde olhava distraído as chamas. Elwide, os dois soldados e o homem do pântano estavam tirando a pele de enguias na extremidade da cabana em que os três filhos da viúva trançavam galhos de salgueiro para fazer armadilhas e o quarto estava limpando um grande lúcio.

Agachei-me perto do fogo, querendo que seu calor trouxesse vida às pernas congeladas.

Alfredo piscou como se estivesse surpreso em me ver.

— Os dinamarqueses? — perguntou.

— Foram para o interior. Deixaram sessenta ou setenta homens guardando os navios. — Agachei-me perto do fogo, tremendo, imaginando se algum dia conseguiria me esquentar de novo.

— Há comida aqui — disse Alfredo vagamente.

— Bom, porque estamos morrendo de fome.

— Não, quero dizer que há comida no pântano. Comida suficiente para alimentar um exército. Podemos atacá-los, Uhtred, juntar homens e atacá-los. Mas isso não basta. Estive pensando. O dia inteiro estive pensando. — Agora ele parecia melhor, com menos dor. Suspeitei de que Alfredo quisera tempo para pensar e havia encontrado esse tempo na choupana fedorenta. — Não vou fugir — disse com firmeza. — Não vou para a Frankia.

— Bom — respondi, mas estava com tanto frio que na verdade não o escutava.

— Vamos ficar aqui — disse ele —, montar um exército e retomar Wessex.

— Bom — repeti. Sentia cheiro de coisa queimada. O fogão era rodeado de pedras chatas e Elwide havia posto uma dúzia de pães de aveia sobre as pedras, para cozinhar, e as bordas mais próximas das chamas estavam ficando pretas. Movi um deles, mas Alfredo franziu a testa e sinalizou para eu parar, por medo de distraí-lo. — O problema — disse ele — é que não posso me dar ao luxo de travar uma guerra pequena.

Eu não via que outra guerra ele poderia travar, mas fiquei quieto.

— Quanto mais tempo os dinamarqueses ficarem aqui — disse ele —, mais firme é o seu domínio. Os homens começarão a fazer alianças com Guthrum. Não posso admitir isso.

— Não, senhor.

— Portanto, eles têm de ser derrotados. — Ele falava sério. — Não apenas vencidos, Uhtred, mas derrotados.

Pensei no sonho de Iseult, mas não disse nada. Depois pensei em quantas vezes Alfredo havia feito a paz com os dinamarqueses, em vez de lutar contra eles, e continuei sem dizer nada.

— Na primavera — continuou —, eles terão novos homens que vão se espalhar por Wessex até que, no fim do verão, não haverá mais Wessex. Por isso temos de fazer duas coisas. — Alfredo não estava tanto me contando quanto pensando em voz alta. — Primeiro — ele estendeu um dedo comprido —, precisamos impedir que dispersem seus exércitos. Eles têm de lutar conosco aqui. Têm de ser mantidos juntos para não mandar pequenos bandos pelo país, tomando propriedades. — Isso fazia sentido. Neste momento, pelo que tínhamos ouvido sobre as terras fora do pântano, os dinamarqueses estavam assolando toda a Wessex, e iam depressa, pegando qualquer saque que pudessem encontrar antes que outros homens os tomassem, mas em algumas semanas começariam a procurar locais para viver. Mantendo a atenção deles no pântano, Alfredo esperava impedir esse processo. — E enquanto estiverem olhando para nós, o *fyrd*, o exército temporário, deve ser reunido.

Olhei-o. Havia suposto que ele ficaria no pântano até que os dinamarqueses nos dominassem ou até que ganhássemos força suficiente para tomar de volta um distrito, depois outro distrito, um processo que duraria anos, mas sua visão era muito mais grandiosa. Ele juntaria o exército de Wessex debaixo do nariz dos dinamarqueses e tomaria tudo de volta de uma só vez. Era como um jogo de dados e ele decidira pegar tudo o que tinha, por pouco que fosse, e arriscar num único lance.

— Vamos fazer com que eles lutem uma grande batalha — disse sério —, e com a ajuda de Deus vamos destruí-los.

Houve um grito súbito. Alfredo, como se arrancado de um devaneio, levantou a cabeça, mas era tarde demais, porque Elwide estava parada acima dele, gritando que ele havia queimado os pães de aveia.

— Eu mandei você vigiar! — gritou ela e, em sua fúria, bateu no rei com uma enguia sem pele. O golpe fez um som úmido e teve força suficiente para derrubar Alfredo de lado. Os dois soldados pularam, com as mãos indo para as espadas, mas eu sinalizei para voltarem enquanto Elwide tirava os pães queimados das pedras. — Eu mandei vigiar! — berrou ela, e Alfredo ficou deitado onde caíra. Pensei que ele estava chorando, mas então vi que estava rindo. Ele estava sem forças, de tanto rir, chorando de rir, feliz como eu nunca o vira.

Porque tinha um plano para retomar o reino.

Agora a guarnição de Æthelingæg tinha 73 homens. Alfredo se mudou para lá com a família e mandou seis dos homens de Leofric a Brant armados com machados e ordens de fazer um farol. Naqueles dias estava em sua melhor fase, calmo e confiante, com o pânico e o desespero das primeiras semanas de janeiro varridos para longe por sua crença irracional de que recuperaria o reino antes que o verão tocasse a terra. Também se sentia imensamente animado pela chegada do padre Beocca, que veio mancando do atracadouro, o rosto sorridente, e caiu prostrado aos pés do rei.

— O senhor está vivo! — disse Beocca, agarrando os tornozelos do rei. — Deus seja louvado, o senhor está vivo!

Alfredo fez com que ele se levantasse e o abraçou, e os dois homens choraram. No dia seguinte, um domingo, Beocca fez um sermão que não pude deixar de ouvir porque a missa foi realizada ao ar livre, sob um céu claro e frio, e a ilha de Æthelingæg era pequena demais para escapar da voz do padre. Beocca contou como Davi, rei de Israel, fora obrigado a fugir dos inimigos, mas que havia se refugiado na caverna de Adullam, e como Deus o havia levado de volta a Israel para derrotar seus inimigos.

— Esta é a nossa Adullam! — disse Beocca, balançando a mão boa para os tetos de palha de Æthelingæg. — E este é o nosso Davi! — Ele apontou para o rei. — E Deus vai nos levar à vitória!

— É uma pena, padre, que você não estivesse tão beligerante assim há dois meses — disse eu a Beocca, depois.

— Regozijo-me — respondeu ele em tom altivo — ao vê-lo nas boas graças do rei.

— Alfredo descobriu o valor dos desgraçados assassinos como eu, de modo que talvez aprenda a desconfiar dos conselhos de desgraçados lamurientos como você, que disseram que os dinamarqueses poderiam ser derrotados com orações.

Ele fungou diante do insulto, depois olhou com desaprovação para Iseult.

— Tem notícias de sua esposa?

— Nenhuma.

Beocca tinha algumas notícias, mas nenhuma de Mildrith. Havia fugido para o sul à frente dos invasores dinamarqueses, chegando até Dornwaraceaster em Thornsæta, onde havia encontrado refúgio com alguns monges. Os dinamarqueses chegaram, mas os monges receberam um alerta de sua aproximação e haviam se escondido numa antiga fortaleza que ficava perto da cidade. Os dinamarqueses saquearam Dornwaraceaster, levando prata, moedas e

O rei do pântano

mulheres, depois foram para o leste. Pouco depois disso, Huppa, o *ealdorman* de Thornsæta, chegara à cidade com cinquenta guerreiros. Huppa havia posto os monges e o povo da cidade para consertar as antigas muralhas romanas.

— O povo de lá está em segurança por enquanto — disse Beocca — mas não há comida suficiente caso os dinamarqueses retornem e façam um cerco.

Então Beocca tinha ouvido dizer que Alfredo estava nos grandes pântanos e viajou sozinho. Mas no último dia de caminhada encontrou seis soldados que iam para Alfredo, de modo que terminou a viagem com eles. Não trouxe notícias de Wulfhere, mas haviam-lhe dito que Odda, o Jovem, estava em algum lugar nas partes superiores do Uisc, numa fortaleza construída pelo povo antigo. Beocca não vira nenhum dinamarquês durante a viagem.

— Eles atacam em toda parte — disse em tom sombrio. — Mas, Deus seja louvado, não vimos nenhum.

— Dornwaraceaster é um lugar grande? — perguntei.

— Bastante. Tinha três belas igrejas, três!

— Um mercado?

— Sim, era próspero antes da chegada dos dinamarqueses.

— No entanto, os dinamarqueses não ficaram lá?

— E nem em Gifle — disse ele. — E aquele é um lugar excelente.

Guthrum havia surpreendido Alfredo, derrotado as forças que estavam em Cippanhamm e feito o rei se esconder, mas para sustentar Wessex precisava tomar todas as suas cidades cercadas por muralhas, e se Beocca pôde andar durante três dias pelo campo sem ver qualquer dinamarquês, isso sugeria que Guthrum não tinha homens para sustentar tudo o que havia tomado. Ele poderia trazer mais homens de Mércia ou de Ânglia Oriental, mas então esses lugares poderiam fazer levantes contra seus enfraquecidos senhores dinamarqueses, por isso Guthrum precisava esperar que mais navios chegassem da Dinamarca. Enquanto isso, pelo que ficamos sabendo, ele possuía guarnições em Baðum, Readingum, Mærleborg e Andefera, e sem dúvida mantinha outros lugares. E Alfredo suspeitava — o que acabou se provando correto — de que a maior parte do leste de Wessex estava nas mãos dos dinamarqueses, mas grandes áreas do país continuavam livres do inimigo. Os homens de Guthrum estavam fazendo ataques nessas áreas, mas não possuíam forças suficientes para guarnecer cidades como Wintanceaster, Gifle ou Dornwaraceaster. No início do verão, Alfredo sabia, mais navios trariam mais dinamarqueses, de modo que precisava atacar antes disso. E com esse objetivo, um dia depois da chegada de Beocca, ele convocou um conselho.

Agora havia homens suficientes em Æthelingæg para que prevalecesse uma formalidade real. Eu não encontrava mais Alfredo sentado diante de uma cabana no fim da tarde, em vez disso precisava pedir audiência. Na segunda-feira do conselho ele deu ordens de que uma casa grande fosse transformada em igreja. A família que morava lá foi expulsa e alguns soldados recém-chegados receberam ordem de fazer uma grande cruz para colocar na empena e abrir novas janelas nas paredes. O conselho propriamente dito se reuniu no que fora o castelo de Haswold, e Alfredo havia esperado até que estivéssemos todos presentes antes de entrar. E todos tivemos de ficar de pé enquanto ele entrava e esperamos enquanto ele ocupava uma das duas cadeiras no tablado recém-construído. Ælswith estava ao lado dele, com a barriga grávida enrolada na capa de raposa prateada que continuava manchada do sangue de Haswold.

Não tivemos permissão de nos sentar até que o bispo de Exanceaster fez uma oração, e isso demorou, mas finalmente o rei indicou que ocupássemos os lugares. Havia seis padres e seis guerreiros no semicírculo. Sentei-me ao lado de Leofric, e os outros quatro soldados eram homens recém-chegados que haviam servido na guarda pessoal de Alfredo. Um deles era um homem de barba grisalha chamado Egwine, que me contou ter liderado cem homens na Colina de Æsc e claramente achava que agora deveria liderar todas as tropas reunidas no pântano. Eu sabia que ele havia feito o pedido ao rei e a Beocca, que estava sentado logo abaixo do tablado, numa mesa precária onde tentava registrar tudo o que era dito no conselho. Beocca estava tendo dificuldade porque sua tinta era velha e desbotada, a pena ficava se rachando e os pergaminhos eram margens largas de um missal que fora rasgado, por isso estava infeliz, mas Alfredo gostava de reduzir as discussões a escritos.

O rei agradeceu formalmente a oração do bispo, depois anunciou, com bastante sensatez, que não poderíamos ter esperanças de lidar com Guthrum antes que Svein fosse derrotado. Svein era a ameaça imediata, já que, ainda que a maioria de seus homens tivesse ido para o sul atacar Defnascir, ele ainda possuía os navios com que poderia entrar no pântano.

— Vinte e quatro navios — disse Alfredo, levantando uma das sobrancelhas para mim.

— Vinte e quatro, senhor — confirmei.

— Então, quando seus homens estiverem reunidos, ele pode juntar quase mil homens. — Alfredo deixou esse número no ar por um tempo. Beocca franziu a testa quando sua pena rachada cuspiu tinta no pedaço minúsculo de pergaminho.

— Mas há alguns dias — continuou Alfredo — havia apenas 75 guardas com os navios na foz do Pedredan.

— Por volta de setenta — disse eu. — Poderia haver mais que não pudemos ver.

— Mas seriam menos de cem?

— Suspeito de que sim, senhor.

— Então devemos cuidar deles antes que o restante retorne aos navios. — Houve outro silêncio. Todos sabíamos como estávamos fracos. Alguns homens chegavam todos os dias, como a meia dúzia que viera com Beocca, mas chegavam lentamente, fosse porque a notícia da existência de Alfredo se espalhasse devagar ou porque o tempo estava frio e os homens não gostam de viajar em dias frios e molhados. E não havia nenhum *thegn* entre os recém-chegados, nenhum. Os *thegn*s eram nobres, homens com propriedades, homens que poderiam trazer quantidades de seguidores bem-armados para a luta, e cada distrito tinha seus *thegn*s, que se situavam logo abaixo do *reeve* e do *ealdorman*, que também eram *thegn*s. Os *thegn*s eram o poder de Wessex, mas nenhum viera a Æthelingæg. Alguns, pelo que soubemos, haviam fugido para fora do país, ao passo que outros tentavam proteger suas propriedades. Eu tinha certeza de que Alfredo se sentiria mais confortável se tivesse uma dúzia de *thegn*s por perto, mas em vez disso tinha eu, Leofric e Egwine. — Quais são nossas forças agora? — perguntou.

— Temos mais de cem homens — disse Egwine, animado.

— Dos quais apenas sessenta ou setenta estão em condições de lutar — disse eu. Houvera um surto de doença, homens vomitando e tremendo, praticamente incapazes de controlar as entranhas. Sempre que tropas se reúnem, essa doença parece atacar.

— Isso basta? — perguntou Alfredo.

— Basta para quê, senhor? — Egwine não tinha pensamento rápido.

— Basta para nos livrar de Svein, claro — disse Alfredo, e de novo houve silêncio porque a pergunta era absurda.

Então Egwine ajeitou os ombros.

— Mais do que basta, senhor!

Ælswith concedeu-lhe um sorriso.

— E como você propõe fazer isso? — perguntou Alfredo.

— Pegamos todos os homens que temos, senhor — disse Egwine —, todos os homens em condições, e os atacamos. Atacamos!

Beocca não escreveu. Sabia que estava escutando um absurdo e não iria desperdiçar a pouca tinta em más ideias.

Alfredo me olhou.

— Isso pode ser feito?

— Eles vão nos ver chegando — respondi. — Estarão preparados.

— Marchamos para o interior — disse Egwine. — Descemos dos morros.

De novo Alfredo me olhou.

— Isso deixaria Æthelingæg sem defesa — disse eu — e levaria pelo menos três dias, no fim dos quais nossos homens estariam com frio, famintos e exaustos, e os dinamarqueses nos verão chegando quando sairmos das colinas, e isso lhes dará tempo para vestir armadura e pegar armas. E, na melhor das hipóteses, estaríamos em números iguais. Na pior? — simplesmente dei de ombros. Depois de três ou quatro dias, o restante das forças de Svein poderia ter retornado e nossos setenta ou oitenta estariam diante de uma horda.

— Então como você faria? — perguntou Alfredo.

— Destruiríamos os barcos deles.

— Continue.

— Sem barcos, eles não podem subir os rios. Sem barcos, estarão sem saída.

O rei do pântano

Alfredo assentiu. Beocca estava escrevinhando de novo.

— Então como você destruirá os barcos? — perguntou o rei.

Eu não sabia. Poderíamos levar setenta homens para lutar contra os setenta deles, mas no fim da luta, mesmo que vencêssemos, teríamos sorte de ter vinte homens ainda de pé. Esses vinte poderiam queimar os barcos, claro, mas eu duvidava de que sobrevivêssemos tanto. Havia uma grande quantidade de mulheres dinamarquesas em Cynuit e, se houvesse uma luta, elas iriam se juntar e as chances eram de que fôssemos derrotados.

— Fogo — disse Egwine entusiasmado. — Levamos fogo nos barquinhos e jogamos o fogo do rio.

— Há guardas para os navios — falei cansado —, e eles estarão atirando lanças e machados, flechas, e você poderia queimar um barco, mas só isso.

— Vamos à noite — disse Egwine.

— A lua está quase cheia e eles nos verão chegando. E se a lua estiver coberta por nuvens, não veremos a frota deles.

— Então, como você faria? — perguntou Alfredo de novo.

— Deus mandará fogo do céu — disse o bispo Alewold, e ninguém respondeu.

Alfredo se levantou. Todos nos levantamos. Depois ele apontou para mim.

— Você destruirá a frota de Svein — disse ele —, e esta noite quero saber como planeja fazer isso. Se não puder fazer isso, você — ele apontou para Egwine — viajará a Defnascir, encontrará o *ealdorman* Odda e dirá para ele trazer suas forças até a foz do rio e fazer o serviço para nós.

— Sim, senhor — respondeu Egwine.

— Esta noite — disse-me Alfredo em tom gélido, depois saiu.

Ele me deixou com raiva. Havia pretendido me deixar com raiva. Irritado, fui com Leofric até a fortaleza recém-construída e olhei por sobre os charcos, na direção em que as nuvens se amontoavam acima do Sæfern.

— Como vamos queimar 24 navios? — perguntei.

— Deus mandará fogo do céu, claro — respondeu Leofric.

— Eu preferiria que ele mandasse mil soldados.

— Alfredo não vai chamar Odda. Só disse isso para irritar você.

— Mas ele está certo, não está? — falei de má vontade. — Temos de nos livrar de Svein.

— Como?

Olhei a barreira emaranhada que Haswold havia feito com as árvores caídas. A água, em vez de fluir rio abaixo, vinha rio acima porque a maré estava enchendo, de modo que as marolas corriam para o leste, vindo dos galhos amontoados.

— Lembro-me de uma história de quando eu era pequeno. — Fiz uma pausa, tentando lembrar a história que, suponho, me foi contada por Beocca. — O deus cristão dividiu um mar, não está certo?

— Moisés fez isso — respondeu Leofric.

— E quando o inimigo foi atrás, afogou-se.

— Inteligente.

— Então é assim que vamos fazer.

— Como?

Mas, em vez de contar, chamei os homens do pântano e falei com eles. Naquela noite, estava com meu plano e, como ele fora retirado das escrituras, Alfredo o aprovou imediatamente. Foi necessário mais um dia para preparar tudo. Precisávamos juntar barcos suficientes para levar quarenta homens, e além disso eu precisava de Eofer, o arqueiro simplório. Ele ficou infeliz, sem entender o que eu queria, e balbuciou para nós, parecendo aterrorizado. Mas então uma menininha, de dez ou 11 anos, pegou sua mão e explicou que ele tinha de ir caçar conosco.

— Ele confia em você? — perguntei à criança.

— Ele é meu tio — disse ela. Eofer estava segurando sua mão e estava calmo de novo.

— Eofer faz o que você manda?

Ela assentiu, o rosto pequeno sério, e eu disse que ela deveria ir conosco, para manter seu tio feliz.

Partimos antes do amanhecer. Éramos vinte homens do pântano, hábeis com os barcos, vinte guerreiros, um arqueiro retardado, uma criança e Iseult. Alfredo, claro, não queria que eu levasse Iseult, mas ignorei-o e ele não discutiu. Em vez disso, viu nossa partida, depois foi à igreja de Æthelingæg, agora com uma cruz recém-feita, de madeira de amieiro, pregada na empena.

E baixa no céu, acima da cruz, estava a lua cheia. Baixa e numa palidez fantasmagórica, e enquanto o sol nascia, ela se desbotou mais ainda. Mas enquanto os dez barquinhos deslizavam pelo rio, eu a encarei e fiz uma oração silenciosa a Hoder, porque a lua é sua mulher, e era ela que deveria nos dar a vitória. Porque, pela primeira vez desde que Guthrum havia atacado num amanhecer de inverno, os saxões estavam contra-atacando.

Oito

A̲ntes de chegar ao mar, o Pedredan faz uma grande curva pelo pântano, uma curva que tem quase três quartos de um círculo. No lado interno, onde a curva começa, havia outro povoado minúsculo; apenas meia dúzia de choupanas construídas em palafitas cravadas numa ligeira elevação do terreno. O povoado se chamava Palfleot, que significa "lugar com estacas", porque o povo que um dia vivera ali havia prendido armadilhas de enguias e peixes em estacas, nos riachos próximos, mas os dinamarqueses haviam expulsado essas pessoas e queimado as casas, de modo que agora Palfleot era um lugar de pilhas de madeira queimada e lama enegrecida. Desembarcamos, tremendo ao amanhecer. A maré estava baixando, expondo os grandes bancos de areia e lama sobre os quais Iseult e eu havíamos caminhado com dificuldade, enquanto o vento chegava do oeste, frio e renovado, sugerindo chuva. Mas por enquanto havia raios de sol inclinados lançando grandes sombras de feno-da-areia e juncos nos pântanos. Dois cisnes voaram para o sul e eu soube que eram uma mensagem dos deuses, mas não pude dizer que mensagem seria.

Os barquinhos se afastaram, abandonando-nos. Agora iam para o norte e o leste, seguindo intricados caminhos aquáticos conhecidos apenas dos homens do pântano. Ficamos um tempo em Palfleot, sem fazer nada em particular, mas fazendo isso energicamente, de modo que os dinamarqueses, a muita distância do outro lado da grande curva do rio, nos vissem com certeza. Puxávamos as madeiras enegrecidas e Iseult, que tinha visão aguçada, vigiava o lugar onde os mastros dos navios dinamarqueses apareciam como riscas nas nuvens do oeste.

— Há um homem em cima de um mastro — disse ela depois de um tempo. Olhei, vi o homem agarrado ao topo do mastro e soube que fôramos avistados. A maré estava baixando, expondo mais lama e areia, e agora que eu tinha certeza de que haviam nos visto caminhamos pela vastidão que ia secando, aninhada pela curva extravagante do rio.

À medida que chegávamos mais perto pude ver mais dinamarqueses no cordame dos navios. Estavam nos vigiando, mas ainda não deviam estar preocupados porque eram em número muito maior do que minhas forças e o rio estava entre nós e eles. Mas quem quer que comandasse o acampamento dinamarquês também estaria ordenando que seus homens se armassem. Ele desejaria estar preparado para o que acontecesse, mas eu também esperava que o sujeito fosse inteligente. Estava fazendo uma armadilha para ele, e para a armadilha funcionar ele teria de fazer o que eu queria. Mas a princípio, se fosse inteligente, ele não faria nada. Sabia que estávamos impotentes, separados dele pelo Pedredan, por isso contentou-se em olhar enquanto nos aproximávamos da margem do rio no lado oposto aos navios encalhados e depois escorregávamos descendo o íngreme barranco lamacento que a maré expusera. O rio redemoinhava diante de nós, cinza e frio.

Agora havia quase cem dinamarqueses nos olhando. Estavam em seus navios encalhados, gritando insultos. Alguns riam, porque parecia claro que tínhamos andado um longo caminho para conseguir nada, mas não conheciam as habilidades de Eofer. Chamei para o meu lado a sobrinha do arqueiro grandalhão.

— O que eu quero que seu tio Eofer faça — expliquei à menina — é matar alguns homens daqueles.

— Matar? — ela me encarou arregalada.

— Eles são homens maus e querem matar vocês.

Ela assentiu solenemente, depois segurou o sujeito enorme pela mão e o levou até a beira d'água, onde ele afundou até os tornozelos na lama. Era uma longa distância até o outro lado do rio e eu me perguntei, pessimista, se era longe demais até mesmo para seu arco enorme. Mas Eofer pôs a corda na grande haste de madeira, entrou no Pedredan até encontrar um trecho raso, o que significava que poderia ir ainda mais longe no rio. Ali pegou uma flecha na aljava, pôs na corda e puxou-a. Soltou um grunhido enquanto a liberava e eu vi a flecha saltar da corda. Em seguida, a emplumação captou o vento e a flecha voou por cima do rio e mergulhou num grupo de dinamarqueses que estava na plataforma do leme de um navio. Houve um grito de raiva quando a flecha caiu. Não acertou ninguém do grupo, mas a próxima flecha de Eofer acertou o ombro de um homem e os dinamarqueses recuaram de seu ponto elevado na popa do navio. Eofer, que estava compulsivamente balançando para trás e para a frente sua cabeça hirsuta e fazendo pequenos ruídos animalescos, virou-se para mirar em outro navio. Tinha força extraordinária. A distância era grande demais para qualquer precisão, mas o perigo das flechas compridas, com penas brancas, fez os dinamarqueses recuarem, e foi nossa vez de zombar deles. Um dos dinamarqueses pegou um arco e tentou atirar de volta, mas sua flecha caiu no rio vinte metros antes de nós, e nós os provocamos, rimos deles e cabriolamos enquanto as flechas de Eofer batiam nas tábuas dos navios. Apenas um homem fora ferido, mas tínhamos feito com que recuassem, e isso era humilhante para eles. Deixei Eofer atirar vinte flechas, depois entrei no rio e segurei seu arco. Fiquei na frente dele para que os dinamarqueses não vissem o que eu estava fazendo.

— Diga para ele não se preocupar — falei à menina, e ela acalmou Eofer, que estava franzindo a testa para mim e tentando pegar o arco de volta.

Peguei uma faca, e isso o assustou ainda mais. Ele grunhiu para mim, depois tirou o arco da minha mão.

— Diga a ele que está tudo bem — falei à menina, e ela acalmou o tio, que então me deixou cortar um pouco da corda de cânhamo trançado. Afastei-me dele e apontei para um grupo de dinamarqueses e disse: — Mate-os.

Eofer não queria usar o arco. Em vez disso, remexeu embaixo do gorduroso gorro de lã e pegou uma segunda corda, mas balancei a cabeça e a menina o convenceu de que ele deveria usar a corda meio cortada. Assim, ele puxou-a nervosamente e, logo antes de chegar à extensão máxima, a corda se partiu e a flecha voou louca no céu, indo flutuar no rio.

A maré havia mudado e a água estava subindo.

— Vamos! — gritei aos meus homens.

Agora era a vez de os dinamarqueses zombarem de nós. Pensaram que estávamos recuando porque nossa única corda de arco havia se partido, por isso gritaram insultos e nós subimos de volta o barranco lamacento. Então eu vi dois homens correndo pela praia do outro lado e esperava que estivessem levando as ordens que eu queria.

Estavam. Liberados da ameaça do arco terrível de Eofer, os dinamarqueses iam lançar dois de seus navios menores. Nós os havíamos espicaçado, tínhamos rido deles e agora iriam nos matar.

Todos os guerreiros têm orgulho. Orgulho, fúria e ambição são os instigadores da reputação, e os dinamarqueses não queriam que pensássemos que os havíamos cutucado sem ser punidos pela temeridade. Queriam nos dar uma lição. Mas também queriam mais. Antes de sairmos de Æthelingæg, eu havia insistido em que meus homens recebessem todas as cotas de malha disponíveis. Egwine, que havia ficado com o rei, relutou em dar sua armadura preciosa, mas Alfredo ordenou. Assim, 16 dos meus homens usavam cota de malha. Pareciam soberbos, como um grupo de guerreiros de elite, e os dinamarqueses ganhariam renome se derrotassem um grupo assim e capturassem as armaduras preciosas. O couro oferece alguma proteção, mas a cota de malha sobre couro é muito melhor e muito mais cara. E ao levar 16 cotas de malha à beira do rio eu havia jogado uma isca irresistível para os dinamarqueses.

E eles morderam.

Estávamos indo devagar, deliberadamente parecendo lutar no solo macio de volta a Palfleot. Os dinamarqueses também lutavam, empurrando os dois barcos pela lama densa da margem, mas finalmente os navios foram lançados e então, na maré que vinha subindo, os dinamarqueses fizeram o que eu esperava.

Não atravessaram o rio. Se tivessem atravessado meramente iriam se ver na margem leste do Pedredan e nós estaríamos oitocentos metros à frente, fora do alcance, por isso o comandante fez o que achou o mais inteligente. Tentou cortar nosso caminho. Tinham nos visto desembarcar em Palfleot e achavam que nossos barcos ainda deviam estar lá, por isso remaram com seus navios rio acima, para encontrar os barcos e destruí-los.

Só que nossos barquinhos não estavam em Palfleot. Tinham sido levados para o nordeste e nos esperavam num dique cercado de juncos. Mas agora não era hora de usá-los. Em vez disso, enquanto os dinamarqueses desembarcavam em Palfleot, amontoamo-nos na areia, olhando-os, e eles acharam que estávamos numa armadilha. Agora se encontravam do mesmo lado do rio que nós e as tripulações dos dois navios tinham o dobro de guerreiros, comparados conosco, e tinham toda a confiança do mundo enquanto avançavam a partir dos destroços incendiados de Palfleot para nos matar no pântano.

Estavam fazendo exatamente o que eu queria.

E agora recuamos. Voltamos desajeitadamente, algumas vezes correndo para abrir distância entre nós e os confiantes dinamarqueses. Contei 76 deles e éramos apenas trinta, porque alguns dos meus homens estavam com os barquinhos escondidos. Os dinamarqueses sabiam que éramos homens mortos e corriam através da areia e dos riachos. E tínhamos de ir mais depressa, cada vez mais depressa, para mantê-los longe. Começou a chover, gotas carregadas no revigorante vento oeste. E fiquei olhando a chuva até que finalmente vi uma barra de luz prateada brilhar e se derramar na borda do pântano. E soube que a maré montante estava começando sua corrida longa e rápida pelas planuras estéreis.

E continuamos recuando, e os dinamarqueses continuavam nos perseguindo, mas agora estavam se cansando. Alguns gritavam conosco, desafiando-nos a ficar e lutar, mas outros não tinham fôlego para gritos, apenas uma intenção selvagem de nos pegar e matar, mas agora estávamos nos desviando para o leste, na direção de uma linha de sanguinheiros e juncos. Ali, num riacho que ia se inundando, estavam nossos barcos.

Subimos nos barcos, exaustos, e os homens do pântano nos impeliram de volta pelo riacho, afluente do rio Bru, que barrava a parte norte do pântano. Os barcos de fundo chato nos levaram rapidamente para o sul contra a corrente, fazendo-nos passar pelos dinamarqueses, que só puderam ficar olhando, a quatrocentos metros de distância, sem fazer nada para nos impedir. E quanto mais nos afastávamos, mais isolados eles pareciam naquele lugar amplo e estéril onde a chuva caía e a maré borbulhava fluindo para os leitos dos riachos. Agora a água impulsionada pelo vento estava penetrando fundo no pântano, uma maré aumentada pela lua cheia, e de repente os dinamarqueses viram o perigo que corriam e se viraram de volta na direção de Palfleot.

Mas Palfleot estava muito longe. Já havíamos deixado o riacho e estávamos levando os barcos a um rio menor, que ia até o Pedredan, e esse riacho nos levou até onde a madeira enegrecida se encostava no céu choroso, onde os dinamarqueses haviam amarrado seus dois navios. As duas embarcações eram guardadas apenas por quatro homens. Saímos dos barquinhos com um grito selvagem e espadas desembainhadas, e os quatro homens fugiram. Os outros dinamarqueses ainda estavam no pântano, só que agora não era um pântano, e sim uma planície de maré e eles vadeavam pela água.

Então eu tinha dois navios. Puxamos os barquinhos a bordo. Em seguida os homens do pântano, divididos entre os navios, pegaram os remos. Eu pilotei um e Leofric, o outro, e remamos contra aquela grande maré na direção de Cynuit, onde agora os navios dinamarqueses estavam desguarnecidos a não ser por alguns homens e uma multidão de mulheres e crianças que olhavam os dois navios chegar e não sabiam que eram tripulados pelo inimigo. Deviam ter se perguntado por que tão poucos remos cortavam a água, mas como poderiam imaginar que quarenta saxões derrotariam quase oitenta dinamarqueses? E ninguém se opôs a nós enquanto levávamos os navios até a margem, e ali desembarquei meus guerreiros.

— Vocês podem lutar contra nós ou podem viver — gritei para os poucos guardas que restavam.

Eu usava cota de malha com o elmo novo. Era um senhor da guerra. Bati com Bafo de Serpente no grande escudo e fui na direção deles.

— Lutem se quiserem! — gritei. — Venham e lutem conosco!

Não lutaram. Eram muito poucos, por isso recuaram para o sul e só puderam ficar olhando enquanto queimávamos seus navios. Demoramos a maior parte do dia para garantir que os navios queimassem até a quilha, mas queimaram, e as fogueiras foram um sinal para a parte ocidental de Wessex de que Svein fora derrotado. Ele não estava em Cynuit naquele dia, e sim em algum lugar ao sul, e enquanto os navios queimavam fiquei olhando as colinas cobertas de florestas, com medo de que ele viesse com centenas de homens. Mas Svein ainda estava longe e os dinamarqueses de Cynuit não puderam fazer nada para nos impedir. Queimamos 23 navios, incluindo o *Cavalo Branco*, e o 24º, um dos que havíamos capturado, nos levou para longe enquanto a noite caía. Fizemos uma boa pilhagem no acampamento dinamarquês: comida, cordames, peles, armas e escudos.

Havia uma quantidade de dinamarqueses encurralados na ilha baixa de Palfleot. O restante havia morrido na água que subiu. Os sobreviventes nos viram passar, mas não fizeram qualquer provocação e eu não fiz nada para machucá-los. Remamos na direção de Æthelingæg e, atrás de nós, sob o céu que ia escurecendo, a água cobriu o pântano onde as gaivotas brancas gritavam acima dos homens afogados e onde, no crepúsculo, dois cisnes voaram para o norte, com as asas parecendo batidas de tambor no céu.

A fumaça dos barcos queimados chegou até as nuvens durante três dias, e no segundo dia Egwine levou o navio capturado rio abaixo, com quarenta homens. Desembarcaram em Palfleot e mataram todos os dinamarqueses sobreviventes, a não ser seis que foram feitos prisioneiros, e cinco desses tiveram as armaduras retiradas e foram amarrados em estacas no rio na maré baixa, para se afogar lentamente na maré. Egwine perdeu três homens na luta, mas trouxe de volta cotas de malha, escudos, elmos, armas, braceletes e um prisioneiro que não sabia de nada, a não ser que Svein havia cavalgado na direção de Exanceaster. Esse prisioneiro morreu no terceiro dia, o dia em que Alfredo mandou fazer orações de agradecimento a Deus pela vitória. Por enquanto, estávamos em segurança. Svein não podia nos atacar porque havia perdido seus navios, Guthrum não tinha como penetrar no pântano e Alfredo estava satisfeito comigo.

— O rei está satisfeito com você — disse-me Beocca. Duas semanas antes, pensei, o rei teria me dito isso pessoalmente. Teria se sentado comigo à beira d'água e conversado, mas agora uma corte se formara e o rei era cercado de padres.

— Ele deve estar mesmo satisfeito — respondi. Eu estivera treinando lutas quando Beocca me chamou. Treinávamos todos os dias, usando cajados em vez de espadas, e alguns homens resmungavam dizendo que não precisavam brincar de luta. A esses eu me opunha pessoalmente, e quando eram derrubados na lama eu lhes dizia que precisavam brincar mais e reclamar menos.

— Ele está satisfeito — disse Beocca, me levando pelo caminho à beira do rio —, mas acha que você é escrupuloso.

— Eu! Escrupuloso?

— Porque não foi a Palfleot terminar o serviço.

— O serviço estava terminado. Svein não pode nos atacar sem navios.

— Mas nem todos os dinamarqueses se afogaram.

— Um número suficiente morreu. Sabe o que eles suportaram? O terror de tentar correr mais depressa do que a maré? — Pensei na minha angústia no pântano, na maré inexorável, na água fria se espalhando e no medo apertando o coração. — Eles não tinham navios! Por que matar homens encurralados?

— Porque são pagãos. Porque são desprezados por Deus e pelos homens, e porque são dinamarqueses.

— E há apenas algumas semanas vocês acreditavam que eles virariam cristãos e que todas as nossas espadas seriam transformadas em pontas duras para arar os campos.

Beocca descartou isso.

— Então, o que Svein fará agora? — perguntou.

— Vai marchar ao redor do pântano e se juntar a Guthrum.

— E Guthrum está em Cippanhamm. — Tínhamos quase certeza disso. Novos homens chegavam ao pântano e todos traziam notícias. Boa parte eram boatos, mas muitos tinham ouvido dizer que Guthrum havia reforçado as muralhas de Cippanhamm e estava passando o inverno lá. Grandes grupos de ataque ainda assolavam partes de Wessex, mas evitavam as cidades maiores ao sul do país, onde guarnições saxãs do oeste haviam se formado. Havia uma guarnição dessas em Dornwaraceaster e outra em Wintanceaster, e Beocca acreditava que Alfredo deveria ir para uma dessas cidades. Mas Alfredo recusou, sabendo que Guthrum iria sitiá-lo imediatamente. Numa cidade ele ficaria preso, mas o pântano era grande demais para ser sitiado e Guthrum não teria esperança de penetrar nos atoleiros. — Você tem um tio em Mércia, não tem? — perguntou Beocca, mudando de assunto abruptamente.

— Æthelred. É irmão da minha mãe e é *ealdorman*.

Ele ouviu o tom monótono da minha voz.

— Você não gosta dele?

— Mal o conheço.

Eu havia passado algumas semanas em sua casa, apenas o bastante para brigar com seu filho, que também se chamava Æthelred.

— Ele é amigo dos dinamarqueses?

Balancei a cabeça.

— Eles toleram que ele viva e ele os tolera.

— O rei enviou mensageiros a Mércia.

Fiz uma careta.

— Se quer que eles se levantem contra os dinamarqueses, eles não farão isso. Seriam mortos.

— Ele preferiria que trouxessem homens para o sul na primavera — disse Beocca, e eu me perguntei como alguns poucos guerreiros mércios deveriam passar pelos dinamarqueses para se juntar a nós, mas não falei nada. — Estamos ansiosos pela primavera, para nossa salvação — continuou Beocca —, mas enquanto isso o rei gostaria que alguém fosse a Cippanhamm.

— Um padre? — perguntei acidamente. — Para falar com Guthrum?

— Um soldado para avaliar o número deles.

— Então me mande — ofereci.

Beocca assentiu, depois foi mancando pela margem do rio, onde as armadilhas de peixe, feitas de salgueiro, estavam expostas pela maré vazante.

— É tão diferente da Nortúmbria — disse ele, pensativo.

Sorri disso.

— Sente saudade de Bebbanburg?

— Gostaria de terminar meus dias em Lindisfarena. Gostaria de fazer minha última oração naquela ilha. — Ele se virou e olhou para os morros do oeste. — O rei gostaria de ir pessoalmente a Cippanhamm — disse quase como um pensamento de última hora.

Pensei ter ouvido mal, depois percebi que não.

— Isso é loucura — protestei.

— É realeza.

— Realeza?

229

O rei do pântano

— O Witan escolhe o rei — disse Beocca sério — e o rei deve ter a confiança do povo. Se Alfredo for a Cippanhamm e caminhar entre seus inimigos, o povo saberá que ele merece ser rei.

— E se for capturado, o povo saberá que ele é um rei morto.

— Por isso você deve protegê-lo. — Não falei nada. Era realmente loucura, mas Alfredo estava decidido a mostrar que merecia ser rei. Afinal de contas havia usurpado o trono do sobrinho e naqueles primeiros anos de seu reinado vivia pensando nisso. — Um pequeno grupo viajará — disse Beocca. — Você, alguns guerreiros, um padre e o rei.

— Para que o padre?

— Para rezar, claro.

Dei um riso de desprezo diante disso.

— Você?

Beocca bateu na perna manca.

— Eu, não. Um padre jovem.

— Melhor mandar Iseult.

— Não.

— Por quê? Ela vem mantendo o rei saudável. — Alfredo estava numa súbita boa saúde, melhor do que em anos, e tudo por causa dos remédios feitos por Iseult. A celidônia e a bardana que havia colhido em terra firme haviam tirado a agonia do cu dele, e as outras ervas acalmavam as dores de barriga. Ele andava com confiança, tinha olhos brilhantes e parecia forte.

— Iseult fica aqui — disse Beocca.

— Se quer que o rei viva, mande-a conosco.

— Ela fica aqui porque queremos que o rei viva.

Demorei alguns instantes para entender o que ele havia dito, e quando percebi o significado virei-me para Beocca com tamanha fúria que ele cambaleou para trás. Não falei nada, porque não confiava em mim mesmo para falar, ou talvez temesse que o discurso se transformasse em violência. Beocca tentou parecer severo, mas pareceu apenas temeroso.

— Esses são tempos difíceis — disse em tom lamentoso — e o rei só pode confiar em quem serve a Deus. Em homens que são ligados a ele pelo amor a Cristo.

Chutei uma armadilha de enguia, fazendo-a girar pela margem até o rio.

— Durante um tempo eu quase gostei de Alfredo. Agora ele tem os padres de volta e vocês estão pingando veneno nele.

— Ele... — começou Beocca.

Virei-me, silenciando-o.

— Quem salvou o desgraçado? Quem queimou os navios de Svein? Quem, em nome de seu deus azarado, matou Ubba? E vocês ainda não confiam em mim?

Agora Beocca estava tentando me acalmar, balançando as mãos.

— Temo que você seja pagão — disse ele — e sua mulher sem dúvida é pagã.

— Minha mulher curou Eduardo — rosnei. — Isso não significa nada?

— Poderia significar que ela fez o trabalho do diabo.

Com isso fiquei num silêncio atônito.

— O diabo faz seu trabalho na terra — disse Beocca, sério. — E seria bom para o diabo se Wessex desaparecesse. O diabo quer o rei morto. Quer seus filhos pagãos espalhados por toda a Inglaterra! Há uma guerra maior, Uhtred. Não a luta entre saxões e dinamarqueses, mas entre Deus e o diabo, entre o bem e o mal! Nós fazemos parte dela!

— Eu matei mais dinamarqueses do que você pode sonhar.

— Mas suponha — disse ele, agora implorando — que sua mulher tenha sido mandada pelo diabo. Que o maligno permitiu que ela curasse Eduardo para que o rei confiasse nela. E então, quando o rei, em toda a inocência, for espionar o inimigo, ela o trai!

— Acha que ela iria traí-lo — perguntei acidamente — ou quer dizer que eu poderia traí-lo?

— Seu amor pelos dinamarqueses é conhecido — disse Beocca rigidamente — e você poupou os homens em Palfleot.

— Então acha que eu não sou digno de confiança?

— Eu confio em você — disse ele sem convicção. — Mas os outros? — Beocca sacudiu sua mão paralítica num gesto impotente. — Porém, se Iseult estiver aqui... — deu de ombros, sem terminar o pensamento.

— Então ela será refém.

— Melhor dizendo, uma garantia.

— Eu fiz meu juramento ao rei.

— E fez juramentos antes, e você é conhecido como mentiroso. Tem mulher e filho e no entanto vive com uma prostituta pagã, e ama os dinamarqueses tanto quanto ama a si mesmo, e realmente acha que podemos confiar em você? — Tudo isso saiu num jorro amargo. — Eu conheço você, Uhtred, desde que engatinhava nos pisos de junco de Bebbanburg. Batizei você, ensinei, castiguei, vi você crescer e o conheço melhor do que qualquer homem vivo, e não confio em você. — Beocca me olhou com beligerância. — Se o rei não retornar, Uhtred, sua prostituta será dada aos cães. — Ele tinha dado sua mensagem e pareceu lamentar a força dela, porque balançou a cabeça. — O rei não deveria ir. Você está certo. É loucura. É estupidez! É... — Ele parou, procurando uma palavra, e encontrou uma das piores condenações de seu vocabulário — é irresponsabilidade! Mas ele insiste, e se vai, você também deve ir, porque é o único homem aqui que pode passar por dinamarquês. Mas traga-o de volta, Uhtred, traga-o de volta porque ele é querido de Deus e de todos os saxões.

De mim, não, pensei, ele não era querido por mim. Naquela noite, pensando nas palavras de Beocca, senti-me tentado a fugir do pântano, ir embora com Iseult, encontrar um senhor, dar um novo patrão a Bafo de Serpente, mas Ragnar havia sido refém, de modo que eu não tinha amigos entre meus inimigos, e se fugisse violaria meu juramento a Alfredo. Os homens diriam que jamais se poderia confiar de novo em Uhtred de Bebbanburg, por isso fiquei. Tentei convencer Alfredo a não ir a Cippanhamm. Como dissera Beocca, era irresponsabilidade, mas Alfredo insistiu.

— Se eu ficar aqui — disse ele —, os homens dirão que eu me escondi dos dinamarqueses. Outros os enfrentam, mas eu me escondo? Não. Os homens devem me ver, devem saber que estou vivo e que luto. — Pela primeira vez, Ælswith e eu concordávamos e ambos tentamos mantê-lo em Æthelingæg, mas Alfredo não seria dissuadido. Estava num clima estranho, cheio de felicidade, absolutamente confiante em que Deus estaria do seu lado, e, como sua doença havia diminuído, sentia-se cheio de energia e confiança.

Levou seis companheiros. O padre era um rapaz chamado Adelbert, que carregava uma pequena harpa enrolada em couro. Parecia ridículo levar uma harpa até o inimigo, mas Adelbert era famoso por sua música e Alfredo disse jovialmente que cantaríamos louvores a Deus enquanto estivéssemos entre os dinamarqueses. Todos os outros quatro eram guerreiros experientes que haviam feito parte de sua guarda real. Chamavam-se Osferth, Wulfrith, Beorth e o último era Egwine, que jurou a Ælswith que traria o rei para casa, o que fez Ælswith lançar-me um olhar amargo. Qualquer favor que eu tivesse obtido quando Iseult curou Eduardo havia se evaporado sob a influência dos padres.

Vestimo-nos para guerra, com cotas de malha e elmos, enquanto Alfredo insistia em usar uma bela capa azul com acabamento de pele, o que o tornava visível demais, mas queria que as pessoas vissem um rei. Os melhores cavalos foram escolhidos, um para cada um de nós e três montarias de reserva. Fizemos com que atravessassem o rio a nado e depois seguimos por trilhas de troncos até chegarmos finalmente a terreno firme perto da ilha em que Iseult disse que Artur foi enterrado. Eu havia deixado Iseult com Eanflæd, que dividia um alojamento com Leofric.

Agora era fevereiro. Houvera um pequeno período de tempo bom depois do incêndio da frota de Svein, e eu havia pensado que deveríamos viajar naquela época, mas Alfredo insistiu em esperar até oito de fevereiro porque era o dia de são Cuthman, um santo saxão de Ânglia Oriental. E Alfredo achava que esse seria um dia propício. Talvez estivesse certo, porque o dia ficou molhado e com um frio de rachar. E descobriríamos que os dinamarqueses relutavam em deixar seus alojamentos quando o tempo estava muito ruim. Saímos ao amanhecer e no meio da manhã estávamos nas colinas acima do pântano, meio ocultas por uma névoa adensada pela fumaça das fogueiras de cozinhar nos pequenos povoados.

— Você é familiarizado com são Cuthman? — perguntou-me Alfredo, animado.

— Não, senhor.

— Era um eremita. — Estávamos indo para o norte, mantendo-nos em terreno elevado com o pântano à esquerda. — Sua mãe era aleijada, por isso ele fez um carrinho de mão para ela.

— Um carrinho de mão? O que uma aleijada faria com um carrinho de mão?

— Não, não, não! Ele a empurrava no carrinho! Para que ela pudesse acompanhá-lo enquanto ele pregava. Ele a levava a toda parte.

— Ela devia gostar.

— Não há uma vida dele escrita, que eu saiba — disse Alfredo —, mas certamente devemos mandar fazer uma. Ele poderia ser o santo das mães, não é?

— Ou dos carrinhos de mão, senhor.

Vimos a primeira evidência dos dinamarqueses logo depois do meio-dia. Ainda estávamos em terreno elevado, mas num vale que descia até os pântanos, e vimos uma casa bem grande, com paredes caiadas e grosso teto de palha. Saía fumaça do teto, e num pomar de macieiras cercado havia uns vinte cavalos. Nenhum dinamarquês deixaria de saquear um lugar assim, o que sugeria que os cavalos pertenciam a eles e que a fazenda tinha uma guarnição.

— Eles estão aqui para vigiar o pântano — sugeriu Alfredo.

— Provavelmente. — Eu sentia frio. Tinha uma grossa capa de lã, mas continuava com frio.

— Deveríamos mandar homens lá — disse Alfredo — e ensiná-los a não roubar maçãs.

Naquela noite, ficamos num pequeno povoado. Os dinamarqueses haviam passado por ali e o povo estava com medo. A princípio, quando chegamos pela trilha esburacada entre as casas, eles se esconderam, achando que éramos dinamarqueses, mas quando ouviram nossas vozes esgueiraram-se para fora e nos olharam como se tivéssemos acabado de descer da lua. Seu padre estava morto, assassinado pelos pagãos, por isso Alfredo insistiu em que Adelbert rezasse uma missa nos restos incendiados da igreja. O próprio Alfredo atuou como chantre, acompanhando os cantos com a pequena harpa do padre.

— Aprendi a tocar quando era criança — disse-me ele. — Minha madrasta insistiu, mas não sou muito bom.

— Não é — concordei, e ele não gostou.

— Nunca há tempo suficiente para treinar — reclamou.

Alojamo-nos na casa de um camponês. Admitindo que os dinamarqueses deviam ter levado a colheita de qualquer lugar que visitássemos, Alfredo fizera com que os cavalos de reserva estivessem carregados com peixe defumado, enguias defumadas e bolos de aveia, por isso fornecemos a maior parte da comida e, depois de termos comido, o casal camponês se ajoelhou diante de mim e a mulher tocou hesitante a barra da minha cota de malha.

— Eu tenho dois filhos — sussurrou ela. — Minha filha tem uns 7 anos e o menino é um pouco mais velho. São boas crianças.

— O que aconteceu com eles? — interveio Alfredo.

— Os pagãos os levaram, senhor. — A mulher estava chorando. — O senhor pode encontrá-los? — disse ela puxando minha cota. — Pode encontrá-los e trazê-los de volta? Meus pequeninos? Por favor?

Prometi tentar, mas era uma promessa vazia porque as crianças deviam ter ido há muito para o mercado de pessoas escravizadas e agora já estariam trabalhando em alguma propriedade dinamarquesa ou, se fossem bonitas, teriam sido mandadas para o outro lado do mar, onde homens pagãos pagavam boa prata por crianças cristãs.

Ficamos sabendo que os dinamarqueses tinham vindo ao povoado pouco depois do Dia de Reis. Haviam matado, capturado, roubado e ido embora para o sul. Alguns dias depois retornaram, voltando para o norte, guiando um bando de cativos e um rebanho de cavalos capturados, carregados de saques. Desde então as pessoas do vilarejo não tinham visto dinamarqueses, a não ser os poucos que estavam à beira do pântano. Disseram que esses dinamarqueses não causavam problema, talvez porque fossem muito poucos e não ousassem provocar a inimizade da região ao redor. Ouvimos a mesma história em outros povoados. Os dinamarqueses tinham vindo, pilhado e voltado para o norte.

Mas no terceiro dia finalmente vimos uma força de inimigos cavalgando na estrada romana que corta direto em direção ao leste, atravessando as colinas desde Baðum. Eram quase sessenta e cavalgavam rápido adiante das nuvens escuras e da noite que chegava.

— Estão voltando a Cippanhamm — disse Alfredo. Era um grupo que fora pegar forragem, e seus animais de carga estavam com redes cheias de feno para alimentar os cavalos de guerra. Lembrei-me do inverno que passei em Readingun durante a infância, quando os dinamarqueses invadiram Wessex pela primeira vez, e como fora difícil manter cavalos e pessoas vivas no frio. Havíamos cortado o débil capim de inverno e tirado tetos de palha para alimentar os cavalos, que mesmo assim ficaram esqueléticos e fracos. Frequentemente, ouvi homens declararem que todo o necessário para vencer uma guerra é juntar homens e marchar contra o inimigo, mas nunca é tão fácil. Homens e cavalos têm de ser alimentados e a fome pode derrotar um exército muito mais depressa do que as lanças. Olhamos os dinamarqueses ir para o norte e depois viramos de lado até um celeiro meio em ruínas que ofereceu abrigo para a noite.

Naquela noite, começou a nevar, uma neve macia e implacável, silenciosa e densa, de modo que ao amanhecer o mundo estava branco sob um céu azul-pálido. Sugeri que esperássemos até a neve derreter, antes de prosseguir, mas Egwine, que vinha dessa parte do país, disse que só estávamos a duas ou três horas ao sul de Cippanhamm, e Alfredo estava impaciente.

— Vamos — insistiu ele. — Vamos até lá, olhamos a cidade e partimos.

Assim, cavalgamos para o norte, os cascos esmagando a neve recém-caída, seguindo por um mundo tornado novo e limpo. A neve se agarrava a cada graveto e cada galho enquanto o gelo formava uma capa fina nas poças e nos lagos. Vi uma trilha de raposa atravessando um campo e pensei que a primavera traria uma praga daqueles animais porque não haveria quem os caçasse, os cordeiros morreriam de modo sangrento e as ovelhas baliriam de dar pena.

Avistamos Cippanhamm antes do meio-dia, mas a grande mortalha de fumaça, feita por centenas de fogos de cozinhar, havia aparecido no céu durante toda a manhã. Paramos ao sul da cidade, onde a estrada emergia de um bosque de carvalhos. Os dinamarqueses deviam ter nos notado, mas nenhum saiu dos portões para ver quem éramos. Estava frio demais para que os homens se mexessem. Pude ver guardas nas muralhas, mas nenhum ficava ali por muito tempo, recuando para algum calor que pudessem encontrar entre as curtas saídas ao longo das fortificações de madeira. Essas fortificações estavam repletas de escudos redondos pintados de azul, branco, vermelho-sangue e, como os homens de Guthrum estavam lá, de preto.

— Deveríamos contar os escudos — disse Alfredo.

— Não vai ajudar — respondi. — Cada guerreiro leva dois ou três escudos e pendura nas muralhas para parecer que eles têm mais homens.

Alfredo estava tremendo e eu insisti em que encontrássemos algum abrigo. Voltamos para as árvores, seguindo um caminho que levava ao rio. A cerca de um quilômetro e meio rio acima chegamos a um moinho. A mó havia sido tirada, mas a construção estava inteira e era bem-feita, com paredes de pedra e teto de turfa sustentado por caibros grossos. Havia um fogão num cômodo em que a família do moleiro havia morado, mas não deixei Egwine fazer fogo para que a fumaça não trouxesse dinamarqueses curiosos da cidade.

— Vamos esperar até o anoitecer — falei.
— Até lá estaremos congelados — resmungou ele.
— Então não deveriam ter vindo — respondi com rispidez.
— Temos de chegar mais perto da cidade — disse Alfredo.
— Vocês, não — respondi. — Eu vou.

Tinha visto cavalos abrigados a oeste das muralhas e achei que poderia levar nosso melhor animal, passar pela borda oeste da cidade e contar cada cavalo que visse. Isso daria uma estimativa aproximada do número de dinamarqueses, porque quase todos os homens teriam cavalos. Alfredo quis ir, mas balancei a cabeça. Não fazia sentido mais de um de nós ir, e era sensato que o único a ir falasse dinamarquês, por isso falei que o encontraria de volta no moinho antes do anoitecer. Em seguida, cavalguei para o norte. Cippanhamm era construída num morro quase rodeado pelo rio, por isso eu não podia cavalgar muito longe ao redor da cidade, mas fui o mais perto das muralhas que ousei e olhei para o outro lado do rio. Não vi cavalos na margem oposta, o que sugeria que os dinamarqueses estavam mantendo todos os animais no lado oeste da cidade. Fui para lá, mantendo-me nos bosques nevados, e ainda que os dinamarqueses me vissem, não se incomodariam em cavalgar na neve para perseguir apenas um homem. Por isso, pude encontrar os currais onde seus cavalos tremiam. Passei a manhã contando. A maioria dos cavalos estava em campos ao lado das construções reais, e havia centenas deles. No fim da tarde eu havia estimado que eram mil e duzentos, e esses eram apenas os que eu podia ver. Os melhores estariam na cidade, mas minha avaliação era bastante boa. Daria a Alfredo uma ideia do tamanho das forças de Guthrum. Dois mil homens? E em outros lugares de Wessex, nas cidades que os dinamarqueses haviam ocupado, deveria haver mais mil. Era uma grande força, mas não o suficiente para capturar todo o reino. Eles teriam de esperar até a primavera pelos reforços que viriam da Dinamarca ou dos três reinos conquistados da Inglaterra. Voltei para o moinho d'água enquanto o crepúsculo baixava. Havia uma geada e o ar estava imóvel. Três gralhas voaram atravessando o rio quando apeei. Achei que um dos homens de Alfredo poderia esfregar meu cavalo; eu só queria encontrar um pouco de calor e estava claro que Alfredo havia se arriscado a acender o fogo, porque a fumaça jorrava do buraco no teto de turfa.

Estavam todos agachados perto da pequena fogueira e eu me juntei a eles, estendendo as mãos para as chamas.

— Dois mil homens — disse eu — mais ou menos.

Ninguém respondeu.

— Não ouviram? — perguntei, e olhei os rostos ao redor.

Havia cinco rostos. Apenas cinco.

— Onde está o rei? — perguntei.

— Ele foi — respondeu Adelbert, impotente.

— O quê?

— Foi à cidade — disse o padre. Estava usando a suntuosa capa azul de Alfredo e eu presumi que Alfredo havia levado a vestimenta simples de Adelbert.

— Ele insistiu — disse Egwine.

— Como poderíamos impedir? — implorou Adelbert. — Ele é o rei!

— Bastava dar um soco no desgraçado — rosnei. — Segurá-lo no chão até a loucura passar. Quando ele foi?

— Logo depois de você sair — respondeu o padre, arrasado. — E levou minha harpa.

— E disse que voltaria quando?

— Ao anoitecer.

— Já é o anoitecer. — Levantei-me e apaguei o fogo com os pés. — Querem que os dinamarqueses venham investigar a fumaça? — Eu duvidava de que os dinamarqueses viriam, mas queria que os idiotas desgraçados sofressem. — Você — apontei para um dos quatro soldados —, esfregue meu cavalo. Alimente-o.

Voltei à porta. As primeiras estrelas estavam luminosas e a neve brilhava sob uma lua em forma de foice.

— Aonde você vai? — Adelbert havia me seguido.

— Encontrar o rei, claro.

Se ele estivesse vivo. Se não estivesse, Iseult estava morta.

Precisei bater no portão oeste de Cippanhamm, provocando uma voz irritada do outro lado que exigiu saber quem eu era.

— Por que você não está em cima da paliçada? — perguntei de volta.

A barra foi erguida e o portão se abriu alguns centímetros. Um rosto espiou para fora, depois desapareceu quando empurrei o portão com força, batendo-o contra o guarda cheio de suspeitas.

— Meu cavalo machucou a pata e eu andei até aqui — disse eu.

Ele recuperou o equilíbrio e fechou o portão.

— Quem é você? — perguntou de novo.

— Mensageiro de Svein.

— Svein! — Ele ergueu a barra e largou-a no lugar. — Ele já pegou Alfredo?

— Vou contar as notícias que tenho a Guthrum, antes de contar a você.

— Só estou perguntando — disse ele.

— Onde está Guthrum? — perguntei. Não tinha intenção de chegar perto do chefe dinamarquês já que, depois dos meus insultos à sua mãe morta, o melhor que eu poderia esperar seria uma morte rápida, e a probabilidade era de uma muito lenta.

— No palácio de Alfredo — respondeu o homem e apontou para o sul. — Naquele lado da cidade, de modo que você ainda tem muito que andar.

Não lhe ocorreu que qualquer mensageiro de Svein jamais cavalgaria sozinho através de Wessex, que um homem assim viria com uma escolta de cinquenta ou sessenta homens, mas estava com frio demais para pensar. Além disso, com meu cabelo comprido e os grossos braceletes, eu parecia um dinamarquês. Ele recuou para a casa ao lado do portão, onde seus colegas estavam embolados ao redor de uma fogueira, e eu entrei numa cidade tornada estranha.

O rei do pântano

Faltavam casas, queimadas na primeira fúria do ataque dinamarquês, e a grande igreja perto da praça do mercado no topo da colina não passava de traves pretas tocadas de branco pela neve. As ruas eram de lama congelada, e apenas eu me movia por ali, já que o frio mantinha os dinamarqueses nas casas que restavam. Dava para ouvir cantos e risos. Luz vazava por janelas ou se espalhava através dos buracos para fumaça nos tetos baixos. Eu estava com frio e raiva. Havia homens ali que poderiam me reconhecer e homens que talvez reconhecessem Alfredo, e sua estupidez havia posto nós dois em perigo. Será que ele teria sido suficientemente louco para voltar ao seu castelo? Devia ter adivinhado que Guthrum estaria vivendo lá, e certamente não se arriscaria a ser reconhecido pelo líder dinamarquês, o que sugeria que estava na cidade, e não na área real.

Eu ia andando na direção da antiga taverna de Eanflæd quando ouvi os gritos. Vinham do lado leste da cidade e segui o som, que me levou ao convento perto da muralha junto ao rio. Nunca estivera dentro do convento, mas o portão estava aberto e o pátio interno era iluminado por duas vastas fogueiras que ofereciam algum calor aos homens mais próximos das chamas. E havia pelo menos cem homens no pátio, gritando encorajamentos e insultos para dois sujeitos que lutavam na lama e na neve derretida entre as fogueiras. Lutavam com espadas e escudos, e cada choque de lâmina contra lâmina ou contra madeira provocava gritos ferozes. Olhei brevemente para os lutadores, depois examinei os rostos da multidão. Estava procurando Haesten ou alguém que pudesse me reconhecer, mas não vi ninguém, ainda que fosse difícil distinguir rostos nas sombras trêmulas. Não havia sinal de nenhuma freira, e presumi que teriam fugido, morrido ou sido levadas para diversão dos conquistadores.

Abaixei-me perto do muro do pátio. Estava usando o elmo, e sua placa facial era um disfarce adequado, mas alguns homens me lançaram olhares curiosos, porque era incomum ver alguém de elmo fora do campo de batalha. Por fim, não vendo ninguém que eu reconhecesse, tirei o elmo e pendurei no cinto. A igreja do convento fora transformada num salão de festas, mas havia apenas um punhado de bêbados dentro, surdos ao barulho lá fora. Roubei meio pão de um dos bêbados, levei de volta para fora e fiquei assistindo à luta.

Steapa Snotor era um dos dois homens. Não usava mais sua armadura de malha, tinha um casaco de couro e lutava com um pequeno escudo e uma espada longa, mas ao redor da cintura havia uma corrente que ia até o lado norte do pátio, onde dois homens a seguravam. E sempre que o oponente de Steapa parecia estar em perigo eles puxavam a corrente, desequilibrando o enorme saxão. Ele era obrigado a lutar, como Haesten estivera lutando quando o descobri, e sem dúvida os captores de Steapa estavam ganhando um bom dinheiro de idiotas que queriam testar a capacidade contra um guerreiro capturado. O atual oponente de Steapa era um dinamarquês magro e sorridente que tentava dançar ao redor do gigante e enfiar a espada por baixo do pequeno escudo, fazendo o que eu fizera quando lutei contra Steapa, mas Steapa estava se defendendo com teimosia, aparando cada golpe e, quando a corrente permitia, contra-atacando rápido. Sempre que os dinamarqueses puxavam-no para trás a multidão zombava, e uma vez, quando os homens puxaram com força demais e Steapa se virou contra eles e encarou três lanças compridas, a multidão o aplaudiu tremendamente. Ele girou para aparar o ataque seguinte, depois deu um passo atrás, quase até as pontas das lanças, e o magro foi atrás rapidamente, pensando que havia apanhado Steapa em desvantagem, mas de súbito Steapa interrompeu o recuo, baixou o escudo sobre a lâmina do oponente e girou a mão esquerda, com o punho da espada à frente, para acertar o sujeito na cabeça. O dinamarquês caiu, Steapa reverteu o movimento da espada para estocar, a corrente puxou-o bruscamente e as lanças o ameaçaram com a morte se ele terminasse o serviço. A multidão gostou. Ele havia ganhado.

Dinheiro trocou de mãos. Steapa sentou-se ao lado da fogueira, o rosto sério sem demonstrar qualquer coisa, e um dos homens que segurava sua corrente gritou chamando outro lutador.

— Dez peças de prata se conseguir feri-lo! Cinquenta se matar!

Steapa, que provavelmente não entendia nenhuma palavra, apenas olhava a multidão, desafiando outro homem a lutar com ele, e de fato um brutamontes meio bêbado saiu rindo da multidão. Apostas foram feitas enquanto Steapa era cutucado para ficar de pé. Era como uma luta de cães com touros, só que Steapa recebia apenas um oponente de cada vez. Sem dúvida eles teriam posto três ou quatro contra ele, mas os dinamarqueses que o haviam feito prisioneiro não o queriam morto enquanto ainda houvesse idiotas dispostos a pagar para lutar.

Eu estava seguindo pela borda do pátio, ainda olhando os rostos.

— Seis *pennies*? — disse uma voz atrás de mim e eu me virei, vendo um homem que ria ao lado de uma porta. Era uma dentre uma dúzia de portas parecidas, igualmente espaçadas na parede caiada.

— Seis *pennies*? — perguntei perplexo.

— Barato — disse ele, e puxou um pequeno postigo na porta me convidando para olhar dentro.

Olhei. Uma vela de sebo iluminava o cômodo minúsculo, que devia ter sido o quarto de uma freira. Dentro havia uma cama baixa e na cama uma mulher nua, meio coberta por um sujeito que havia baixado os calções.

— Ele não vai demorar — disse o homem.

Balancei a cabeça e me afastei do postigo.

— Ela era freira aqui — disse o sujeito. — Boa e nova. E bonita. Geralmente grita que nem um porco.

— Não.

— Quatro *pennies*? Ela não vai lutar. Agora, não.

Continuei andando, convencido de que estava perdendo tempo. Será que Alfredo tinha ido embora? Provavelmente, pensei sério, o idiota havia retornado ao seu castelo. E me perguntei se eu ousaria ir lá, mas o pensamento na vingança de Guthrum me deteve. A nova luta começara. O dinamarquês estava abaixado, tentando cortar os pés de Steapa, mas Steapa defendia os golpes com bastante facilidade. Passei pelos homens que seguravam suas correntes e vi outro cômodo à minha esquerda, um cômodo grande, talvez onde as freiras comiam, e um brilho de ouro à luz do fogo agonizante me atraiu para dentro.

O ouro não era metal. Era o brilho de uma pequena harpa que fora pisada com tanta força que se partiu. Olhei as sombras ao redor e vi um homem caído embolado na extremidade, e fui até lá. Era Alfredo. Estava praticamente inconsciente, porém vivo e, pelo que dava para ver, sem ferimentos. Mas sem dúvida estava atordoado. Arrastei-o até a parede e o fiz sentar-se. Ele não tinha capa e suas botas haviam sumido. Deixei-o ali, voltei à igreja e encontrei um bêbado de quem poderia bancar amigo. Ajudei-o a ficar de pé, passei o braço pelos seus ombros e o convenci de que estava levando-o à sua cama.

Depois levei-o pela porta dos fundos até o pátio da latrina do convento, onde lhe dei três socos na barriga e dois no rosto, depois carreguei sua capa com capuz e as botas de cano alto até Alfredo.

Agora o rei estava consciente. Tinha o rosto arranhado. Ele me olhou sem demonstrar qualquer surpresa, depois esfregou o queixo.

— Eles não gostaram do que toquei — falou.

— Porque os dinamarqueses gostam de boa música. Calce isso. — Joguei as botas ao lado dele, enrolei-o com a capa e o fiz puxar o capuz sobre o rosto. — Quer morrer? — perguntei com raiva.

— Quero saber sobre meus inimigos.

— E eu descobri para o senhor. São mais ou menos dois mil.

— Foi o que pensei — disse ele, depois fez uma careta. — O que há nesta capa?

— Vômito dinamarquês.

Alfredo estremeceu.

— Três deles me atacaram. — Ele pareceu surpreso. — Me chutaram e deram socos.

— Eu disse: os dinamarqueses gostam de boa música. — Ajudei-o a ficar de pé. — O senhor teve sorte porque não o mataram.

— Acharam que eu era dinamarquês — disse ele, depois cuspiu sangue que escorria do lábio inferior inchado.

— Estavam bêbados? O senhor nem parece dinamarquês.

— Fingi que era um músico mudo — disse ele sem som, apenas mexendo a boca, depois deu um riso ensanguentado, orgulhoso de sua mentira. — Eles estavam muito bêbados, mas preciso saber do humor deles, Uhtred. Estão confiantes? Estão se preparando para atacar? — Ele parou para enxugar mais sangue dos lábios. — Só poderia descobrir isso vindo vê-los pessoalmente. Você viu Steapa?

— Vi.

— Quero levá-lo de volta conosco.

— Senhor — respondi com selvageria —, o senhor é idiota. Ele está acorrentado. Tem meia dúzia de guardas.

— Daniel estava numa cova com leões e escapou. São Paulo foi preso, mas Deus o libertou.

— Então deixe Deus libertar Steapa. O senhor vai voltar comigo. Agora. — Ele se curvou para aliviar uma dor na barriga.

— Eles me bateram no estômago — disse enquanto se empertigava. De manhã, pensei, Alfredo teria um raro olho preto para mostrar. Encolheu-se quando gritos fortes soaram no pátio e eu achei que Steapa teria morrido ou derrubado o último oponente. — Quero ver o meu castelo — disse ele com teimosia.

— Por quê?

— Sou um homem que gostaria de olhar seu lar. Você pode vir ou pode ficar.

— Guthrum está lá! Quer ser reconhecido? Quer morrer?

— Guthrum vai estar dentro, e só quero olhar por fora.

Ele não pôde ser dissuadido, por isso fui na frente atravessando o pátio até a rua, imaginando se deveria simplesmente pegá-lo nas costas e carregá-lo para longe, mas em seu humor teimoso ele provavelmente lutaria e gritaria até que homens viessem descobrir a causa do barulho.

— O que terá acontecido com as freiras? — perguntou ele enquanto saíamos do convento.

— Uma delas está sendo prostituída em troca de moedas.

— Ah, santo Deus. — Alfredo fez o sinal da cruz e se virou, e eu soube que ele estava pensando em resgatar a mulher.

— Isso é loucura! — protestei.

— É uma loucura necessária — disse ele com calma e parou para me fazer um sermão. — Em que Wessex acredita? O reino acha que estou derrotado, que os dinamarqueses venceram, prepara-se para a primavera e a chegada de mais dinamarqueses. Então deve ficar sabendo de outra coisa. Deve saber que o rei está vivo, que andou entre os inimigos e que os fez de idiotas.

— Que recebeu um nariz sangrento e um olho roxo.

— Você não dirá isso, assim como não contará ao povo sobre aquela mulher desgraçada que me acertou com uma enguia. Devemos dar esperança

O cavaleiro da morte

aos homens, Uhtred, e na primavera essa esperança florescerá em vitória. Lembre-se de Boécio, Uhtred, lembre-se de Boécio! Jamais perder a esperança.

 Ele acreditava. Acreditava que Deus o estava protegendo, que podia andar entre os inimigos sem medo de sofrer dano. E até certo ponto tinha razão, porque os dinamarqueses estavam bem providos de cerveja, vinho de bétula e hidromel, e a maioria estava bêbada demais para se importar com um homem machucado carregando uma harpa quebrada.

 Ninguém nos impediu de entrar na área das construções reais, mas havia seis guardas com capas pretas junto à porta do castelo e eu me recusei a deixar que Alfredo chegasse perto deles.

— Eles vão dar uma olhada em seu rosto ensanguentado e terminar o que os outros começaram.

— Então deixe-me pelo menos ir até a igreja.

— Quer rezar? — perguntei sarcástico.

— Sim — respondeu ele simplesmente.

Tentei impedi-lo.

— Se o senhor morrer aqui, Iseult morre.

— Isso não foi ordem minha.

— O senhor é o rei, não é?

— O bispo achou que você poderia se juntar aos dinamarqueses. Todos os outros concordaram.

— Não tenho mais amigos entre os dinamarqueses. Eles eram seus reféns e morreram.

— Então rezarei por suas almas pagãs — disse ele. Em seguida, se afastou de mim e foi até a porta da igreja onde instintivamente tirou o capuz da cabeça para demonstrar respeito. Puxei-o de volta, cobrindo seus hematomas. Ele não resistiu, simplesmente empurrou a porta e fez o sinal da cruz.

 A igreja estava sendo usada para abrigar mais homens de Guthrum. Havia colchões de palha, montes de cotas de malha, pilhas de armas e uns vinte homens e mulheres reunidos ao redor de um fogão recém-feito na nave. Estavam jogando dados e nenhum demonstrou qualquer interesse particular em nossa chegada até que alguém gritou para fecharmos a porta.

— Vamos indo — disse eu a Alfredo. — O senhor não pode rezar aqui.

Ele não respondeu. Estava olhando cheio de reverência para onde estivera o altar e onde meia dúzia de cavalos estavam amarrados.

— Vamos indo! — insisti de novo.

E nesse momento uma voz me chamou. Era uma voz cheia de perplexidade e eu vi um dos jogadores de dados se levantar e me olhar. Um cachorro veio correndo das sombras e começou a pular, tentando me lamber, e vi que o cachorro era Nihtgenga e que o homem que me havia reconhecido era Ragnar. O *earl* Ragnar, meu amigo.

Que eu pensava estar morto.

Nove

Ragnar me abraçou. Havia lágrimas nos nossos olhos e por um momento nenhum dos dois conseguiu falar, mas mantive senso suficiente para olhar para trás e garantir que Alfredo estivesse em segurança. Ele havia se abaixado junto à porta, à sombra de um fardo de lã, com o capuz puxado sobre o rosto.

— Achei que você estava morto! — falei a Ragnar.

— Eu esperava que você viesse — disse ele no mesmo momento, e por um tempo os dois falamos e nenhum ouviu. Então Brida veio do fundo da igreja e eu a olhei, vendo uma mulher em vez de uma menina, e ela riu ao me ver e me deu um beijo decoroso.

— Uhtred. — Ela disse meu nome como se fosse uma carícia. Havíamos sido amantes, mas na época éramos pouco mais do que crianças. Ela era saxã, mas havia escolhido o lado dos dinamarqueses para ficar com Ragnar. As outras mulheres no salão estavam cheias de joias de prata, granada, azeviche, âmbar e ouro, mas Brida não usava joias além de um pente de marfim que prendia seu cabelo denso e preto no alto da cabeça. — Uhtred — disse ela outra vez.

— Por que vocês não estão mortos? — perguntei a Ragnar. Ele havia sido refém, e a vida dos reféns fora descartada no momento em que Guthrum cruzara a fronteira.

— Wulfhere gostava de nós — disse Ragnar. Em seguida, passou o braço ao redor do meu ombro e me levou até o fogão central, no qual as chamas ardiam. — Este é Uhtred — anunciou aos jogadores de dados —, um saxão, o que faz dele um lixo, claro, mas também é meu amigo e meu irmão. Cerveja — disse apontando para algumas jarras —, vinho. Wulfere nos deixou viver.

— E vocês o deixaram viver?

— Claro! Ele está aqui. Festejando com Guthrum.

— Wulfhere? Ele é prisioneiro?

— É aliado! — disse Ragnar, apertando um pote na minha mão e me empurrando para baixo, junto ao fogo. — Agora ele está conosco. — Ragnar riu para mim e eu ri de pura alegria por encontrá-lo vivo. Era um homem grande, de cabelos dourados, rosto franco e tão cheio de malícia, vida e gentileza quanto fora o de seu pai. — Wulfhere costumava conversar com Brida e, por intermédio dela, comigo. Nós gostávamos um do outro. É difícil matar um homem de quem se gosta.

— Você o convenceu a mudar de lado?

— Não foi necessária muita persuasão. Ele podia ver que íamos vencer, e ao mudar de lado manteve suas terras, não foi? Vai beber essa cerveja ou só ficar olhando?

Fingi que bebia, deixando parte da cerveja escorrer pela barba, e me lembrei de Wulfhere dizendo que, quando os dinamarqueses viessem, deveríamos fazer as mudanças que pudéssemos para sobreviver. Mas Wulfhere? Primo de Alfredo e *ealdorman* de Wultunscir? Havia mudado de lado? E quantos outros *thegns* haviam seguido seu exemplo e agora serviam aos dinamarqueses?

— Quem é aquele? — perguntou Brida. Olhava para Alfredo. Ele estava na sombra, mas havia algo estranhamente misterioso no modo como ficava agachado sozinho e em silêncio.

— Um serviçal.

— Ele pode vir para perto do fogo.

— Não pode — falei com aspereza. — Estou castigando-o.

— O que você fez? — perguntou Brida a ele em inglês. Seu rosto subiu e ele a encarou, mas o capuz continuava cobrindo-o de sombras.

— Fale, seu desgraçado — alertei —, e eu vou chicoteá-lo até seus ossos aparecerem. — Dava para vislumbrar seus olhos na sombra do capuz. — Ele me insultou e eu o fiz jurar silêncio — disse eu em dinamarquês de novo — e para cada palavra que ele fala recebe dez chicotadas.

Isso os satisfez. Ragnar esqueceu o estranho serviçal encapuzado e me contou como havia convencido Wulfhere a mandar uma mensagem a

Guthrum, prometendo poupar os reféns, e como Guthrum havia alertado Wulfhere sobre quando o ataque aconteceria, para garantir que o *ealdorman* tivesse tempo de remover qualquer refém da vingança de Alfredo. Foi por isso, pensei, que Wulfhere havia partido tão cedo na manhã do ataque. Ele sabia que os dinamarqueses viriam.

— Você pode chamá-lo de aliado — disse eu. — Isso o torna apenas um amigo? Ou um homem que lutaria por Guthrum?

— Ele é aliado e jurou lutar por nós — respondeu Ragnar. — Pelo menos jurou lutar pelo rei saxão.

— Pelo rei saxão? — perguntei confuso. — Alfredo?

— Não, Alfredo não. O rei verdadeiro. O garoto que era filho do outro.

Ragnar estava falando de Æthelwold, que fora herdeiro do irmão de Alfredo, o rei Æthelred, e é claro que os dinamarqueses iriam querer Æthelwold. Sempre que tomavam um reino saxão, nomeavam um saxão como rei, e isso dava à conquista um manto de legalidade, mas o saxão nunca durava muito. Guthrum, que já se dizia rei de Ânglia Oriental, também queria ser rei de Wessex, mas colocando Æthelwold no trono poderia atrair outros saxões ocidentais que poderiam se convencer de que estavam lutando pelo herdeiro de fato. E assim que a luta acabasse e o domínio dinamarquês se estabelecesse, Æthelwold seria morto discretamente.

— Mas Wulfhere lutará por vocês? — insisti.

— Claro que lutará! Se quiser manter suas terras — disse Ragnar, depois fez uma careta. — Mas que luta? Só ficamos aqui sentados como ovelhas e não fazemos nada!

— É inverno.

— A melhor época para lutar. Não há mais nada a fazer. — Ele queria saber onde eu estivera desde a época das comemorações de fim de ano, e eu disse que estivera no interior de Defnascir. Ragnar presumiu que eu estivesse garantindo a segurança da minha família, e também presumiu que agora eu viera a Cippanhamm para me juntar a ele. — Você não prestou juramento a Alfredo, prestou?

— Quem sabe onde Alfredo está? — respondi fugindo da pergunta.

— Você havia jurado a ele — disse Ragnar, censurando.

O rei do pântano

— Eu havia jurado a ele — falei com bastante sinceridade —, mas só por um ano, e aquele ano terminou há muito. — Isso não era mentira, só não contei a Ragnar que fizera outro juramento a Alfredo.

— Então pode se juntar a mim? — perguntou ansioso. — Você vai me dar seu juramento?

Recebi a pergunta com tranquilidade, mas de fato ela me preocupou.

— Você quer meu juramento? Para que eu possa ficar aqui sentado como uma ovelha sem fazer nada?

— Nós fazemos alguns ataques — disse Ragnar na defensiva — e há homens guardando o pântano. É lá que Alfredo está. Nos pântanos. Mas Svein vai arrancá-lo.

Então Guthrum e seus homens ainda não tinham recebido notícias de que a frota de Svein estava em cinzas junto ao mar.

— Então por que você está apenas sentado aqui?

— Porque Guthrum não quer dividir o exército.

Meio sorri disso porque me lembrei do avô de Ragnar alertando Guthrum a nunca mais dividir seu exército. Guthrum fizera isso na colina de Æsc, e essa fora a primeira vitória dos saxões do oeste sobre os dinamarqueses. Ele fizera isso de novo quando abandonou Werham para atacar Exanceaster, e a parte de seu exército que foi por mar acabou praticamente destruída pela tempestade.

— Eu disse a ele que deveríamos dividir o exército em 12 partes — continuou Ragnar. — Tomar mais 12 cidades e guarnecê-las. Deveríamos capturar todos aqueles lugares no sul de Wessex, mas ele não quer ouvir.

— Guthrum mantém o norte e o leste — disse eu, como se o estivesse defendendo.

— E deveríamos ter o resto! Mas em vez disso estamos aguardando até a primavera na esperança de mais homens se juntarem a nós. E isso vai acontecer. Há terra aqui, terra boa. Melhor do que a do norte. — Ele parecia ter esquecido a questão do meu juramento. Em vez disso, falou do que acontecera na Nortúmbria, de como nossos inimigos, Kjartan e Sven, prosperavam em Dunholm, e como o pai e o filho não ousavam sair da fortaleza por medo da vingança de Ragnar. Eles haviam aprisionado a irmã dele e, pelo que Ragnar sabia, ainda estavam com ela. E Ragnar, como eu, havia jurado matá-los. Não tinha notícias de Bebbanburg, a não ser que meu tio traiçoeiro ainda vivia e mantinha a fortaleza. — Quando tivermos terminado com Wessex — prometeu Ragnar —, iremos para o norte. Você e eu. Vamos levar espadas a Dunholm.

— Espadas a Dunholm — disse eu, e levantei meu pote de cerveja.

Não bebi muito, ou, se bebi, isso pareceu ter pouco efeito. Estava pensando, ali sentado, que com uma frase poderia acabar com Alfredo para sempre. Poderia traí-lo, poderia fazer com que ele fosse arrastado adiante de Guthrum e depois olhá-lo morrer. Guthrum até me perdoaria os insultos à sua mãe se eu lhe desse Alfredo, e assim eu poderia acabar com Wessex, porque sem Alfredo não haveria um homem ao redor do qual o *fyrd* se reuniria. Eu poderia ficar com meu amigo, Ragnar, poderia ganhar mais braceletes, poderia fazer um nome que seria celebrado sempre que os nórdicos viajassem em seus navios longos, e para isso bastaria uma frase.

E fiquei muito tentado naquela noite, na igreja real em Cippanhamm. Há um enorme júbilo no caos. Jogue todos os males do mundo atrás de uma porta e diga aos homens que eles nunca, nunca devem abrir aquela porta, e ela será aberta porque há puro júbilo na destruição. Num momento, quando Ragnar estava gargalhando e batendo no meu ombro com tanta força que doía, senti as palavras se formarem na língua. Aquele é Alfredo, eu teria dito apontando-o. Todo o meu mundo teria mudado e não haveria mais Inglaterra. No entanto, no último momento, quando a primeira palavra estava na língua, engoli-a. Brida estava me olhando, os olhos espertos e calmos. Captei seu olhar e pensei em Iseult. Dentro de um ou dois anos, pensei, Iseult se pareceria com Brida. As duas tinham a mesma beleza tensa, a mesma cor morena e o mesmo fogo ardendo na alma. Se eu falasse, pensei, Iseult estaria morta e eu não poderia suportar isso. E pensei em Æthelflaed, a filha de Alfredo, e soube que ela seria escravizada, e também soube que, onde quer que o restante dos saxões se reunisse ao redor das fogueiras do exílio, meu nome seria amaldiçoado. Eu seria Uhtredærwe para sempre, o homem que destruiu um povo.

— O que você ia dizer? — perguntou Brida.

— Que nunca vimos um inverno tão duro assim em Wessex.

Ela me olhou, sem acreditar na resposta. Depois sorriu.

— Diga, Uhtred — falou em inglês. — Se você achava que Ragnar estava morto, por que veio aqui?

— Porque não sei onde mais posso estar.

— Então veio para cá? Para Guthrum? A quem você insultou?

Então eles sabiam disso. Eu não esperava que soubessem, e senti um jorro de medo. Não falei nada.

— Guthrum quer você morto — disse Brida, agora em dinamarquês.

— Ele não fala sério — observou Ragnar.

— Fala sim — insistiu Brida.

— Bom, não deixarei que ele mate Uhtred — disse Ragnar. — Você está aqui agora! — Ele me deu um tapa nas costas de novo e olhou para seus homens como se desafiasse algum deles a revelar minha presença a Guthrum. Nenhum se mexeu, mas quase todos estavam bêbados e alguns já dormiam.

— Você está aqui agora — disse Brida —, mas há pouco tempo estava lutando por Alfredo e insultando Guthrum.

— Eu estava indo para Defnascir — falei, como se isso explicasse alguma coisa.

— Pobre Uhtred — disse Brida. Sua mão direita acariciou o pêlo preto e branco na nuca de Nihtgenga. — E eu pensei que você seria um herói dos saxões.

— Herói? Por quê?

— O homem que matou Ubba?

— Alfredo não quer heróis — respondi alto o bastante para que ele ouvisse. — Apenas santos.

— Então conte sobre Ubba! — exigiu Ragnar, por isso tive de descrever a morte de Ubba. E os dinamarqueses, que adoram uma boa história de luta, queriam cada detalhe. Contei bem, tornando Ubba um grande herói que quase havia destruído o exército saxão do oeste, contei que ele estivera lutando como um deus e que havia rompido nossa parede de escudos com seu grande machado. Descrevi os navios em chamas, a fumaça passando sobre a matança na batalha como uma nuvem do mundo dos mortos, e disse que me vi diante de Ubba em seu ataque da vitória. Isso não era verdade, claro, e os dinamarqueses sabiam que não era. Eu não havia simplesmente me visto diante de

Ubba, havia procurado por ele, mas quando uma história é contada ela deve ser temperada pela modéstia e os ouvintes, entendendo esse costume, murmuraram em aprovação.

— Nunca tive tanto medo — disse eu, e contei como havíamos lutado, Bafo de Serpente contra o machado de Ubba, e como ele havia transformado meu escudo em lenha. Então descrevi, com sinceridade, como ele havia escorregado nas tripas esparramadas de um cadáver. Os dinamarqueses ao redor do fogo suspiraram desapontados. — Cortei os tendões de seu braço — falei passando a mão esquerda na parte interna do meu cotovelo direito, onde eu o havia cortado. — E então o derrubei.

— Ele morreu bem? — perguntou um homem, ansioso.

— Como um herói — respondi, e contei como havia posto o machado de volta em sua mão agonizante para que ele fosse ao Valhalla. — Ele morreu muito bem — terminei.

— Ele era um guerreiro — disse Ragnar. Agora estava bêbado. Não bêbado demais, porém bêbado e exausto. A fogueira ia morrendo, aumentando as sombras na extremidade oeste da igreja, onde Alfredo estava sentado. Mais histórias foram contadas, o fogo morreu e as poucas velas derreteram. Homens dormiam, e continuei sentado até que Ragnar se deitou e começou a roncar. Esperei mais, deixando o salão adormecer, e só então voltei a Alfredo.

— Vamos agora — disse eu. Ele não discutiu.

Ninguém pareceu notar enquanto íamos para a noite, fechando a porta em silêncio.

— Com quem você estava conversando? — perguntou Alfredo.

— O *earl* Ragnar.

Ele parou, perplexo.

— Ele não era um dos reféns?

— Wulfhere os deixou viver.

— Deixou viver? — perguntou ele, atarantado.

— E agora Wulfhere está do lado de Guthrum. — Dei-lhe a má notícia. — Ele está aqui, no castelo. Concordou em lutar por Guthrum.

— Aqui? — Alfredo mal podia acreditar no que eu havia dito. Wulfhere era seu primo, havia se casado com sua sobrinha, era da família. — Ele está aqui?

— Está do lado de Guthrum — falei asperamente.

Alfredo apenas me encarou.

— Não. — Ele murmurou a palavra, em vez de dizer. — E Æthelwold?

— É prisioneiro.

— Prisioneiro! — Ele fez a pergunta incisivamente, e não era de espantar, porque Æthelwold não tinha valor para os dinamarqueses como prisioneiro a não ser que tivesse concordado em se tornar seu rei-marionete no trono saxão ocidental.

— Prisioneiro — disse eu. Não era verdade, claro, mas eu gostava de Æthelwold e lhe devia um favor. — Ele é prisioneiro e não há nada que possamos fazer sobre isso, portanto vamos sair daqui. — Puxei-o na direção da cidade, mas era tarde demais porque a porta da igreja se abriu e Brida saiu com Nihtgenga.

Ela mandou o cachorro ficar junto aos seus calcanhares enquanto andava até mim. Como eu, Brida não estava bêbada, mas devia sentir muito frio porque não usava capa sobre o vestido simples de lã azul. A noite estava coberta de geada, mas ela não tremia.

— Você vai embora? — perguntou em inglês. — Não vai ficar conosco?

— Tenho mulher e filho.

Ela sorriu disso.

— Cujos nomes você não mencionou durante toda a noite, Uhtred. Então, o que aconteceu? — Não respondi e ela simplesmente me encarou, e havia algo muito inquietante em seu olhar. — Então que mulher está com você agora?

— Alguém que se parece com você — admiti.

Ela riu disso.

— E ela quis que você lutasse por Alfredo?

— Ela vê o futuro — respondi fugindo da pergunta. — Ela sonha o futuro.

Brida me encarou. Nihtgenga ganiu baixinho e ela baixou a mão para acalmá-lo.

— E ela vê Alfredo sobrevivendo?

— Mais do que sobrevivendo. Vencendo. — Ao meu lado, Alfredo estremeceu e eu esperei que ele tivesse o bom senso de manter a cabeça baixa.

— Vencendo?

— Ela vê um morro verde coberto de mortos, um cavalo branco e Wessex vivendo de novo.

— Sua mulher tem sonhos estranhos, mas você não respondeu à minha primeira pergunta, Uhtred. Se achava que Ragnar estava morto, por que veio aqui?

Eu não tinha resposta pronta, por isso não dei nenhuma.

— Quem você esperava encontrar aqui?

— Você? — sugeri com desembaraço.

Ela balançou a cabeça, sabendo que eu mentia.

— Por que veio? — Eu ainda não tinha resposta e Brida deu um sorriso triste. — Se eu fosse Alfredo, mandaria um homem que falasse dinamarquês a Cippanhamm, e esse homem voltaria ao pântano e contaria tudo o que viu.

— Se você acha isso, por que não conta a eles? — Assenti na direção dos homens de Guthrum com suas capas pretas, guardando a porta do castelo.

— Porque Guthrum é um idiota nervoso — disse ela com selvageria. — Por que ajudar Guthrum? E quando Guthrum fracassar, Ragnar será o comandante.

— Por que ele não comanda agora?

— Porque é como o pai. É decente. Ele deu a palavra a Guthrum e não vai faltar à palavra. E esta noite queria que você jurasse a ele, mas você não jurou.

— Não quero que Bebbanburg seja um presente dos dinamarqueses.

Ela pensou nisso e entendeu.

— Mas você acha — perguntou com escárnio — que os saxões do oeste vão lhe dar Bebbanburg? Fica na outra extremidade da Britânia, Uhtred, e o último rei saxão está apodrecendo num pântano.

— Isso vai me dar Bebbanburg — falei, puxando minha capa para trás e revelando o punho de Bafo de Serpente.

— Você e Ragnar podem governar o norte.

255

O rei do pântano

— Talvez façamos isso. Então diga a Ragnar que, quando tudo isso estiver acabado, quando tudo estiver decidido, irei para o norte com ele. Lutarei contra Kjartan. Mas no meu tempo.

— Espero que você viva para manter a promessa — disse ela, depois se inclinou adiante e beijou meu rosto. Depois, sem outra palavra, virou-se e voltou para a igreja.

Alfredo soltou o ar.

— Quem é Kjartan?

— Um inimigo — respondi rapidamente. Tentei levá-lo para longe, mas ele me impediu.

Estava olhando Brida, que se aproximava da igreja.

— É aquela garota que esteve com você em Wintanceaster?

— Sim. — Ele falava da época em que eu havia chegado a Wessex e Brida estava comigo.

— E Iseult realmente vê o futuro?

— Ela ainda não errou.

Alfredo fez o sinal da cruz, depois deixou-me levá-lo de volta pela cidade. Agora o lugar estava mais silencioso, mas ele não queria ir comigo ao portão oeste, insistindo em que voltássemos ao convento onde, por um instante, ambos nos agachamos perto de uma das fogueiras agonizantes no pátio para receber o pouco calor que pudéssemos das brasas. Homens dormiam na igreja do convento, mas agora o pátio estava deserto e silencioso. Alfredo pegou um pedaço de madeira meio acesa e, usando-o como tocha, foi até a fileira de pequenas portas que levavam às celas das freiras. Uma porta fora presa com duas argolas e um pequeno pedaço de corrente grossa, e Alfredo parou ali.

— Desembainhe sua espada — ordenou ele.

Quando Bafo de Serpente estava nua, ele desenrolou a corrente das argolas e empurrou a porta para dentro. Entrou cautelosamente, puxando o capuz para trás e revelando o rosto. Segurou a tocha no alto, e na luz eu vi o grandalhão encolhido no chão.

— Steapa! — sussurrou Alfredo.

Steapa só estava fingindo dormir e se desenrolou do chão com velocidade de lobo, partindo para cima de Alfredo, e eu virei a espada na direção de seu peito. Mas então ele viu o rosto machucado de Alfredo e congelou, sem perceber a lâmina.

— Senhor?

— Você vem conosco — disse Alfredo.

— Senhor! — Steapa caiu de joelhos diante do rei.

— Está frio lá fora — avisou Alfredo. Estava gelado dentro da cela também. — Pode guardar a espada, Uhtred. — Steapa me olhou e pareceu vagamente surpreso em descobrir que eu era o homem com quem ele estivera lutando quando os dinamarqueses chegaram. — Vocês dois serão amigos — disse Alfredo sério, e o grandalhão assentiu. — E temos mais uma pessoa para pegar, portanto venham.

— Mais uma pessoa? — perguntei.

— Você falou sobre uma freira.

Então tive de encontrar a cela da freira, e ela ainda estava lá, deitada e meio esmagada contra a parede por um dinamarquês que roncava frouxamente. A luz da chama mostrou um rosto pequeno e apavorado meio escondido pela barba do dinamarquês. A barba era preta e o cabelo dela era dourado, dourado claro. Ela estava acordada e, ao nos ver, ofegou. Isso acordou o dinamarquês, que piscou à luz da chama e depois rosnou para nós, tentando jogar longe as capas grossas que serviam de cobertor. Steapa deu um soco nele e foi como o som de um novilho sendo acertado com um porrete, úmido e forte ao mesmo tempo. Alfredo recolocou as capas no lugar rapidamente. Ficara sem graça e eu fiquei impressionado, porque ela era jovem, muito linda, e me perguntei por que uma mulher assim desperdiçaria a doçura na religião.

— Sabe quem eu sou? — perguntou Alfredo. Ela balançou a cabeça. — Sou seu rei — disse ele em voz baixa — e você virá conosco, irmã.

Suas roupas haviam sumido há muito, por isso a enrolamos nas capas pesadas. Agora o dinamarquês estava morto, a garganta cortada por Ferrão de Vespa, e eu havia encontrado uma bolsa com moedas amarrada no pescoço dele por uma tira de couro.

— Esse dinheiro vai para a igreja — disse Alfredo.

— Eu achei — respondi — e eu o matei.

O rei do pântano

— É dinheiro do pecado e deve ser redimido — insistiu ele com paciência. Em seguida, sorriu para a freira. — Há alguma outra irmã aqui?

— Só eu — respondeu ela com voz pequena.

— E agora você está em segurança, irmã. — Ele se empertigou. — Podemos ir.

Steapa carregou a freira, que se chamava Hild. Ela se agarrou a ele, gemendo por causa do frio ou, mais provavelmente, da lembrança dos sofrimentos.

Naquela noite poderíamos ter capturado Cippanhamm com cem homens. Fazia um frio tão terrível que não havia nenhum guarda nas paliçadas. As sentinelas do portão estavam numa casa junto à muralha, agachadas perto do fogo, e a única reação quando levantamos a barra foi gritarem uma pergunta mal-humorada, querendo saber quem éramos.

— Homens de Guthrum — gritei de volta, e eles não nos incomodaram mais. Meia hora depois estávamos no moinho, reunidos ao padre Adelbert, Egwine e os três soldados.

— Devemos dar graças a Deus por nossa libertação — disse Alfredo ao padre Adelbert, que ficara perplexo ao ver o sangue e os hematomas no rosto do rei. — Faça uma oração, padre — ordenou Alfredo.

Adelbert rezou, mas não ouvi. Apenas me agachei perto do fogo, achando que nunca mais ficaria quente. E então dormi.

Nevou durante todo o dia seguinte. Neve densa. Fizemos uma fogueira, sem nos importar se os dinamarqueses veriam a fumaça, porque nenhum dinamarquês se esforçaria através do frio cortante e da neve cada vez mais funda para investigar um pequeno e distante fiapo de cinza contra um céu cinzento.

Alfredo estava meditativo. Falou pouco naquele dia, mas uma vez franziu a testa e me perguntou se a história de Wulfhere poderia ser mesmo verdadeira.

— Nós não o vimos com Guthrum — acrescentou lamentoso, esperando desesperadamente que o *ealdorman* não o tivesse traído.

— Os reféns sobreviveram.

— Santo Deus — exclamou ele, convencido pelo argumento, e encostou a cabeça na parede. Ficou olhando a neve através de uma das pequenas janelas. — Ele é meu parente! — disse depois de um tempo, em seguida ficou quieto de novo.

Alimentei os cavalos com o resto do feno que havíamos trazido, depois afiei minhas espadas por falta do que fazer. Hild chorava. Alfredo tentou consolá-la, mas era desajeitado e não tinha palavras, e estranhamente foi Steapa quem a acalmou. Falou com ela baixinho, a voz num grunhido profundo, e quando Bafo de Serpente e Ferrão de Vespa estavam o mais afiadas que pude torná-las, e enquanto a neve caía interminavelmente num mundo silencioso, fiquei pensativo como Alfredo.

Pensei no fato de Ragnar querer meu juramento. Pensei nele querendo minha aliança.

O mundo começou no caos e vai terminar no caos. Os deuses o trouxeram à existência e vão acabar com ele quando lutarem entre si, mas no tempo entre o caos do nascimento do mundo e o caos da morte do mundo existe ordem, e a ordem é feita de juramentos, e os juramentos nos unem como as fivelas de um arreio.

Eu era unido por juramento a Alfredo, e antes de fazer esse juramento quisera me unir a Ragnar, mas agora me sentia afrontado por ele ao menos pedir isso. Havia orgulho crescendo em mim e me mudando. Eu era Uhtred de Bebbanburg, o matador de Ubba, e ainda que fizesse um juramento a um rei, relutava em fazer juramento a um igual. Quem jura é subserviente ao homem que aceita o juramento. Ragnar teria dito que eu era amigo, me trataria como irmão, mas sua suposição de que eu juraria a ele demonstrava que ainda acreditava que eu era seu seguidor. Eu era um senhor da Nortúmbria, mas ele era dinamarquês, e para um dinamarquês todos os saxões são homens inferiores, por isso exigiu um juramento. Se eu jurasse, ele seria generoso, mas eu deveria demonstrar gratidão e só poderia ter Bebbanburg porque ele me permitiria isso. Eu jamais havia pensado nisso tudo, mas de repente, naquele dia frio, entendi que entre os dinamarqueses eu era tão importante quanto meus amigos, e sem amigos era apenas outro guerreiro sem terra e sem senhor. Mas entre os saxões eu era outro saxão, e entre os saxões eu não precisava da generosidade de outro homem.

— Você está pensativo, Uhtred — disse Alfredo interrompendo meu devaneio.

— Estava pensando que precisamos de comida quente, senhor. — Alimentei o fogo, depois saí para o riacho, onde quebrei a camada de gelo e peguei água com um pote. Steapa havia me seguido para fora, não para falar, mas para mijar, e eu parei ao lado dele. — No *witanegemot* você mentiu sobre Cynuit — disse eu.

Ele amarrou o pedaço de corda que servia de cinto e se virou para me olhar.

— Se os dinamarqueses não tivessem vindo, eu teria matado você — disse ele em seu rosnado característico.

Não questionei, porque provavelmente era verdade. Em vez disso falei:

— Em Cynuit, quando Ubba morreu, onde você estava?

— Lá.

— Eu não vi. Eu estava no meio da batalha, mas não vi você.

— Acha que eu não estava lá? — ele pareceu com raiva.

— Estava com Odda, o Jovem? — perguntei, e ele assentiu. — Você estava com ele porque o pai dele mandou protegê-lo? — Steapa assentiu de novo. — E Odda, o Jovem, ficou muito longe de qualquer perigo. Não é?

Ele não respondeu, mas seu silêncio revelou que eu estava certo. Ele decidiu que não tinha mais nada a dizer, por isso começou a voltar ao moinho, mas eu puxei seu braço. Ele ficou surpreso com isso. Steapa era tão grande, forte e temido que não estava acostumado a homens usarem a força com ele, e pude ver a raiva lenta queimando por dentro. Alimentei-a.

— Você era a babá de Odda — falei com desprezo. — O grande Steapa Snotor era uma babá. Outros homens enfrentaram os dinamarqueses e lutaram, e você simplesmente ficou segurando a mão de Odda.

Ele apenas me encarou. O rosto, de pele tão esticada e inexpressivo, era como a expressão de um animal, sem nada dentro além da fome, da raiva e da violência. Queria me matar, especialmente depois de eu ter usado seu apelido, mas entendi algo mais sobre Steapa Snotor. Ele era realmente estúpido. Seria capaz de me matar se ordenassem, mas sem que alguém o instruísse não sabia o que fazer, por isso entreguei-lhe o pote com água.

— Leve isso para dentro — ordenei. Ele hesitou. — Não fique aí parado como um boi idiota! Leve! E não derrame. — Ele pegou o pote. — Isso tem de ir para o fogo, e na próxima vez em que lutarmos com os dinamarqueses você estará comigo.

— Com você?

— Porque somos guerreiros e nosso trabalho é matar nossos inimigos, e não ser babás de covardes.

Catei lenha para o fogo, depois entrei e encontrei Alfredo olhando para o nada e Steapa sentado junto de Hild, que agora parecia estar consolando-o, em vez de ser consolada. Parti bolos de aveia e peixe seco na água e mexi aquela coisa com um graveto. Era uma espécie de mingau e tinha gosto horrível, mas estava quente.

Naquela noite parou de nevar e na manhã seguinte fomos para casa.

Alfredo não precisaria ter ido a Cippanhamm. Qualquer coisa que ficou sabendo lá poderia ser descoberta por intermédio de espiões, mas havia insistido em ir pessoalmente e voltou mais preocupado do que antes. Tinha sabido de algumas coisas boas, que Guthrum não possuía homens suficientes para subjugar todo Wessex e por isso estava esperando reforços, mas também ficara sabendo que Guthrum estava tentando atrair a nobreza de Wessex para seu lado. Wulfhere havia prestado juramento aos dinamarqueses. Quem mais teria feito o mesmo?

— Será que o *fyrd* de Wiltunscir lutará por Wulfhere? — perguntou-nos.

Claro que sim. A maioria dos homens de Wiltunscir era fiel ao seu senhor, e se o senhor ordenasse que eles seguissem seu estandarte à guerra eles marchariam. Os homens que estavam em partes do distrito não ocupadas pelo dinamarqueses poderiam acompanhar Alfredo, mas o restante faria o que sempre fazia, seguir seu senhor. E outros *ealdormen*, vendo que Wulfhere não havia perdido suas propriedades, achariam que seu futuro e a segurança de sua família estavam com os dinamarqueses. Os dinamarqueses sempre haviam trabalhado assim. Seus exércitos eram pequenos e desorganizados demais para derrotar um grande reino, por isso recrutavam senhores desses reinos, lisonjeavam-nos e até os transformavam em reis, e só quando estavam garantidos se viravam contra esses saxões e os matavam.

Assim, em Æthelingæg, Alfredo fez o que fazia melhor. Escreveu cartas. Escreveu cartas a toda a sua nobreza, e foram mandados mensageiros a cada canto de Wessex para encontrar *ealdormen*, *thegns* e bispos, e entregar as cartas. Estou vivo, diziam os pedaços de pergaminho, e depois da Páscoa tomarei Wessex dos pagãos e vocês vão me ajudar. Esperamos as respostas.

— Você deve me ensinar a ler — disse Iseult quando lhe falei das cartas.
— Por quê?
— É uma magia — disse ela.
— Que magia? Para poder ler salmos?
— As palavras são como a respiração, você as diz e elas vão embora. Mas a escrita as prende. Você poderia escrever histórias, poemas.
— Hild vai lhe ensinar — disse eu, e a freira ensinou, rabiscando na lama. Algumas vezes eu ficava olhando e achava que elas poderiam ser confundidas com irmãs, só que uma tinha cabelo preto como as asas de um corvo e a outra tinha cabelos cor de ouro pálido. Assim Iseult aprendia as letras e eu fazia os homens treinarem com armas e escudos até estarem cansados demais para me xingar, e também fizemos uma nova fortaleza. Restauramos um dos *beamwegs* que levavam até as colinas ao sul, na beira do pântano, e onde aquela trilha de troncos encontrava terra seca fizemos uma fortificação de terra e troncos. Nenhum homem de Guthrum tentou impedir o trabalho, mas vimos dinamarqueses nos vigiando das colinas mais altas, e quando Guthrum entendeu o que estávamos fazendo, o forte estava terminado. No fim de fevereiro cem dinamarqueses vieram desafiá-lo, mas viram a paliçada de espinheiro protegendo o fosso, viram a força da muralha de troncos atrás do fosso e viram nossas lanças, densas contra o céu, e foram embora.

No dia seguinte levei seis homens à fazenda onde tínhamos visto os cavalos dinamarqueses. Eles haviam ido embora e a fazenda estava queimada. Seguimos para o interior sem ver nenhum inimigo. Encontramos cordeiros recém-nascidos mortos por raposas, mas nenhum dinamarquês, e a partir daquele dia entramos ainda mais fundo em Wessex, levando a mensagem de que o rei vivia e lutava. Em alguns dias encontrávamos bandos de dinamarqueses, mas só lutávamos se estivéssemos em maior número, já que não podíamos nos dar ao luxo de perder homens.

    Ælswith deu à luz uma filha que ela e Alfredo chamaram de Æthelgifu. Ælswith queria sair do pântano. Sabia que Huppa, de Thornsæta, estava mantendo Dornwaraceaster, porque o *ealdorman* havia respondido à carta de Alfredo dizendo que a cidade estava segura e, assim que Alfredo exigisse, o *fyrd* de Thornsæta marcharia para ajudá-lo. Dornwaraceaster não era tão grande quanto Cippanhamm, mas tinha muralhas romanas e Ælswith estava cansada de viver no pântano, da umidade sem fim, das névoas geladas, e disse que o bebê recém-nascido morreria de frio e que a doença de Eduardo voltaria. E o bispo Alewold a apoiou. Ele tivera a visão de uma casa grande em Dornwaraceaster, fogos quentes e um conforto sacerdotal, mas Alfredo recusou. Caso se mudasse para Dornwaraceaster, os dinamarqueses abandonariam Cippanhamm imediatamente e iriam sitiá-lo. E logo a fome ameaçaria a guarnição, mas no pântano havia comida. Em Dornwaraceaster Alfredo seria prisioneiro dos dinamarqueses, mas no pântano estava livre. E escreveu mais cartas, dizendo a Wessex que continuava vivo, que ia ficando mais forte e que depois da Páscoa, mas antes do Pentecostes, atacaria os pagãos.

    Choveu naquele fim de inverno. Chuva e mais chuva. Lembro-me de estar no parapeito enlameado da nova fortificação olhando a chuva simplesmente cair e cair. Cotas de malha enferrujavam, tecidos apodreciam e a comida mofava. Nossas botas se desfaziam e não tínhamos homens que soubessem fazer novas. Escorregávamos e nos esborrachávamos na lama pegajosa, as roupas nunca estavam secas, e enormidades de chuva cinzenta continuavam chegando do oeste. Os tetos de palha pingavam, as cabanas se inundavam, o mundo estava carrancudo. Comíamos bastante bem, mas à medida que mais homens chegavam a Æthelingæg a comida ficou mais escassa, mas ninguém passou fome e ninguém reclamava, a não ser o bispo Alewold, que fazia careta sempre que via outro cozido de peixe. Não restavam cervos no pântano, todos haviam sido caçados e comidos, mas pelo menos tínhamos peixe, enguias e aves selvagens, ao passo que fora do pântano, nas áreas que os dinamarqueses haviam saqueado, o povo morria de fome. Treinávamos com nossas armas, travávamos falsas batalhas com bastões, vigiávamos os morros e recebíamos os mensageiros que traziam novidades. Burgweard, o comandante da frota, escreveu de Hamtun dizendo que a cidade era guarnecida por saxões, mas que havia navios dinamarqueses em mar aberto.

— Não creio que ele esteja lutando contra eles — observou Leofric carrancudo ao ouvir essa notícia.

— Ele não diz isso — respondi.

— Pelo menos ainda tem os navios.

Chegou uma carta de um padre no distante Kent, dizendo que vikings de Lundene haviam ocupado Contwaraburg e outros haviam se estabelecido na ilha de Sceapig, e que o *ealdorman* tinha feito a paz com os invasores. Vieram notícias de Suth Seaxa sobre mais ataques dinamarqueses, mas também a garantia de Arnulf, *ealdorman* de Suth Seaxa, de que seu *fyrd* iria se reunir na primavera. Mandou um livro do Evangelho a Alfredo como sinal de lealdade, e durante dias Alfredo o carregou até que a chuva encharcou as páginas e fez a tinta escorrer. Wiglaf, *ealdorman* de Sumorsæte, apareceu no início de março e trouxe setenta homens. Afirmou que estivera escondido nas colinas ao sul de Baðum e Alfredo ignorou os boatos que diziam que Wiglaf estivera negociando com Guthrum. Só importava que o *ealdorman* viera a Æthelingæg e Alfredo lhe deu o comando das tropas que continuamente cavalgavam em direção ao interior para seguir os dinamarqueses e emboscar seus grupos que buscavam comida. Nem todas as notícias eram tão encorajadoras. Wilfrith de Hamptonscir havia fugido pelo mar até a Frankia, assim como vários outros *ealdormen* e *thegns*.

Mas Odda, o Jovem, *ealdorman* de Defnascir, ainda estava em Wessex. Mandou um padre que trouxe uma carta informando que o *ealdorman* estava mantendo Exanceaster. "Deus seja louvado," dizia a carta, "mas não há pagãos na cidade."

— Então onde eles estão? — perguntou Alfredo ao padre. Sabíamos que Svein, apesar de ter perdido seus navios, não havia marchado para se encontrar com Guthrum, o que sugeria que continuava escondido em Defnascir.

O padre, um rapaz que parecia apavorado com o rei, deu de ombros, hesitou e depois gaguejou dizendo que Svein estava perto de Exanceaster.

— Perto? — perguntou o rei.

— Próximo — conseguiu dizer o padre.

— Eles estão sitiando a cidade?

— Não, senhor.

Alfredo leu a carta uma segunda vez. Sempre tivera grande fé na palavra escrita e estava tentando encontrar alguma sugestão da verdade que lhe escapara na primeira leitura.

— Eles não estão em Exanceaster — concluiu —, mas a carta não diz onde estão. Nem quantos são. Nem o que estão fazendo.

— Eles estão perto, senhor — disse o padre, desamparado. — A oeste, acho.

— Oeste?

— Acho que estão a oeste.

— O que há a oeste? — perguntou-me Alfredo.

— A charneca alta.

Alfredo largou a carta, enojado.

— Talvez você devesse ir a Defnascir — disse-me — e descobrir o que os pagãos estão fazendo.

— Sim, senhor.

— Será uma chance de descobrir sua mulher e seu filho — disse Alfredo.

Havia uma alfinetada ali. À medida que as chuvas de inverno caíam, os padres sibilavam seu veneno nos ouvidos de Alfredo e ele estava bastante disposto a ouvir a mensagem: que os saxões só derrotariam os dinamarqueses se Deus quisesse. E, segundo os padres, Deus queria que fôssemos virtuosos. E Iseult era pagã, assim como eu, e ela e eu não éramos casados, ao passo que eu tinha uma esposa. Assim foi sussurrada pelo pântano a acusação de que era Iseult que ficava entre Alfredo e a vitória. Ninguém dizia abertamente, pelo menos não na época, mas Iseult sentia. Naqueles dias, Hild era sua protetora, porque Hild era freira, cristã e vítima dos dinamarqueses, mas muitos achavam que Iseult estava corrompendo Hild. Fingi ser surdo aos boatos até que a filha de Alfredo me contou.

Æthelflæd tinha quase 7 anos e era a predileta do pai. Ælswith gostava mais de Eduardo, e naqueles dias úmidos de inverno preocupava-se com a saúde do filho e da criança recém-nascida, o que dava a Æthelflæd certa liberdade. Ela ficava boa parte do tempo ao lado do pai, mas também andava por Æthelingæg, onde era mimada pelos soldados e pelos moradores. Era uma brilhante ondulação de luz solar naqueles dias encharcados pela chuva. Tinha cabelos dourados, rosto doce, olhos azuis e nenhum medo. Um dia a encontrei na fortaleza do sul, olhando uma dúzia de dinamarqueses que tinham vindo nos vigiar. Mandei que ela voltasse a Æthelingæg e ela fingiu obedecer, mas uma hora depois, quando os dinamarqueses haviam ido embora, encontrei-a escondida num dos abrigos cobertos de turfa atrás da muralha.

— Eu esperava que os dinamarqueses viessem — disse ela.

— Para que pudessem levar você?

— Para ver você matá-los.

Era um dos raros dias em que não estava chovendo. Havia sol nas colinas verdes e eu me sentei no muro, tirei Bafo de Serpente de sua bainha forrada de pele de cordeiro e comecei a afiar os dois gumes com uma pedra de amolar. Æthelflæd insistiu em experimentar a pedra. Pôs a lâmina comprida em seu colo e franziu a testa, cheia de concentração, enquanto passava a pedra pela espada.

— Quantos dinamarqueses você matou? — perguntou.

— O bastante.

— Mamãe disse que você não ama Jesus.

— Todos amamos Jesus — respondi evasivamente.

— Se você amasse Jesus — disse ela com seriedade —, poderia matar mais dinamarqueses. O que é isso? — Ela havia encontrado a mossa funda num dos gumes de Bafo de Serpente.

— Foi onde ela acertou outra espada.

Isso havia acontecido em Cippanhamm durante a luta com Steapa, sua espada enorme havia mordido fundo Bafo de Serpente.

— Vou fazer com que ela fique melhor. — E trabalhou obsessivamente com a pedra de amolar, tentando alisar as bordas da mossa. — Mamãe diz que Iseult é uma *aglæcwif*. — Ela teve dificuldade com a palavra, depois riu em triunfo porque havia conseguido dizê-la. Não falei nada. Uma *aglæcwif* era um ser maligno, um monstro. — O bispo também diz — continuou Æthelflæd, séria. — Não gosto do bispo.

— Não?

— Ele baba. — Ela tentou demonstrar e conseguiu cuspir em Bafo de Serpente. Esfregou a lâmina. — Iseult é uma *aglæcwif*?

— Claro que não. Ela curou Eduardo.

— Jesus fez isso, e Jesus me mandou uma irmãzinha. — Ela fez um muxoxo porque nem mesmo todos os seus esforços haviam causado qualquer efeito na mossa em Bafo de Serpente.

— Iseult é uma boa mulher — disse eu.

— Ela está aprendendo a ler. Eu sei ler.

— Sabe?

— Quase. Se ela ler, pode ser cristã. Eu gostaria de ser uma *aglæcwif*.

— É? — perguntei surpreso.

Em resposta, ela rosnou para mim e curvou as mãos para que os dedinhos parecessem garras. Depois riu.

— Aqueles são dinamarqueses? — Ela vira alguns cavaleiros vindo do sul.

— Aquele é Wiglaf.

— Ele é legal.

Mandei-a de volta a Æthelingæg no cavalo de Wiglaf e pensei no que ela havia dito. Perguntei-me, pela milésima vez, porque eu estava em meio aos cristãos, que acreditavam que eu era uma ofensa ao seu deus. Chamavam meus deuses de *dwolgods*, que significa deuses falsos, de modo que isso me tornava Uhtredærwe, vivendo com uma *aglæcwif* e cultuando *dwolgods*. Mas eu ostentava isso, sempre usando abertamente meu amuleto do martelo, e naquela noite, como sempre, Alfredo se encolheu ao vê-lo. Havia me convocado ao seu castelo, onde o encontrei curvado sobre um tabuleiro de *tafl*. Estava jogando contra Beocca, que tinha mais peças. O *tafl* parece um jogo simples, em que um jogador tem um rei e uma dúzia de outras peças, e o outro tem o dobro de peças, mas não tem rei. Então você move as peças pelo tabuleiro axadrezado até que um ou outro jogador fique com todas as peças cercadas. Eu não tinha paciência para aquilo, mas Alfredo gostava do jogo.

Porém, quando cheguei ele parecia estar perdendo, por isso ficou aliviado ao me ver.

— Quero que você vá a Defnascir — disse ele.

— Claro, senhor.

— Temo que seu rei esteja ameaçado, senhor — disse Beocca, feliz.

— Não faz mal — respondeu Alfredo irritado. — Você vai a Defnascir — disse virando-se de volta para mim —, mas Iseult deve ficar aqui.

Irritei-me com aquilo.

— Ela será refém de novo?

— Preciso dos remédios dela.

— Mesmo achando que são feitos por uma *aglæcwif*?

Ele me olhou incisivamente.

— Ela faz curas — disse ele. — E isso significa que é um instrumento de Deus, e com a ajuda de Deus chegará à verdade. Além disso, você deve viajar depressa e não precisa da companhia de uma mulher. Irá a Defnascir e encontrará Svein, e assim que tiver encontrado instruirá Odda, o Jovem, a reunir o *fyrd*. Diga que Svein deve ser expulso do distrito, e assim que tiver conseguido isso, Odda deve vir para cá com suas tropas pessoais. Ele comanda minha guarda e deveria estar aqui.

— Quer que eu dê ordens a Odda? — perguntei, em parte com surpresa, em parte com escárnio.

— Quero, e ordeno que você faça as pazes com ele.

— Sim, senhor.

Ele ouviu o sarcasmo na minha voz.

— Somos todos saxões, Uhtred, e agora, mais do que nunca, é hora de curar as feridas.

Percebendo que derrotar Alfredo no *tafl* não ajudaria no humor do rei, Beocca estava tirando as peças do tabuleiro.

— Uma casa dividida contra si mesma — exclamou ele — será destruída. São Mateus disse isso.

— Louvado seja Deus por essa verdade, e devemos nos livrar de Svein — disse Alfredo. Essa era uma verdade maior. Alfredo queria marchar contra

Guthrum depois da Páscoa, mas não poderia fazê-lo se as forças de Svein estivessem em sua retaguarda. — Encontre Svein. E Steapa vai acompanhá-lo.

— Steapa!

— Ele conhece a região e eu disse que ele deveria obedecer a você.

— É melhor que sejam dois a ir — observou Beocca, sério. — Lembre-se de que Josué mandou dois espiões contra Jericó.

— O senhor está me entregando aos meus inimigos — falei amargo, mas quando pensei nisso decidi que fazia sentido me usar como espião. Os dinamarqueses de Defnascir estariam procurando os batedores de Alfredo, mas eu falava a língua do inimigo e podia ser confundido com um deles, por isso eu era mais seguro do que qualquer homem de Alfredo. Quanto a Steapa, ele era de Defnascir, conhecia o lugar e era um homem jurado de Odda, por isso era mais adequado para levar uma mensagem ao *ealdorman*.

Assim, nós dois cavalgamos de Æthelingæg para o sul, num dia de chuva forte.

Steapa não gostava de mim e eu não gostava dele, por isso não tínhamos nada a dizer um ao outro a não ser quando eu sugeria o caminho a tomar, e ele jamais discordava. Mantínhamo-nos perto da estrada larga, a estrada feita pelos romanos, mas eu seguia cautelosamente porque essas rotas eram muito usadas por bandos dinamarqueses procurando comida ou saques. Também era o caminho que Svein deveria tomar caso marchasse para se juntar a Guthrum, mas não vimos nenhum dinamarquês. Também não vimos saxões. Todos os povoados e fazendas na estrada foram pilhados e queimados, de modo que viajamos por uma estrada dos mortos.

No segundo dia Steapa virou para o oeste. Não explicou a súbita mudança de direção, mas subiu teimosamente os morros e eu o acompanhei porque ele conhecia a região e achei que estivesse pegando os pequenos caminhos que levariam aos terrenos altos e desolados de Dærentmora. Cavalgava com urgência, o rosto sério, e uma vez gritei dizendo que deveríamos tomar mais cuidado, para o caso de haver grupos de dinamarqueses procurando comida nos pequenos vales, mas ele me ignorou. Em vez disso, quase a galope, entrou num daqueles vales pequenos até chegar a uma fazenda.

O rei do pântano

Ou ao que fora uma fazenda. Agora eram cinzas molhadas num lugar verde. Um lugar de um verde profundo no qual pastagens estreitas eram sombreadas por árvores altas em que a primeira névoa da primavera começava a aparecer. As flores eram densas nas bordas das pastagens, mas não havia nenhuma onde antes haviam existido as poucas construções pequenas. Eram apenas cinzas e a mancha preta de cinza na lama. E Steapa, abandonando seu cavalo, caminhou entre as cinzas. Havia perdido sua grande espada quando os dinamarqueses capturaram Cippanhamm, por isso agora levava um grande machado de guerra e cutucou o entulho preto com a lâmina larga.

Resgatei seu cavalo, amarrei os dois animais no tronco chamuscado de um freixo que havia crescido no pátio da fazenda e fiquei olhando-o. Não falei nada porque senti que qualquer palavra liberaria toda a sua fúria. Ele se agachou perto do esqueleto de um cão e simplesmente olhou os ossos escurecidos pelo fogo durante alguns minutos, depois acariciou o crânio desprovido de carne. Havia lágrimas em seu rosto, ou talvez fosse a chuva que caía fraca de nuvens baixas.

Umas vinte pessoas haviam morado ali. Uma casa grande ficava na extremidade sul e eu explorei seus restos calcinados, vendo onde os dinamarqueses haviam cavado perto dos velhos postes para encontrar moedas escondidas. Steapa me olhou. Estava perto de um dos trechos menores de madeira queimada e achei que ele havia crescido ali, numa palhoça de pessoas escravizadas. Não me queria por perto e eu fiquei longe, imaginando se ousaria sugerir que continuássemos a viagem. Mas em vez disso ele começou a cavar, arrancando o solo vermelho e úmido com seu enorme machado de guerra e remexendo a terra com as mãos nuas até fazer uma cova rasa para o cachorro. Agora era um esqueleto. Ainda havia retalhos de pelos nos ossos antigos, mas a carne fora comida, de modo que as costelas estavam espalhadas. Portanto, isso acontecera há semanas. Steapa juntou os ossos e os colocou carinhosamente na sepultura.

Foi então que as pessoas chegaram. Você pode cavalgar por uma paisagem dos mortos e não ver ninguém, mas elas verão você. As pessoas se escondem quando os inimigos chegam. Sobem para as florestas e esperam lá, e agora três homens saíram das árvores.

— Steapa — disse eu. Ele se virou para mim, furioso por eu tê-lo interrompido, depois viu que eu estava apontando para o oeste.

Steapa deu um rugido de reconhecimento e os três homens, que estavam segurando lanças, correram para ele. Largaram as armas e abraçaram o grandalhão. Por um tempo todos falaram juntos, mas depois se acalmaram e eu chamei um deles de lado e o interroguei. Os dinamarqueses tinham vindo pouco depois do Yule, disse ele. Haviam chegado de repente, antes que alguém percebesse que havia pagãos em Defnascir. Aqueles homens haviam escapado porque estavam derrubando uma árvore de bétula num bosque próximo e tinham ouvido a matança. Desde então viviam nas florestas, com medo dos dinamarqueses que continuavam percorrendo Defnascir em busca de comida. Não tinham visto saxões.

Haviam enterrado as pessoas da fazenda num pasto ao sul. Steapa foi até lá e se ajoelhou no capim molhado.

— A mãe dele morreu — disse-me o homem. Falava inglês com um sotaque tão estranho que eu precisava pedir continuamente para ele repetir, mas entendi aquelas quatro palavras. — Steapa era bom para sua mãe — disse o sujeito. — Trazia dinheiro para ela. Ela não era mais escrava.

— E o pai?

— Morreu há muito tempo. Muito tempo.

Pensei que Steapa iria desenterrar a mãe, por isso fui até lá e fiquei na frente dele.

— Temos um trabalho a fazer — disse eu.

Ele me olhou, o rosto duro sem expressão.

— Há dinamarqueses a matar — continuei. — Os dinamarqueses que mataram as pessoas daqui devem ser mortos.

Ele assentiu abruptamente, depois se levantou, erguendo-se de novo acima de mim. Limpou a lâmina do machado e montou na sela.

— Há dinamarqueses a matar — disse ele. E, deixando a mãe na sepultura fria, fomos encontrá-los.

Dez

Seguimos para o sul. Íamos cautelosamente, porque as pessoas disseram que os dinamarqueses ainda eram vistos nessa parte do distrito, mas não vimos nenhum. Steapa ficou quieto até que, na campina de um rio, passamos por um círculo de colunas de pedra. Esses círculos existem por toda a Inglaterra e alguns são enormes, mas esse era composto por apenas umas vinte pedras cobertas de líquen, nenhuma mais alta do que um homem, num círculo de cerca de 15 passos de diâmetro. Steapa olhou para elas, depois me espantou falando:

— Isso é um casamento.

— Um casamento?

— Eles estavam dançando e o diabo os transformou em pedras.

— Por que o diabo fez isso? — perguntei cautelosamente.

— Porque se casaram num domingo, claro. As pessoas nunca deveriam se casar num domingo, nunca! Todo mundo sabe disso. — Seguimos em silêncio. Então, surpreendendo-me de novo, ele começou a falar de sua mãe e do pai, dizendo que eles eram servos de Odda, o Velho. — Mas a vida era boa para nós.

— Era?

— Arar, semear, colher, debulhar.

— Mas o *ealdorman* Odda não vivia lá — disse eu, balançando o polegar na direção do lar destruído de Steapa.

— Não! Ele, não! — Steapa achou divertido eu ao menos fazer essa pergunta. — Ele não viveria lá, não ele! Tinha seu grande castelo. Ainda tem.

Mas tinha um administrador aqui. Um homem que dava ordens à gente. Era um homem grande! Muito alto!

Hesitei.

— Mas seu pai era baixo?

Steapa ficou surpreso.

— Como sabe disso?

— Só adivinhei.

— Meu pai era um bom trabalhador.

— Ensinou você a lutar?

— Não. Ninguém ensinou. Aprendi sozinho.

Quanto mais íamos para o sul, menos danificada estava a terra. E isso era estranho, porque os dinamarqueses tinham vindo por aqui. Sabíamos disso porque as pessoas diziam que os dinamarqueses ainda estavam na parte sul do distrito, mas de repente a vida parecia normal. Vimos homens espalhando esterco nos campos e outros cavando ou consertando as cercas vivas. Havia cordeiros nos pastos. Ao norte as raposas haviam engordado com cordeiros mortos, mas aqui os pastores e seus cães venciam essa batalha incessante.

E os dinamarqueses estavam em Cridianton.

Um padre nos contou isso num povoado sob uma grande colina coberta de carvalhos ao lado de um riacho. O padre estava nervoso porque tinha visto meu cabelo comprido e os braceletes, e presumiu que eu fosse dinamarquês. E meu sotaque do norte não o convenceu do contrário, mas foi tranquilizado por Steapa. Os dois conversaram e o padre opinou que aquele seria um verão molhado.

— Será mesmo — concordou Steapa. — O carvalho ficou verde antes dos freixos.

— É sempre um sinal — disse o padre.

— Qual é a distância até Cridianton? — perguntei entrando na conversa.

— Uma manhã de caminhada, senhor.

— Você viu os dinamarqueses por lá?

— Vi, senhor, vi sim.

— Quem os lidera?

— Não sei, senhor.

— Eles têm um estandarte?

Ele assentiu.

— Fica pendurado no castelo do bispo, senhor. Mostra um cavalo branco.

Então era Svein. Eu não sabia quem mais poderia ter sido, mas o cavalo branco confirmava que Svein havia permanecido em Defnascir em vez de tentar se juntar a Guthrum. Virei-me na sela e olhei para o povoado do padre, que não estava marcado pela guerra. Nenhum teto de palha fora queimado, nenhum silo fora esvaziado e a igreja ainda estava de pé.

— Os dinamarqueses vieram aqui? — perguntei.

— Ah, sim, senhor, vieram. Mais de uma vez.

— Estupraram? Roubaram?

— Não, senhor. Mas compraram grãos. Pagaram com prata.

Dinamarqueses bem-comportados. Era outra coisa estranha.

— Eles estão sitiando Exanceaster? — perguntei. Isso faria algum sentido. Cridianton ficava suficientemente perto de Exanceaster para dar abrigo à maior parte das tropas dinamarquesas enquanto o restante investia contra a cidade maior.

— Não, senhor, não que eu saiba.

— Então, o que estão fazendo?

— Estão apenas em Cridianton, senhor.

— E Odda está em Exanceaster?

— Não, senhor. Está em Ocmundtun. Com o senhor Harald.

Eu sabia que o castelo do *reeve* do distrito ficava em Ocmundtun, sob a borda norte daquela grande charneca. Mas Ocmundtun também ficava a uma longa distância de Cridianton e não era um lugar em que alguém desejaria ficar se quisesse atacar os dinamarqueses.

Acreditei no padre quando ele disse que Svein estava em Cridianton, mas mesmo assim fomos lá para ver. Usamos trilhas cobertas de árvores, nos morros, chegamos à cidade no meio da tarde e vimos a fumaça subindo dos fogos de cozinhar. Depois vimos os escudos dinamarqueses pendurados na paliçada. Steapa e eu estávamos escondidos na floresta alta e pudemos ver homens guardando o portão e outros vigiando um pasto em que quarenta ou cinquenta cavalos comiam o primeiro capim da primavera. Pude ver o castelo de Odda, o Velho, onde eu havia me reunido a Mildrith depois da luta em Cynuit, e também pude ver um estandarte dinamarquês triangular adejando acima do castelo maior, que era a casa do bispo. O portão oeste estava aberto, mas bem-guardado, e apesar das sentinelas e dos escudos na paliçada a cidade parecia um local em paz, e não em guerra. Deveria haver saxões nesse morro, pensei, saxões vigiando o inimigo, prontos para atacar. Em vez disso, os dinamarqueses viviam sem ser perturbados.

— Qual é a distância até Ocmundtun? — perguntei a Steapa.

— Podemos chegar ao anoitecer.

Hesitei. Se Odda, o Jovem, estava em Ocmundtun, por que ir até lá? Ele era um inimigo e me havia jurado de morte. Alfredo tinha me dado um pedaço de pergaminho em que escrevera palavras ordenando que Odda me recebesse em paz, mas que força a escrita possui contra o ódio?

— Ele não vai matar você — disse Steapa, surpreendendo-me de novo. Evidentemente havia adivinhado meus pensamentos. — Não vai matar você — repetiu.

— Por quê?

— Porque não vou deixar — disse Steapa, e virou o cavalo para o oeste.

Chegamos a Ocmundtun ao anoitecer. Era uma cidade pequena construída junto de um rio e guardada por um alto afloramento de calcário sobre o qual uma forte paliçada oferecia refúgio caso chegassem atacantes. Ninguém estava no afloramento de calcário agora, e a cidade, que não tinha muralhas, parecia plácida. Podia haver guerra em Wessex, mas Ocmundtun, como Cridianton, estava evidentemente em paz. O castelo de Harald ficava perto da fortaleza no morro e ninguém nos questionou quando entramos no pátio externo onde serviçais reconheceram Steapa. Cumprimentaram-no com cautela, mas então surgiu um administrador na porta do castelo e, ao ver o sujeito enorme, bateu palmas duas vezes em sinal de prazer.

— Ouvimos dizer que você foi tomado pelos pagãos — disse o administrador.

— E fui.

— Eles o soltaram?

— Meu rei me libertou — resmungou Steapa como se estivesse ressentido com a pergunta. Apeou do cavalo e se espreguiçou. — Alfredo me libertou.

— Harald está aqui? — perguntei ao administrador.

— Meu senhor está lá dentro. — O administrador ficou ofendido porque eu não havia chamado o *reeve* de "senhor".

— Então vamos — disse eu, e guiei Steapa para dentro do castelo. O administrador agitou as mãos para nós porque o costume e a cortesia exigiam que ele buscasse a permissão de seu senhor para entrarmos no castelo, mas ignorei-o.

Um fogo estava aceso na lareira central e havia dezenas de velas de sebo nas plataformas nas bordas do salão. Lanças de caçar javali estavam empilhadas contra a parede da qual pendia uma dúzia de peles de cervos e um punhado de valiosas peles de marta. Havia uns vinte homens no castelo, evidentemente esperando o jantar, e um harpista tocava na outra extremidade. Um bando de cães veio nos investigar e Steapa os espantou enquanto íamos até o fogo para nos aquecer.

— Cerveja — disse Steapa ao administrador.

Harald deve ter ouvido o barulho dos cães porque apareceu numa porta que dava no aposento particular nos fundos do salão. Piscou ao nos ver. Havia pensado que éramos inimigos, depois ouvira dizer que Steapa fora capturado, mas cá estávamos, lado a lado. O salão ficou em silêncio enquanto ele mancava até nós. Não mancava muito, resultado de um ferimento de lança em alguma batalha que também levara dois dedos de sua mão de segurar a espada.

— Uma vez você me censurou por levar armas para o seu castelo. No entanto, traz armas para o meu.

— Não havia porteiro — respondi.

— Ele estava mijando, senhor — explicou o administrador.

— Não deve haver armas no castelo — insistiu Harald.

Esse era o costume. Os homens se embebedam nos castelos e podem causar danos suficientes uns aos outros com as facas que usamos para cortar carne, e homens bêbados com espadas e machados podem transformar uma mesa de jantar num pátio de açougue. Demos as armas ao administrador, depois tirei a cota de malha e mandei o administrador pendurá-la para secar e em seguida mandar um escravizado limpar os elos.

Harald nos recebeu formalmente quando nossas armas se foram. Disse que o castelo era nosso e que deveríamos comer com ele como hóspedes de honra.

— Gostaria de ouvir suas notícias — disse ele, chamando um serviçal que nos trouxe potes de cerveja.

— Odda está aqui? — perguntei.

— O pai sim. Não o filho.

Xinguei. Tínhamos vindo com uma mensagem para o *ealdorman* Odda — Odda, o Jovem — e descobrimos que era o pai ferido, Odda, o Velho, que estava em Ocmundtun.

— Então onde está o filho?

Harald ficou ofendido com minha brusquidão, mas permaneceu cortês.

— O *ealdorman* está em Exanceaster.

— Está sendo sitiado?

— Não.

— E os dinamarqueses estão em Cridianton?

— Estão.

— E eles estão sendo sitiados?

Eu sabia da resposta a isso, mas queria ouvir Harald admitindo.

— Não — disse ele.

Larguei o pote de cerveja.

— Viemos em nome do rei — disse eu. Supostamente estava falando a Harald, mas caminhei pelo salão para que os homens nas plataformas ouvissem. — Nós viemos em nome de Alfredo, e Alfredo quer saber por que há dinamarqueses em Defnascir. Nós queimamos os navios deles, matamos os guardas dos navios e os expulsamos de Cynuit, no entanto, vocês permitem que eles vivam aqui? Por quê?

Ninguém respondeu. Não havia mulheres no salão, porque Harald era um viúvo que não havia se casado de novo, por isso os convidados do jantar eram todos seus guerreiros ou então *thegns* que lideravam homens. Alguns me espiaram com ódio, porque minhas palavras lhes imputavam covardia, ao passo que outros olhavam para o chão. Harald se virou para Steapa, como se procurasse o apoio do gigante, mas Steapa simplesmente ficou parado junto ao fogo, o rosto selvagem sem revelar nada. Virei-me de novo para encarar Harald.

— Por que os dinamarqueses estão em Defnascir?

— Porque são bem-vindos aqui — disse uma voz atrás de mim.

Virei-me e vi um velho parado junto à porta. O cabelo branco aparecia sob a bandagem que cobria a cabeça, e era tão magro e fraco que precisava se encostar no portal em busca de apoio. A princípio, não o reconheci, porque quando havíamos nos falado pela última vez ele era um homem grande, forte e vigoroso, mas Odda, o Velho, havia recebido um golpe de machado na cabeça em Cynuit e deveria ter morrido daquele ferimento. No entanto, havia sobrevivido, e ali estava, só que agora esquelético, pálido, fraco, abatido e débil.

— Eles estão aqui porque são bem-vindos — disse Odda. — Assim como você, senhor Uhtred, e você, Steapa.

Uma mulher estava cuidando de Odda, o Velho. Havia tentado afastá-lo da porta e levá-lo de volta para a cama, mas agora passou por ele entrando no salão e me encarou. Então, ao me ver, fez o que fizera na primeira vez em que me viu. Fez o que havia feito quando veio se casar comigo. Irrompeu em lágrimas.

Era Mildrith.

Mildrith estava vestida como uma freira, com um vestido cinza-claro amarrado com uma corda, sobre o qual usava uma grande cruz de madeira. Tinha um toucado cinza, justo, do qual escapavam fios de seu cabelo claro. Encarou-me, irrompeu em lágrimas, fez o sinal da cruz e desapareceu. Um instante depois Odda, o Velho, seguiu-a, frágil demais para continuar de pé, e a porta se fechou.

— Vocês são de fato bem-vindos aqui — disse Harald ecoando as palavras de Odda.

— Mas por que os dinamarqueses são bem-vindos?

Porque Odda, o Jovem, havia feito uma trégua. Harald explicou isso enquanto comíamos. Ninguém nesta parte de Defnascir ouvira dizer que os navios de Svein haviam sido queimados em Cynuit, só sabiam que os homens de Svein, suas mulheres e crianças haviam marchado para o sul, queimando e saqueando. Odda, o Jovem, levara suas tropas a Exanceaster e se preparou para um cerco, mas em vez disso Svein se ofereceu para conversar. Subitamente os dinamarqueses haviam parado com os ataques. Em vez disso, se estabeleceram em Cridianton e mandaram uma embaixada a Exanceaster, e Svein e Odda fizeram sua paz particular.

— Nós lhes vendemos cavalos e eles pagam bem — disse Harald. — Vinte xelins por um garanhão, 15 por uma égua.

— Vocês lhes vendem cavalos — falei em tom monótono.

— Para que eles vão embora — explicou Harald.

Serviçais jogaram uma grande tora de bétula no fogo. Fagulhas explodiram para fora, espalhando os cães que estavam perto do círculo de pedras da lareira.

— Quantos homens Svein lidera?

— Muitos — respondeu Harald.

— Oitocentos? Novecentos? — perguntei. Harald deu de ombros. — Eles vieram em 24 navios, apenas 24. Então quantos homens eles podem ter? Não mais de mil. Nós matamos alguns e outros devem ter morrido no inverno.

— Achamos que ele tem oitocentos — disse Harald, relutante.

— E quantos homens vocês têm no *fyrd*? Dois mil?

— Dos quais apenas quatrocentos são guerreiros experientes. — Isso era provavelmente verdade. A maioria dos homens do *fyrd* é de agricultores, ao passo que cada dinamarquês é um guerreiro, mas Svein nunca colocaria seus oitocentos homens contra dois mil. Não porque temesse perder, mas porque temia perder cem homens ao obter a vitória. Por isso havia parado de saquear e feito a trégua com Odda, porque no sul de Defnascir poderia se recuperar da derrota em Cynuit. Seus homens poderiam descansar, alimentar-se, fazer armas e conseguir cavalos. Svein estava poupando seus homens e fortalecendo-os. — Não foi minha escolha — disse Harald na defensiva. — O *ealdorman* ordenou.

— E o rei ordenou que Odda expulsasse Svein de Defnascir — retruquei.

— O que sabemos sobre as ordens do rei? — perguntou Harald amargamente, e foi minha vez de lhe dar as notícias, contar como Alfredo havia escapado de Guthrum e que estava no grande pântano.

— E em algum momento depois da Páscoa vamos juntar os *fyrd*s dos distritos e despedaçar Guthrum. — Levantei-me. — Não haverá mais cavalos vendidos a Svein — falei suficientemente alto para que cada homem no grande salão escutasse.

— Mas... — começou Harald, depois balançou a cabeça. Sem dúvida iria dizer que Odda, o Jovem, *ealdorman* de Defnascir, havia ordenado que os cavalos fossem vendidos, mas sua voz ficou no ar.

— Quais são as ordens do rei? — perguntei a Steapa.

— Não vender mais cavalos — trovejou ele.

Houve silêncio até que Harald, irritado, sinalizou ao harpista que tocou um acorde e começou a tocar uma música melancólica. Alguém começou a cantar, mas ninguém se juntou a ele, e sua voz foi parando.

— Devo olhar as sentinelas — disse Harald, e me lançou um olhar inquisitivo que tomei como convite para acompanhá-lo, por isso prendi as espadas no cinto e fui com ele até a rua comprida de Ocmundtun, onde três lanceiros montavam guarda ao lado de uma cabana de madeira. Harald falou com eles por um momento, depois me levou mais para o leste, para longe da luz da fogueira das sentinelas. Uma lua prateava o vale, iluminando a estrada vazia até ela desaparecer entre árvores. — Tenho trinta homens em condições de luta — disse Harald subitamente.

Queria dizer que estava fraco demais para lutar.

— Quantos homens Odda tem em Exanceaster?

— Cem? Cento e vinte?

— O *fyrd* deveria ter sido reunido.

— Eu não recebi ordens.

— E procurou alguma?

— Claro que procurei. — Agora ele estava com raiva de mim. — Disse a Odda que deveríamos expulsar Svein, mas ele não quis ouvir.

— Ele disse que o rei ordenou que o *fyrd* fosse reunido?

— Não. — Harald fez uma pausa, olhando a estrada cheia de luar. — Não tivemos notícias de Alfredo, só que ele foi derrotado e estava escondido. E ouvimos dizer que os dinamarqueses estavam espalhados por todo Wessex, e que outros se reuniam em Mércia.

— Odda não pensou em atacar Svein quando ele desembarcou?

— Ele pensou em se proteger — disse Harald — e me mandou ao Tamur.

O Tamur era o rio que separava Wessex de Cornwalum.

— Os britânicos estão calmos? — perguntei.

— Os padres estão dizendo para eles não lutarem contra nós.

— Mas com ou sem padres eles vão atravessar o rio caso pareça que os dinamarqueses estão vencendo.

— Eles já não estão vencendo? — perguntou Harald, amargo.

— Ainda somos homens livres.

Diante disso ele assentiu. Atrás de nós, na cidade, um cão começou a uivar e Harald se virou como se o ruído indicasse problema, mas os uivos pararam com um ganido agudo. Ele chutou uma pedra na rua.

— Svein me amedronta — admitiu de repente.

— Ele é um homem amedrontador.

— É inteligente. Inteligente, forte e violento.

— É dinamarquês — respondi secamente.

— Um homem implacável.

— É mesmo, e você acha que depois de alimentá-lo, fornecer cavalos e lhe dar abrigo ele vai deixar vocês em paz?

— Não, mas Odda acredita nisso.

Então Odda era um imbecil. Estava amamentando um filhote de lobo que iria despedaçá-lo quando tivesse força suficiente.

— Por que Svein não marchou para se juntar a Guthrum? — perguntei.

— Não sei.

Mas eu sabia. Guthrum estava na Inglaterra há anos. Havia tentado tomar Wessex antes e tinha fracassado, mas agora, à beira do sucesso, havia parado. Guthrum, o Sem Sorte, era como o chamavam, e eu suspeitava de que ele não havia mudado. Era rico, liderava muitos homens, mas era cauteloso. Svein, no entanto, vinha dos povoados nórdicos na Irlanda e era uma criatura diferente. Mais jovem do que Guthrum, menos rico do que Guthrum e liderava menos homens, mas sem dúvida era o melhor guerreiro. Agora, privado de seus navios, estava enfraquecido, mas convencera Odda, o Jovem, a lhe dar refúgio e estava juntando as forças, para que quando encontrasse Guthrum não fosse um líder derrotado necessitando de ajuda, e sim um guerreiro dinamarquês poderoso. Svein, pensei, era um homem muito mais perigoso do que Guthrum, e Odda, o Jovem, só estava tornando-o mais perigoso.

— Amanhã — disse eu — devemos começar a reunir o *fyrd*. Essas são as ordens do rei.

Harald assentiu. Eu não podia ver seu rosto no escuro, mas senti que ele não estava feliz, no entanto era um homem sensato e devia saber que Svein teria de ser expulso do distrito.

— Mandarei as mensagens — disse ele. — Mas Odda pode impedir que o *fyrd* se reúna. Ele fez sua trégua com Svein e não vai querer que eu a viole. O povo vai obedecer a ele antes de me obedecer.

— E o pai de Odda? O povo obedece a ele?

— Sim, mas ele é um homem doente. Você viu. É um milagre estar vivo.

— Talvez porque minha mulher cuide dele?

— Sim — disse Harald, e ficou quieto. Agora havia algo estranho no ar, algo não expresso, um desconforto. — Sua mulher cuida bem dele — terminou Harald sem jeito.

— Ele é padrinho dela.

— É mesmo.

— É bom vê-la — falei, não porque fosse sincero, mas porque era a coisa certa a dizer e não pude pensar em mais nada. — E será bom ver meu filho — acrescentei com mais calor.

— Seu filho — disse Harald numa voz sem emoção.

— Ele está aqui, não?

— Sim. — Harald se encolheu. Virou-se para olhar a lua e pensei que ele não falaria mais, porém juntou coragem e me olhou de novo. — Seu filho, senhor Uhtred, está no pátio da igreja.

Isso demorou alguns instantes para fazer sentido, e então não fez sentido nenhum, mas me deixou confuso. Toquei o amuleto do martelo.

— No pátio da igreja?

— Não sou eu que devo lhe contar.

— Mas vai contar — disse eu, e minha voz pareceu o rosnado de Steapa.

Harald olhou o rio tocado pela lua, branco-prata por trás das árvores pretas.

— Seu filho morreu — disse ele. E esperou minha resposta, mas não me mexi nem falei. — Morreu engasgado.

— Engasgado?

— Com uma pedrinha. Era apenas um bebê. Deve ter pegado a pedrinha e engolido.

— Uma pedrinha? — perguntei.

— Havia uma mulher com ele, mas... — A voz de Harald ficou no ar. — Ela tentou salvá-lo, mas não pôde fazer nada. Ele morreu.

— No Dia de São Vicente — disse eu.

— Você sabia?

— Não. Não sabia.

Mas o Dia de São Vicente foi o dia em que Iseult passou o filho de Alfredo, o *ætheling* Eduardo, por baixo da terra. E em algum lugar, Iseult me dissera, uma criança deveria morrer para que o herdeiro do rei, o *ætheling*, pudesse viver.

E tinha sido o meu filho. Uhtred, o Jovem. Que eu mal conhecera. Eduardo recebeu o ar e Uhtred se retorceu, lutou, sufocou e morreu.

— Ela me odeia — falei em um só tom.

— Sim — disse ele —, odeia. — E fez uma pausa. — Achei que ela ficaria louca de sofrimento, mas Deus a preservou. Ela gostaria...

— De quê?

— De se juntar às irmãs em Cridianton. Quando os dinamarqueses forem embora. Eles têm um mosteiro lá, uma casa pequena.

Não me importava o que Mildrith fizesse.

— E meu filho está enterrado aqui?

— Sob a árvore de teixo. — Ele se virou e apontou. — Ao lado da igreja.

Então que ficasse aqui, pensei. Que descansasse em sua pequena sepultura para esperar o caos do fim do mundo.

— Amanhã reuniremos o *fyrd* — disse eu.

Porque havia um reino a salvar.

Padres foram convocados ao castelo de Harald e os padres redigiram as convocações para o *fyrd*. A maioria dos *thegns* não sabia ler e muitos dos padres deles provavelmente lutariam para decifrar as poucas palavras, mas os mensageiros lhes diriam o que estava nos pergaminhos. Deveriam armar seus homens e trazê-los a Ocmundtun, e o lacre de cera nas convocações era a autoridade para essas ordens. O lacre mostrava o distintivo de Odda, o Velho, com um cervo.

— Vai demorar uma semana até que a maioria do *fyrd* chegue — alertou Harald — e o *ealdorman* vai tentar impedir que isso aconteça.

— O que ele fará?

— Mandar os *thegns* ignorar, suponho.

— E Svein? O que ele fará?

— Tentará nos matar?

— E ele tem oitocentos homens que podem estar aqui amanhã.

— E eu tenho trinta homens — disse Harald desanimado.

— Mas temos uma fortaleza — respondi, apontando para a crista de calcário com sua paliçada.

Não duvidava de que os dinamarqueses viriam. Ao convocar o *fyrd*, ameaçávamos sua segurança, e Svein não era um homem que receberia uma ameaça sem reagir. E assim, enquanto as mensagens eram levadas para o norte e o sul, as pessoas da cidade receberam ordem de levar seus bens para a fortaleza ao lado do rio. Alguns homens foram postos a reforçar a paliçada, outros levavam os animais até a charneca para que não fossem apanhados pelos dinamarqueses, e Steapa foi a cada povoado próximo e exigiu que homens com idade para lutar fossem a Ocmundtun com qualquer arma que possuíssem, de modo que naquela tarde a fortaleza estava com mais de oitenta homens. Poucos eram guerreiros, a maioria não tinha armas além de um machado, mas do pé do morro eles pareciam bastante formidáveis. Mulheres carregaram comida e água para a fortaleza, e a maioria da cidade admitiu dormir lá em cima, apesar da chuva, por medo de que os dinamarqueses chegassem à noite.

Odda, o Velho, se recusou a ir para a fortaleza. Estava doente demais, disse ele, e frágil demais, e se fosse morrer morreria no castelo de Harald. Harald e eu tentamos convencê-lo, mas ele não queria escutar.

— Mildrith pode ir — disse ele.

— Não — respondeu ela. Ficou sentada junto à cama de Odda, as mãos apertadas sob as mangas do manto cinza. Encarou-me, com provocação nos olhos, desafiando-me a dar uma ordem de abandonar Odda e ir para a fortaleza.

— Sinto muito — disse eu.

— Sente?

— Pelo nosso filho.

— Você não foi um pai para ele — acusou ela. Seus olhos brilhavam. — Você queria que ele fosse um dinamarquês! Queria que ele fosse pagão! Nem se importava com a alma dele!

— Eu me importava com ele — respondi, mas ela ignorou isso. Eu não parecera convincente, nem para mim mesmo.

— A alma dele está salva — disse Harald gentilmente. — Ele está nos braços de Nosso Senhor Jesus Cristo. Está feliz.

Mildrith olhou para ele e vi como as palavras de Harald a haviam reconfortado, mas mesmo assim ela começou a chorar. Acariciou sua cruz de madeira, depois Odda, o Velho, estendeu a mão e deu-lhe um tapinha no braço.

— Se os dinamarqueses vierem — disse eu —, mandarei homens para o senhor. — Em seguida me virei e saí do quarto. Não podia suportar o choro de Mildrith ou a ideia de um filho morto. Essas coisas são difíceis, muito mais difíceis do que travar uma guerra, por isso prendi as espadas no cinto, peguei o escudo e pus meu esplêndido elmo com crista de lobo de modo que, quando Harald chegou do quarto de Odda, viu-me parado como um senhor da guerra junto ao seu fogão. — Se fizermos uma grande fogueira a leste da cidade — disse eu —, veremos os dinamarqueses chegarem. Isso nos dará tempo de levar o senhor Odda à fortaleza.

— Sim. — Ele olhou para os grandes caibros de seu castelo, e talvez estivesse pensando que jamais iria vê-lo assim de novo, porque os dinamarqueses viriam e o castelo iria se queimar. Fez o sinal da cruz.

— O destino é inexorável — disse eu. O que mais haveria a dizer? Os dinamarqueses poderiam vir, o castelo poderia se queimar, mas eram coisas pequenas no equilíbrio de um reino, portanto fui ordenar a fogueira que iluminaria a estrada do leste, mas os dinamarqueses não vieram naquela noite. Choveu fraco durante todo o tempo de escuridão, de modo que de manhã as pessoas na fortaleza estavam molhadas, com frio e infelizes. Então, ao amanhecer, os primeiros homens do *fyrd* chegaram. Poderia demorar dias até que as partes mais distantes do distrito recebessem a convocação, armassem homens e os despachassem para Ocmundtun, mas os lugares mais próximos mandaram homens imediatamente, de modo que no fim da manhã havia quase trezentos sob a fortaleza. Não mais do que setenta desses poderiam ser chamados de guerreiros, homens que tinham armas de verdade, escudos e pelo menos um casaco de couro. O restante eram camponeses com enxadas, foices ou machados.

Harald mandou grupos para conseguir grãos. Uma coisa era reunir uma força, outra muito diferente era alimentá-la, e nenhum de nós sabia quanto tempo teríamos de manter os homens reunidos. Se os dinamarqueses não viessem a nós, teríamos de ir até eles e obrigá-los a sair de Cridianton, e para isso precisaríamos de todo o *fyrd* de Defnascir. Odda, o Jovem, jamais permitiria que isso acontecesse, pensei.

E não permitiu. Porque quando a chuva terminou e as orações do meio-dia foram feitas, o próprio Odda veio a Ocmundtun e não veio sozinho. Chegou com sessenta de seus guerreiros com cotas de malha e um número igual de dinamarqueses em glória guerreira. O sol saiu enquanto eles apareciam vindo das árvores no leste e brilhou na malha e nas pontas das lanças, nas correntes dos arreios e nos ferros dos estribos, nos elmos polidos e nas brilhantes bossas dos escudos. Espalharam-se nos pastos de cada lado da estrada e avançaram até Ocmundtun numa linha ampla. E no centro havia dois estandartes. Um, do cervo preto, era a bandeira de Defnascir, e o outro era um triângulo dinamarquês mostrando o cavalo branco.

— Não haverá luta — falei a Harald.

— Não?

— Não há um número suficiente deles. Svein não pode se dar ao luxo de perder homens, por isso veio conversar.

— Não quero recebê-los aqui — ele indicou o forte. — Deveríamos estar no castelo.

Ele ordenou que os homens mais bem-armados descessem até a cidade, e lá preenchemos a rua enlameada do lado de fora do castelo enquanto Odda e os dinamarqueses vinham do leste. Os cavaleiros tiveram de romper sua linha para entrar na cidade, fazendo uma coluna, e a coluna era liderada por três homens. Odda estava no centro, flanqueado por dois dinamarqueses, e um deles era Svein do Cavalo Branco.

Svein parecia magnífico, um guerreiro branco-prata. Montava um cavalo branco, usava capa de lã branca e sua cota de malha e o elmo com focinho de javali haviam sido esfregados com areia até brilharem prateados sob o sol aquoso. O escudo tinha uma bossa prateada ao redor da qual fora pintado um cavalo branco. O couro de seu arreio, da sela e da bainha havia sido descorado. Ele me viu, mas não demonstrou reconhecimento, apenas olhou ao longo da fileira de homens barrando a rua e pareceu desconsiderá-los como se fossem inúteis. Seu estandarte do cavalo branco era carregado pelo segundo cavaleiro, que tinha o mesmo rosto moreno do chefe, um rosto martelado pelo sol e pela neve, pelo gelo e o vento.

— Harald — Odda, o Jovem, havia chegado à frente dos dois dinamarqueses. Estava esguio como sempre, brilhando na cota de malha e com uma capa preta cobrindo as ancas do cavalo. Sorriu como se estivesse gostando da reunião. — Você convocou o *fyrd*. Por quê?

— Porque o rei ordenou — respondeu Harald.

Odda continuou sorrindo. Olhou para mim, pareceu não notar que eu estava presente, depois olhou para a porta do castelo onde Steapa acabara de aparecer. O grandalhão estivera falando com Odda, o Velho, e agora encarou Odda, o Jovem, com perplexidade.

— Steapa! — disse Odda, o Jovem. — Leal Steapa! Como é bom vê-lo!

— É bom vê-lo também, senhor.

— Meu fiel Steapa — disse Odda, claramente satisfeito em se reunir ao antigo guarda-costas. — Venha aqui! — ordenou. Steapa passou por nós, ajoelhou-se na lama junto ao cavalo de Odda e beijou reverente a bota do senhor. — De pé — disse Odda. — De pé. Com você ao meu lado, Steapa, quem pode nos ferir?

— Ninguém, senhor.

— Ninguém — repetiu Odda, depois sorriu para Harald. — Você disse que o rei ordenou que o *fyrd* fosse convocado? Há um rei em Wessex?

— Há um rei em Wessex — respondeu Harald com firmeza.

— Há um rei se escondendo nos pântanos! — disse Odda, suficientemente alto para que todos os homens de Harald escutassem. — Ele é um rei dos sapos, talvez? Um monarca das enguias? Que tipo de rei é esse?

Respondi por Harald, só que em dinamarquês.

— Um rei que me ordenou queimar os navios de Svein. Coisa que fiz. Todos menos um, que mantive e ainda tenho.

Svein tirou seu elmo com focinho de javali e me olhou de novo, e de novo não houve reconhecimento. Seu olhar era como o da grande serpente da morte que fica ao pé da árvore Yggdrasil.

— Eu queimei o *Cavalo Branco* — disse eu. — E o homem que está ao seu lado — falei a Odda agora, usando o inglês — é o homem que queimou sua igreja em Cynuit, o homem que matou os monges. O homem que é maldito no céu, no inferno e neste mundo, no entanto agora é seu aliado?

— Essa bosta de bode fala por você? — perguntou Odda a Harald.

— Esses homens falam por mim — disse Harald, indicando os guerreiros atrás dele.

— Com que direito você convoca o *fyrd*? — perguntou Odda. — Eu sou *ealdorman*!

— E quem fez de você *ealdorman*? — perguntou Harald. Ele fez uma pausa, mas Odda não respondeu. — O rei dos sapos? O monarca das enguias? Se Alfredo não tem autoridade, você perdeu a sua junto com ele.

Odda ficou claramente surpreso com o desafio de Harald e provavelmente ficou irritado, mas não deu qualquer sinal disso. Continuou sorrindo.

— Acredito — disse a Harald — que você entendeu mal o que acontece em Defnascir.

— Então explique.

— Explicarei — disse Odda — mas conversaremos com cerveja e comida. — Ele olhou para o céu. O breve sol havia ido para trás das nuvens e um vento frio soprava nos tetos de palha da rua. — E devemos conversar sob um teto, antes que chova outra vez.

Primeiro havia questões sobre as quais concordar, mas isso foi feito rapidamente. Os cavaleiros dinamarqueses sairiam para a extremidade leste da cidade e os homens de Harald recuariam para o forte. Cada lado poderia levar dez homens ao castelo e todos eles deixariam as armas amontoadas na rua, onde seriam guardadas por seis dinamarqueses e um número igual de saxões.

Os serviçais de Harald trouxeram cerveja, pão e queijo. Não foi oferecida carne, já que era a época da Quaresma. Bancos foram postos de cada lado da lareira. Svein foi até o outro lado da lareira enquanto os bancos eram trazidos e finalmente se dignou a me reconhecer.

— Foi realmente você que queimou os navios? — perguntou.

— Inclusive o seu.

— O *Cavalo Branco* demorou um ano e um dia para ser construído e foi feito de árvores em que pendurávamos os sacrifícios a Odin. Era um bom navio.

— Agora não passa de cinzas na praia.

— Então um dia farei você pagar — retrucou ele, e mesmo falando em voz afável, havia um mundo de ameaça nela. — E você estava errado — acrescentou.

— Errado? Errado em queimar seus navios?

— Não havia altar de ouro em Cynuit.

— Onde você queimou os monges.

— Queimei-os vivos e esquentei as mãos nas chamas. — Ele sorriu da lembrança e sugeriu: — Você poderia se juntar a mim de novo. Perdoarei o fato de ter queimado meu navio e você pode lutar ao meu lado outra vez. Preciso de homens bons. Pago bem.

— Fiz juramento a Alfredo.

— Ah — assentiu ele. — Então que seja. Inimigos. — E voltou aos bancos de Odda.

O cavaleiro da morte

— Quer ver seu pai antes de conversarmos? — perguntou Harald a Odda, indicando a porta no final do salão.

— Irei vê-lo quando nossa amizade estiver reparada. E você e eu devemos ser amigos. — Ele disse as últimas palavras alto e elas fizeram os homens sentar-se nos bancos. — Você convocou o *fyrd* — disse ele a Harald — porque Uhtred lhe trouxe ordens de Alfredo?

— Ele trouxe.

— Então fez a coisa certa e isso deve ser louvado. — Ouvindo a tradução que era feita por um de seus homens, Svein nos encarou inexpressivamente. — E agora fará a coisa certa de novo — continuou Odda — e mandará o *fyrd* para casa.

— O rei ordenou o contrário.

— Que rei? — perguntou Odda.

— Alfredo, quem mais?

— Mas há outros reis em Wessex — disse Odda. — Guthrum é rei de Ânglia Oriental e está em Wessex, e dizem que Æthelwold será coroado rei antes do verão.

— Æthelwold? — perguntou Harald.

— Não ouviu dizer? Wulfhere, de Wiltunscir, passou para o lado de Guthrum, e Guthrum e Wulfhere disseram que Æthelwold será rei de Wessex. E por que não? Æthelwold não é filho do nosso último rei? Não deveria ser rei?

Inseguro, Harald me olhou. Não tinha ouvido falar da defecção de Wulfhere, e essa era uma notícia dura para ele. Assenti.

— Wulfhere está com Guthrum — confirmei.

— Portanto, Æthelwold, filho de Æthelred, será rei de Wessex — disse Odda. — E Æthelwold tem milhares de espadas sob seu comando. Ælfrig de Kent está com os dinamarqueses. Há dinamarqueses em Lundene, em Sceapig e nas muralhas de Contwaraburg. Todo o norte de Wessex está em mãos dinamarquesas. Há dinamarqueses aqui, em Defnascir. De que Alfredo é rei, diga?

— De Wessex — respondi.

Odda me ignorou, olhando para Harald.

— Alfredo tem nossos juramentos — disse Harald teimoso.

O rei do pântano

— E eu tenho o seu — lembrou Odda. E suspirou. — Deus sabe, Harald, ninguém foi mais leal a Alfredo do que eu. No entanto, ele falhou conosco! Os dinamarqueses vieram e os dinamarqueses estão aqui, e onde está Alfredo? Escondido! Dentro de algumas semanas, os exércitos deles vão marchar! Virão de Mércia, de Lundene, de Kent! Suas frotas estarão no nosso litoral. Exércitos de dinamarqueses e frotas de vikings! O que você fará com eles?

Harald se remexeu inquieto.

— O que você fará? — retrucou ele.

Odda indicou Svein, que, depois de a pergunta ser traduzida, falou pela primeira vez. Traduzi para Harald. Wessex está condenada, disse Svein em sua voz áspera. No verão estará coberta por dinamarqueses, com homens recémchegados do norte, e os únicos saxões que sobreviverão serão os que ajudarem os dinamarqueses agora. Os que lutarem contra os dinamarqueses, disse Svein, serão mortos, e suas mulheres serão prostitutas, seus filhos serão escravizados, seus lares serão perdidos e seus nomes serão esquecidos como a fumaça de uma fogueira apagada.

— E Æthelwold será rei? — perguntei cheio de escárnio. — Acha que todos vamos nos curvar diante de um bêbado que só quer saber de prostitutas?

Odda balançou a cabeça.

— Os dinamarqueses são generosos — disse ele. Em seguida, puxou a capa e vi que ele usava seis braceletes de ouro. — Para os que os ajudarem haverá recompensas de terra, riqueza e honra.

— E Æthelwold será rei? — perguntei de novo. Odda sinalizou de novo para Svein. O grande dinamarquês parecia entediado, mas remexeu-se.

— Se estiver certo de que os saxões devam ser governados por um saxão. Faremos um rei aqui.

Zombei disso. Eles haviam feito reis saxões na Nortúmbria e em Mércia, e esses reis eram débeis, acorrentados aos dinamarqueses, e então entendi o que Svein queria dizer e ri alto.

— Ele prometeu o trono a você! — acusei Odda.

— Ouvi coisa mais sensata num peido de porco — retrucou Odda, mas eu soube que estava certo. Æthelwold era o candidato de Guthrum ao trono de Wessex, mas Svein não era amigo de Guthrum e desejaria seu próprio saxão como rei. Odda.

— Rei Odda — zombei, depois cuspi no fogo.

Odda teria me matado por isso, mas estávamos reunidos nos termos de uma trégua, por isso ele se obrigou a ignorar o insulto. Olhou para Harald.

— Você tem uma escolha, Harald — disse. — Pode morrer ou pode viver.

Harald ficou quieto. Não soubera sobre Wulfhere e a notícia o deixou perplexo. Wulfhere era o *ealdorman* mais poderoso de Wessex, e se ele achava que Alfredo estava condenado, o que Harald pensaria? Eu podia ver a incerteza do *reeve*. Sua decência queria que ele declarasse lealdade a Alfredo, mas Odda havia sugerido que nada além da morte acompanharia essa escolha.

— Eu... — começou Harald, e ficou quieto, incapaz de dizer o que pensava porque não sabia o que estava em sua própria mente.

— O *fyrd* é convocado sob as ordens do rei — falei por ele. — E as ordens do rei são para expulsar os dinamarqueses de Defnascir.

Odda cuspiu no fogo em resposta.

— Svein foi derrotado — disse eu. — Seus navios estão queimados. Ele é como um cão chicoteado e você o consola. — Quando isso foi traduzido, Svein deu-me um olhar que parecia uma chicotada. Continuei como se ele não estivesse presente: — Svein deve ser mandado de volta a Guthrum.

— Você não tem autoridade aqui — disse Odda.

— Tenho a autoridade de Alfredo e uma ordem escrita mandando você expulsar Svein de seu distrito.

— As ordens de Alfredo não significam nada e você crocita como um sapo de pântano. — Ele se virou para Steapa. — Você tem negócios inacabados com Uhtred.

Por um instante Steapa ficou inseguro, depois entendeu o que o seu senhor queria.

— Sim, senhor — disse ele.

— Então termine agora.

— Terminar o que agora? — perguntou Harald.

— Seu rei — Odda disse a última palavra com sarcasmo — ordenou que Steapa e Uhtred lutassem até a morte. No entanto, ambos vivem! Então as ordens de seu rei não foram obedecidas.

— Há uma trégua! — protestou Harald.

— Ou Uhtred para de interferir com os negócios de Defnascir ou mandarei Defnascir matar Uhtred — disse Odda com ferocidade. — Quer saber quem está certo? Alfredo ou eu? Quer saber quem será rei em Wessex, Æthelwold ou Alfredo? Então faça o teste, Harald. Deixe Steapa e Uhtred terminarem sua luta e veremos que homem é favorecido por Deus. Se Uhtred vencer, eu irei apoiá-lo. Se ele perder? — Odda sorriu. Não tinha dúvida de quem venceria.

Harald ficou quieto. Olhei para Steapa e, como na primeira vez em que o encontrei, não vi nada em seu rosto. Ele prometera me proteger, mas isso foi antes de ter se reunido ao seu senhor. Os dinamarqueses pareceram felizes. Por que deveriam se importar com dois saxões lutando? Mas Harald continuou a hesitar, e então a voz fraca e débil soou na porta dos fundos do salão.

— Deixe que eles lutem, Harald, deixe que lutem. — Odda, o Velho, enrolado num cobertor de pele de lobo, estava junto à porta. Segurava um crucifixo. — Deixe que lutem — disse de novo — e Deus guiará o braço da vitória.

Harald me olhou. Assenti. Não queria lutar, mas um homem não pode recuar do combate. O que deveria fazer? Dizer que era absurdo esperar que Deus indicasse o curso de ação por meio de um duelo? Apelar a Harald? Afirmar que tudo o que Odda havia dito era errado e que Alfredo venceria? Se eu tivesse me recusado a lutar estaria cedendo ao argumento de Odda, e em verdade ele meio me convencera de que Alfredo estava condenado, e tenho certeza de que Harald ficou totalmente convencido. No entanto, naquele castelo, havia mais do que simples orgulho me fazendo lutar. Havia uma crença, no fundo da minha alma, de que de algum modo Alfredo sobreviveria. Eu não gostava dele, não gostava de seu deus, mas acreditava que o destino estava de seu lado. Por isso, assenti outra vez, agora para Steapa.

— Não quero lutar contra você — disse-lhe —, mas fiz um juramento a Alfredo e minha espada diz que ele vencerá, que o sangue dos dinamarqueses vai adubar nossos campos.

Steapa ficou quieto. Simplesmente flexionou os braços enormes, depois esperou enquanto um dos homens de Odda ia lá fora e voltava com duas espadas. Nada de escudos, apenas espadas. Havia apanhado um par de espadas ao acaso na pilha e as ofereceu primeiro a Steapa, que balançou a cabeça indicando que eu deveria escolher. Fechei os olhos, estendi a mão e peguei o primeiro punho em que toquei. Era uma espada pesada, com mais peso na ponta. Uma arma de cortar, não de furar, e eu soube que havia escolhido errado.

Steapa pegou a outra e cortou o ar fazendo a lâmina cantar. Svein, que havia traído pouca emoção até agora, pareceu impressionado, ao passo que Odda, o Jovem, sorria.

— Você pode baixar a espada — disse-me ele — e ceder a discussão.

Em vez disso, fui até o espaço livre ao lado da lareira. Não tinha intenção de atacar Steapa, mas deixaria que ele viesse até mim. Sentia-me fraco e resignado. O destino é inexorável.

— Em meu nome — disse Odda às minhas costas —, faça com que seja rápido.

— Sim, senhor — respondeu Steapa. Em seguida, deu um passo para mim e se virou rápido como uma cobra atacando. Sua lâmina chicoteou num golpe que acertou a garganta de Odda, o Jovem. A espada não era tão afiada quanto deveria, de modo que a lâmina derrubou Odda, mas também rasgou sua goela e o sangue jorrou no ar pela distância de uma lâmina, depois bateu no fogo, no qual sibilou e borbulhou. Agora Odda estava nos juncos do chão, as pernas tremendo, as mãos agarrando a garganta que ainda bombeava sangue. Fez um ruído gorgolejante, virou-se de costas e entrou num espasmo fazendo os calcanhares tamborilar no piso. Então, no momento em que Steapa se adiantou para acabar com ele, deu uma última sacudida e estava morto.

Steapa cravou a espada no chão, deixando-a estremecer ali.

— Alfredo me resgatou — anunciou ao salão. — Alfredo me tirou dos dinamarqueses. Alfredo é meu rei.

— E tem o nosso juramento — acrescentou Odda, o Velho — e meu filho não tinha o direito de fazer as pazes com os pagãos.

Os dinamarqueses recuaram. Svein me olhou, porque eu ainda estava segurando uma espada, depois olhou para as lanças de javali encostadas na parede, avaliando se poderia pegar uma antes que eu o atacasse. Baixei a lâmina.

— Temos uma trégua — disse Harald em voz alta.

— Temos uma trégua — repeti para Svein, em dinamarquês.

Svein cuspiu nos juncos ensanguentados, depois ele e seu porta-estandarte deram outro passo cauteloso para trás.

— Mas amanhã — disse Harald — não haverá trégua e vamos matar você.

Os dinamarqueses saíram de Ocmundtun. E no dia seguinte também foram embora de Cridianton. Poderiam ter ficado, se quisessem. Havia um número mais do que suficiente deles para defender Cridianton e criar confusão no distrito, mas Svein sabia que seria sitiado e, homem por homem, seria desgastado até não ter força alguma. Assim foi para o norte, juntar-se a Guthrum, e eu fui para Oxton. A terra nunca parecera mais linda, as árvores estavam cobertas de verde e pássaros se refestelavam nos primeiros brotos de frutos, enquanto anêmonas, alsinas e violetas brancas luziam em locais abrigados. Cordeiros fugiam das grandes lebres nos pastos. O sol brilhava na vastidão da foz do Uisc e o céu estava cheio do canto das cotovias sob as quais as raposas pegavam cordeirinhos; pegas e gaios se refestelavam com ovos de outros pássaros e os camponeses empalavam corvos nas bordas dos campos para garantir uma boa colheita.

— Logo haverá manteiga — disse uma mulher. Ela realmente queria saber se eu estava retornando à propriedade, mas não estava. Viera me despedir. Havia pessoas escravizadas vivendo ali, fazendo seu serviço, e garanti a eles que Mildrith nomearia um administrador mais cedo ou mais tarde, depois fui até o castelo, cavei ao lado da coluna de madeira e encontrei meu tesouro intocado. Os dinamarqueses não tinham vindo a Oxton. Wirken, o padre hipócrita de Exanmynster, ouviu dizer que eu estava no castelo e veio montado num jumento até a propriedade. Garantiu que havia ficado de olho no lugar, e sem dúvida queria recompensa.

— Tudo pertence a Mildrith agora — disse eu.

— A senhora Mildrith? Ela vive?

— Vive — respondi curto e grosso —, mas seu filho está morto.

— Deus tenha sua pobre alma — disse Wirken, fazendo o sinal da cruz. Eu estava comendo um pedaço de presunto e ele o olhou faminto, sabendo que eu violava as regras da Quaresma. Não disse nada, mas eu soube que estava me amaldiçoando por ser pagão.

— E a senhora Mildrith — continuei — levará uma vida casta agora. Diz que vai se juntar às irmãs em Cridianton.

— Não há irmãs em Cridianton — disse Wirken. — Estão todas mortas. Os dinamarqueses garantiram isso antes de partir.

— Outras freiras vão se estabelecer lá — respondi. Não que eu me importasse, porque o destino de um pequeno convento não era da minha conta. Oxton não era mais da minha conta. Os dinamarqueses eram da minha conta, os dinamarqueses tinham ido para o norte e eu iria segui-los.

Porque essa era a minha vida. Naquela primavera, completei 21 anos e durante metade da vida estivera com exércitos. Não era camponês. Olhei os escravizados cortando feno nos campos e soube que as tarefas de uma fazenda me entediavam. Eu era guerreiro, tinha sido impelido de meu lar em Bebbanburg até a borda sul da Inglaterra, e acho que sabia, enquanto Wirken continuava falando que havia guardado os depósitos durante todo o inverno, que agora ia para o norte de novo. Sempre para o norte. De volta para casa.

— Você viveu desses depósitos durante todo o inverno — acusei.

— Vigiei-os durante todo o inverno, senhor.

— E engordou enquanto vigiava. — Montei na minha sela. Atrás de mim havia dois sacos cheios de dinheiro, e ficaram ali enquanto eu cavalgava até Exanceaster e encontrava Steapa na estalagem Swan. Na manhã seguinte, com mais seis guerreiros da guarda do *ealdorman* Odda, fomos para o norte. Nosso caminho era marcado por colunas de fumaça, porque Svein estava queimando e saqueando enquanto seguia, mas havíamos feito o que Alfredo desejava. Havíamos impelido Svein de volta a Guthrum, de modo que agora os dois maiores exércitos dinamarqueses estavam unidos. Se Alfredo estivesse mais forte, poderia tê-los deixado separados e marchar contra um de cada vez, mas sabia que tinha apenas uma chance de recuperar o reino: vencer uma batalha. Precisava suplantar todos os dinamarqueses e destruí-los num só golpe, e sua arma era um exército que só existia em sua cabeça. Mandara ordens de que o *fyrd* de Wessex fosse convocado depois da Páscoa e antes do Pentecostes, mas ninguém sabia se ele realmente iria aparecer. Talvez saíssemos do pântano e não encontrássemos ninguém no local marcado. Ou talvez o *fyrd* viesse e haveria muito poucos homens. A verdade era que Alfredo estava fraco demais para lutar, porém esperar mais tempo só iria torná-lo mais fraco. Por isso, precisava lutar ou perder o reino.

Portanto, iríamos lutar.

Onze

— Você terá muitos filhos — disse-me Iseult. Estava escuro, mas uma meia-lua era levemente coberta pela névoa. Em algum lugar a nordeste, uma dúzia de fogueiras queimava nos morros, prova de que uma forte patrulha dinamarquesa vigiava o pântano. — Mas lamento por Uhtred.

Então chorei por ele. Não sei por que as lágrimas haviam demorado tanto a chegar, mas de repente fui dominado pelo pensamento em seu desamparo, em seu sorriso súbito e na pena daquilo tudo. Meus dois meios-irmãos e minha meia-irmã haviam morrido quando eram bebês e não me lembro de meu pai ter chorado, mas talvez tenha. Lembro-me de minha madrasta gritando de sofrimento e de como meu pai, enojado com o som, foi caçar com seus corvos e cães.

— Vi três martins-pescadores ontem — disse Iseult.

Lágrimas escorriam pela minha face, turvando a lua enevoada. Fiquei quieto.

— Hild diz que o azul das penas do martim-pescador é para a virgem e que o vermelho é para o sangue de Cristo.

— E o que você diz?

— Que a morte de seu filho é obra minha.

— *Wyrd bið ful aræd* — disse eu. O destino é o destino. Não pode ser mudado ou enganado. Alfredo havia insistido em que eu me casasse com Mildrith para ficar amarrado a Wessex e cravar raízes fundas em seu solo rico, mas eu já possuía raízes na Nortúmbria, raízes retorcidas na rocha de Bebbanburg, e talvez a morte do meu filho fosse um sinal dos deuses, de que eu não poderia fazer um novo lar. O destino queria que eu fosse para a minha fortaleza no norte, e até chegar a Bebbanburg seria um andarilho. Os homens temem os andarilhos porque eles não têm regras. Os dinamarqueses chegaram como estranhos, desenraizados e violentos, e era por isso, pensei, que eu sempre me sentia mais feliz em sua companhia. Alfredo podia passar horas se preocupando com a correção de uma lei, quer se referisse ao destino de órfãos ou à santidade dos marcos de fronteira, e estava certo em se preocupar porque as pessoas não podem viver juntas sem lei, caso contrário uma vaca desgarrada levaria a derramamento de sangue, mas os dinamarqueses cortavam as leis com espadas. Era mais fácil assim, mas logo que haviam se estabelecido numa terra começaram a fazer suas próprias leis. — Não é sua culpa — disse eu. — Você não pode comandar o destino.

— Hild diz que não existe essa coisa de destino.

— Então Hild está errada.

— Há apenas a vontade de Deus — disse Iseult —, e se nós a obedecermos vamos para o céu.

— E se optarmos por não obedecer, isso não é destino?

— É o diabo. Nós somos ovelhas, Uhted, e escolhemos nosso pastor, um pastor bom ou ruim.

Achei que Hild devia ter azedado Iseult com o cristianismo, mas estava errado. Era um padre que havia chegado a Æthelingæg enquanto eu estava em Defnascir e encheu sua cabeça com religião. Era um padre britânico de Dyfed, que falava a língua nativa de Iseult e além disso sabia inglês e dinamarquês. Eu estava pronto para odiá-lo tanto quanto odiava o irmão Asser, mas o padre Pyrlig entrou em nossa cabana na manhã seguinte alardeando que havia encontrado cinco ovos de gansa e estava morrendo de fome.

— Morrendo! É como estou, morrendo de fome! — Ele pareceu satisfeito em me ver. — Você é o famoso Uhtred, hein? E Iseult disse que você odeia o irmão Asser? Então é meu amigo. Não sei por que Abraão não leva Asser para o seu seio, a não ser, talvez, porque Abraão não quer o desgraçadozinho grudado no seio. Eu não gostaria. Seria como amamentar uma serpente, sem dúvida. Já falei que estou com fome?

O cavaleiro da morte

Tinha o dobro da minha idade e era um homem grande, de barriga grande e coração grande. O cabelo se projetava em tufos indomáveis, tinha nariz torto, apenas quatro dentes e sorriso largo.

— Quando eu era criança — disse-me —, uma criança pequena, costumava comer lama. Dá para acreditar? Os saxões comem lama? Claro que sim, e eu pensei: não quero comer lama. Lama é para os sapos. Assim, um dia, virei padre. E sabe por quê? Porque nunca vi um padre com fome! Nunca! Você já viu um padre com fome? Eu, não! — tudo isso se derramou sem qualquer introdução, depois ele falou sério com Iseult, em sua língua, e tive certeza de que estava derramando cristianismo nela, mas então Pyrlig traduziu para mim. — Estou dizendo que se pode fazer um prato maravilhoso com esses ovos. É só quebrar, mexer bem e misturar um pouquinho de queijo picado. E então, Defnascir está em segurança?

— A não ser que os dinamarqueses mandem uma frota — respondi.

— Guthrum tem isso em mente. Quer que os dinamarqueses de Lundene mandem seus navios para o litoral sul.

— Você sabe disso?

— Sei, sei sim! Ele me disse! Acabo de passar dez dias em Cippanhamm. Falo dinamarquês, veja bem, porque sou inteligente, por isso servi de embaixador para o meu rei. Que tal? Eu, que já comi lama, embaixador! Pique o queijo mais fininho, querida. Isso mesmo. Eu precisava descobrir, veja bem, quanto dinheiro Guthrum nos pagaria para levar nossos lanceiros por cima das colinas e começar a espetar os saxões. Essa é uma bela ambição para um britânico, espetar saxões, mas os dinamarqueses são pagãos, e Deus sabe que não podemos deixar pagãos soltos no mundo.

— Por quê?

— É só um desejo meu — disse ele —, só um desejo. — Em seguida, enfiou o dedo num potinho de manteiga e depois lambeu. — Não está realmente azeda — disse a Iseult —, não muito, portanto pode colocar. — Pyrlig riu para mim. — O que acontece quando você coloca dois touros num rebanho de vacas?

— Um touro morre.

— Aí está! Os deuses são a mesma coisa, por isso não queremos pagãos aqui. Somos vacas e os deuses são touros.

— De modo que eles montam na gente?

Ele riu.

— A teologia é difícil. De qualquer modo, Deus é meu touro, portanto estou aqui, falando aos saxões sobre Guthrum.

— Guthrum lhe ofereceu dinheiro?

— Ofereceu os reinos do mundo! Ofereceu ouro, prata, âmbar e azeviche! Ofereceu até mulheres, ou meninos, se eu tivesse esse gosto, coisa que não tenho. E não acreditei numa única promessa. Não que isso importasse. Os britânicos não vão lutar mesmo. Deus não quer. Não! Minha embaixada foi só um fingimento. O irmão Asser me mandou. Queria que eu espionasse os dinamarqueses, sabe? E depois contasse a Alfredo o que vi, então é isso que estou fazendo.

— Asser mandou você?

— Ele quer que Alfredo vença. Não porque ame os saxões, nem mesmo o irmão Asser é tão deturpado, mas porque ama Deus.

— E Alfredo vai vencer?

— Se Deus tiver alguma coisa a ver com isso, sim — respondeu Pyrlig animado, depois deu de ombros. — Mas os dinamarqueses são fortes no número de homens. Um grande exército! Mas não estão felizes, isso posso dizer. E todos estão com fome. Não morrendo de fome, veja bem, mas apertando os cintos mais do que gostariam, e agora Svein está lá, de modo que deve haver ainda menos comida. A culpa é deles mesmos, claro. Há homens demais em Cippanhamm. Mas ele está mandando os escravizados para Lundene, para vendê-los lá. Precisam de alguns filhotes de enguias, não é? Isso iria engordá-los. — Os filhotes de enguias estavam entrando aos montes no mar de Sæfern e subindo pelos rasos caminhos aquáticos do pântano, onde eram pescados em abundância. Não havia fome em Æthelingæg, pelo menos se você se entupisse de filhotes de enguia. — Ontem peguei três cestos cheios — disse Pyrlig, feliz. — E um sapo. Tinha um rosto parecido com o do irmão Asser, por isso lhe dei a bênção e joguei de volta. Não mexa simplesmente os ovos, menina! Bata! Ouvi dizer que seu filho morreu.

— Sim — respondi rigidamente.

— Lamento muito — disse ele com sentimento genuíno. — Lamento realmente, porque perder um filho é uma coisa desesperadamente dura. Algumas vezes acho que Deus deve gostar das crianças. Leva tantas para o céu! Acredito que há um jardim no céu, um jardim verde em que as crianças brincam o tempo todo. Ele tem dois filhos meus lá em cima, e vou lhe dizer, o mais novo deve estar fazendo os anjos gritar. Deve estar puxando os cabelos das meninas e batendo nos outros garotos como se fossem ovos de gansa.

— Você perdeu dois filhos?

— Mas mantive outros três e quatro filhas. Por que você acha que nunca estou em casa? — Ele riu para mim. — São umas coisinhas barulhentas, as crianças, e têm um apetite! Santo Deus, comeriam um cavalo por dia se pudessem! Há pessoas que dizem que os padres não deveriam se casar, e algumas vezes acho que estão certas. Tem algum pão, querida?

Iseult apontou para uma rede pendurada no teto e me disse:

— Tire o mofo.

— Gosto de ver um homem obedecer uma mulher — observou o padre Pyrlig enquanto eu pegava o pão.

— Por quê? — perguntei.

— Porque significa que não estou sozinho neste mundo lamentável. Santo Deus, mas aquela tal de Ælswith foi criada a fel, não foi? Tem uma língua que parece uma doninha faminta! Coitado do Alfredo.

— Ele é bastante feliz.

— Santo Deus, homem, essa é a última coisa que ele é! Algumas pessoas pegam Deus como se pega uma doença, e ele é um. Parece uma vaca depois do inverno.

— É?

— Sabe quando o capim do fim da primavera chega? Todo verde, novo e rico? E você coloca a pobre vaca para comer e ela explode como uma bexiga? Ela não passa de merda e vento, então cambaleia e cai morta se você não tirá-la do capim por um tempo. Esse é o Alfredo. Comeu demais da grama verde e boa de Deus e agora está doente por causa dela. Mas é um bom homem, um bom homem. Magro demais, porém bom. Um santo vivo, nada menos do que isso. Ah, boa menina, vamos comer. — Ele pegou um pouco de ovo com os dedos e depois passou a panela para mim. — Graças a Deus é Páscoa na semana que vem — disse com a boca cheia, de modo que migalhas de ovo se alojaram na barba enorme —, e então poderemos comer carne outra vez. Estou me esvaindo sem carne. Sabe que Iseult será batizada na Páscoa?

— Ela me contou — respondi rapidamente.

— E você não aprova? Só pense nisso como um bom banho, então talvez não se incomode tanto.

Eu não estava em Æthelingæg no batismo de Iseult, nem queria estar, porque sabia que a Páscoa com Alfredo não passaria de orações, salmos, padres e sermões. Em vez disso, levei Steapa e cinquenta homens para os morros, em direção a Cippanhamm, porque Alfredo havia ordenado que os dinamarqueses deveriam ser incomodados implacavelmente nas semanas seguintes. Havia decidido reunir o *fyrd* de Wessex perto do dia da Ascensão, para o qual faltavam apenas seis semanas, e essas eram as semanas em que Guthrum esperava reviver os cavalos famintos no capim de primavera, por isso fomos emboscar os grupos de dinamarqueses que iam procurar forragem. Se matássemos um grupo de busca de forragem, o próximo teria de ser protegido por mais cem cavaleiros, e isso enfraquece os cavalos ainda mais e, portanto, exige uma quantidade ainda maior de forragem. Funcionou durante um tempo, mas então Guthrum começou a mandar seus homens para o norte, a Mércia, onde não sofriam oposição.

Foi um tempo de espera. Agora havia dois ferreiros em Æthelingæg; e ainda que nenhum dos dois tivesse todo o equipamento que queriam, e ainda que o combustível para suas fornalhas fosse escasso, estavam fazendo boas pontas de lança. Um dos meus trabalhos era levar homens para cortar madeira de freixo para os cabos.

Alfredo estava escrevendo cartas, tentando descobrir quantos homens os distritos poderiam trazer para a batalha, e mandou padres à Frankia persuadir os *thegns* que haviam fugido para lá a voltar. Mais espiões vieram de Cippanhamm confirmando que Svein havia se juntado a Guthrum, e que Guthrum estava aumentando as forças de seus cavalos e trazendo homens das partes da Inglaterra dominadas pelos dinamarqueses. Estava ordenando a seus aliados saxões do oeste, como Wulfhere, a armar seus homens e alertando às guarnições em Wintanceaster, Readingun e Baðum de que deveriam estar prontas a abandonar suas fortificações e marchar para ajudá-lo. Guthrum tinha seus próprios espiões e devia saber que Alfredo planejava reunir um exército, e ouso dizer que gostou da notícia, porque um exército assim seria a última esperança de Alfredo. E se Guthrum vencesse o *fyrd*, Wessex cairia e nunca mais se levantaria.

Æthelingæg fervilhava de boatos. Diziam que Guthrum comandava cinco mil homens. Navios tinham vindo da Dinamarca e um novo exército de nórdicos havia chegado da Irlanda. Os britânicos estavam marchando. O *fyrd* de Mércia estava do lado de Guthrum e dizia-se que os dinamarqueses haviam montado um grande acampamento em Cracgelad, no rio Temes, onde milhares de soldados mércios, tanto dinamarqueses quanto saxões, estavam se reunindo. Os boatos da força de Guthrum atravessaram o mar e Wilfrith de Hamptonscir escreveu de Frankia implorando que Alfredo fugisse de Wessex. "Pegue um navio até este litoral", escreveu ele, "e salve sua família."

Leofric raramente ia nas patrulhas conosco. Ficava em Æthelingæg porque fora nomeado comandante da guarda real. Sentia orgulho disso, como deveria, porque nascera camponês e não sabia ler nem escrever, e em geral Alfredo insistia em que seus comandantes fossem alfabetizados. A influência de Eanflæd estava por trás da nomeação, porque ela havia se tornado confidente de Ælswith. A mulher de Alfredo não ia a lugar nenhum sem Eanflæd, até na igreja a ex-prostituta sentava-se logo atrás de Ælswith, e quando Alfredo reunia a corte Eanflæd estava sempre presente.

— A rainha não gosta de você — disse Eanflæd num raro dia em que a encontrei sozinha.

— Ela não é rainha — respondi. — Wessex não tem rainhas.

— Deveria ser — disse ela, ressentida. — Seria direito e adequado. — Eanflæd estava carregando uma braçada de plantas e eu notei que seus antebraços estavam de um tom verde-claro. — Estou tingindo — explicou bruscamente, e eu a acompanhei até onde um grande caldeirão borbulhava no fogo. Ela jogou as plantas dentro e começou a mexer a mistura. — Estamos fazendo pano verde.

— Pano verde?

— Alfredo precisa de um estandarte — disse ela indignada. — Ele não pode lutar sem estandarte. — As mulheres estavam fazendo dois estandartes. Um era a grande bandeira do dragão verde de Wessex e a outra tinha a cruz do cristianismo. — Sua Iseult está trabalhando na cruz — disse Eanflæd.

— Eu sei.

— Você deveria ter estado no batismo dela.

— Estava matando dinamarqueses.

— Mas fico feliz por ela ter sido batizada. Tomou tino.

Na verdade, pensei, o cristianismo fora enfiado a pancada em Iseult. Durante semanas ela havia suportado o rancor dos homens de Igreja de Alfredo, fora acusada de feitiçaria e de ser instrumento do diabo, e isso a havia desgastado. Depois chegou Hild com seu cristianismo mais gentil e Pyrlig que falava de Deus na língua de Iseult, e Iseult fora convencida. Isso significava que eu era o único pagão que restava no pântano, e Eanflæd olhou explicitamente para o meu amuleto do martelo. Não disse nada, em vez disso perguntou se eu realmente acreditava que poderíamos derrotar os dinamarqueses.

— Sim — respondi confiante, ainda que, claro, não soubesse.

— Quantos homens Guthrum tem?

Eu sabia que as perguntas não eram de Eanflæd, e sim de Ælswith. A mulher de Alfredo queria saber se seu marido tinha alguma chance de sobreviver ou se deveriam pegar o navio que havíamos capturado de Svein e ir para a Frankia.

— Guthrum vai liderar quatro mil homens — disse eu. — Pelo menos.

— Pelo menos?

— Depende de quantos vierem de Mércia — falei, depois pensei por um instante. — Mas espero quatro mil.

— E Wessex?

— O mesmo. — Eu estava mentindo. Com enorme sorte, poderíamos reunir três mil. Meu verdadeiro temor era que Alfredo erguesse seu estandarte e ninguém viesse, ou que apenas algumas centenas de homens chegassem. Poderíamos liderar trezentos homens de Æthelingæg, mas o que trezentos homens poderiam fazer contra o grande exército de Guthrum?

Alfredo também se preocupava com os números, e me mandou a Hamptonscir descobrir quanto do distrito estava sob ocupação dos dinamarqueses. Encontrei-os bem entrincheirados no norte, mas o sul do distrito estava livre deles, e em Hamtun, onde se baseava a frota de Alfredo, os navios de guerra ainda estavam puxados na praia. Burgweard, o comandante da frota, tinha mais de cem homens na cidade, tudo o que restava de suas tripulações, e colocava-os para vigiar a paliçada. Disse que não poderia deixar Hamtun por medo de que os dinamarqueses atacassem e capturassem os navios, mas eu tinha o pedaço de pergaminho de Alfredo com seu lacre do dragão, e o usei para ordená-lo a manter trinta homens protegendo os navios e trazer o restante para Alfredo.

— Quando? — perguntou ele em tom soturno.

— Quando você for convocado, mas será logo. E deverá reunir o *fyrd* local também. Traga-os.

— E se os dinamarqueses vierem para cá? Se vierem por mar?

— Então perdemos a frota e construímos outra.

Seu medo era bastante real. Navios dinamarqueses se encontravam de novo diante do litoral sul. Por enquanto, em vez de tentar uma invasão, estavam sendo vikings. Desembarcavam, atacavam, estupravam, queimavam, roubavam e voltavam para o mar, mas eram em número suficiente para Alfredo se preocupar com a hipótese de todo um exército desembarcar em algum ponto da costa e marchar contra ele. Sentíamo-nos assolados por esse medo e pelo conhecimento de que éramos poucos e o inimigo, numeroso, e que os cavalos do inimigo estavam engordando no capim novo.

— O dia da Ascensão — anunciou Alfredo quando retornei de Hamtun.

Era o dia em que deveríamos estar prontos em Æthelingæg, e no domingo seguinte, festa de Santa Mônica, iríamos reunir o *fyrd*, se houvesse um *fyrd*. Segundo relatórios, os dinamarqueses se preparavam para marchar e estava claro que lançariam o ataque para o sul na direção de Wintanceaster, a capital de Wessex. E para protegê-la, para impedir a ida de Guthrum ao sul, o *fyrd* iria se reunir na Pedra de Egbert. Eu nunca ouvira falar do local, mas Leofric garantiu que era um ponto importante, o lugar em que o rei Egbert, avô de Alfredo, fizera julgamentos.

— Não é uma pedra — disse ele — e sim três.

— Três?

— Duas grandes colunas e outro pedregulho em cima. Os gigantes fizeram, nos tempos antigos.

Assim a convocação foi feita. Tragam todos os homens, instruíam os pergaminhos, tragam cada arma e façam suas orações, porque o que resta de Wessex irá se reunir na Pedra de Egbert para travar batalha contra os dinamarqueses. E, nem bem a convocação foi enviada, o desastre aconteceu. Chegou apenas uma semana antes do dia da reunião do *fyrd*.

Huppa, *ealdorman* de Thornsæta, escreveu dizendo que quarenta navios dinamarqueses estavam junto ao seu litoral e que não ousava liderar o *fyrd* para longe da ameaça deles. Pior, como os dinamarqueses eram tão numerosos, havia pedido a Harald, de Defnascir, para emprestar seus homens.

A carta quase destruiu o ânimo de Alfredo. Ele havia se agarrado ao sonho de surpreender Guthrum levantando um exército inesperadamente poderoso, mas agora todas as esperanças se despedaçavam. Ele sempre fora magro, mas de repente parecia abatido e passava horas na igreja, lutando com Deus, incapaz de entender por que o Todo-poderoso havia se voltado contra ele tão de repente. E dois dias depois da notícia da frota dinamarquesa, Svein do Cavalo Branco liderou trezentos homens montados num ataque contra as colinas na borda do pântano. E como uma grande quantidade de homens do *fyrd* de Sumorsæte havia se reunido em Æthelingæg, Svein descobriu seus cavalos e roubou-os. Não tínhamos espaço nem forragem para manter tantos cavalos em Æthelingæg propriamente dita, de modo que eles pastavam para além da estrada, e eu fiquei olhando do forte enquanto Svein, montando um cavalo branco e usando seu elmo com pluma branca e a capa branca, arrebanhava os animais e os levava para longe. Não podia fazer nada para impedi-lo. Eu tinha vinte homens no forte e Svein estava liderando centenas.

— Por que os cavalos não estavam sendo vigiados? — perguntou Alfredo.

— Estavam — disse Wiglaf, *ealdorman* de Sumorsæte — e os guardas morreram. — Ele viu a raiva de Alfredo, mas não o seu desespero. — Não víamos um dinamarquês por aqui há semanas! — implorou ele. — Como saberíamos que eles chegariam em força total?

— Quantos homens morreram?

— Apenas 12.

— Apenas? — perguntou Alfredo, encolhendo-se. — E quantos cavalos foram perdidos?

— Sessenta e três.

Na noite de véspera do Dia da Ascensão Alfredo caminhou junto ao rio. Beocca, fiel como um cachorro, seguiu-o a distância, querendo oferecer a confiança de Deus ao rei, mas em vez disso Alfredo mandou me chamar. Havia uma lua e sua luz lançava sombras no rosto dele, fazendo seus olhos claros parecerem quase brancos.

— Quantos homens teremos? — perguntou abruptamente.

Eu não precisava pensar na resposta.

— Dois mil.

Ele confirmou com a cabeça. Conhecia o número tão bem quanto eu.

— Talvez alguns mais — sugeri.

Ele resmungou diante disso. Levaríamos 350 homens de Æthelingæg. Wiglaf, *ealdorman* de Sumorsæte, havia prometido mil, mas em verdade duvidei de que tantos viessem. O *fyrd* de Wiltunscir fora enfraquecido pela defecção de Wulfhere, mas a parte sul do distrito deveria mandar quinhentos homens, e poderíamos esperar alguns de Hamptonscir, mas afora isso dependeríamos dos poucos que conseguissem passar pelas guarnições dinamarquesas que agora cercavam o coração de Wessex. Se Defnascir e Thornsæta tivessem mandado seus *fyrds,* teríamos chegado a quase quatro mil, mas eles não viriam.

— E Guthrum? — perguntou Alfredo. — Quantos ele terá?

— Quatro mil.

— Mais provavelmente cinco. — Alfredo olhou para o rio que corria baixo entre as margens lamacentas. A água ondulava ao redor das armadilhas para peixes, feitas de vime. — Então devemos lutar?

— Que opção temos?

Ele sorriu disso.

— Temos uma opção, Uhtred. Podemos fugir. Podemos ir para a Frankia. Eu poderia me tornar um rei no exílio e rezar para Deus me trazer de volta.

— Acha que Deus fará isso?

— Não — admitiu ele. Se fugisse sabia que iria morrer no exílio.

— Então lutamos.

— E na minha consciência levarei para sempre o peso dos homens que morreram por uma causa sem esperança. Dois mil contra cinco mil? Como posso justificar tão poucos contra tantos?

— O senhor sabe como.

— Para que eu possa ser rei?

— Para que não sejamos escravos em nossa própria terra.

Ele pensou nisso por um tempo. Uma coruja voou baixo, uma surpresa súbita de penas brancas e o jorro de ar nas asas curtas. Era um presságio, eu sabia, mas de que tipo?

— Talvez estejamos sendo punidos — disse Alfredo.

— Por quê?

— Por tomar a terra dos britânicos?

Isso me pareceu absurdo. Se o Deus de Alfredo quisesse puni-lo porque seus ancestrais haviam tomado a terra dos britânicos, por que mandaria os dinamarqueses? Por que não mandar os britânicos? Deus poderia ressuscitar Artur e deixar que seu povo se vingasse, mas por que mandaria um novo povo tomar a terra?

— O senhor quer Wessex ou não? — perguntei asperamente.

Ele não disse nada por um tempo, depois deu um sorriso triste.

— Na minha consciência, não consigo encontrar esperança para esta luta, mas como cristão devo acreditar que podemos vencer. Deus não deixará que percamos.

— Nem isto — disse eu, e bati no punho de Bafo de Serpente.

— É simples assim?

— A vida é simples. Cerveja, mulheres, espada e reputação. Nada mais importa.

Alfredo balançou a cabeça e eu soube que ele estava pensando em Deus, oração e dever, mas não discutiu.

— Então, se você fosse eu, Uhtred, marcharia?

— O senhor já decidiu — respondi. — Então por que perguntar a mim?

Ele confirmou com a cabeça. Um cão latiu no povoado e ele se virou para as cabanas, o castelo e a igreja que havia feito, com sua alta cruz de amieiro.

— Amanhã você levará cem cavaleiros para patrulhar adiante do exército.

— Sim, senhor.

— E quando encontrarmos o inimigo — continuou ele, ainda olhando para a cruz —, escolherá cinquenta ou sessenta homens da minha guarda pessoal. Os melhores que puder encontrar. E vai guardar meus estandartes.

Não falou mais, porém não precisava. O que queria dizer era que eu deveria pegar os melhores guerreiros, os homens mais violentos, os guerreiros perigosos que adoravam a batalha, e liderá-los ao lugar em que a luta seria mais dura, porque os inimigos adoram capturar os estandartes de seus inimigos. Era uma honra receber esse pedido e, se a batalha fosse perdida, uma sentença de morte quase garantida.

— Farei isso com prazer, senhor, mas peço um favor em troca.

— Se eu puder — disse ele, reservado.

— Se puder, não me enterre. Queime meu corpo numa pira e ponha uma espada na minha mão.

Ele hesitou, depois assentiu, sabendo que havia concordado com um funeral pagão.

— Eu nunca lhe disse que lamento muito pelo seu filho.

— Eu também, senhor.

— Mas ele está com Deus, Uhtred, com certeza está com Deus.

— Foi o que me disseram, senhor, foi o que me disseram.

E no dia seguinte marchamos. O destino é inexorável, e ainda que os números e a razão dissessem que não poderíamos vencer, não ousávamos perder, por isso marchamos até a Pedra de Egbert.

Marchamos com cerimônia. Vinte e três padres e 18 monges formavam nossa vanguarda, cantando um salmo enquanto levavam as forças de Alfredo para longe do forte que guardava o caminho leste para o coração de Wessex.

Cantavam em latim, de modo que para mim as palavras não significavam nada, mas o padre Pyrlig recebera um dos cavalos de Alfredo e, vestindo casaco de couro, com uma grande espada presa ao lado do corpo e com uma grossa lança de caçar javali num ombro, cavalgava ao meu lado e traduzia as palavras.

— "Deus" — disse ele —, "vós me abandonastes, vós nos espalhastes, estais irado conosco, agora voltai-vos de novo para nós." Parece um pedido bastante razoável, não? Vós chutastes na nossa cara, então agora nos faça um carinho, certo?

— Realmente significa isso?

— Não a parte sobre chutes e carinhos. Isso fui eu. — Ele riu. — Sinto falta da guerra. Não é pecado?

— Então você já viu guerra?

— Se vi? Eu era guerreiro antes de entrar para a Igreja! Pyrlig, o Intrépido, era como me chamavam. Uma vez matei quatro saxões num dia. Totalmente sozinho, e não tinha nada além de uma lança. E eles tinham espadas e escudos, tinham sim. Na minha terra fizeram uma canção a meu respeito, mas veja vem, os britânicos cantam sobre qualquer coisa. Posso cantar a música, se você quiser. Conta como matei 394 saxões num dia, mas não é totalmente exato.

— Então quantos você matou?

— Eu já disse. Quatro. — Ele riu.

— E como aprendeu inglês?

— Minha mãe era saxã, coitada. Foi apanhada num ataque contra Mércia e foi escravizada.

— Então por que você parou de ser guerreiro?

— Porque encontrei Deus, Uhtred. Ou Deus me encontrou. E eu estava ficando orgulhoso demais. As canções a nosso respeito sobem à cabeça e eu tinha um orgulho maligno, e o orgulho é uma coisa terrível.

— É uma arma de guerreiro.

— É mesmo, e por isso é uma coisa terrível, motivo pelo qual rezo para que Deus me expurgue isso.

Agora estávamos bem à frente dos padres, subindo em direção ao topo da colina mais próxima para olhar ao norte e ao leste, em busca do inimigo, mas as vozes dos homens da Igreja nos seguiam, o canto forte no ar matinal.

— "Com Deus seremos bravos" — traduziu o padre Pyrlig para mim — "e Deus pisoteará nossos inimigos." Esse é um pensamento abençoado para uma bela manhã, senhor Uhtred!

— Os dinamarqueses estão fazendo as orações deles, padre.

— Mas para que Deus, hein? Não há sentido em gritar para um surdo, há? — Ele parou seu cavalo no topo da colina e olhou para o norte. — Nem mesmo um camundongo se mexe.

— Os dinamarqueses estão vigiando. Não podemos vê-los, mas eles podem nos ver.

Se estivessem olhando, o que poderiam ver eram os 350 homens de Alfredo cavalgando ou andando para fora do pântano, e a distância mais quinhentos ou seiscentos homens do *fyrd* da parte ocidental de Sumorsæte, que haviam acampado ao sul do pântano e agora marchavam para se juntar à nossa pequena coluna. A maioria dos homens de Æthelingæg era composta de soldados verdadeiros, treinados para ficar na parede de escudos, mas também tínhamos cinquenta homens do pântano. Eu quisera que Eofer, o forte arqueiro, viesse conosco, mas ele não conseguia lutar sem que a sobrinha dissesse o que fazer, e eu não tinha intenção de levar uma criança à guerra, por isso deixamos Eofer para trás. Um bom número de mulheres e crianças seguia a coluna, mas Alfredo mandara Ælswith e seus filhos para o sul, até Scireburnan, sob guarda de quarenta homens. Não podíamos dispensar aqueles homens, mas Alfredo insistiu em que sua família fosse embora. Ælswith deveria esperar em Scireburnan e, se chegassem notícias de que seu marido fora derrotado e os dinamarqueses eram vitoriosos, deveria fugir para o litoral sul e encontrar um navio que a levasse até a Frankia. Também foi instruída a levar consigo qualquer livro que pudesse encontrar em Scireburnan, porque Alfredo achava que os dinamarqueses queimariam cada livro que havia em Wessex, de modo que Ælswith deveria resgatar os livros dos evangelhos, das vidas dos santos e fundadores da Igreja, dos historiadores e filósofos, e assim criar seu filho Eduardo para se tornar um letrado rei no exílio.

Iseult estava com o exército, caminhando com Hild e Eanflæd, que havia deixado Ælswith perturbada insistindo em acompanhar Leofric. As mulheres levavam animais de carga que carregavam os escudos do exército, comida e lanças de reserva. Quase todas as mulheres estavam equipadas com algum tipo de arma. Até Hild, uma freira, queria se vingar dos dinamarqueses que a haviam prostituído, por isso levava uma faca de lâmina comprida e fina.

— Que Deus ajude os dinamarqueses se essas aí se soltarem no meio deles — dissera o padre Pyrlig ao ver as mulheres se reunindo.

Agora nós dois trotamos para o leste. Eu mantinha cavaleiros cercando a coluna, subindo em cada crista, permanecendo à vista uns dos outros, e prontos para sinalizar se vissem algum sinal do inimigo, mas não houve. Cavalgamos ou marchamos sob um céu de primavera, através de uma terra colorida de flores, e os padres e monges continuavam com seus cantos. Algumas vezes os homens de trás, que seguiam os dois porta-estandartes de Alfredo, começavam a cantar uma canção de batalha.

O padre Pyrlig batia palmas ao ritmo dos cantos, depois me deu um riso largo.

— Imagino que Iseult cante para você, não é?

— Canta.

— Nós, britânicos, adoramos cantar! Preciso ensinar alguns hinos a ela. — Ele viu minha expressão azeda e riu. — Não se preocupe, Uhtred, ela não é cristã.

— Não? — perguntei surpreso.

— Bem, é, por enquanto. Lamento você não ter vindo ao batismo dela. Estava fria, aquela água! Quase me congelou!

— Ela foi batizada, mas você diz que ela não é cristã?

— É e não é — respondeu Pyrlig rindo. — É agora, veja bem, porque está entre cristãos. Mas ainda é uma rainha das sombras, e não vai se esquecer disso.

— Você acredita nas rainhas das sombras?

— Claro que sim! Santo Deus, homem! Ela é uma! — Ele fez o sinal da cruz.

— O irmão Asser a chamou de bruxa, de feiticeira.

— Bom, e chamaria mesmo, não é? Ele é um monge! Os monges não se casam. O irmão Asser morre de pavor das mulheres, a não ser que sejam muito feias, e então ele as persegue. Mas mostre-lhe uma coisinha bonita e ele fica todo confuso. E é claro que odeia o poder das mulheres.

— Poder?

— Quero dizer, não só os peitos. Deus sabe que os peitos são bem poderosos, mas a coisa verdadeira. Poder! Minha mãe tinha. Não era uma rainha das sombras, veja bem, mas fazia curas e era *scryer*.

— Via o futuro?

Ele balançou a cabeça.

— Sabia o que estava acontecendo longe. Quando meu pai morreu, ela gritou de repente. Gritou a ponto de quase se matar porque sabia o que havia acontecido. E estava certa. O coitado foi morto por um saxão. Mas ela era melhor nas curas. As pessoas vinham de quilômetros de distância. Não importava que ela tivesse nascido saxã, elas andavam durante uma semana para sentir o toque de sua mão. Eu? Eu recebia isso de graça! Ela me batia um bocado, batia mesmo, e ouso dizer que eu merecia, mas ela era uma pessoa rara para fazer curas. E, claro, os padres não gostam disso.

— Por quê?

— Porque os padres dizem ao povo que todos os poderes vêm de Deus, e se algo não vem de Deus deve ser maligno, não vê? De modo que, quando as pessoas ficam doentes, a Igreja quer que elas rezem e deem dinheiro aos padres. Os padres não gostam quando não entendem as coisas e não gostam que as pessoas procurem as mulheres para ser curadas. Mas o que mais o povo iria fazer? A mão de minha mãe, que Deus tenha sua alma saxã, era melhor do que qualquer reza! Melhor do que o toque dos sacramentos! Eu não impediria o povo de procurar alguém que faz curas. Eu diria para fazerem isso! — Ele parou de falar porque levantei a mão. Tinha visto movimento numa colina e instiguei o cavalo. — Mas a sua Iseult — continuou Pyrlig — foi criada com o poder e não vai perdê-lo.

— O batismo não o lavou?

— De jeito nenhum! Só a deixou com um pouco mais de frio e mais limpa. Não há nada de errado com um banho uma ou duas vezes por ano. — Ele riu. — Mas ela ficou apavorada lá no pântano. Você tinha saído, a toda volta havia saxões e eles cuspiam dizendo que ela era pagã, então o que você acha que ela faria? Iseult quer ser um deles, quer que as pessoas parem de cuspir na direção dela, por isso disse que seria batizada. E talvez seja mesmo cristã, não é? Eu louvaria Deus por essa misericórdia, mas preferiria louvá-lo por fazê-la feliz.

— Você não acha que ela é feliz?

— Claro que não é! Ela está apaixonada por você! — Ele riu. — E estar apaixonada por você significa viver em meio aos saxões, não é? Coitada. É como uma linda corça que se pega vivendo entre porcos que não param de grunhir.

— Que dom para as palavras você tem!

Ele riu, deliciado com seu próprio insulto.

— Vença sua guerra, senhor Uhtred, depois leve-a para longe de nós, padres, e dê-lhe um monte de filhos. Ela será feliz e um dia será realmente sábia. Esse é o verdadeiro dom das mulheres, ser sábias, e não são muitos os homens que o têm.

E meu dom era ser guerreiro, se bem que naquele dia não houve luta. Não vimos dinamarqueses, mas eu estava certo de que eles tinham nos visto e agora Guthrum já saberia que Alfredo finalmente havia saído do pântano e estava marchando para o interior. Estávamos lhe dando a oportunidade de nos destruir, de acabar com Wessex, e eu sabia que os dinamarqueses estariam se preparando para marchar contra nós.

Passamos aquela noite numa fortaleza de terra construída pelo povo antigo. Na manhã seguinte fomos para o nordeste através de uma terra faminta. Cavalguei adiante, subindo nas colinas para procurar o inimigo, mas de novo o mundo parecia vazio. Gralhas voavam, lebres dançavam e cucos gritavam nas florestas densas de tantas campânulas, mas não havia dinamarqueses. Cavalguei por uma crista elevada, olhando para o norte, e não vi coisa alguma. E quando o sol estava no auge virei para o leste. Éramos dez em meu bando e nosso guia era um homem de Wiltunscir que conhecia a região e nos guiou para o vale do Wilig, onde fica a Pedra de Egbert.

Cerca de um quilômetro e meio antes do vale vimos cavaleiros, mas estavam ao sul de nós e galopamos por pastagens intactas até descobrir que era Alfredo, escoltado por Leofric, cinco soldados e quatro padres.

— Vocês estiveram na pedra? — gritou Alfredo ansioso quando nos aproximamos.

— Não, senhor.

— Sem dúvida há homens lá — disse ele, desapontado por eu não trazer novidades.

— Também não vi nenhum dinamarquês, senhor.

— Eles vão demorar dois dias para se organizar — disse ele sem dar importância. — Mas virão! Eles virão! E vamos derrotá-los! — Alfredo se virou na sela para olhar o padre Beocca, que era um dos sacerdotes. — Está dolorido, padre?

— Tremendamente, senhor.

— Você não é cavaleiro, Beocca, não é cavaleiro, mas não falta muito. Não falta muito, e então você poderá descansar! — Alfredo estava num clima febril. — Descanse antes de lutarmos, hein! — Ele instigou o cavalo num galope e nós fomos atrás, cruzando um pomar com flores cor-de-rosa e subindo uma encosta, depois atravessando uma colina comprida onde havia ossos de gado morto no capim novo. Flores-de-maio brancas cresciam nas bordas da floresta ao pé da colina e um falcão voou para longe, deslizando sobre o vale em direção aos restos calcinados de um celeiro.

— Fica logo depois da crista do morro, senhor! — gritou meu guia para mim.

— O quê?

— Defereal, senhor!

Defereal era o nome do povoado no vale do rio Wilig onde ficava a Pedra de Egbert, e Alfredo esporeou seu cavalo de modo que a capa azul balançava atrás dele. Estávamos todos galopando, espalhados no topo da colina, correndo para ser o primeiro a atravessar a crista e ver as forças saxãs. Então o cavalo do padre Beocca tropeçou. Como disse Alfredo, ele era um mau cavaleiro, mas isso não surpreendia porque ele era manco e tinha a mão paralítica, e quando o cavalo tropeçou, Beocca despencou da sela. Vi-o rolando no capim e virei meu cavalo.

— Não estou machucado — gritou ele —, não estou machucado! Não muito. Continue, Uhtred, continue!

O rei do pântano

Peguei seu cavalo. Agora Beocca estava de pé, mancando o mais rápido possível até onde Alfredo e os outros cavaleiros se encontravam enfileirados, olhando o vale adiante.

— Deveríamos ter trazido os estandartes — disse Beocca enquanto eu lhe entregava as rédeas.

— Os estandartes?

— Para que o *fyrd* saiba que o rei chegou — disse ele ofegante. — Eles deveriam ver os estandartes no horizonte, Uhtred, e saber que ele chegou. A cruz e o dragão, hein? *In hoc signo*! Alfredo será o novo Constantino, Uhtred, um guerreiro da cruz. *In hoc signo*, Deus seja louvado, Deus seja louvado, de fato, Deus seja magnificamente louvado.

Eu não tinha ideia do que ele estava dizendo, e não me importava.

Porque havia chegado ao topo do morro e podia olhar o vale comprido e belo do Wilig.

Vazio.

Não havia nenhum homem à vista. Só o rio, os salgueiros, as campinas junto à água e os amieiros, uma garça voando e a pedra tripla de Egbert numa encosta acima do Wilig, onde um exército deveria se reunir. E não havia nenhum homem ali. Nem um único homem à vista. O vale estava vazio.

Os homens que havíamos trazido de Æthelingæg chegaram cansados ao vale, e com eles agora estava o *fyrd* de Sumorsæta. Juntos somavam pouco mais de mil homens, e cerca de metade era equipada para lutar na parede de escudos, ao passo que o restante só era bom para empurrar as primeiras filas adiante, lidar com o inimigo ferido ou, mais provavelmente, morrer.

Não pude encarar o desapontamento de Alfredo. Ele não disse nada a respeito, mas seu rosto magro estava pálido e duro enquanto se ocupava decidindo onde os mil homens deveriam acampar e onde nossos poucos cavalos poderiam pastar. Subi uma colina alta que ficava ao norte do acampamento, levando uns vinte homens, incluindo Leofric, Steapa e o padre Pyrlig. O morro era alto, mas isso não havia impedido o povo antigo de fazer uma de suas estranhas sepulturas no topo da encosta. Era um monte comprido e Pyrlig fez um amplo desvio para não atravessá-lo a cavalo.

— Está cheio de dragões — explicou ele.

— Você já viu algum dragão? — perguntei.

— E estaria vivo se tivesse? Ninguém vê um dragão e sobrevive!

Virei-me na sela e olhei para o monte fúnebre.

— Achei que havia gente enterrada aqui.

— E há! E os tesouros deles! Por isso o dragão guarda o tesouro. É o que os dragões fazem. Se você enterrar ouro vai chocar um dragão, certo?

Os cavalos tiveram de lutar para subir a encosta íngreme, mas no cume fomos recompensados por um trecho de terra firme que oferecia a visão até longe, ao norte. Eu havia subido o morro para vigiar dinamarqueses. Alfredo poderia crer que iriam se passar dois ou três dias antes de os virmos, mas eu esperava que seus batedores estivessem perto, e era possível que um bando de guerreiros tentasse incomodar os homens que acampavam junto ao Wilig.

Mas não vi ninguém. A nordeste ficavam amplos trechos altos e ondulados, colinas para criar ovelhas, e bem à frente havia o terreno baixo onde as sombras das nuvens corriam por campos e flores-de-maio, escurecendo as folhas novas de um verde luminoso.

— E o que acontece agora? — perguntou Leofric.

— Diga você.

— Mil homens? Não podemos lutar contra os dinamarqueses com mil homens.

Não falei nada. Longe, no horizonte norte, havia nuvens escuras.

— Nem mesmo podemos ficar aqui! — disse Leofric. — Então aonde vamos?

— Voltar ao pântano? — sugeriu o padre Pyrlig.

— Os dinamarqueses trarão mais navios — disse eu — e então vão capturar o pântano. Se mandarem cem navios rio acima, o pântano é deles.

— Ir para Defnascir — rosnou Steapa.

E a mesma coisa aconteceria lá, pensei. Estaríamos seguros por um tempo no emaranhado de morros e florestas de Defnascir, mas os dinamarqueses viriam e haveria uma sucessão de pequenas lutas, e pouco a pouco

Alfredo seria sangrado até a morte. E assim que os dinamarqueses do outro lado do mar soubessem que Alfredo estava preso num canto de Wessex, trariam mais navios para tomar a terra boa que ele não podia sustentar. E era por isso, pensei, que ele estivera certo em tentar acabar com a guerra num só golpe, porque não ousava deixar que a fraqueza de Wessex fosse conhecida.

Só que estávamos fracos. Éramos mil homens. Éramos patéticos. Éramos sonhos caídos na terra, e de repente comecei a rir.

— O que é? — perguntou Leofric.

— Eu estava pensando que Alfredo insistiu em que eu aprendesse a ler, e para quê?

Ele sorriu, lembrando. Uma das regras de Alfredo era que cada homem que comandava tropas consideráveis deveria saber ler, mas era uma regra que ele havia ignorado ao tornar Leofric comandante de sua guarda pessoal. Pareceu engraçado na época. Todo aquele esforço para eu ser capaz de ler suas ordens, e ele jamais me mandara uma única ordem. Nenhuma.

— Ler é útil — disse Pyrlig.

— Para quê?

Ele pensou. O vento soprou, balançando seu cabelo e sua barba.

— Você pode ler todas aquelas boas histórias nos livros dos evangelhos — sugeriu animado — e as vidas dos santos! Que tal, hein? São repletas de coisas lindas, são mesmo. Houve santa Donwen! Era uma mulher linda que deu ao amante uma bebida que o transformou em gelo.

— Por que ela fez isso? — perguntou Leofric.

— Não queria se casar com ele — respondeu Pyrlig, tentando nos animar, mas ninguém queria ouvir mais sobre a frígida santa Donwen, por isso ele se virou e olhou para o norte. — É de lá que eles virão, não é?

— Provavelmente — disse eu, e então os vi, ou pensei ter visto. Houve movimento nas colinas mais distantes, algo se mexendo na sombra de nuvem, e desejei que Iseult estivesse no topo do morro porque ela possuía uma visão notável, mas precisaria de um cavalo para subir naquele topo e não havia cavalos sobrando para as mulheres. Os dinamarqueses tinham milhares de cavalos, todos os que haviam capturado de Alfredo em Cippanhamm e todos os animais que haviam capturado através de Wessex, e agora eu estava olhando um grupo de cavaleiros naquele morro distante. Batedores, provavelmente, e eles deviam ter nos visto. Então sumiram. Foi um vislumbre, nada mais, e tão distante que eu não podia ter certeza do que vira. — Ou talvez eles não venham — continuei —, talvez marchem ao redor de nós. Capturem Wintanceaster e todo o resto.

— Os desgraçados virão — disse Leofric, sério, e pensei que ele provavelmente estava certo. Os dinamarqueses saberiam que estávamos aqui, quereriam nos destruir, e afinal de contas isso seria fácil para eles.

Pyrlig virou seu cavalo, como se fosse voltar para o vale, e parou.

— Então não há esperança, há? — perguntou.

— Eles estarão em maior número, numa proporção de cinco para um — respondi.

— Então teremos de lutar com mais empenho.

Sorri.

— Cada dinamarquês que vem para a Britânia, padre, é um guerreiro. Os camponeses ficam na Dinamarca, mas os violentos vêm para cá. E nós? Somos quase todos camponeses, e são necessários três ou quatro camponeses para vencer um guerreiro.

— Vocês são guerreiros — disse ele —, todos vocês! São guerreiros! Todos vocês sabem lutar! Podem inspirar homens, liderar homens e matar seus inimigos. E Deus está do seu lado. Com Deus do seu lado, quem pode derrotá-los, hein? Quer um sinal?

— Dê-me um sinal — respondi.

— Então olhe — disse ele, e apontou para o Wilig. Virei meu cavalo. E lá, ao sol da tarde, estava o milagre que havíamos desejado. Homens iam chegando. Centenas. Homens do leste e homens do sul, homens jorrando morro abaixo, homens do *fyrd* saxão do oeste, vindo salvar seu país por ordem de seu rei.

— Agora são apenas dois camponeses para cada guerreiro! — disse Pyrlig animado.

— Estamos afundados até o cu — disse Leofric.

Mas não estávamos mais sozinhos. O *fyrd* se reunia.

O rei do pântano

Local da Batalha de Ethandun, ano 878.

Terceira Parte
O fyrd

Doze

A MAIORIA DOS HOMENS CHEGOU em grandes grupos, liderados por seus *thegns*. Outros vinham em pequenos bandos, mas juntos incharam até formar um exército. Arnulf, *ealdorman* de Suth Seaxa, trouxe quase quatrocentos homens e pediu desculpas por não serem mais, porém havia navios dinamarqueses perto de seu litoral e ele fora obrigado a deixar parte de seu *fyrd* guardando a costa. Os homens de Wiltunscir haviam sido convocados por Wulfhere para se juntar ao exército de Guthrum, mas o *reeve*, um homem sério chamado Osric, havia percorrido a parte sul do distrito e mais de oitocentos homens ignoraram a convocação de seu *ealdorman* e vieram para Alfredo. Outros chegaram de partes distantes de Sumorsæte para se juntar ao *fyrd* de Wiglaf, que agora chegava a mil homens, ao passo que metade desse número chegava de Hamptonscir, incluindo a guarnição de Burgweard, onde estavam Eadric e Cenwulf, tripulantes do *Heahengel*. Ambos me abraçaram, e com eles estava o padre Willibald, ansioso e nervoso. Quase todos os homens chegavam a pé, cansados e famintos, com as botas se desfazendo, mas tinham espadas, machados, lanças e escudos, e no meio da tarde havia quase três mil homens no vale do Wilig, e outros continuavam chegando enquanto eu cavalgava até o morro distante onde pensei ter visto batedores dinamarqueses.

Alfredo havia me mandado. No último instante, o padre Pyrlig se ofereceu para me acompanhar e Alfredo ficou surpreso, pareceu pensar durante um momento e assentiu.

— Traga Uhtred de volta em segurança, padre — disse rigidamente.

Não falei nada enquanto cavalgávamos pelo acampamento que ia crescendo, mas assim que estávamos sozinhos dei um olhar azedo para Pyrlig.

— Isso tudo foi combinado — disse eu.

— O quê?

— Sua vinda comigo. Ele já havia mandado selar seu cavalo! O que Alfredo quer?

Pyrlig riu.

— Quer que eu o convença a virar cristão, claro. O rei tem grande fé em meus poderes verbais.

— Eu sou cristão — respondi.

— Agora é?

— Eu fui batizado, não fui? Duas vezes, por sinal.

— Duas vezes! Duas vezes santo, hein? Como foi batizado duas vezes?

— Porque meu nome foi mudado quando eu era criança e minha madrasta achou que o céu não me reconheceria com o outro nome.

Ele riu.

— Então eles lavaram o diabo de você na primeira vez e o colocaram de volta na segunda? — Não respondi nada e Pyrlig cavalgou em silêncio por um tempo. — Alfredo quer que eu faça de você um bom cristão porque quer a bênção de Deus — disse depois de um tempo.

— Alfredo acha que Deus vai nos amaldiçoar porque estou lutando por ele?

Pyrlig balançou a cabeça.

— Ele sabe que o inimigo é pagão, Uhtred. Se eles vencerem, Cristo estará derrotado. Esta não é apenas uma guerra por terras, é uma guerra que tem a ver com Deus. E Alfredo, coitado, é servo de Cristo e fará todo o possível por seu senhor, e isso significa transformar você num piedoso exemplo de humildade cristã. Se ele puder colocar você de joelhos, será mais fácil fazer os dinamarqueses rastejar.

Ri, como ele pretendia.

— Se isso encorajar Alfredo, diga que sou um bom cristão.

— Eu planejava dizer isso de qualquer modo, só para animá-lo, mas na verdade queria vir com você.

— Por quê?

— Porque sinto falta desta vida. Meu Deus, como sinto! Eu adorava ser guerreiro. Toda aquela responsabilidade! Eu adorava. Matar e fazer viúvas, apavorar crianças! Eu era bom nisso, e sinto falta. E sempre fui um bom batedor. Víamos vocês, saxões, tropeçando uns nos outros como suínos e vocês nem sabiam que estávamos vigiando. Não se preocupe, não vou enfiar Cristo na sua cabeça, por mais que o rei queira.

Nosso trabalho era encontrar dinamarqueses, se estivessem perto. Alfredo havia marchado ao vale do Wilig para bloquear qualquer avanço que Guthrum fizesse no coração de Wessex, mas ainda temia que os dinamarqueses pudessem resistir à isca de destruir seu pequeno exército e em vez disso marchar ao nosso redor, para tomar o sul de Wessex, o que nos deixaria perdidos e cercados por guarnições dinamarquesas. Essa incerteza significava que Alfredo estava desesperado por notícias do inimigo. Assim, Pyrlig e eu cavalgamos pelo vale em direção ao nordeste até chegar ao local em que um rio menor desembocava no Wilig, de norte para sul, e seguimos esse riacho passando por um grande povoado que fora reduzido a cinzas. O rio pequeno atravessava boas terras agrícolas, mas não havia gado nem ovelhas, e os campos estavam sem arar, cheios de ervas daninhas. Seguíamos lentamente porque os cavalos estavam cansados e agora nos encontrávamos bem ao norte do nosso exército. O sol ia baixo no oeste, mas era início de maio, de modo que os dias estavam aumentando. Havia efemérides no rio e trutas subindo para pegá-las, e então um som abafado fez com que parássemos, mas era apenas um par de filhotes de lontra descendo até a água através das raízes de um salgueiro. Pombos faziam ninho nos abrunheiros, gorjeios soavam na margem do rio. Em algum lugar um pica-pau martelava intermitentemente. Seguimos por um tempo em silêncio, afastando-nos do rio para entrar num pomar onde piadeiras cantavam entre as flores cor-de-rosa.

Pyrlig parou seu cavalo sob as árvores, apontou para um trecho enlameado no capim e vi marcas de cascos misturados às pétalas caídas. As marcas eram recentes e havia muitas.

— Os desgraçados estiveram aqui, não estiveram? — disse ele. — E não faz muito tempo.

Olhei pelo vale. Não havia ninguém à vista. Os morros subiam íngremes dos dois lados com florestas densas nas encostas mais baixas. Tive a súbita sensação desconfortável de que estávamos sendo vigiados, que fazíamos bobagem e os lobos estavam perto.

— Se eu fosse dinamarquês, estaria ali adiante — disse Pyrlig baixinho, e suspeitei de que ele compartilhava meu desconforto. Ele balançou a cabeça para as árvores a oeste.

— Por quê?

— Porque quando você os viu, eles nos viram, e essa é a direção em que eles nos viram. Faz sentido? — Ele deu um riso torto. — Não sei, Uhtred, só acho que os desgraçados estão lá.

Então fomos para o leste. Seguimos lentamente, como se não tivéssemos qualquer preocupação no mundo, mas assim que estávamos na floresta viramos para o norte. Examinamos o chão em busca de mais pegadas, mas não vimos, e a sensação de ser vigiados havia sumido, mas esperamos por longo tempo para ver se alguém estava nos seguindo. Havia apenas o vento nas árvores. Mas eu sabia que os dinamarqueses estavam próximos, assim como os cães num castelo sabem quando há lobos na escuridão por perto. O pelo nas costas deles se eriça, eles mostram os dentes, estremecem.

Chegamos a um lugar em que as árvores terminavam e apeamos, amarramos os cavalos, fomos até a beira das árvores e simplesmente olhamos.

E por fim os vimos.

Trinta ou quarenta dinamarqueses estavam no lado oposto do vale, acima da floresta, e obviamente haviam subido ao topo das colinas, olhado para o sul e agora iam retornando. Estavam espalhados numa linha comprida que descia para a floresta.

— Grupo de batedores — disse Pyrlig.

— Não podem ter visto muita coisa daquele topo de morro.

— Eles nos viram.

— Acho que sim.

— Mas não nos atacaram? — Ele estava perplexo. — Por quê?

— Olhe para mim.

— Já olho todo dia.

— Acharam que eu era dinamarquês — disse eu. Não estava usando cota de malha nem elmo, de modo que o cabelo comprido caía livre pelas costas vestidas de couro e meus braços estavam cheios de braceletes. — E provavelmente acharam que você era meu urso artista — acrescentei.

Ele riu.

— Então vamos segui-los?

O único risco era atravessar o vale, mas se o inimigo nos visse provavelmente continuaria presumindo que eu era um colega dinamarquês. Por isso fomos a meio-galope pelo terreno aberto, depois subimos pela floresta do outro lado. Ouvimos os dinamarqueses antes de vê-los. Estavam descuidados, falando e rindo, sem saber que havia saxões por perto. Pyrlig enfiou seu crucifixo embaixo do casaco de couro, depois esperamos até ter certeza de que os dinamarqueses haviam passado, antes de instigar os cavalos morro acima para encontrar suas trilhas e segui-los. As sombras estavam se alongando, e isso me fez pensar que o exército dinamarquês deveria estar perto, porque o grupo de batedores iria querer chegar à segurança antes do escurecer. Mas à medida que o terreno cheio de morros ia ficando plano, vimos que eles não tinham intenção de se juntar às forças de Guthrum naquela noite. A patrulha de dinamarqueses tinha seu próprio acampamento, e conforme nos aproximamos quase fomos apanhados por outro grupo de batedores montados que vinham do leste. Ouvimos os recém-chegados e nos desviamos para um bosque denso. De lá vimos uma dúzia de homens chegar a cavalo, apeamos e nos esgueiramos entre as árvores para ver quantos inimigos estariam no acampamento.

Havia cerca de cento e cinquenta dinamarqueses num pequeno pasto. As primeiras fogueiras estavam sendo acesas, sugerindo que eles planejavam passar a noite ali.

— São todos grupos de batedores — sugeriu Pyrlig.

— Desgraçados confiantes — disse eu. Aqueles homens tinham sido mandados adiante para explorar as colinas e se sentiam seguros para acampar em terreno aberto, certos de que nenhum saxão iria atacá-los. E tinham razão. O exército saxão do oeste estava longe, ao sul, e não tínhamos nenhum bando de guerreiros na área. Assim os dinamarqueses teriam uma noite calma e de manhã seus batedores sairiam de novo para observar os movimentos de Alfredo.

O fyrd

— Mas se eles estão aqui — sugeriu Pyrlig —, significa que Guthrum está seguindo-os.

— Talvez.

Ou talvez Guthrum estivesse marchando bem a leste ou oeste e havia mandado esses homens para garantir que Alfredo não soubesse de seus movimentos.

— Deveríamos voltar — disse Pyrlig. — Vai escurecer logo.

Mas eu havia escutado vozes e levantei a mão silenciando-o, depois fui para a direita, mantendo-me nos lugares em que o mato baixo era mais denso, e ouvi o que pensei ter ouvido. Inglês.

— Eles têm saxões aqui — avisei.

— Homens de Wulfhere?

O que fazia sentido. Estávamos em Wiltunscir e os homens de Wulfhere deviam conhecer essa região, e quem melhor para guiar os dinamarqueses que vigiassem Alfredo?

Os saxões foram entrando na floresta e ficamos atrás de alguns arbustos de pilriteiro até que ouvimos o som de machados. Estavam cortando lenha. Pareciam ser uns 12. A maioria dos homens que seguiam Wulfhere provavelmente relutaria em lutar contra Alfredo, mas alguns teriam abraçado a nova causa de seu *ealdorman* e sem dúvida eram esses que teriam sido despachados para guiar os batedores dinamarqueses. Wulfhere só teria mandado homens em quem pudesse confiar, temendo que seguidores menos leais desertassem para Alfredo ou simplesmente fugissem. De modo que esses saxões provavelmente eram das tropas pessoais do *ealdorman*, os guerreiros que mais lucrariam em estar ao lado do vencedor na guerra entre os dinamarqueses e os saxões do oeste.

— Deveríamos voltar para Alfredo antes do escurecer — sussurrou Pyrlig.

Mas nesse momento uma voz soou próxima e petulante:

— Vou amanhã.

— Não vai, senhor — respondeu outra voz. Houve o som de água e eu percebi que um dos dois tinha vindo aos arbustos para mijar e o outro o havia seguido. — O senhor não vai a lugar algum amanhã — continuou o segundo homem —, vai ficar aqui.

— Só quero vê-los! — implorou a voz petulante.

— O senhor irá vê-los em breve. Mas não amanhã. Ficará aqui com os guardas.

— Você não pode me obrigar.

— Posso fazer o que quiser com o senhor. O senhor pode comandar, mas mesmo assim obedece às minhas ordens. — A voz do sujeito era dura e profunda. — E minhas ordens são para ficar aqui.

— Eu vou se quiser — insistiu debilmente a primeira voz, e foi ignorada.

Muito lentamente, para que a lâmina não fizesse barulho contra a boca da bainha, desembainhei Bafo de Serpente. Pyrlig me olhou, perplexo.

— Afaste-se e faça algum barulho — sussurrei. Pyrlig franziu a testa perplexo, mas balancei a cabeça e ele confiou em mim. Levantou-se e foi na direção dos nossos cavalos, assobiando baixinho, e imediatamente os dois homens o seguiram. O de voz profunda ia na frente. Era um velho guerreiro, com rosto cheio de cicatrizes e corpulento.

— Você — gritou ele. — Pare! — Nesse momento saí de trás do pilriteiro e girei Bafo de Serpente uma vez. A lâmina passou sob sua barba e penetrou na garganta, cortou tão fundo que senti-a raspando a espinha. E o sangue, súbito e brilhante no crepúsculo de primavera, espalhou-se sobre as folhas caídas. O homem despencou como um boi derrubado. O segundo, o petulante, ia logo atrás e ficou atônito e apavorado demais para fugir, por isso peguei seu braço e o puxei para trás dos arbustos.

— Você não pode — começou ele. Encostei a parte chata da lâmina sangrenta de Bafo de Serpente em sua boca e ele gemeu de terror.

— Nenhum som — disse eu — ou você está morto. — Então Pyrlig voltou com a espada na mão.

Pyrlig olhou para o morto, cujo calção ainda estava desamarrado. Curvou-se sobre ele e fez o sinal da cruz em sua testa. A morte do sujeito fora rápida e a captura de seu companheiro fora silenciosa, e nenhum dos lenhadores parecia ter notado. Seus machados continuavam golpeando, os ecos ricocheteando nas árvores.

— Vamos levar este de volta a Alfredo — disse eu a Pyrlig, depois passei Bafo de Serpente para a garganta do meu cativo. — Faça um som — disse

O fyrd

eu, apertando a lâmina em sua pele — e eu corto você desde sua garganta usada demais até sua virilha usada demais. Entendeu?

Ele assentiu.

— Porque estou devolvendo o favor que lhe devo — expliquei, e dei um belo sorriso.

Porque meu cativo era Æthelwold, sobrinho de Alfredo e pretenso rei dos saxões do oeste.

O homem que eu havia matado chamava-se Osbergh e fora comandante das tropas pessoais de Wulfhere. Seu trabalho no dia da morte era se certificar de que Æthelwold não arranjasse encrenca.

Æthelwold tinha talento para o infortúnio. Por direito deveria ter sido rei de Wessex, mas ouso dizer que seria o último rei, porque era impetuoso e idiota, e seus dois consolos por ter perdido o trono para o tio Alfredo eram a cerveja e as mulheres. No entanto, sempre quisera ser guerreiro. Alfredo lhe negara a chance porque não ousava deixar que Æthelwold fizesse nome no campo de batalha. Æthelwold, o rei verdadeiro, precisava ser mantido como um idiota para que ninguém visse nele um rival para o trono de Alfredo. Teria sido mais fácil matar Æthelwold, mas Alfredo era sentimental com relação à família. Ou talvez fosse sua consciência cristã. Fosse qual fosse o motivo, Æthelwold tivera permissão de viver e havia recompensado a misericórdia do tio fazendo-se constantemente de idiota.

Mas nesses últimos meses fora libertado da coleira de Alfredo e sua ambição deturpada recebera encorajamento. Vestia cota de malha e usava espadas. Era um rapaz de aparência impressionante, bonito e alto, e parecia adequado ao papel de guerreiro, mas não tinha alma de guerreiro. Havia se mijado quando pus Bafo de Serpente em sua garganta, e agora que era meu cativo não demonstrava qualquer desafio. Estava submisso, amedrontado e satisfeito em ser comandado.

Contou-nos como havia importunado Wulfhere para ter permissão de lutar, e quando Osbergh trouxera alguns homens para guiar os dinamarqueses nas colinas recebera o comando nominal deles.

— Wulfhere disse que eu estava no comando — disse Æthelwold carrancudo —, mas eu ainda precisava obedecer a Osbergh.

— Wulfhere foi um idiota em deixar você ficar tão longe dele.

— Acho que ele estava cansado de mim — admitiu Æthelwold.

— Cansado? Você estava fornicando com as mulheres dele?

— Ela era só uma serviçal! Mas eu queria participar dos grupos de batedores e Wulfhere disse que eu poderia aprender muito com Osbergh.

— Você acabou de aprender a nunca mijar num arbusto de pilriteiro, e isso vale a pena saber.

Æthelwold estava montando o cavalo de Pyrlig e o padre galês puxava o animal pelas rédeas. Eu havia amarrado as mãos de Æthelwold. Ainda havia alguma luz no céu do oeste, só o bastante para facilitar nossa jornada pelo rio menor. Expliquei a Pyrlig quem era Æthelwold e o padre riu para ele.

— Então você é um príncipe de Wessex, hein?

— Deveria ser o rei — respondeu Æthelwold carrancudo.

— Não, não deveria — disse eu.

— Meu pai era! E Guthrum prometeu me coroar.

— E se você acreditou, é um idiota desgraçado. Você seria rei enquanto ele precisasse, depois seria morto.

— Agora Alfredo vai me matar — reclamou ele arrasado.

— E deveria mesmo, mas eu lhe devo um favor.

— Acha que pode convencê-lo a me deixar vivo? — perguntou Æthelwold ansioso.

— Você é que vai convencer — respondi. — Vai se ajoelhar diante dele e vai dizer que estava esperando a chance de escapar dos dinamarqueses, que finalmente conseguiu, afastou-se, nos encontrou e veio oferecer sua espada a ele.

Æthelwold apenas me encarou.

— Eu lhe devo um favor — expliquei —, por isso vou lhe dar a vida. Vou desamarrar suas mãos, você vai até Alfredo e dirá que está se juntando a ele porque é isso que queria fazer desde o Natal. Entendeu?

Æthelwold franziu a testa.

— Mas ele me odeia!

— Claro que odeia, mas se você se ajoelhar e jurar que nunca violou a aliança com ele, o que ele poderá fazer? Vai abraçar você, recompensá-lo e ter orgulho de você.

— Verdade?

— Desde que você lhe diga onde os dinamarqueses estão — interveio Pyrlig.

— Isso eu posso fazer — respondeu Æthelwold. — Estão vindo de Cippanhamm para o sul. Partiram hoje de manhã.

— Quantos?

— Cinco mil.

— Estão vindo para cá?

— Estão indo para onde Alfredo estiver. Acham que têm uma chance de destruí-lo e que depois disso será simplesmente um verão de mulheres e prata. — Ele disse as palavras em tom lamentoso e eu soube que Æthelwold estivera ansioso pela perspectiva de saquear Wessex. — E quantos homens Alfredo tem?

— Três mil — respondi.

— Santo Jesus — disse ele com medo.

— Você sempre quis ser guerreiro, e que fama pode fazer lutando contra um exército menor?

— Jesus Cristo!

O resto da luz sumiu. Não havia lua, mas mantendo o rio à esquerda sabíamos que não poderíamos nos perder, e depois de um tempo vimos a luz de fogueiras aparecendo sobre as curvas dos morros e soubemos que estávamos vendo o acampamento de Alfredo. Então girei na sela e pensei ter visto outra luz distante ao norte. O exército de Guthrum.

— Se você me soltar — perguntou Æthelwold carrancudo —, o que vai me impedir de voltar a Guthrum?

— Absolutamente nada, só que certamente vou caçá-lo e matá-lo.

Ele pensou nisso por pouco tempo.

— Tem certeza de que meu tio vai me receber bem?

Pyrlig respondeu por mim.

— De braços abertos! Será como a volta do filho pródigo. Você será recebido com bezerros mortos e salmos de júbilo. Só diga a Alfredo o que nos disse, que Guthrum está marchando na nossa direção.

Chegamos ao Wilig e a viagem ficou fácil porque a luz das fogueiras de acampamento era muito mais forte. Soltei Æthelwold na borda do acampamento e depois lhe devolvi as espadas. Ele carregava duas, como eu, uma longa e um sax curto.

— Bem, meu príncipe — disse eu —, é hora de rastejar, certo?

Encontramos Alfredo no centro do acampamento. Ali não havia pompa. Não tínhamos animais para arrastar carroças repletas de tendas ou móveis, de modo que Alfredo estava sentado numa capa aberta entre duas fogueiras. Parecia desanimado, e mais tarde fiquei sabendo que havia reunido o exército ao crepúsculo e feito um discurso, mas o discurso, até mesmo Beocca admitiu, fora menos do que bem-sucedido.

— Foi mais um sermão do que um discurso — disse Beocca, sombrio. Alfredo havia invocado Deus, falado da doutrina de santo Agostinho para a guerra justa, de Boécio e do rei Davi, e as palavras haviam voado sobre a cabeça das tropas exaustas e famintas. Agora Alfredo estava sentado com os principais homens do exército, todos comendo pão duro rançoso e enguia defumada. O padre Adelbert, que havia nos acompanhado a Cippanhamm, tocava um lamento numa pequena harpa. Má escolha de música, pensei. Então Alfredo me viu e sinalizou para Adelbert silenciar.

— Tem novidades? — perguntou ele.

Como resposta, fiquei de lado e indiquei Æthelwold, sinalizando para ele se aproximar do rei.

— Senhor — disse eu a Alfredo —, trago-lhe seu sobrinho.

Alfredo se levantou. Estava pasmo, em especial porque Æthelwold claramente não era prisioneiro, porque usava suas espadas. Æthelwold parecia bem, na verdade parecia mais rei do que Alfredo. Tinha corpo bom e era bonito, ao passo que Alfredo era magro demais e estava com o rosto tão abatido que parecia muito mais velho do que seus 29 anos. E, dos dois, foi Æthelwold que soube como se comportar no momento. Desafivelou o cinto das espadas e jogou-as com grande estrondo aos pés do tio, depois se ajoelhou, juntou as mãos e olhou no rosto do rei.

— Encontrei o senhor! — disse com o que parecia júbilo e convicção absolutos.

Perplexo, Alfredo não sabia o que dizer, por isso me adiantei.

— Nós o descobrimos nas colinas, senhor. Ele estava procurando-o.

— Escapei de Guthrum — disse Æthelwold. — Deus seja louvado, escapei do pagão. — Ele empurrou as espadas para os pés de Alfredo. — Minhas armas são suas, senhor rei.

Essa extravagante demonstração de lealdade não deu opção a Alfredo além de levantar o sobrinho e abraçá-lo. Os homens ao redor das fogueiras aplaudiram, depois Æthelwold deu as notícias, que foram bastante úteis. Guthrum estava marchando e Svein do Cavalo Branco vinha com ele. Sabiam onde Alfredo estava, por isso vinham, cinco mil homens, batalhar contra ele nas colinas de Wiltunscir.

— Quando chegarão? — quis saber Alfredo.

— Devem alcançar estas colinas amanhã, senhor — respondeu Æthelwold.

Assim, Æthelwold estava sentado ao lado do rei e recebeu água para beber, o que não era exatamente as boas-vindas dignas de um príncipe pródigo e fez com que ele me lançasse um olhar torto. E foi então que vi Harald, *reeve* de Defnascir, dentre os companheiros do rei.

— Você está aqui? — perguntei surpreso.

Não havíamos esperado homens de Defnascir ou Thornsæta, mas Harald, o *reeve*, trouxera quatrocentos de seu *fyrd* e mais cem de Thornsæta.

— Há homens suficientes para proteger o litoral contra a frota pagã — disse ele. — E Odda insistiu em que ajudássemos a derrotar Guthrum.

— Como está Mildrith?

— Reza pelo filho e por todos nós.

Houve orações depois da refeição. Sempre havia orações quando Alfredo estava por perto. Tentei escapar delas, mas Pyrlig me fez ficar.

— O rei quer falar com você — disse ele.

Assim esperei enquanto o bispo Alewold arengava, e depois Alfredo quis saber se Æthelwold havia mesmo fugido dos dinamarqueses.

— Foi o que ele me disse, senhor, e só posso dizer que nós o encontramos.
— Ele não fugiu de nós — observou Pyrlig — e poderia ter feito isso.
— Então há algo de bom no garoto — disse Alfredo.
— Deus seja louvado por isso — concordou Pyrlig.

Alfredo fez uma pausa, olhando as brasas de uma fogueira.

— Falei com o exército esta noite — disse ele.
— Ouvi dizer — respondi.

Ele me olhou incisivamente.

— O que você ouviu?
— Que o senhor lhes fez um sermão.

Ele se encolheu diante disso, depois pareceu aceitar a crítica.

— O que eles querem ouvir? — perguntou.
— Querem ouvir que o senhor está pronto para morrer por eles — respondeu Pyrlig.
— Morrer?
— Os homens seguem, os reis lideram — disse Pyrlig. Alfredo esperou. — Eles não se importam com santo Agostinho, só se importam em saber que suas mulheres e seus filhos estão em segurança, que suas terras estão em segurança, e que têm um futuro. Querem saber que vão vencer. Querem ouvir que ficarão ricos com os saques.
— Cobiça, vingança e egoísmo? — perguntou Alfredo.
— Se o senhor tivesse um exército de anjos — continuou Pyrlig —, um discurso elevado sobre Deus e santo Agostinho sem dúvida alimentaria o ardor, mas o senhor precisa lutar com meros homens, e não há nada como a cobiça, a vingança e o egoísmo para inspirar os mortais.

Alfredo se encolheu diante desse conselho, mas não discutiu.

— Então posso confiar no meu sobrinho? — perguntou-me.
— Não sei se pode confiar nele, mas Guthrum também não pode. E Æthelwold procurou o senhor, portanto esteja contente com isso.
— Estarei, estarei. — Ele nos desejou boa-noite e foi para sua cama dura.

As fogueiras no vale estavam agonizando.

— Por que não contou a Alfredo a verdade sobre Æthelwold? — perguntei a Pyrlig.

— Achei que deveria confiar no seu julgamento.

— Você é um bom homem.

— E isso me deixa constantemente atônito.

Fui encontrar Iseult e depois dormi.

No dia seguinte, todo o céu do norte estava escuro de tantas nuvens, enquanto sobre o nosso exército e sobre as colinas o sol brilhava.

O exército saxão do oeste, agora com quase 3.500 homens, marchou subindo o Wilig, depois seguiu o rio menor que Pyrlig e eu havíamos explorado na tarde anterior. Podíamos ver batedores dinamarqueses nos morros e sabíamos que eles estariam mandando mensageiros de volta a Guthrum.

Levei cinquenta homens ao topo de um dos morros. Estávamos todos montados, todos armados, todos com escudos e elmos e íamos prontos para lutar, mas os batedores dinamarqueses cederam o terreno. Eram apenas uma dúzia e saíram do morro muito antes de chegarmos ao cume, onde um bando de borboletas azuis saltitava sobre o terreno primaveril. Olhei para o agourento céu escuro ao norte e vi um gavião mergulhar. O pássaro foi descendo e eu acompanhei o mergulho. E, de repente, sob as asas dobradas e as garras estendidas, vi nosso inimigo.

O exército de Guthrum vinha para o sul.

Então chegou o medo. A parede de escudos é um lugar terrível. É onde o guerreiro ganha reputação, e reputação é importante para nós. Reputação é honra, mas para obter essa honra o homem deve ficar na parede de escudos, onde a morte campeia. Eu estivera na parede de escudos em Cynuit e conhecia o cheiro, o fedor da morte, a incerteza da sobrevivência, o horror dos machados, espadas e lanças, e o temia. E ele estava chegando.

Podia vê-lo chegando, porque nas terras baixas a norte das colinas, no terreno verde que se estendia longo e plano em direção à distante Cippanhamm, havia um exército. O Grande Exército, como os dinamarqueses o chamavam, os guerreiros pagãos de Guthrum e Svein, a horda selvagem de homens selvagens vindos do outro lado do mar.

Era uma mancha escura na paisagem. Vinham pelos campos, bando após bando de cavaleiros espalhados pela região, e como os primeiros homens estavam apenas emergindo ao sol parecia que sua horda saltava das sombras. Lanças, elmos, malha e metal refletiam a luz, uma miríade de brilhos de luz do sol partida que se espalhava e se multiplicava enquanto mais homens ainda saíam de baixo das nuvens. Estavam quase todos montados.

— Jesus, Maria e José — disse Leofric.

Steapa não disse nada. Apenas olhou-os furioso.

Osric, o *reeve* de Wiltunscir, fez o sinal da cruz.

— Alguém precisa contar a Alfredo — disse ele.

— Eu vou — ofereceu-se o padre Pyrlig.

— Informe que os pagãos atravessaram o Alfen — disse Osric. — Que estão indo na direção... — ele parou, tentando avaliar para onde a horda ia — de Ethandun — completou finalmente.

— Ethandun — repetiu Pyrlig.

— E lembre-o de que há uma fortaleza do povo antigo lá — disse Osric. Esse era seu distrito, sua região, e ele conhecia as colinas e campos, e pareceu sério, sem dúvida imaginando o que aconteceria se os dinamarqueses encontrassem a velha fortificação e a ocupassem. — Que Deus nos ajude. Diga que eles estarão nas colinas amanhã de manhã.

— Amanhã de manhã em Ethandun — repetiu Pyrlig, depois virou o cavalo, esporeou-o e partiu.

— Onde fica a fortificação? — perguntei.

Osric apontou.

— Você pode ver. — Dessa distância, a fortaleza antiga parecia apenas rugas verdes no topo de um morro distante. Por toda Wessex havia esse tipo de fortes com seus enormes muros de terra, e esse era construído no topo da escarpa que subia das terras baixas, um lugar que guardava a borda súbita dos planaltos ondulados de calcário. — Alguns desgraçados vão chegar aqui esta noite — disse Osric —, mas a maioria só chegará de manhã. Esperemos que ignorem a fortificação.

Todos havíamos pensado que Alfredo encontraria um local em que Guthrum deveria atacá-lo, uma encosta feita para defesa, um lugar em que nosso número menor fosse ajudado pelo terreno difícil, mas a visão daquela fortaleza distante era uma lembrança de que Guthrum poderia adotar a mesma tática. Poderia encontrar um local em que fosse trabalhoso o atacarmos e Alfredo teria uma opção difícil. Atacar seria cortejar o desastre, ao passo que recuar iria garanti-lo. Nossa comida acabaria em um dia ou dois, e se tentássemos recuar para o sul através das colinas Guthrum soltaria uma horda de cavaleiros contra nós. E mesmo que o exército de Wessex escapasse incólume, seria um exército derrotado. Se Alfredo reunisse o *fyrd* e marchasse para longe do inimigo, os homens iriam considerar isso uma derrota e começariam a ir embora para proteger seus lares. Tínhamos de lutar, porque recusar a batalha era uma derrota.

Naquela noite o exército acampou ao norte da floresta onde eu havia encontrado Æthelwold. Agora ele fazia parte do séquito do rei e foi com Alfredo e seus líderes de batalha ao topo da colina, olhar o exército dinamarquês que se aproximava dos morros. Alfredo observou por longo tempo.

— A que distância eles estão? — perguntou.

— Daqui? — respondeu Osric. — Seis quilômetros. Do seu exército? Nove.

— Então amanhã — disse Alfredo, fazendo o sinal da cruz. As nuvens ao norte estavam se espalhando, escurecendo a tarde, mas a luz inclinada refletia-se nas lanças e machados na fortaleza do povo antigo. Parecia que Guthrum não havia ignorado o local, afinal de contas.

Descemos de volta ao acampamento e encontramos mais homens ainda chegando. Agora não eram muitos, apenas pequenos bandos, mas mesmo assim chegavam. Um desses bandos, cansado de viagem e empoeirado, montava a cavalo e todos os 16 homens tinham cota de malha e bons elmos.

Eram mércios e haviam cavalgado até longe no leste, atravessado o Tâmisa e depois feito uma curva através de Wessex, sempre evitando os dinamarqueses, e assim vieram ajudar Alfredo. Seu líder era um rapaz baixo, de peito largo, rosto redondo e expressão aguerrida. Ajoelhou-se diante de Alfredo e depois riu para mim. E reconheci meu primo, Æthelred.

Minha mãe era mércia, mas não a conheci, e seu irmão Æthelred era um poder na parte sul daquele país. Eu havia passado um curto tempo em seu castelo quando fugi da Nortúmbria. Na época havia brigado com meu primo, chamado Æthelred como o pai, mas ele parecia ter esquecido nossa inimizade juvenil e me abraçou. O topo de sua cabeça chegava apenas à minha clavícula.

— Viemos lutar — disse ele, a voz abafada pelo meu peito.

— Vocês terão luta — prometi.

— Senhor — ele me soltou e se virou de novo para Alfredo. — Meu pai teria mandado mais homens, mas precisa proteger suas terras.

— Precisa — concordou Alfredo.

— Mas mandou os melhores que tem — continuou Æthelred. Ele era jovem e presunçoso, um sujeitinho emproado, mas sua confiança agradou Alfredo, bem como o brilhante crucifixo de prata pendurado sobre a cota de malha. — Permita-me apresentar Tatwine — continuou meu primo —, chefe das tropas pessoais do meu pai.

Eu me lembrava de Tatwine, parecido com um barril e verdadeiro lutador, cujos braços eram cheios de marcas pretas e inchadas, cada uma feita com agulha e tinta, representando um homem que ele matara em batalha. Tatwine deu-me um sorriso torto.

— Ainda vivo, senhor?

— Ainda vivo, Tatwine.

— Vai ser bom lutar ao seu lado.

— É bom ter você aqui — disse eu, e era mesmo. Poucos homens são guerreiros natos, e um homem como Tatwine valia por uma dúzia de outros.

Alfredo havia ordenado que o exército se reunisse de novo. Fez isso em parte para que os homens pudessem ver seus próprios números e se animar com isso, e também porque sabia que seu discurso na noite anterior os deixara confusos e sem inspiração. Tentaria de novo.

— Eu gostaria que ele não tentasse — resmungou Leofric. — Ele sabe fazer sermões, mas não sabe fazer discursos.

Reunimo-nos ao pé de uma pequena colina. A luz ia se desbotando. Alfredo havia plantado seus dois estandartes, o do dragão e o da cruz, no cume do morro, mas havia um vento fraco, de modo que as bandeiras mais estre-

O fyrd

meciam do que voavam. Ele parou entre as duas. Estava sozinho, vestindo uma cota de malha sobre a qual usava uma capa azul desbotada. Um grupo de padres começou a acompanhá-lo, mas ele sinalizou para que ficassem no pé do morro, depois simplesmente olhou para nós, amontoados na campina à frente, e durante um tempo não falou nada. Senti o desconforto nas fileiras. Eles queriam fogo na alma, e em vez disso esperavam água benta.

— Amanhã! — disse ele de repente. Sua voz era aguda, mas se espalhava com facilidade. — Amanhã lutaremos! Amanhã! Dia da festa de são João Apóstolo!

— Ah, meu Deus — resmungou Leofric ao meu lado —, estamos enfiados até o cu em mais santos.

— João Apóstolo foi condenado à morte! — disse Alfredo. — Foi condenado a ser cozido em óleo! Mas sobreviveu ao sofrimento! Foi mergulhado no óleo fervente e sobreviveu! Saiu do caldeirão mais forte! — Ele fez uma pausa, olhando-nos, e ninguém reagiu, simplesmente estávamos todos olhando-o, e ele devia saber que sua homilia a são João não funcionava, porque fez um gesto abrupto com a mão direita como se estivesse empurrando todos os santos de lado. — E amanhã — continuou — também é um dia de guerreiros. Dia de matar nossos inimigos. Dia de fazer os pagãos desejarem nunca ter ouvido falar em Wessex!

Parou de novo, e dessa vez houve alguns murmúrios de concordância.

— Esta é a nossa terra! Nós lutamos por nossos lares! Por nossas mulheres! Por nossos filhos! Lutamos por Wessex!

— É sim — gritou alguém.

— E não só por Wessex! — Agora a voz de Alfredo estava mais forte. — Temos homens de Mércia, homens da Nortúmbria, homens de Ânglia Oriental! — Eu não sabia de ninguém de Ânglia Oriental, e apenas Beocca e eu éramos da Nortúmbria, mas ninguém pareceu se importar. — Somos os homens da Inglaterra — gritou Alfredo — e lutamos por todos os saxões.

Silêncio de novo. Os homens gostavam do que ouviam, mas a ideia de uma Inglaterra estava na cabeça de Alfredo, e não na deles. Ele tinha um sonho de um país, mas era um sonho grande demais para o exército na campina.

— E por que os dinamarqueses estão aqui? — perguntou Alfredo. — Porque desejam suas mulheres para o prazer deles, seus filhos para ser escravos deles e seus lares para ser deles, mas não nos conhecem! — Disse as quatro últimas palavras lentamente, espaçando-as, gritando cada uma distintamente. — Não conhecem nossas espadas. Não conhecem nossos machados, nossas lanças, nossa ferocidade! Amanhã vamos lhes ensinar! Amanhã vamos matá-los! Amanhã vamos despedaçá-los! Amanhã vamos deixar o chão vermelho com o sangue deles e fazê-los choramingar! Amanhã vamos fazê-los implorar nossa piedade!

— E não terão! — gritou um homem.

— Sem piedade! — berrou Alfredo, e eu soube que ele não falava sério. Alfredo teria oferecido toda misericórdia aos dinamarqueses, teria lhes oferecido o amor de Deus e tentado argumentar com eles, mas nos últimos minutos havia pelo menos aprendido a falar com guerreiros.

— Amanhã — gritou ele — vocês não lutam por mim! Eu luto por vocês! Luto por Wessex! Luto por suas esposas, por seus filhos e seus lares! Amanhã lutaremos e juro, sobre a sepultura do meu pai e pela vida dos meus filhos, juro que amanhã venceremos!

E isso deu início aos gritos. Com toda a honestidade não foi um grande discurso de batalha, mas foi o melhor que Alfredo já fez. E deu certo. Homens batiam no chão e os que estavam com escudos bateram neles com espadas ou lanças, de modo que o crepúsculo se encheu de batidas rítmicas enquanto os homens gritavam "Sem piedade!" O som ecoou nos morros.

— Sem piedade, sem piedade.

Estávamos prontos. E os dinamarqueses estavam prontos.

Naquela noite o céu ficou nublado. As estrelas desapareceram uma a uma e a lua fina foi engolida pela escuridão. O sono demorou a chegar. Enquanto afiava as duas espadas, sentei-me com Iseult, que estava limpando minha cota de malha.

— Vocês vencerão amanhã — disse Iseult em voz baixa.

— Você sonhou com isso?

Ela balançou a cabeça.

— Os sonhos não vêm desde que fui batizada.

— Então você inventou?

— Tenho de acreditar.

A pedra raspava as lâminas. Ao redor outros homens afiavam armas.

— Quando isto acabar — falei —, você e eu vamos embora. Vamos fazer uma casa.

— Quando isto acabar, você vai para o norte. Sempre para o norte. De volta à sua casa.

— E você irá comigo.

— Talvez. — Ela levantou a cota de malha para começar num novo local, esfregando com um pedaço de pele de cordeiro para fazer os elos brilhar. — Não consigo ver meu futuro. Está tudo escurecido.

— Você será a senhora de Bebbanburg e eu vou vesti-la em peles e coroá-la com prata brilhante.

Ela sorriu, mas vi que havia lágrimas em seu rosto. Achei que era medo. Havia muito disso no acampamento naquela noite, em especial quando os homens notavam o brilho de luz aparecendo onde os dinamarqueses haviam acendido suas fogueiras nos morros próximos. Dormimos, mas eu fui acordado por uma chuva fraca muito antes do amanhecer. Ninguém continuou dormindo, todos se agitaram e vestiram o equipamento de guerra.

Marchamos sob a luz cinzenta. A chuva ia e vinha, odiosa e afiada, mas sempre às nossas costas. A maioria caminhava, usando os poucos cavalos para carregar escudos. Osric e seus homens foram na frente, porque conheciam o distrito. Alfredo dissera que os homens de Wiltunscir ficariam à direita da linha de batalha, e com eles estariam os homens de Suth Seaxa. Alfredo vinha em seguida, liderando sua guarda pessoal que era feita com todos os homens que haviam ido até ele em Æthelingæg, e com ele estavam Harald e os homens de Defnascir e Thornsæta. Burgweard e os homens de Hamptonscir também lutariam com Alfredo, assim como meu primo Æthelred de Mércia, ao passo que à esquerda estaria o forte *fyrd* de Sumorsæte sob o comando de Wiglaf. Três mil e quinhentos homens. As mulheres vinham conosco. Algumas carregavam as armas de seus homens, outras tinham suas próprias.

Ninguém falava muito. Naquela manhã fazia frio e a chuva tornava a grama escorregadia. Os homens estavam famintos e cansados. Todos sentíamos medo.

Alfredo havia me dito para pegar cerca de cinquenta homens, mas Leofric não queria perder tantos assim de suas fileiras, por isso peguei-os de Burgweard. Levei os homens que haviam lutado comigo no *Heahengel* quando o navio era o *Fyrdraca*, e 26 desses tinham vindo de Hamtun. Steapa estava conosco, porque havia passado a gostar de mim de um modo perverso, e eu tinha o padre Pyrlig, vestido de guerreiro e não de padre. Éramos menos de trinta homens, mas enquanto subíamos passando por um monte funerário do povo antigo, coberto de verde, Æthelwold chegou junto de nós.

— Alfredo disse que eu poderia lutar com você — disse ele.

— Foi?

— Ele disse para eu não sair do seu lado.

Sorri. Se eu quisesse um homem ao meu lado seria Eadric ou Cenwulf, Steapa ou Pyrlig, homens em quem eu podia confiar para manter os escudos firmes.

— Você não vai sair das minhas costas — falei a Æthelwold.

— Das suas costas?

— E na parede de escudos vai ficar logo atrás de mim. Pronto para tomar meu lugar.

Ele recebeu isso como insulto.

— Quero estar na frente — insistiu.

— Já lutou numa parede de escudos?

— Você sabe que não.

— Então não vai querer estar na frente. Além disso, se Alfredo morrer, quem será rei?

— Ah. — Ele meio sorriu. — Então eu fico atrás de você?

— Fica atrás de mim.

Iseult e Hild estavam puxando meu cavalo.

— Se perdermos — falei com elas —, vocês duas montam na sela e vão embora.

— Para onde?

— Simplesmente vão embora. Peguem o dinheiro. — Minha prata e meus tesouros, tudo o que eu possuía, estavam nas bolsas da sela. — Pegue e vá embora com Hild.

Hild sorriu disso. Estava pálida, com o cabelo claro grudado na cabeça por causa da chuva. Não tinha chapéu e vestia uma túnica branca com um cinto de corda. Fiquei surpreso ao ver que ela viera com o exército, pensando que teria preferido encontrar um convento, mas ela havia insistido em vir.

— Quero vê-los mortos — disse-me em tom peremptório. — E quero matar pessoalmente o que se chama Erik. — Ela bateu na faca de lâmina comprida e fina pendurada no cinto.

— Erik é o que... — comecei, depois hesitei.

— O que me prostituiu.

— Então não foi o que matamos naquela noite?

Ela balançou a cabeça.

— Aquele era o piloto do navio de Erik. Mas vou encontrar Erik e não vou retornar a um convento enquanto não o vir gritando em seu próprio sangue.

— Está cheia de ódio — disse-me o padre Pyrlig enquanto seguíamos Hild e Iseult morro acima.

— Isso não é ruim para um cristão?

Pyrlig riu.

— Estar vivo é ruim para um cristão! Digamos que uma pessoa é santa se for boa, mas muito poucos nos tornamos santos. Todos somos maus! Alguns de nós simplesmente tentam ser bons.

Olhei para Hild.

— Ela se desperdiça como freira.

— Você gosta das magras, não é? — disse Pyrlig, achando divertido. — Já eu gosto das cheias de carne como novilhas bem-alimentadas! Dê-me uma boa britânica com ancas parecendo dois barris de cerveja e eu viro um padre feliz. Pobre Hild. Magra como um raio de sol, mas sinto pena do dinamarquês que atravessar o caminho dela hoje.

Os batedores de Osric voltaram a Alfredo. Haviam cavalgado adiante e visto os dinamarqueses. Segundo eles, o inimigo estava esperando na borda da escarpa, onde as colinas eram mais altas e onde ficava a fortaleza do povo antigo. Seus estandartes, segundo os batedores, eram incontáveis. Também tinham visto batedores dinamarqueses, de modo que Guthrum e Svein sabiam que estávamos indo.

E continuamos, cada vez mais alto, subindo as ondulações de calcário. A chuva parou, mas nenhum sol apareceu porque todo o céu era um tumulto de cinza e preto. O vento soprava do oeste. Passamos por fileiras de sepulturas dos tempos antigos e eu me perguntei se elas conteriam guerreiros que haviam ido para a batalha como nós, e me perguntei se nos milhares de anos vindouros outros homens subiriam esses morros com espadas e escudos. Não existe fim para a guerra, e olhei o céu escuro à procura de um sinal de Tor ou Odin, esperando ver um corvo voar, mas não havia pássaros. Apenas nuvens.

Então vi os homens de Osric desviando-se para a direita. Estávamos numa dobra dos morros e eles iam rodeando o morro da direita. E quando chegamos à depressão entre as duas encostas baixas, vi o terreno plano. E ali, à minha frente, estava o inimigo.

Adoro os dinamarqueses. Não há homens melhores com quem lutar, beber, rir ou viver. Mas naquele dia, como em muitos outros da minha vida, eles eram o inimigo e me esperavam numa gigantesca parede de escudos atravessando o planalto ondulado. Havia milhares de dinamarqueses, dinamarqueses com lanças e espadas, dinamarqueses que tinham vindo fazer desta a sua terra, e havíamos chegado para mantê-la nossa.

— Deus nos dê força — disse o padre Pyrlig ao ver o inimigo que havia começado a gritar quando aparecemos. Bateram lanças e espadas contra escudos de tília, criando um trovão no topo da colina. A fortaleza era a ala direita de seu exército e havia uma enormidade de homens nos muros de terra cobertos de verde. Muitos deles tinham escudos pretos e acima havia uma bandeira preta, de modo que era ali que Guthrum estava, ao passo que a ala esquerda, diante da nossa direita, espalhava-se no terreno aberto e foi ali que vi um estandarte triangular, sustentando por uma pequena cruzeta, mostrando um cavalo branco. Então Svein comandava a esquerda deles, ao passo que à direita dinamarquesa, nossa esquerda, a escarpa descia até a planície do rio. Era uma queda íngreme, um barranco. Não poderíamos ter esperanças de flanquear os dinamarqueses daquele lado, porque ninguém poderia lutar numa encosta assim. Tínhamos de atacar em frente, diretamente contra a parede de escudos e contra as fortificações de terra, indo para as lanças, as espadas e os machados de guerra do inimigo que nos suplantava em número.

Procurei o estandarte da asa de águia, de Ragnar, e pensei tê-lo visto no forte, mas era difícil ter certeza porque todas as tripulações de dinamarqueses tinham seus estandartes, as pequenas bandeiras estavam apinhadas e a chuva havia começado a cair de novo, obscurecendo os símbolos. Mas à minha direita, fora da fortificação e perto do estandarte maior, do cavalo branco, havia uma bandeira saxã. Era uma bandeira verde com uma águia e uma cruz, o que significava que Wulfhere estava ali, com a parte do *fyrd* de Wiltunscir que o havia seguido. Havia outros estandartes saxões na horda inimiga. Não muitos, talvez uns vinte, e achei que os dinamarqueses teriam trazido homens de Mércia para lutar com eles. Todos os estandartes saxões se encontravam no terreno aberto, nenhum dentro do forte.

Ainda estávamos muito separados, muito mais do que um homem poderia atirar uma flecha, e nenhum de nós conseguia ouvir o que os dinamarqueses gritavam. Os homens de Osric formavam a nossa ala direita enquanto Wiglaf liderava seu *fyrd* de Sumorsæte à esquerda. Estávamos fazendo uma linha diante da deles, mas a nossa seria inevitavelmente mais curta. A proporção não era exatamente de dois dinamarqueses para um saxão, mas estava perto disso.

— Deus nos ajude — disse Pyrlig tocando seu crucifixo.

Alfredo convocou os comandantes, reunindo-os sob o encharcado estandarte do dragão. O trovão dinamarquês continuava, a batida de milhares de armas contra escudos, enquanto o rei pedia conselho aos líderes de seu exército.

Arnulf, de Suth Seaxa, um homem magro com barba curta e uma perpétua expressão de desprezo, aconselhou atacar.

— Simplesmente atacar — disse ele, balançando a mão para a fortaleza. — Vamos perder alguns homens nos muros, mas perderemos homens de qualquer modo.

— Vamos perder muitos homens — alertou meu primo Æthelred. Ele liderava apenas um pequeno bando, mas seu status como filho de um *ealdorman* de Mércia significava que deveria ser incluído no conselho de guerra de Alfredo.

— Fazemos melhor nos defendendo — rosnou Osric. — Dê a um homem terra para defender e ele se mantém de pé, então deixe que os desgraçados venham até nós.

Harald assentiu, concordando.

Alfredo lançou um olhar cortês para Wiglaf de Sumorsæte, que pareceu surpreso por ser consultado.

— Cumpriremos nosso dever, senhor, cumpriremos nosso dever independentemente do que o senhor decidir.

Leofric e eu estávamos presentes, mas o rei não pediu nossa opinião, por isso ficamos em silêncio.

Alfredo olhou para o inimigo, depois de novo para nós.

— Na minha experiência — disse ele —, o inimigo espera algo de nossa parte. — Falava de modo pedante, no mesmo tom que usava ao discutir teologia com os padres. — Querem que façamos certas coisas. Quais são essas coisas?

Wiglaf deu de ombros, enquanto Arnulf e Osric pareceram perplexos. Ambos haviam esperado algo mais feroz da parte de Alfredo. Para a maioria de nós, a batalha era uma fúria que martelava, nada inteligente, uma orgia de matança, mas Alfredo a via como uma competição de sabedoria, ou talvez um jogo de *tafl* que requeria inteligência para vencer. Tenho certeza: era assim que ele via nossos dois exércitos, como peças de *tafl* em seu tabuleiro xadrez.

— E então? — perguntou.

— Eles esperam que ataquemos! — disse Osric inseguro.

— Esperam que ataquemos Wulfhere — disse eu.

Alfredo me recompensou com um sorriso.

— Por que Wulfhere?

— Porque ele é um traidor desgraçado e um pedaço de merda de bode gerado por uma puta — respondi.

— Porque não acreditamos — corrigiu Alfredo — que os homens de Wulfhere vão lutar com a mesma paixão dos dinamarqueses. E estamos certos: não vão. Seus homens vão se conter para não matar colegas saxões.

— Mas Svein está lá — disse eu.

— O que nos diz isso? — perguntou ele.

Os outros o encararam. Ele sabia a resposta, mas jamais conseguia resistir a bancar o professor. Portanto, esperou uma reação.

— Isso nos diz — concedi de novo — que eles querem que ataquemos sua esquerda, mas não querem que a esquerda se rompa. Por isso, Svein está lá. Ele vai nos conter e eles vão lançar um ataque saindo do forte contra o flanco de nosso ataque. Isso rompe a direita do nosso exército e então todo mundo virá para nos matar.

Alfredo não respondeu, mas pareceu preocupado, sugerindo que concordava comigo. Os outros homens se viraram e olharam para os dinamarqueses, como se alguma resposta mágica pudesse se sugerir, mas não houve nenhuma.

— Então façamos como sugere o senhor Arnulf — disse Harald. — Vamos atacar a fortaleza.

— Os muros são íngremes — alertou Wiglaf. O *ealdorman* de Sumorsæte era um homem de disposição luminosa, riso frequente e generosidade casual, mas agora, com seus homens arrumados diante dos barrancos verdes do forte, estava desanimado.

— Guthrum adoraria que atacássemos o forte — observou o rei.

Isso provocou alguma confusão porque, segundo Alfredo, parecia que os dinamarqueses queriam que atacássemos sua direita tanto quanto queríamos que atacássemos a esquerda. Enquanto isso, os dinamarqueses zombavam por não atacarmos. Um ou dois correram para as nossas fileiras gritando insultos e toda a sua parede de escudos continuava batendo as armas num ritmo constante e ameaçador. A chuva tornava mais escuras as cores dos escudos. As cores eram preto, vermelho, azul, marrom e amarelo-sujo.

— Então, o que faremos? — perguntou Æthelred em tom lamentoso.

Houve silêncio e eu percebi que Alfredo, mesmo entendendo o problema, não tinha resposta. Guthrum queria que atacássemos e provavelmente não se importava se fôssemos contra os guerreiros experimentados de Svein à esquerda da linha inimiga ou contra os fossos íngremes e escorregadios diante dos muros da fortaleza. E Guthrum também devia saber que não ousávamos recuar porque seus homens iriam nos perseguir e matar como uma horda de lobos devastando um rebanho apavorado.

— Ataque a esquerda deles — disse eu.

Alfredo assentiu como se já tivesse chegado a essa conclusão.

— E? — perguntou ele.

— Ataque com todos os homens que temos — respondi. Havia provavelmente dois mil homens do lado de fora da fortaleza e pelo menos metade desses eram saxões. Achei que deveríamos atacá-los num jorro violento e dominá-los pelo número. Então a fraqueza da posição dos dinamarqueses seria revelada, porque estavam na beira da escarpa, e assim que fossem forçados pela borda não teriam aonde ir, a não ser pela encosta longa e precipitosa. Poderíamos destruir aqueles dois mil homens, depois reformar nossas fileiras para a tarefa mais difícil de atacar os três mil dentro do forte.

— Empregar todos os nossos homens? — perguntou Alfredo. — Mas então Guthrum vai atacar nosso flanco com todos os homens que ele tem.

— Guthrum não fará isso. Vai mandar alguns homens atacar nosso flanco, mas manterá a maior parte das tropas dentro da fortaleza. Ele é cauteloso. Não vai abandonar o forte e não vai arriscar muito para salvar Svein. Eles não gostam um do outro.

Alfredo pensou nisso, mas dava para ver que não gostava do jogo. Temia que, enquanto atacássemos Svein, os outros dinamarqueses viessem do forte e dominassem nossa esquerda. Ainda acho que ele deveria ter aceitado meu conselho, mas o destino é inexorável e ele decidiu imitar Guthrum sendo cauteloso.

— Vamos atacar à nossa direita e empurrar os homens de Wulfhere, mas devemos estar preparados para o contragolpe deles, de modo que nossa esquerda fica onde está.

Assim ficou decidido. Osric e Arnulf, com os homens de Wiltunscir e Suth Seaxa, batalhariam contra Svein e Wulfhere no terreno aberto a leste do forte, mas suspeitávamos de que alguns dinamarqueses viriam de trás das fortificações para atacar o flanco de Osric, assim Alfredo levaria sua guarda pessoal para formar um anteparo contra esse assalto. Enquanto isso, Wigulf ficaria onde estava, o que significava que um terço dos nossos homens não faria nada.

— Se pudermos derrotá-los — disse Alfredo —, o restante deles vai recuar para o forte e poderemos sitiá-lo. Eles não têm água lá, têm?

— Não — confirmou Osric.

— Então estão presos — disse Alfredo, como se todo o problema estivesse muito bem-resolvido e a batalha, praticamente vencida. Virou-se para o bispo Alewold. — Uma oração, bispo, por gentileza.

Alewold rezou, a chuva caiu, os dinamarqueses continuaram zombando e eu soube que o momento medonho, o choque das paredes de escudos, estava próximo. Toquei o martelo de Tor, depois o punho de Bafo de Serpente, porque a morte estava nos espreitando. Deus me ajude, pensei, tocando o martelo de novo, Tor ajude todos nós, porque eu não achava que poderíamos vencer.

TREZE

Os DINAMARQUESES FAZIAM seu trovão de batalha e nós rezávamos. Alewold arengou com Deus durante longo tempo, principalmente implorando que ele mandasse anjos com espadas flamejantes, e esses anjos seriam úteis, mas nenhum apareceu. Estava por nossa conta fazer o serviço.

Preparamo-nos para a batalha. Peguei meu escudo e o elmo no cavalo seguro por Iseult, mas primeiro brinquei com uma grossa trança do cabelo dela.

— Confie em mim — falei, porque ela estava nervosa, e usei uma faquinha para cortar a trança. Amarrei uma ponta dos cabelos no punho de Bafo de Serpente e fiz um laço com a outra ponta. Iseult ficou olhando.

— Por quê? — perguntou.

— Posso passar o laço no pulso — mostrei a ela — e assim não perderei a espada. E seu cabelo vai me trazer sorte.

O bispo Alewold estava exigindo furiosamente que as mulheres recuassem. Iseult ficou na ponta dos pés para afivelar meu elmo que tinha o lobo na crista, depois puxou meu rosto para baixo e me beijou através da abertura na placa.

— Vou rezar por você — disse ela.

— Eu também — completou Hild.

— Rezem a Odin e Tor — insisti, depois fiquei olhando enquanto levavam o cavalo para longe. As mulheres segurariam os cavalos a uns quatrocentos metros atrás de nossa parede de escudos, e Alfredo insistiu em que ficassem longe assim para que nenhum homem se sentisse tentado a correr subitamente para um cavalo e galopar.

Era hora de formar a parede de escudos, e esse é um negócio complicado. Alguns homens se oferecem para ficar na frente, mas a maioria tenta permanecer atrás, e Osric e seus líderes de batalha estavam empurrando e gritando enquanto tentavam acomodar os homens.

— Deus está conosco! — gritava Alfredo. Ainda estava montado e cavalgou pela parede de escudos que Osric organizava lentamente, para encorajar o *fyrd*. — Deus está conosco! — gritou de novo. — Não podemos perder! Deus está conosco! — A chuva caía mais forte. Padres andavam pela fileira oferecendo bênçãos e ajudando a chuva atirando punhados de água benta nos escudos. O *fyrd* de Osric tinha principalmente fileiras com cinco homens de profundidade, e atrás ficavam espalhados homens com lanças. O serviço deles, quando os dois lados se encontrassem, era atirar as lanças por cima da cabeça dos colegas, e os dinamarqueses teriam atiradores semelhantes preparando suas armas. — Deus está conosco! — gritou Alfredo. — Ele está do nosso lado! O céu nos vigia! Os santos rezam por nós! Os anjos nos guardam! Deus está conosco! — Sua voz já estava rouca. Homens tocavam amuletos da sorte, fechavam os olhos em oração silenciosa e repuxavam fivelas. Na primeira fila tocavam obsessivamente os escudos nos dos vizinhos. A borda direita do escudo de cada homem deveria se sobrepor ao escudo do lado, de modo que os dinamarqueses fossem confrontados por uma parede maciça de tília reforçada com ferro. Os dinamarqueses fariam uma parede igual, mas continuavam zombando de nós, desafiando-nos a atacar. Um rapaz saiu cambaleando da parte de trás do *fyrd* de Osric e vomitou. Dois cães correram para comer o vômito. Um atirador de lanças estava de joelhos, tremendo e rezando.

O padre Beocca se encontrava ao lado dos estandartes de Alfredo, com as mãos erguidas em oração. Eu estava na frente dos estandartes com Steapa à direita e Pyrlig à esquerda.

— Trazei fogo sobre eles, santíssimo Senhor! — uivou Beocca. — Trazei fogo sobre eles e derrubai-os! Castigai-os por suas iniquidades. — Seus olhos estavam bem-fechados e o rosto erguido na chuva, de modo que não viu Alfredo galopar de volta até nós e atravessar nossas fileiras. O rei ficaria montado para ver o que acontecia. Leofric e uma dúzia de outros homens também estavam a cavalo, para que seus escudos pudessem proteger Alfredo das lanças e machados atirados.

— Avante! — gritou Alfredo.

— Avante! — Leofric repetiu a ordem porque a voz do rei estava rouca demais.

Ninguém se mexeu. Osric e seus homens deveriam começar o avanço, mas os homens sempre relutam em ir contra uma parede de escudos inimiga. Ficar bêbado ajuda. Já estive em batalhas em que os dois lados lutavam numa névoa fedorenta de vinho de bétula e cerveja, mas tínhamos pouco disso e nossa coragem precisava ser invocada nos corações sóbrios, e não havia muito disso a ser encontrado naquela manhã fria e molhada.

— Avante! — gritou Leofric de novo. Dessa vez, Osric e seus comandantes seguiram o grito e os homens de Wiltunscir deram alguns passos adiante. Os escudos dinamarqueses fizeram barulho formando a parede e se trancaram, e a visão daquela *skjaldborg* interrompeu o avanço. É assim que os dinamarqueses chamam sua parede de escudos: *skjaldborg*, ou fortaleza de escudos. Os dinamarqueses rugiram zombando e dois de seus guerreiros mais jovens saíram das fileiras para nos provocar e convidar a um duelo. — Permaneçam na parede! — rugiu Leofric.

— Ignorem-nos! — gritou Osric.

Cavaleiros saíram do forte, talvez uma centena, e trotaram atrás da *skjaldborg* que se formou com os guerreiros de Svein e os saxões de Wulfhere. Svein se juntou aos cavaleiros. Pude ver seu cavalo branco, a capa branca e o rabo de crina de cavalo branco no elmo. A presença dos cavaleiros me disse que Svein esperava que nossa linha se rompesse e queria perseguir nossos fugitivos assim como seus cavaleiros haviam trucidado os britânicos em Dreyndynas. Os dinamarqueses estavam cheios de confiança, e deveriam estar mesmo, porque eram em maior número e todos eram guerreiros, ao passo que nossas fileiras eram preenchidas por homens mais acostumados ao arado do que à espada.

— Avante! — gritou Osric. Sua linha estremeceu, mas não avançou mais de um metro.

A chuva pingava da borda de meu elmo. Escorria por dentro da cobertura facial, penetrava na cota de malha e provocava tremores no peito e na barriga.

— Atacai-os com força, senhor! — gritou Beocca. — Trucidai-os sem piedade! Despedaçai-os!

Pyrlig estava rezando, pelo menos acho que estava, porque falava em sua língua, mas ouvi a palavra *duw* repetida várias vezes, e sabia, através de Iseult, que *duw* era a palavra dos britânicos para deus. Æthelwold se mantinha atrás de Pyrlig. Deveria estar atrás de mim, mas Eadric havia insistido em ficar às minhas costas, de modo que Æthelwold protegeria Pyrlig. Æthelwold estava conversando incessantemente, tentando esconder o nervosismo, e eu me virei para ele.

— Mantenha o escudo erguido — disse eu.

— Eu sei, eu sei.

— Proteja a cabeça de Pyrlig, entendeu?

— Eu sei! — Ele estava irritado porque eu havia lhe dado o conselho. — Eu sei — respondeu com petulância.

— Avante! Avante! — gritou Osric. Como Alfredo, ele estava montado e ia de um lado para o outro atrás de sua linha, espada na mão, e pensei que usaria a lâmina para cutucar seus homens. Eles andaram alguns passos. Os escudos dinamarqueses subiram de novo e a madeira de tília estalou alta enquanto a *skjaldborg* era formada, e de novo nossa linha hesitou. Agora Svein e seus cavaleiros estavam junto ao flanco mais distante, mas Osric havia posto lá um grupo de guerreiros escolhidos, prontos para guardar a extremidade de sua linha.

— Por Deus! Por Wiltunscir! — gritou Osric. — Avante!

Os homens de Alfredo estavam à esquerda do *fyrd* de Osric, onde nos encontrávamos ligeiramente curvados para trás, prontos para receber o esperado ataque de flanco vindo do forte. Avançamos com prontidão, mas afinal de contas éramos principalmente guerreiros e sabíamos que não podíamos avançar na frente das tropas mais nervosas de Osric. Quase pisei num trecho de terreno onde, espantosamente, três lebrachos estavam abaixados e tremendo. Olhei-os e esperei que os homens atrás de mim evitassem os pequenos animais, e soube que isso não aconteceria. Não sei por que as lebres deixam seus filhotes em terreno aberto, mas fazem isso, e ali estavam eles, três lebrachos esguios numa depressão, sem dúvida as primeiras coisas que morreriam naquele dia de vento e chuva.

— Gritem com eles! — instigou Osric. — Digam que são desgraçados! Chamem-nos de filhos da puta! Digam que são merda do norte! Gritem com eles! — Ele sabia que esse era um modo de fazer os homens se mexer. Os dinamarqueses estavam gritando conosco, chamando-nos de mulheres, dizendo que não tínhamos coragem, e ninguém em nossas fileiras gritava de volta, mas agora os homens de Osric começaram e o céu molhado se encheu com o ruído de armas batendo em escudos e homens gritando insultos.

Eu havia pendurado Bafo de Serpente às costas. No esmagamento da batalha é mais fácil desembainhar uma espada por cima do ombro do que do quadril, e então o primeiro golpe pode ser um maligno corte de cima para baixo. Levava Ferrão de Vespa na mão direita. Ferrão de Vespa era um sax, uma espada curta, uma lâmina grossa feita para estocar, e na pressão de homens fazendo força contra uma parede de escudos inimiga uma espada curta pode causar mais danos do que uma longa. Meu escudo, com borda de ferro, era seguro no antebraço esquerdo por duas tiras de couro. O escudo tinha uma bossa de metal do tamanho da cabeça de um homem, e isso era uma arma, em si. Steapa, à minha direita, tinha uma espada longa, não tanto quanto a que usara para lutar comigo em Cippanhamm, mas mesmo assim era pesada, ainda que em sua mão parecesse quase insignificante. Pyrlig carregava uma lança de javali, curta e forte, com lâmina larga. Estava dizendo repetidamente a mesma frase: *Eind tad, yr, hwn wyt yn y nefoedd, sancteiddier dy enw.* Mais tarde fiquei sabendo que era a oração que Jesus havia ensinado aos discípulos. Steapa murmurava que os dinamarqueses eram desgraçados.

— Desgraçados — disse ele, e então: — Deus me ajude, desgraçados. — Ficava dizendo isso. Repetidamente. — Desgraçados, Deus me ajude, desgraçados. — De repente minha boca estava seca demais para falar, meu estômago azedava e as entranhas se afrouxavam.

— Avante! Avante! — gritou Osric, e nós arrastamos os pés à frente, escudos tocando-se, e agora podíamos ver os rostos dos inimigos. Podíamos ver as barbas malcuidadas dos homens e bocas rosnando com dentes amarelos, podíamos ver as bochechas com cicatrizes, a pele marcada de varíola e os

O fyrd

narizes quebrados. Com minha cobertura facial eu só podia enxergar à frente. Algumas vezes é melhor lutar sem placa facial, para ver os atacantes que veem do lado, mas no entrechoque das paredes de escudos a placa é útil. O elmo era forrado de couro. Eu estava suando. Flechas saltavam da linha dinamarquesa. Eles não tinham muitos arqueiros e as flechas eram espaçadas, mas levantamos os escudos para proteger o rosto. Nenhuma chegou perto de mim, porém estávamos curvados com relação à linha, para vigiar os muros verdes da fortaleza cobertos de homens, uma imensidão de dinamarqueses com espadas. Pude ver o estandarte da asa de águia, de Ragnar, e me perguntei o que aconteceria se me pegasse cara a cara com ele. Dava para ver os machados, as lanças e as espadas, as lâminas que procuravam nossas almas. A chuva tamborilava nos elmos e nos escudos.

A linha parou de novo. A parede de escudos de Osric e a *skjaldborg* estavam separadas por apenas vinte passos, e os homens podiam ver seus inimigos imediatos, podiam ver o rosto do homem que deveriam matar ou do que iria matá-los. Os dois lados gritavam, cuspiam raiva e insultos, e os atiradores de lanças sopesaram os primeiros mísseis.

— Fiquem perto! — berrou alguém.

— Escudos se tocando!

— Deus está conosco — gritou Beocca.

— Avante! — Dois passos, mais um arrastar de pés do que um andar.

— Desgraçados! — disse Steapa. — Deus me ajude, desgraçados.

— Agora! — gritou Osric. — Agora! Avancem e matem-nos! Avancem e matem-nos! Vão! Vão! Vão! — E os homens de Wiltunscir foram. Soltaram um grande grito de guerra, tanto para se animar quanto para amedrontar o inimigo, e de repente, depois de tanto tempo, a parede de escudos avançou depressa, homens gritando, as lanças vieram por sobre as linhas dinamarquesas e as nossas foram atiradas de volta. Então veio o choque, o verdadeiro trovão de batalha quando a parede de escudos encontrou a *skjaldborg*. O choque da colisão sacudiu toda a linha, de modo que até minhas tropas, que ainda não haviam se engajado, cambalearam. Ouvi os primeiros gritos, o clangor das lâminas, o ruído surdo de metal se cravando em madeira de escudo, o grunhido dos homens, e então vi os dinamarqueses passando por cima da fortificação verde, um jorro de dinamarqueses nos atacando, querendo penetrar no flanco de nosso ataque, mas por isso Alfredo havia nos posto à esquerda da força de Osric.

— Escudos! — rugiu Leofric.

Levantei meu escudo, toquei o de Steapa e o de Pyrlig, depois me agachei para receber a carga. Cabeça baixa, corpo coberto por madeira, pernas preparadas, Ferrão de Vespa a postos. Atrás e à direita de nós os homens de Osric lutavam. Eu podia sentir cheiro de sangue e merda. Esses são os cheiros da batalha. Então esqueci a luta de Osric porque a chuva estava no meu rosto e os dinamarqueses chegavam correndo. Não foi formada uma parede de escudos, apenas uma carga frenética pretendendo vencer a batalha num único ataque furioso. Eram centenas. Então nossos lanceiros atiraram suas lanças.

— Agora! — gritei, e avançamos um passo para receber a carga. Meu braço esquerdo foi esmagado contra o peito quando um dinamarquês se chocou contra mim, escudo contra escudo, ele baixou um machado com força e eu impeli Ferrão de Vespa, passei por seu escudo e penetrei em seu flanco, e seu machado se cravou no escudo de Eadric, que estava acima da minha cabeça. Torci a lâmina de Ferrão de Vespa, puxei-a e golpeei de novo. Pude sentir cheiro de cerveja no bafo azedo do dinamarquês. Seu rosto era uma careta. Ele soltou o machado. Golpeei de novo e torci a ponta do sax contra cota de malha ou osso, não dava para saber. — Sua mãe era um tolete de bosta de porco — falei ao dinamarquês. Ele gritou de fúria e tentou baixar o machado sobre meu elmo, mas eu me desviei e estoquei. Eadric me protegeu com seu escudo, e agora Ferrão de Vespa estava vermelha, quente e pegajosa com o sangue, e puxei-a para cima.

Steapa estava gritando incoerente, sua espada cortando à esquerda e à direita, e os dinamarqueses o evitavam. Meu inimigo tropeçou, caiu de joelhos e eu o acertei com a bossa do escudo, quebrando seu nariz e os dentes. Então enfiei Ferrão de Vespa em sua boca sangrenta. Outro homem ocupou o lugar imediatamente, mas Pyrlig enterrou sua lança de javali na barriga do recém-chegado.

— Escudos! — gritei, e instintivamente Steapa e Pyrlig alinharam seus escudos com o meu. Eu não fazia ideia do que acontecia em outros lugares no topo da colina. Só sabia o que estava acontecendo ao alcance de Ferrão de Vespa.

— Recuar um! Recuar um! — gritou Pyrlig, e recuamos um passo para que os próximos dinamarqueses, ocupando o lugar dos que havíamos ferido ou matado, tropeçassem nos corpos de seus camaradas caídos, e em seguida avançamos à medida que eles chegavam, de modo que os recebêssemos enquanto estivessem desequilibrados. É assim que se faz, é o jeito do guerreiro, e nós, nas forças imediatas de Alfredo, éramos seus melhores soldados. Os dinamarqueses haviam nos atacado loucamente, sem se incomodar em travar escudos na crença de que apenas sua fúria iria nos dominar. Também haviam sido atraídos pela visão dos estandartes de Alfredo e pelo conhecimento de que, se aquelas duas bandeiras caíssem, a batalha estaria praticamente vencida. Mas seu ataque bateu contra nossa parede de escudos como uma onda do oceano acertando um penhasco e se despedaçou ali. Deixou homens caídos na terra e sangue no capim, e agora finalmente formaram uma parede de escudos de verdade e vieram com mais firmeza.

Ouvi os escudos inimigos se tocando, vi suas caretas enquanto juntavam as forças. Então eles gritaram e vieram nos matar.

— Agora! — gritei, e avançamos para encontrá-los.

As paredes de escudos se chocaram. Eadric estava às minhas costas, apertando-me para a frente, e agora a arte de lutar era manter espaço entre meu corpo e meu escudo com um forte braço esquerdo, então estocar por baixo do escudo com Ferrão de Vespa. Eadric podia lutar com sua espada por cima do meu ombro. Eu tinha espaço à direita porque Steapa era canhoto, o que significava que seu escudo estava no braço direito, e ele ficava afastando-o de mim para dar espaço à sua espada comprida. Essa abertura, que não era maior do que o tamanho do pé de um homem, era um convite aos dinamarqueses, mas eles tinham medo de Steapa e nenhum tentou atravessar aquele pequeno espaço. Simplesmente sua altura o destacava, e o rosto retesado o tornava temível. Ele gritava como um bezerro sendo castrado, meio berro e meio beligerância, convidando os dinamarqueses a vir e ser mortos. Eles recusavam. Tinham aprendido o perigo representado por mim, Pyrlig e Steapa, e estavam cautelosos. Em outros lugares ao longo da parede de escudos de Alfredo havia homens gritando e gritando, espadas e machados ressoando como sinos, mas à minha frente os dinamarqueses se mantinham recuados e meramente cutucavam com lanças para nos manter longe. Gritei que eram covardes, mas isso não os instigou para Ferrão de Vespa. Olhei à esquerda e à direita e vi que ao longo de toda a linha de Alfredo nós os estávamos sustentando. Nossa parede de escudos era forte. Todo aquele treino em Æthelingæg estava dando resultado e para os dinamarqueses a luta ficava cada vez mais difícil porque estavam nos atacando, e para nos alcançar precisavam passar sobre os corpos de seus mortos e feridos. Não é possível ver onde se pisa na batalha, porque estamos olhando o inimigo, e alguns dinamarqueses tropeçavam e outros resvalavam no capim escorregadio por causa da chuva. E quando estavam desequilibrados atacávamos com força, lanças e espadas como línguas de serpente, fazendo mais cadáveres para o inimigo tropeçar.

Nós, das tropas pessoais de Alfredo, éramos bons. Éramos firmes. Estávamos vencendo os dinamarqueses, mas atrás, na força de Osric, que era maior, Wessex ia morrendo.

Porque a parede de escudos de Osric se desemaranhou.

Os homens de Wulfhere fizeram isso. Não romperam a parede de escudos de Osric lutando contra ela, e sim tentando se juntar a ela. Poucos queriam lutar pelos dinamarqueses — e agora que a batalha estava compacta gritavam aos seus compatriotas dizendo que não eram inimigos e queriam mudar de lado. E a parede de escudos se abriu para deixá-los passar. Os homens de Svein foram para as aberturas como felinos selvagens. Uma após outra essas aberturas se alargaram enquanto dinamarqueses com espadas iam passando. Cortavam os homens de Wulfhere por trás, rasgavam as fileiras de Osric e espalhavam a morte como uma peste. Os vikings de Svein eram guerreiros em meio a camponeses, falcões em meio a pombos, e toda a ala direita de Alfredo se despedaçou. Arnulf salvou os homens de Suth Seaxa levando-os para a retaguarda de nossas fileiras e eles ficaram bastante seguros ali, mas o *fyrd* de Osric estava rompido, assediado e empurrado para o leste e o sul.

A chuva havia parado e um vento frio e úmido cortava a borda da alta campina ondulada. Os homens de Alfredo, reforçados pelos quatrocentos de Arnulf e cerca de uma dúzia dos fugitivos de Osric, mantiveram-se sozinhos enquanto o *fyrd* de Wiltunscir recuava. Estava sendo afastado de nós, e Svein e seus cavaleiros levavam o pânico àqueles homens. Antes o *fyrd* tinha oitocentos homens enfileirados com firmeza, agora estavam espalhados em pequenos grupos que se amontoavam para proteção e tentavam manter longe os cavaleiros a galope que golpeavam com suas lanças compridas. Corpos se espalhavam pelo terreno. Alguns homens de Osric estavam feridos e se arrastavam para o sul como se pudesse haver segurança onde as mulheres e crianças estavam reunidas ao redor de um monte funerário do povo antigo, mas os cavaleiros se viraram e os golpearam com as lanças, e os dinamarqueses a pé formavam novas paredes de escudos para atacar os fugitivos. Não podíamos fazer nada para ajudar, porque ainda lutávamos contra os homens de Guthrum que tinham vindo do forte. E ainda que estivéssemos vencendo aquela luta, não podíamos dar as costas para o inimigo. Assim estocávamos, cortávamos e empurrávamos, e lentamente eles iam para trás. Então perceberam que estavam morrendo homem a homem, e ouvi gritos dos dinamarqueses para voltar à fortaleza. E deixamos que eles fossem. Eles recuaram para longe de nós, andando de costas, e quando viram que não iríamos seguir, viraram-se e correram para os muros verdes. Deixaram uma onda de cadáveres, sessenta ou setenta dinamarqueses no chão, e não havíamos perdido mais de vinte homens. Tirei uma corrente de prata de um cadáver, dois braceletes de outro, e de um terceiro uma bela faca com cabo de osso e um botão de âmbar no punho.

— Para trás! — gritou Alfredo.

Só quando recuamos para onde havíamos começado a luta percebi o desastre à direita. Tínhamos sido o centro do exército de Alfredo, mas agora éramos a ala direita, e o que fora nosso forte flanco direito era um caos despedaçado. Muitos dos homens de Osric haviam recuado para onde as mulheres e cavalos esperavam e formaram uma parede de escudos que serviu para protegê-los, mas a maior parte do *fyrd* havia fugido para o leste e estava sendo reduzida a grupos cada vez menores.

Finalmente Svein chamou seus homens de volta da perseguição, mas nesse ponto quase toda a nossa ala direita havia sumido. Muitos daqueles homens ainda viviam, mas tinham sido expulsos do campo e relutariam em voltar e receber mais punição. O próprio Osric havia sobrevivido e trouxe os duzentos homens que haviam recuado para perto das mulheres e cavalos de volta para Alfredo, mas era só isso que lhe restava. Svein formou seus homens de novo, de frente para nós, e pude vê-lo arengando com eles.

— Eles vêm para nós — observei.

— Deus vai nos proteger — disse Pyrlig. Ele estava com sangue no rosto. Uma espada ou um machado havia cortado seu elmo e aberto o couro cabeludo, de modo que havia uma grossa crosta de sangue em sua bochecha esquerda.

— Onde estava o seu escudo? — perguntei a Æthewold.

— Comigo. — Æthelwold estava pálido e amedrontado.

— Você deveria proteger a cabeça de Pyrlig — rosnei.

— Não é nada. — Pyrlig tentou acalmar minha raiva.

Æthewold parecia a ponto de protestar, mas de repente estremeceu e vomitou. Dei-lhe as costas. Eu estava com raiva, mas também desapontado. O medo que afrouxa entranhas havia sumido, mas a luta parecera desanimada e ineficaz. Tínhamos afastado os dinamarqueses que haviam nos atacado, mas não os ferimos a ponto de abandonarem a luta. Eu queria sentir a fúria da batalha, o grito jubiloso de matar, e em vez disso tudo parecia pesado e difícil.

Havia procurado Ragnar durante a luta, temendo ser obrigado a lutar contra meu amigo, e quando os dinamarqueses voltaram para a fortaleza vi que ele estivera lutando mais adiante na linha. Agora podia vê-lo sobre a fortificação de terra, observando-nos. Então olhei para a direita, esperando ver Svein liderar seus homens num ataque contra nós, mas em vez disso vi-o galopar até a fortaleza e suspeitei de que estivesse indo exigir reforços de Guthrum.

A batalha tinha menos de uma hora de vida, no entanto parou. Algumas mulheres nos trouxeram água e pão mofado enquanto os feridos procuravam qualquer ajuda possível. Enrolei um trapo no braço esquerdo de Eadric, onde um machado de batalha atravessara o couro da manga.

— O golpe era contra o senhor — disse ele, rindo sem dentes.

Amarrei o trapo.

— Está doendo?

— Um pouquinho, mas não está ruim. Não está ruim. — Ele flexionou o braço, descobriu que funcionava e pegou o escudo. Olhei de novo para os homens de Svein, mas eles não pareciam ter pressa de retomar o ataque. Vi um homem virar um odre de cerveja na boca. Logo à nossa frente, em meio à fileira de mortos, um que estava caído sentou-se de repente. Era dinamarquês e tinha cabelo preto trançado, amarrado em nós e enfeitado com fitas. Eu havia pensado que ele estava morto, mas o sujeito sentou-se e nos olhou com indignação. Então, aparentemente, bocejou. Estava olhando direto para mim, a boca aberta, e então um jorro de sangue surgiu e se derramou sobre o lábio inferior, encharcando a barba. Seus olhos se reviraram brancos e ele caiu para trás. Os homens de Svein continuavam sem se mover. Havia cerca de oitocentos deles formando uma linha de batalha. Ainda eram a ala esquerda do exército de Guthrum, mas essa ala era muito menor agora que perdera os homens de Wulfhere, por isso me virei e atravessei nossas fileiras até encontrar Alfredo.

— Senhor! — gritei atraindo sua atenção. — Ataque aqueles homens! — Apontei para as tropas de Svein. Estavam a uns duzentos passos da fortaleza e, pelo menos por enquanto, sem seu líder porque Svein continuava dentro da fortificação. Alfredo me olhou de sua sela e eu insisti para atacar com cada homem da divisão central de nosso exército. Os dinamarqueses tinham a escarpa às costas e eu achava que poderíamos derrubá-los por aquela encosta traiçoeira. Alfredo me ouviu, olhou os homens de Svein e balançou a cabeça idiotamente. Beocca estava de joelhos, braços abertos e o rosto franzido numa intensidade de oração.

— Podemos derrubá-los, senhor — insisti.

— Eles virão da fortaleza — disse Alfredo, falando que os dinamarqueses de Guthrum viriam ajudar os homens de Svein.

Alguns viriam, mas eu duvidava de que em número suficiente.

— Mas nós queremos que eles saiam da fortaleza — insisti. — É mais fácil matá-los em terreno aberto, senhor.

Alfredo apenas balançou a cabeça de novo. Acho que naquele momento ele estava quase paralisado pelo medo de fazer a coisa errada, por isso optou por não fazer coisa alguma. Usava um elmo simples com uma tira de metal sobre o nariz, sem qualquer outra proteção no rosto, e estava numa palidez doentia. Não podia enxergar uma oportunidade óbvia, por isso deixaria o inimigo tomar a decisão seguinte.

Foi Svein que a tomou. Trouxe mais dinamarqueses do forte, trezentos ou quatrocentos. A maioria dos homens de Guthrum permaneceu atrás das fortificações, mas os que haviam feito o primeiro ataque contra a guarda pessoal de Alfredo agora seguiram pelo terreno aberto onde se juntaram às tropas de Svein e formaram sua parede de escudos.

— Eles vão atacar, não vão? — perguntou Pyrlig. A chuva lavara a maior parte do sangue de seu rosto, mas o corte no elmo estava com uma aparência nojenta. — Estou bem — disse ele, vendo-me olhar para os danos. — Já recebi coisa pior numa briga com minha mulher. Mas aqueles desgraçados estão vindo, não estão? Querem continuar matando-nos pela direita.

— Nós podemos derrotá-los, senhor — gritei para Alfredo. — Ponha todos os nossos homens contra eles. Todos!

Ele parecia não ouvir.

— Traga o *fyrd* de Wiglaf, senhor! — apelei.

— Não podemos mover Wiglaf — disse ele indignado.

Alfredo temia que se movesse o *fyrd* de Sumorsæte de seu lugar, na frente da fortaleza, Guthrum levaria todos os seus homens para atacar nosso flanco esquerdo, mas eu sabia que Guthrum era cauteloso demais para fazer isso. Sentia-se seguro atrás das fortificações de terra e queria permanecer em segurança enquanto Svein ganhava a batalha para ele. Guthrum não se moveria até que nosso exército estivesse partido, então lançaria um ataque. Mas Alfredo não queria escutar. Era um homem inteligente, talvez um dos mais inteligentes que já nasceu, mas não entendia de batalha. Não entendia que a batalha não tem a ver simplesmente com números, não tem a ver com mover peças de *tafl* e nem mesmo com quem possui vantagem no terreno, e sim com paixão, loucura, gritos, fúria indomável.

E até agora eu não havia sentido nenhuma dessas coisas. Nós, das tropas pessoais de Alfredo, havíamos lutado bastante bem, mas meramente havíamos nos defendido. Não tínhamos levado a matança ao inimigo, e só é possível vencer quando se ataca. Agora parecia que íamos nos defender de novo, e

367

O fyrd

Alfredo se agitou para ordenar a mim e aos meus homens para ficar à direita de sua linha.

— Deixem os estandartes comigo — disse ele — e garantam que nosso flanco esteja seguro.

Havia honra nisso. A extremidade direita da linha era onde o inimigo poderia tentar nos envolver, e Alfredo precisava de homens bons para sustentar aquele flanco aberto. Assim, formamos um nó apertado. Em toda a planície ondulada eu podia ver os restos do *fyrd* de Osric. Estavam nos olhando. Alguns, pensei, retornariam se pensassem que estávamos vencendo, mas por enquanto continuavam muito cheios de medo para se reunir ao exército de Alfredo.

Svein andava no cavalo branco de um lado para o outro diante de sua parede de escudos. Estava gritando com suas tropas, encorajando-as. Dizendo que éramos fracotes que precisavam apenas de um empurrão para tombar.

— E eu olhei — disse-me Pyrlig — e vi um cavalo claro, e o nome do cavaleiro era morte.

Encarei-o perplexo.

— É do livro dos evangelhos — explicou sem graça — e simplesmente me veio à cabeça.

— Então tire da cabeça — falei asperamente —, porque nosso trabalho é matá-lo, e não temê-lo. — Virei-me para mandar Æthelwold garantir que seu escudo ficaria no alto, mas vi que ele havia assumido um novo lugar na fileira de trás. Ele estava melhor lá, decidi, por isso deixei-o em paz. Svein estava gritando que éramos cordeiros esperando ser trucidados e seus homens tinham começado a bater com as armas nos escudos. Agora só havia pouco mais de mil homens nas fileiras de Svein, e eles atacariam a divisão de Alfredo, que possuía mais ou menos o mesmo número, mas os dinamarqueses continuavam com vantagem porque cada homem em sua parede de escudos era um guerreiro, ao passo que metade de nossos homens era dos *fyrd*s de Defnascir, Thornsæta e Hamptonscir. Se tivéssemos trazido o *fyrd* de Wiglaf para se juntar a nós, poderíamos suplantar Svein, mas do mesmo modo ele poderia ter nos sufocado se Guthrum tivesse coragem de sair do forte. Os dois lados estavam sendo cautelosos. Nenhum dos dois se dispunha a jogar tudo na batalha por medo de perder tudo.

Os cavaleiros de Svein estavam no flanco esquerdo, diante de meus homens. Ele queria que nos sentíssemos ameaçados pelos cavaleiros, mas um cavalo não ataca uma parede de escudos. Desvia-se, e eu preferiria enfrentar cavaleiros a soldados a pé. Um cavalo estava balançando a cabeça e pude ver sangue em seu pescoço. Outro estava morto junto com os cadáveres, no vento frio que trazia os primeiros corvos do norte. Asas pretas num céu opaco. Os pássaros de Odin.

— Venham morrer! — gritou Steapa de repente. — Venham morrer, seus desgraçados! Venham!

Seu grito provocou outros homens na fileira a gritar insultos contra os dinamarqueses. Svein se virou, aparentemente surpreso com nosso súbito desafio. Seus homens haviam começado a avançar, mas pararam de novo e eu percebi, surpreso, que eles estavam com tanto medo quanto nós. Eu sempre havia sentido um espanto reverente pelos dinamarqueses, achando que eram os maiores lutadores sob o céu. Alfredo, num momento sombrio, me disse uma vez que eram necessários quatro saxões para vencer um dinamarquês, e existia verdade nisso, mas não era uma verdade constante, e não era verdade naquele dia porque não havia paixão nos homens de Svein. Havia infelicidade, relutância em avançar, e achei que Guthrum e Svein haviam discutido. Ou talvez o vento frio e úmido tivesse aplacado o ardor de todo mundo.

— Vamos vencer esta batalha! — gritei e me surpreendi por gritar isso.

Homens me olharam, imaginando se eu recebera uma visão dos meus deuses.

— Vamos vencer! — Eu mal percebia que estava falando. Não pretendia fazer um discurso, mas fiz. — Eles estão com medo de nós! — gritei. — Estão apavorados! A maioria fica escondida no forte porque não ousa vir enfrentar as lâminas dos saxões! E aqueles homens — indiquei as fileiras de Svein com Ferrão de Vespa — sabem que vão morrer! Eles vão morrer! — Dei alguns passos adiante e abri os braços para atrair a atenção dos dinamarqueses. Estendi o escudo para a esquerda e Ferrão de Vespa à direita. — Vocês vão morrer! — gritei em dinamarquês o mais alto que pude, depois em inglês. — Vocês vão morrer!

E todos os homens de Alfredo acompanharam esse grito.

O fyrd

— Vocês vão morrer! Vocês vão morrer!

Então aconteceu uma coisa estranha. Beocca e Pyrlig afirmaram que o espírito de Deus estava atravessando nosso exército, e talvez isso tenha acontecido, ou então começamos a acreditar subitamente em nós mesmos. Acreditamos que poderíamos vencer, e enquanto as palavras eram gritadas para o inimigo começamos a avançar, passo a passo, batendo as espadas contra os escudos e gritando que o inimigo iria morrer. Eu estava à frente dos meus homens, provocando o inimigo, gritando com eles, dançando, e Alfredo me chamou de volta para as fileiras. Mais tarde, quando tudo estava acabado, Beocca me disse que Alfredo me chamou repetidamente, mas eu estava cabriolando e gritando, lá adiante no capim onde se encontravam os cadáveres, e não o escutei. Os homens de Alfredo me seguiam e ele não os chamou de volta, mesmo não tendo ordenado que avançassem.

— Seus desgraçados! — gritei. — Seus bostas de bode! Vocês lutam como meninas! — Não sei que insultos gritei naquele dia, só que gritei e fui adiante, sozinho, pedindo que um deles viesse e lutasse comigo, de homem para homem.

Alfredo nunca aprovou esses duelos entre as paredes de escudos. Talvez desaprovasse, com sensatez, porque sabia que não seria capaz de travar um deles pessoalmente, mas também os considerava perigosos. Quando um guerreiro convida um campeão inimigo para uma luta homem a homem está convidando a própria morte, e se morrer tira o ânimo de seu lado e dá coragem ao inimigo, de modo que Alfredo sempre nos proibia de aceitar os desafios dinamarqueses, mas naquele dia gélido um homem aceitou meu desafio.

Era o próprio Svein. Svein do Cavalo Branco. Ele virou o cavalo e o esporeou na minha direção, com a espada na mão direita. Pude ouvir os cascos fazendo barulho, ver os torrões de terra molhada voando para trás, a crina do garanhão balançando e vi o elmo de Svein, com a máscara de javali, acima da borda do escudo. Homem e cavalo vindo na minha direção, e os dinamarqueses zombavam. Nesse momento, Pyrlig gritou para mim.

— Uhtred! Uhtred!

Não me virei para olhá-lo. Estava ocupado demais guardando Ferrão de Vespa e tirando Bafo de Serpente da bainha, mas nesse momento a lança de javali de Pyrlig, com seu cabo grosso, pousou ao meu lado no capim úmido, e eu entendi o que ele estava tentando me dizer. Deixei Bafo de Serpente no ombro e peguei a lança do britânico no momento em que Svein se aproximava de mim. Só podia ouvir o trovão dos cascos, ver a capa branca se abrindo, o brilho forte da lâmina erguida, o rabo de crina de cavalo no elmo, os olhos brancos do animal, dentes à mostra, e Svein desviou o garanhão para a esquerda baixando a espada contra mim. Seus olhos eram brilhos por trás das fendas do elmo enquanto ele se inclinava para me matar, mas quando sua espada baixou eu me lancei contra o cavalo e cravei a lança nas entranhas do animal. Tive de fazer isso com apenas uma das mãos, porque estava com o escudo no braço esquerdo, mas a lâmina larga furou pele e músculos, e eu estava gritando, tentando cravá-la mais fundo. Então a espada de Svein se chocou como um golpe de marreta contra meu escudo erguido, e seu joelho esquerdo acertou meu elmo, de modo que fui jogado para trás com força, esparramando-me no capim. Soltei a lança, mas ela estava bem enterrada na barriga do cavalo e o animal gritava e se sacudia, empinava e escoiceava, sangue grosso jorrava pelo cabo da lança que batia e ricocheteava pelo capim.

 O cavalo disparou. De algum modo Svein continuou na sela. Havia sangue na barriga do animal. Eu não havia ferido Svein, não havia tocado nele, mas ele estava fugindo de mim, ou melhor, seu cavalo branco disparava sentindo dor e foi direto contra a própria parede de escudos dinamarquesa. Normalmente um cavalo foge por instinto de uma parede de escudos, mas aquele estava cego pela dor. E então, pouco antes de chegar aos escudos dinamarqueses, ele meio caiu. Escorregou no capim molhado e se chocou violentamente contra a *skjaldborg*, abrindo-a. Homens se afastaram rapidamente do animal. Svein caiu da sela, e então, de algum modo, o cavalo conseguiu se levantar de novo, empinou e relinchou. Sangue voava de sua barriga e os cascos acertavam os dinamarqueses. E agora íamos correndo atacá-los. Eu estava de pé, com Bafo de Serpente na mão direita. O cavalo se sacudia e girava, os dinamarqueses se afastavam dele. E isso abriu sua parede de escudos enquanto os atacávamos.

 Svein estava acabando de se levantar quando os homens de Alfredo chegaram. Eu não vi, mas homens disseram que a espada de Steapa arrancou a cabeça de Svein num só golpe. Um golpe tão forte que a cabeça coberta pelo elmo voou no ar. E talvez fosse verdade, mas o certo é que agora a paixão estava conosco. A paixão ofuscante e fervente da batalha. A luxúria do sangue, a fúria da matança, e o cavalo fazia o serviço para nós, rompendo a parede de escudos dinamarquesa de modo que só precisávamos entrar nas aberturas e matar.

  E matamos. Alfredo não pretendera que isso acontecesse. Tinha planejado aguardar o ataque dinamarquês e esperava que resistíssemos, mas em vez disso havíamos nos soltado de suas rédeas e estávamos fazendo seu trabalho, e ele teve o bom senso de mandar os homens de Arnulf para a direita porque meus homens estavam em meio ao inimigo. Os cavaleiros haviam tentado rodear nossa retaguarda, mas os homens de Suth Seaxa os afastaram com escudos e espadas, depois guardaram o flanco aberto enquanto todos os homens de Alfredo, vindos de Æthelingæg, e os homens de Harald, vindos de Defnascir e Thornsæta juntavam-se à chacina. Meu primo estava ali com seus mercianos e era um bom lutador. Olhei-o aparar, estocar, derrubar um homem, pegar outro, matá-lo e ir em frente com firmeza. Estávamos enriquecendo o topo da colina com sangue dinamarquês porque tínhamos a fúria e eles não, e os homens que haviam fugido do campo, os homens de Osric, estavam retornando para se juntar à luta.

  Os cavaleiros foram embora. Não vi quando foram, mas sua história será contada. Eu estava lutando, gritando, berrando para os dinamarqueses virem e serem mortos, e Pyrlig estava ao meu lado, agora segurando uma espada. Todo o lado esquerdo da parede de escudos de Svein havia se rompido e seus sobreviventes formavam pequenos grupos, e nós os atacamos. Ataquei um grupo com o escudo, usando a bossa para jogar um homem para trás e golpeando com Bafo de Serpente, sentindo-a atravessar malha e couro. Leofric apareceu de algum lugar, girando o machado, e Pyrlig estava enfiando a ponta da espada na cara de um homem. Para cada dinamarquês havia dois saxões e o inimigo não tinha chance. Um homem gritou por misericórdia e Leofric partiu seu elmo com o machado, de modo que sangue e miolos escorreram pelo metal partido. Chutei o sujeito de lado e mergulhei Bafo de Serpente na virilha de um homem, que gritou como uma mulher na hora do parto. Os poetas costumam cantar sobre aquela batalha, e pela primeira vez acertam alguma coisa quando falam do júbilo da espada, da canção da lâmina, da matança. Despedaçamos os homens de Svein até transformá-los numa ruína ensanguentada, e fizemos isso com paixão, habilidade e selvageria. A calma da batalha finalmente estava comigo e eu não podia errar. Bafo de Serpente possuía vida própria e a roubava dos dinamarqueses que se opunham a mim, mas esses dinamarqueses estavam partidos e correndo, e toda a ala esquerda das alardeadas tropas de Svein fora derrotada.

E de repente não havia inimigo perto de mim, a não ser os mortos e feridos. O sobrinho de Alfredo, Æthelwold, estava cutucando a espada num dinamarquês ferido.

— Mate ou deixe-o viver — rosnei. O homem estava com a perna quebrada e um olho pendurado na bochecha sangrenta, e não era perigo para ninguém.

— Tenho de matar um pagão — disse Æthelwold. Ele cutucou o sujeito com a ponta da espada e eu chutei sua lâmina de lado. E teria ajudado o ferido, só que foi nessa hora que vi Haesten.

Ele estava na borda do morro, era um fugitivo, e eu gritei seu nome. Ele se virou e me viu, ou viu um guerreiro encharcado de sangue com cota de malha e um elmo com um lobo na crista, e rosnou para mim. Então talvez tenha reconhecido o elmo, porque fugiu correndo.

— Covarde! — gritei para ele. — Seu covarde traiçoeiro e desgraçado! Você me fez um juramento! Eu o tornei rico! Salvei sua vida podre!

Então ele se virou, meio riu e balançou o braço esquerdo de onde pendiam os restos lascados de um escudo, depois correu para o que restava do lado direito da parede de escudos de Svein, que continuava em boa ordem, os escudos travados com firmeza. Havia quinhentos ou seiscentos homens ali, e eles haviam se balançado para trás, depois recuaram para o forte, mas agora pararam porque os homens de Alfredo, não tendo mais quem matar, iam se virando para eles. Haesten se juntou às fileiras dinamarquesas, abrindo caminho por entre os escudos. Vi o estandarte da asa de águia acima deles e soube que Ragnar, meu amigo, liderava aqueles sobreviventes.

Parei. Leofric estava gritando com os homens para formar uma parede de escudos e eu soube que esse ataque havia perdido a fúria, mas nós os havíamos prejudicado. Tínhamos matado Svein e um bom número de seus homens, e agora os dinamarqueses estavam encurralados contra o forte. Fui até a beira do morro, seguindo uma trilha de sangue no capim molhado, e vi que o cavalo branco havia corrido pela borda da planície elevada e agora estava caído, as pernas grotescamente retorcidas no ar e o pelo branco manchado de sangue, alguns metros encosta abaixo.

— Era um bom cavalo — disse Pyrlig, que havia se juntado a mim na borda do morro. Eu havia pensado que essa crista era o topo da escarpa, mas ali o terreno tinha ondulações bruscas, como se um gigante houvesse chutado a encosta com uma bota enorme. O terreno caía formando um vale íngreme que de repente subia até uma crista mais distante, que era a verdadeira borda da região elevada, e o vale íngreme subia até o canto leste. Perguntei-me se ele ofereceria um caminho para entrar na fortaleza. Pyrlig continuava olhando o cavalo morto. — Sabe o que dizemos na nossa terra? — perguntou ele. — Dizemos que um bom cavalo vale duas boas mulheres, que uma boa mulher vale dois bons cães, e que um bom cão vale dois bons cavalos.

— Vocês dizem o quê?

— Esquece. — Ele tocou meu ombro. — Para um saxão, Uhtred, você luta bem. Como um britânico.

Decidi que o vale não oferecia vantagem sobre um ataque direto e me virei, vendo que Ragnar ia recuando passo a passo em direção ao forte. Sabia que esse era o momento de atacá-lo, de manter viva a raiva da batalha e fresca a matança, mas nossos homens estavam saqueando os mortos e os agonizantes, e nenhum tinha energia para renovar o assalto. Isso significava que teríamos a tarefa mais difícil de matar dinamarqueses protegidos por uma fortificação de terra. Pensei no meu pai, morto num ataque contra uma muralha. Ele não havia demonstrado muito apreço por mim, provavelmente porque eu era pequeno quando ele morreu, e agora eu teria de imitá-lo indo para a armadilha mortal de uma muralha bem-protegida. O destino é inexorável.

O estandarte do cavalo branco de Svein fora capturado e um homem estava balançando-o na direção dos dinamarqueses. Outro tinha o elmo de Svein na ponta de uma lança, e a princípio achei que era a cabeça de Svein, depois vi que era apenas o elmo. Agora o rabo de crina de cavalo estava cor-de-rosa. O padre Willibald erguia as mãos para o céu, fazendo uma oração de agradecimento, e achei isso prematuro porque tudo o que havíamos feito fora quebrar os homens de Svein. As tropas de Guthrum continuavam nos esperando atrás de suas muralhas. E Ragnar também estava lá, seguro na fortaleza. Os muros formavam um semicírculo se projetando na planície elevada, terminando na borda da escarpa. Eram muros altos, protegidos por um fosso.

— Vai ser uma desgraça atravessar essas fortificações — disse eu.

— Talvez não precisemos fazer isso — respondeu Pyrlig.

— Claro que precisaremos.

— Não se Alfredo conseguir convencê-los a sair de lá — disse Pyrlig. Em seguida, apontou e eu vi que o rei, acompanhado de dois padres, Osric e Harald, estava se aproximando do forte. — Ele vai deixar que se rendam — disse Pyrlig.

Eu não podia crer que essa fosse uma hora para conversar. Esta era a hora da matança, e não um lugar de negociações.

— Eles não vão se render — disse eu —, claro que não. Ainda acham que podem nos derrotar.

— Alfredo tentará convencê-los.

— Não — balancei a cabeça. — Ele vai oferecer uma trégua. — Eu falava com raiva. — Vai se oferecer para tomar reféns. Vai pregar a eles. É o que sempre faz. — Pensei em me juntar a Alfredo, no mínimo para dar algum azedume às suas sugestões razoáveis, mas não consegui encontrar ânimo. Três dinamarqueses tinham ido falar com ele, mas eu soube que não aceitariam sua oferta. Não estavam derrotados, longe disso. Ainda possuíam mais homens do que nós e tinham os muros do forte. E a batalha ainda era deles.

Então ouvi os gritos. Gritos de raiva e de dor. Virei-me e vi que os cavaleiros dinamarqueses haviam alcançado nossas mulheres. As mulheres estavam gritando e não havia nada que pudéssemos fazer.

Os cavaleiros dinamarqueses haviam esperado trucidar os restos abalados da parede de escudos de Alfredo, mas em vez disso os homens de Svein é que tinham se rompido. E os cavaleiros, no flanco esquerdo de Svein, haviam recuado para a planície. Deviam ter pensado em rodear nosso exército e juntar-se de novo a Guthrum pelo oeste. No caminho viram nossas mulheres e nossos cavalos e farejaram um saque fácil.

Nossas mulheres, no entanto, tinham armas e havia alguns homens feridos por lá. Juntos haviam resistido aos cavaleiros. Houve um breve jorro de matança, então os cavaleiros dinamarqueses, sem nada a ganhar com o ataque, foram embora para o oeste. A escaramuça demorou alguns instantes, nada mais, porém Hild havia agarrado uma lança e corrido para um cavaleiro, gritando ódio aos horrores infligidos pelos dinamarqueses em Cippanhamm. Eanflæd, que viu tudo, disse que Hild cravou a lança na perna de um dinamarquês e que o homem baixou a espada com força. Iseult, que fora ajudar Hild, havia aparado o golpe com outra espada, e um segundo dinamarquês pegou-a por trás com um machado. Então um bando de mulheres gritando expulsou os dinamarqueses. Hild sobreviveu, mas o crânio de Iseult foi aberto e sua cabeça quase se partiu em duas. Estava morta.

— Ela foi para Deus — disse-me Pyrlig quando Leofric trouxe a notícia. Eu estava chorando, mas não sabia se era tristeza ou raiva que me consumia. Não podia dizer nada. Pyrlig segurou meus ombros. — Ela está com Deus, Uhtred.

— Então os homens que a mandaram para lá devem ir para o inferno — respondi. — Qualquer inferno. Para congelar ou queimar, os desgraçados.

Afastei-me de Pyrlig e fui até Alfredo. Então vi Wulfhere. Ele era prisioneiro, mantido por dois guarda-costas de Alfredo, e se animou ao me ver, como se pensasse que eu era amigo, mas somente cuspi nele e continuei andando.

Alfredo franziu a testa quando me juntei a ele. Estava acompanhado por Osric e Harald, pelo padre Beocca e pelo bispo Alewold, nenhum dos quais falava dinamarquês, mas um dos dinamarqueses falava inglês. Eram três, todos estranhos para mim, porém Beocca me disse que o porta-voz se chamava Hrothgar Ericson, e eu sabia que ele era um dos chefes do exército de Guthrum.

— Eles atacaram as mulheres — contei a Alfredo. O rei simplesmente ficou me olhando, talvez sem entender o que eu havia dito. — Eles atacaram as mulheres! — repeti.

— Ele está gemendo — disse o intérprete aos dois companheiros —, dizendo que as mulheres foram atacadas.

— Se eu gemer — virei-me para o homem, em fúria —, vocês vão gritar. — Falava em dinamarquês. — Vou arrancar suas entranhas pelo cu, enrolar no seu pescoço imundo e dar seus olhos de comer aos meus cães. Agora, se quiser traduzir, seu desgraçado medroso, traduza direito, ou então retorne para o seu vômito.

O homem piscou, mas não disse nada. Hrothgar, resplandecente em cota de malha e com um elmo prateado, meio sorriu.

— Diga ao seu rei que poderíamos concordar em recuar até Cippanhamm, mas vamos querer reféns.

Virei-me para Alfredo.

— Quantos homens Guthrum ainda tem?

Ele continuava insatisfeito porque eu havia me juntado ao grupo, mas levou a pergunta a sério.

— O bastante — respondeu.

— O bastante para sustentar Cippanhamm e mais meia dúzia de cidades. Vamos destruí-los agora.

— Você é bem-vindo para tentar — disse Hrothgar quando minhas palavras foram traduzidas.

Virei-me de novo para ele.

— Eu matei Ubba e derrubei Svein, e em seguida vou cortar a garganta de Guthrum e mandá-lo para a puta da mãe dele. Vamos tentar.

— Uhtred. — Alfredo não quis saber o que eu havia dito, mas tinha ouvido o tom de voz e tentou me acalmar.

— Há serviço a ser feito, senhor — disse eu. Era a raiva falando em mim, uma fúria contra os dinamarqueses e uma fúria igual contra Alfredo, que de novo oferecia termos de acordo ao inimigo. Ele fizera isso com muita frequência. Derrotava-os em batalha e imediatamente fazia uma trégua porque acreditava que eles iam virar cristãos e viver numa paz fraterna. Esse era seu desejo, viver numa Inglaterra cristã dedicada à devoção, mas naquele dia eu estava certo. Guthrum não se encontrava derrotado, ainda tinha mais homens do que nós, e precisava ser destruído.

— Diga a eles — ordenou Alfredo — que podem se render agora. Diga que podem baixar as armas e sair do forte.

O fyrd

Hrothgar tratou essa proposta com o escárnio merecido. A maioria dos homens de Guthrum ainda não havia lutado. Estavam longe de ser derrotados e as muralhas verdes eram altas, os fossos profundos, e fora a visão dessas fortificações que havia levado Alfredo a falar com o inimigo. Ele sabia que homens deveriam morrer, muitos homens, e esse era o preço que não estivera disposto a pagar um ano antes, quando Guthrum ficou encurralado em Exanceaster, mas era um preço que precisava ser pago. Era o preço de Wessex.

Hrothgar não tinha mais nada a dizer, por isso se virou.

— Diga ao *earl* Ragnar — gritei — que ainda sou irmão dele.

— Sem dúvida ele verá você no Valhalla um dia — gritou Hrothgar de volta, depois balançou a mão num gesto negligente. Suspeitei de que os dinamarqueses jamais haviam pretendido negociar uma trégua, quanto mais se render, mas quando Alfredo se ofereceu para falar eles haviam aceitado porque isso lhes dava tempo para organizar as defesas.

Alfredo fez um muxoxo para mim. Estava claramente chateado por minha intervenção, mas antes que ele pudesse dizer qualquer coisa Beocca falou:

— O que aconteceu com as mulheres?

— Expulsaram os desgraçados, mas Iseult morreu.

— Iseult — disse Alfredo. Então viu as lágrimas nos meus olhos e não soube o que dizer. Encolheu-se, gaguejou incoerente e fechou os olhos como se rezasse. — Fico feliz por ela ter morrido cristã — disse ele depois de ter juntado os pensamentos.

— Amém — completou Beocca.

— Eu preferiria que ela fosse uma pagã viva — rosnei, depois voltamos ao meu exército e Alfredo convocou de novo seus comandantes.

Na verdade não havia opção. Tínhamos de atacar o forte. Durante um tempo Alfredo falou em estabelecer um cerco, mas isso não era prático. Precisaríamos sustentar um exército no topo da colina, e apesar de Osric insistir que o inimigo não tinha fontes de água dentro da fortaleza, nós também não tínhamos nenhuma por perto. Os dois exércitos ficariam com sede e não possuíamos homens suficientes para impedir que os dinamarqueses descessem o barranco íngreme para pegar água à noite. E se o cerco durasse mais de uma semana os homens do *fyrd* começariam a ir para casa cuidar de seus campos. Alfredo seria tentado à misericórdia, em especial se Guthrum prometesse se converter ao cristianismo.

Por isso, insistimos com Alfredo pelo ataque. Não poderia ser nada inteligente. Paredes de escudos deveriam ser feitas e os homens ser mandados contra os muros de terra, e Alfredo sabia que cada homem do exército deveria se juntar ao ataque. Wiglaf e os homens de Sumorsæte atacariam pela esquerda, os homens de Alfredo no centro e Osric, cujo *fyrd* havia se reunido de novo e agora estava reforçado pelos homens que tinham desertado do exército de Guthrum, atacariam pela direita.

— Vocês sabem como fazer — disse Alfredo, ainda que sem qualquer entusiasmo porque sabia que estava nos ordenando a ir para um festim da morte. — Ponham os melhores homens no centro, deixem que eles liderem e façam os outros pressionar atrás e de cada lado.

Ninguém disse nada. Alfredo deu um sorriso amargo.

— Deus sorriu para nós até agora — disse ele — e não vai nos abandonar.

Havia, no entanto, abandonado Iseult. A pobre, frágil Iseult, rainha das sombras e alma perdida. E fui para a primeira fila porque agora a única coisa que poderia fazer por ela era me vingar. Steapa, tão coberto de sangue quanto eu, chegou ao meu lado.

— Lanças e espadas compridas — aconselhou Pyrlig. — Não essas coisas curtas.

— Por quê? — perguntou Leofric.

— Você sobe aquela parede íngreme — respondeu ele — e tudo o que pode fazer é tentar acertar os tornozelos deles. Derrubá-los. Já fiz isso antes. É preciso um alcance longo e um bom escudo.

— Que Jesus nos ajude — disse Leofric. Estávamos todos com medo, porque há pouca coisa tão intimidante na guerra quanto atacar uma fortaleza. Se eu estivesse no domínio de meus sentidos relutaria em fazer aquele ataque, mas estava cheio de uma tristeza profunda por Iseult e nada, além da vingança, preenchia minha mente.

— Vamos — falei. — Vamos.

Mas não podíamos ir. Homens recolhiam lanças atiradas na luta anterior e os arqueiros eram trazidos para a frente. Quando atacássemos quereríamos uma chuva de lanças nos precedendo e uma praga de flechas pontudas para incomodar o inimigo, mas demorou tempo para arrumar os lanceiros e arqueiros atrás dos homens que fariam o ataque.

Então, de modo agourento para nossos arqueiros, começou a chover de novo. Seus arcos ainda funcionavam, mas a água enfraquecia as cordas. O céu ficou mais escuro enquanto uma grande barriga de nuvens negras se assentava sobre a planície elevada, e a chuva começou a tamborilar nos elmos. Os dinamarqueses estavam enfileirados nas muralhas, batendo as armas nos escudos enquanto nosso exército se enrolava ao redor de sua fortificação.

— Avante! — gritou Alfredo. E fomos para as muralhas de terra, mas paramos fora do alcance de um tiro de arco. A chuva pingava da borda do meu elmo. Ali havia uma cicatriz nova e brilhante no ferro, um golpe de lâmina, mas eu não o havia percebido. Os dinamarqueses zombavam de nós. Sabiam o que viria e provavelmente estavam gostando. Desde que Guthrum havia subido a escarpa e descoberto o forte, ele provavelmente imaginara os homens de Alfredo atacando suas muralhas e seus homens cortando o inimigo enquanto lutávamos para subir os barrancos íngremes. Agora essa era a batalha de Guthrum. Ele havia posto seu rival, Svein, e seu aliado saxão, Wulfhere, fora do forte, e sem dúvida havia esperado que eles destruíssem boa parte de nosso exército antes do ataque às muralhas, mas para Guthrum não importaria muito que aqueles homens se destruíssem. Agora os seus lutariam a batalha que ele sempre visualizara.

— Em nome de Deus! — gritou Alfredo, depois não falou mais nada porque de repente um trovão estrondeou, um vasto som que consumiu o céu e foi tão alto que alguns de nós se encolheram. Um estalo de raio lascou o céu, branco dentro da fortaleza. Agora a chuva caía forte, uma nuvem derramada que nos martelava e encharcava, e mais trovões rolavam a distância, e talvez pensássemos que aquele barulho e a luz violenta eram uma mensagem de Deus, porque de repente todo o exército avançou. Ninguém tinha dado um comando, a não ser que a invocação de Alfredo fosse uma ordem.

Homens gritavam ao avançar. Não estavam gritando insultos, apenas fazendo barulho para ganhar coragem. Não corríamos, andávamos, porque os escudos precisavam ser mantidos próximos. Então mais um trovão nos ensurdeceu e a chuva pareceu ganhar uma nova intensidade maligna. Fervilhava nos mortos e nos vivos, e agora estávamos perto, muito perto, no entanto a chuva era tão densa que ficava difícil ver os dinamarqueses que esperavam. Então vi o fosso, já se inundando, os arcos soaram, as lanças voaram e estávamos espadanando descendo a lateral do fosso. E lanças dinamarquesas batiam sobre nós. Uma delas se grudou no meu escudo, caiu e eu tropecei no cabo, meio me esparramei na água, recuperei-me e comecei a subida.

Nem todo o exército tentou atravessar o fosso. A coragem de muitos homens hesitou na borda, mas uma dúzia de grupos ou mais foi para o ataque. Éramos o que os dinamarqueses chamam de *svinfylkjas*, as cunhas-suínas, os guerreiros de elite que tentam romper a *skjaldborg* como um javali tentando rasgar o caçador com suas presas. Mas dessa vez não tínhamos apenas de rasgar a *skjaldborg*, e sim atravessar o fosso inundado de chuva e subir a outra margem.

Mantínhamos os escudos sobre a cabeça enquanto espadanávamos no fosso. Depois subimos, mas a margem era tão escorregadia que caíamos constantemente para trás e as lanças dinamarquesas continuavam chegando. Alguém me empurrou por trás e eu estava subindo o barranco de quatro, com o escudo sobre a cabeça, e o escudo de Pyrlig cobria minha coluna. Ouvi uma batida acima e pensei que era um trovão. Só que o escudo ficava batendo no meu elmo e eu soube que um dinamarquês estava me golpeando, tentando atravessar a madeira de tília e cravar o machado ou a espada nas minhas costas. E me arrastei de novo, levantei a borda inferior do escudo e vi botas. Estoquei com Bafo de Serpente, tentei me levantar, senti um golpe na perna e caí de novo. Steapa estava rugindo ao meu lado. Havia lama na minha boca, a chuva nos martelava e eu podia ouvir o choque de lâminas se cravando em escudos e soube que havíamos fracassado. Mas tentei me levantar de novo e estoquei com Bafo de Serpente. À minha esquerda Leofric deu um grito agudo e eu vi sangue jorrando no capim. O sangue foi lavado instantaneamente pela chuva, e mais um trovão estrondeou no alto enquanto eu escorregava de volta para o fosso.

O fyrd

A margem estava marcada onde havíamos tentado subir, o capim fora arrancado até o calcário branco. Havíamos fracassado completamente e os dinamarqueses estavam gritando em desafio. Então outro jorro de homens espadanou pelo fosso e as batidas de lâminas e escudos recomeçou. Subi pela segunda vez, tentando cravar as botas no calcário, e meu escudo estava levantado, de modo que não vi os dinamarqueses descendo para me encontrar. A primeira coisa que soube foi quando um machado acertou o escudo com tanta força que as tábuas lascaram, e um segundo machado me deu um golpe de raspão no elmo. Caí para trás e teria perdido Bafo de Serpente se não fosse pelo laço de cabelos de Iseult em volta do pulso. Steapa conseguiu agarrar uma lança dinamarquesa e puxou seu dono para baixo do barranco, onde meia dúzia de saxões o cortaram e furaram com tanta fúria que o fosso fervilhou com água, sangue e lâminas. Alguém gritou para subirmos de novo, e eu vi que era Alfredo, a pé, vindo atravessar o fosso. E rugi para que meus homens o protegessem.

Pyrlig e eu conseguimos chegar à frente do rei e permanecemos ali, protegendo-o enquanto tentávamos subir pela terceira vez aquele barranco ensanguentado. Pyrlig estava gritando em sua língua nativa, eu xingava em dinamarquês, e de algum modo chegamos à metade e ficamos de pé. E alguém, talvez fosse Alfredo, estava me empurrando por trás. A chuva martelava, encharcava. Um trovão sacudiu o céu e eu girei Bafo de Serpente, tentando empurrar para o lado os escudos dinamarqueses, depois girei de novo, e o choque de lâmina acertando uma bossa de escudo subiu estremecendo pelo meu braço. Um dinamarquês, todo barba e olhos arregalados, tentou me furar com uma lança. Estoquei de volta com a espada, gritei o nome de Iseult, tentei subir e o dinamarquês golpeou de novo com a lança. A lâmina acertou a testa do meu elmo e minha cabeça se inclinou bruscamente para trás. Outro dinamarquês me acertou na lateral da cabeça e o mundo todo ficou bêbado e escuro. Meus pés escorregaram e tive alguma consciência de que estava caindo na água do fosso. Alguém me puxou e me arrastou para longe do fosso. E ali tentei ficar de pé, mas caí de novo.

O rei. O rei. Ele precisava ser protegido e estava no fosso quando eu o vira pela última vez. E eu sabia que Alfredo não era guerreiro. Era corajoso, mas não amava a matança como os guerreiros. Tentei ficar de pé outra vez, agora consegui, mas o sangue chapinhou na minha bota direita e jorrou pelo cano quando pus o peso naquela perna. O fundo do fosso estava cheio de mortos e agonizantes, meio afogados na inundação, mas os vivos tinham fugido dali e os dinamarqueses riam de nós.

— A mim! — gritei. Era preciso um último esforço. — Onde está o rei?

— Eu o joguei para fora do fosso — disse Pyrlig.

— Ele está em segurança?

— Falei aos padres para o segurarem. Mandei que batessem nele se tentasse ir de novo.

— Mais um ataque — disse eu. Não queria fazê-lo. Não queria passar por cima dos corpos no fosso e tentar subir aquela parede impossível. Sabia que era idiota, sabia que provavelmente morreria se fosse de novo, mas éramos guerreiros e guerreiros não admitem ser derrotados. É reputação. É orgulho. É a loucura da batalha. Comecei a bater Bafo de Serpente no meu escudo meio partido e outros homens acompanharam o ritmo. Os dinamarqueses, tão perto, estavam convidando-nos a ir e ser mortos, e eu gritei que estávamos indo.

— Deus nos ajude — disse Steapa.

— Deus nos ajude — ecoou Pyrlig.

Eu não queria ir. Estava apavorado, mas temia ser chamado de covarde mais do que temia as muralhas de terra, por isso gritei aos meus homens para trucidar os desgraçados, e então corri. Pulei por cima dos cadáveres no fosso, perdi o equilíbrio na outra margem, caí sobre o escudo e rolei de lado, para que nenhum dinamarquês pudesse cravar uma lança nas minhas costas desprotegidas. Ergui-me. Meu elmo havia se deslocado durante a queda, de modo que a placa facial meio me cegava. Ajeitei-o com a mão da espada enquanto começava a subir. Steapa estava lá, e Pyrlig estava comigo, e esperei o primeiro golpe dinamarquês.

Não chegou. Lutei barranco acima, com o escudo sobre a cabeça, e esperei o golpe mortal. Mas houve silêncio. Ergui o escudo e pensei que devia ter morrido, porque só vi o céu cheio de chuva. Os dinamarqueses haviam sumido. Num momento estavam zombando de nós, chamando-nos de mulheres e covardes, alardeando como iriam abrir nossa barriga e dar nossas tripas aos corvos, e agora haviam sumido. Subi ao topo da parede de terra e vi um segundo fosso e uma segunda parede em seguida. Os dinamarqueses estavam subindo por aquela muralha interna e eu supus que pretendiam fazer a defesa ali, mas em vez disso desapareceram sobre o topo. Pyrlig agarrou meu braço e foi me puxando.

— Eles estão fugindo! — gritou ele. — Por Deus, os desgraçados estão fugindo! — Precisava gritar para ser ouvido acima da chuva.

— Vamos! Vamos! — gritou alguém. Corremos para o segundo fosso inundado, passamos pela margem interna, sem defesas, e vi que os homens de Osric, do *fyrd* de Wiltunscir que fora derrotado nos primeiros instantes da luta, haviam conseguido atravessar as muralhas de terra do forte. Mais tarde ficamos sabendo que tinham ido para o vale onde o cavalo branco estava morto, e na chuva ofuscante haviam chegado ao canto leste do forte que, como Guthrum o considerava inabordável, era pouco defendido. Ali a parede de terra era mais baixa, pouco mais de uma crista de capim na encosta do vale. Os homens haviam se derramado sobre a parede e chegado por trás dos outros defensores.

Que agora fugiam. Se tivessem permanecido, seriam totalmente trucidados, por isso fugiram atravessando o amplo interior do forte, e alguns foram lentos em perceber que a batalha estava perdida. Esses nós cercamos. Eu só queria matar por causa de Iseult, e derrubei dois fugitivos, cortando-os com Bafo de Serpente com tamanha fúria que ela atravessou malha, couro e carne mordendo fundo como um machado. Eu estava gritando de fúria, querendo mais vítimas, mas éramos muitos e os dinamarqueses encurralados eram muito poucos. A chuva continuava caindo e o trovão ribombava enquanto eu procurava inimigos para matar. Então vi um último grupo deles, costas contra costas, lutando contra um enxame de saxões. Corri para lá e de repente vi seu estandarte. A asa de águia. Era Ragnar.

Seus homens, em número menor e suplantados, estavam morrendo.

— Deixem-no viver! — gritei. — Deixem-no viver! — E três saxões se viraram para mim, viram meu cabelo comprido, meus braceletes brilhantes sobre as mangas com malha. Deviam ter pensado que eu era dinamarquês, porque correram para mim e eu desviei o golpe do primeiro com Bafo de Serpente. O segundo acertou meu escudo com seu machado, o terceiro veio por trás e eu me virei depressa, girando Bafo de Serpente. Gritei que era saxão, mas os homens não ouviram. Então Steapa partiu para eles, que se espalharam. Pyrlig agarrou meu braço, mas eu o afastei e corri para Ragnar, que estava rosnando para o círculo de inimigos, convidando qualquer um deles a tentar matá-lo. Seu estandarte havia caído e seus tripulantes estavam mortos, mas ele parecia um deus da guerra em sua malha brilhante, com o escudo rachado, a espada longa e o rosto desafiador. Então o círculo começou a se fechar. Corri, gritando, e ele se virou para mim, pensando que eu viera para matá-lo. Levantou a espada e eu a empurrei de lado com meu escudo, envolvi-o com os braços e o joguei no chão.

Steapa e Pyrlig nos guardavam. Afastaram os saxões, dizendo para procurarem outras vítimas. Rolei para longe de Ragnar, que se sentou e me olhou perplexo. Vi que sua mão do escudo estava ensanguentada. Uma lâmina, cortando através da madeira de tília, havia talhado a palma da mão, cortando entre os dedos de modo que ele parecia ter duas mãos pequenas, em vez de uma.

— Preciso amarrar essa mão — disse eu.

— Uhtred — respondeu ele simplesmente, como se não acreditasse que era eu.

— Procurei-o porque não queria lutar contra você.

Ele se encolheu de dor enquanto tirava os restos do escudo da mão ferida. Pude ver o bispo Alewold correndo pela fortaleza em sua batina manchada de lama, balançando os braços e gritando que Deus havia entregado os pagãos nas nossas mãos.

— Eu disse a Guthrum para lutar do lado de fora do forte — contou Ragnar. — Teríamos matado todos vocês.

— Teriam — concordei. Ficando no forte, Guthrum havia deixado que derrotássemos seu exército pedaço a pedaço, mas mesmo assim foi um milagre o dia ser nosso.

— Você está sangrando — disse Ragnar. Eu fora acertado com uma lâmina de lança na parte de trás da coxa direita. Tenho a cicatriz até hoje.

Pyrlig cortou uma tira de pano do gibão de um morto e usou-a para atar a mão de Ragnar. Queria pôr uma bandagem na minha coxa, mas o sangramento havia diminuído e eu consegui ficar de pé, ainda que a dor, que não havia sentido desde que recebera o ferimento, subitamente me golpeou. Toquei o martelo de Tor. Tínhamos vencido.

— Eles mataram minha mulher — disse a Ragnar. Ele não respondeu, apenas ficou ao meu lado e, como minha coxa estava em agonia e subitamente me senti fraco, passei o braço por seus ombros. — O nome dela era Iseult, e meu filho também está morto. — Fiquei satisfeito porque estava chovendo, caso contrário as lágrimas no meu rosto teriam aparecido. — Onde está Brida?

— Mandei-a descer o morro — disse Ragnar. Estávamos mancando juntos para as muralhas do lado norte do forte.

— E você ficou?

— Alguém tinha de ficar como retaguarda — respondeu ele debilmente. Acho que também estava chorando, pela vergonha da derrota. Era uma batalha que Guthrum não poderia ter perdido, e perdeu.

Pyrlig e Steapa ainda estavam comigo, e pude ver Eadric despindo a malha de um dinamarquês morto, mas não havia sinal de Leofric. Perguntei a Pyrlig onde ele estava. Pyrlig me deu um olhar dolorido e balançou a cabeça.

— Morto? — perguntei.

— Um machado na coluna — disse ele. Eu estava entorpecido, entorpecido demais para falar, porque não parecia possível que o indestrutível Leofric estivesse morto, mas estava, e desejei ser capaz de lhe dar um funeral dinamarquês, um funeral de fogo, para que a fumaça de seu cadáver subisse até os castelos dos deuses. — Sinto muito — disse Pyrlig.

— É o preço de Wessex — respondi, então subimos as muralhas de terra do lado norte, apinhadas com os soldados de Alfredo.

A chuva ia diminuindo, mas ainda caía em grandes jorros na planície embaixo. Era como se estivéssemos na borda do mundo e adiante houvesse uma imensidão de nuvens e chuva. Enquanto abaixo de nós, na encosta longa e íngreme, centenas de dinamarqueses corriam para o pé da escarpa onde seus cavalos haviam sido deixados.

— Guthrum — disse Ragnar com amargura.

— Ele vive?

— Foi o primeiro a fugir. Svein disse a ele que deveríamos lutar fora das muralhas, mas Guthrum temia a derrota mais do que jamais quis a vitória.

Gritos de comemoração soaram quando os estandartes de Alfredo foram levados através da fortaleza capturada até os muros do norte. Alfredo, montado de novo e com um aro de bronze ao redor do elmo, cavalgava com as bandeiras. Beocca estava de joelhos agradecendo, enquanto Alfredo tinha um sorriso atordoado e um ar de incredulidade. E juro que chorou quando seus estandartes foram cravados na terra no fim do mundo. O dragão e a cruz voaram sobre seu reino que quase havia se perdido, mas fora salvo de modo que ainda existia um rei saxão na Inglaterra.

Mas Leofric estava morto e Iseult era um cadáver. E a chuva forte caía sobre a terra que havíamos resgatado.

Wessex.

Nota Histórica

O CAVALO BRANCO DE WESTBURY é recortado no calcário da escarpa sob Bratton Camp, na borda da planície elevada de Wiltshire. Do norte pode ser visto a quilômetros de distância. O cavalo de hoje em dia, um belo animal, tem mais de trinta metros de comprimento e cerca de sessenta de altura e foi gravado na década de 1770, o que faz dele o mais antigo dos dez cavalos brancos de Wiltshire, mas a lenda local diz que ele substituiu um cavalo muito mais antigo que foi gravado na encosta de calcário depois da Batalha de Ethandun em 878.

Quero acreditar que essa lenda é verdadeira, mas nenhum historiador tem certeza da localização da Batalha de Ethandun, na qual Alfredo enfrentou os dinamarqueses de Guthrum, mas Bratton Camp, acima do povoado de Edington, é o principal candidato. Bratton Camp é uma fortaleza da Idade do Ferro logo acima do cavalo branco de Westbury. John Peddie, em seu útil livro *Alfred, Warrior King*, situa Ethandun em Bratton Camp e a Pedra de Edgar em Kingston Deveril, no vale do Wylye, e eu me sinto persuadido por seu raciocínio.

Não há dúvidas quanto à localização de Æthelingæg. Atualmente é Athelney, nas planícies de Somerset, perto de Taunton, e se Bratton Camp está praticamente inalterado desde 878, os baixios mudaram completamente. Hoje, principalmente graças aos monges medievais que construíram diques e drenaram a terra, a região forma uma planície ampla e fértil, mas no século IX o local era um vasto pântano misturado com baixios de maré, um pantanal quase impenetrável para onde Alfredo se retirou depois do desastre em Chippenham.

Esse desastre foi resultado de sua generosidade ao concordar com a trégua que permitiu a Guthrum sair de Exeter e recuar até Gloucester, na Mércia dominada pelos dinamarqueses. Essa trégua era garantida por reféns dinamarqueses, mas Guthrum, assim como havia rompido a trégua combinada em Wareham em 876, de novo se mostrou indigno de confiança e, imediatamente depois da Noite de Reis, atacou e capturou Chippenham, precipitando a maior crise do longo reinado de Alfredo. O rei foi derrotado e a maior parte de seu país foi tomada pelos dinamarqueses. Alguns grandes nobres, dentre eles Wulfhere, *ealdorman* de Wiltshire, passaram para o lado inimigo e o reino de Alfredo se reduziu às vastidões cobertas de água nas planícies de Somerset. Mas na primavera, apenas quatro meses depois do desastre em Chippenham, Alfredo montou um exército, levou-o a Ethandun e derrotou Guthrum. Tudo isso aconteceu. O que, infelizmente, na certa não aconteceu foi a queima dos bolos. Essa história, de como uma camponesa bateu em Alfredo depois de ele deixar seus bolos queimarem, é a narrativa folclórica mais famosa ligada a Alfredo, mas sua fonte é muito tardia, e portanto muito indigna de confiança.

Alfredo, Ælswith, Wulfhere, Æthelwold e o irmão (mais tarde bispo) Asser existiram, assim como Guthrum. Svein é um personagem fictício. Os grandes inimigos dinamarqueses antes de Guthrum haviam sido os três irmãos Lothbrok, e a derrota do último deles na batalha de Cynuit ocorreu enquanto Alfredo estava em Athelney. Por motivos ficcionais, adiantei essa vitória dos saxões em um ano, e ela forma o final de *O último reino*, o romance que precede *O cavaleiro da morte*, o que significa que precisei inventar um personagem, Svein, e uma escaramuça, a queima dos navios de Svein, para substituir Cynuit.

As duas principais fontes para o reinado de Alfredo são a Crônica Anglo-saxã e a biografia do rei escrita pelo irmão Asser. E, infelizmente, nenhuma das duas conta muito sobre como Alfredo derrotou Guthrum em Ethandun. Os dois exércitos, segundo padrões posteriores, eram pequenos, e é quase certo que Guthrum tinha mais homens do que Alfredo. O *fyrd* saxão ocidental, que venceu a batalha de Ethandun, foi principalmente retirado de Somerset, Wiltshire, sugerindo que todo o leste e boa parte do norte de Wessex haviam sido dominados pelos dinamarqueses. Sabemos que o *fyrd* de Devonshire estava intacto (havia vencido em Cynuit), assim como o *fyrd* de Dorset, mas nenhum dos dois é mencionado como parte do exército de Alfredo, sugerindo que foram mantidos atrás para deter algum ataque por mar. A falta dos *fyrds* desses dois poderosos distritos, se de fato estavam ausentes, só confirma a notável vitória de Alfredo.

Os saxões estavam na Britânia desde o século V. No século IX, governavam quase tudo o que hoje em dia é conhecido como Inglaterra, mas então os dinamarqueses chegaram e os reinos saxões desmoronaram. *O último reino* conta a derrota da Nortúmbria, de Mércia e Ânglia Oriental, e *O cavaleiro da morte* descreve como Wessex quase seguiu esses vizinhos do norte indo para o esquecimento da História. Durante alguns meses no início de 878 a ideia de Inglaterra, sua cultura e sua língua, foi reduzida a alguns quilômetros quadrados de pântano. Se houvesse mais uma derrota, provavelmente jamais teria existido uma entidade política chamada Inglaterra. Teríamos uma Dinamaterra — e este romance provavelmente seria escrito em dinamarquês. Mas Alfredo sobreviveu, venceu, e por isso a História deu-lhe o título de "o Grande". Seus sucessores terminariam sua obra, tomariam de volta os três reinos do norte e assim, pela primeira vez, uniriam as terras saxãs num reino chamado Inglaterra, porém esse trabalho foi iniciado por Alfredo, o Grande.

Em 878, porém, mesmo depois da vitória em Ethandun, esse pareceria um sonho impossível. É um longo caminho desde o cavalo branco de Ethandun até as desoladas charnecas ao norte da Muralha de Adriano, por isso Uhtred e seus companheiros devem fazer novas campanhas.

Este livro foi composto na tipografia Stone Serif,
em corpo 9,5/16, e impresso em papel off-white,
no Sistema Digital Instant Duplex da Divisão
Gráfica da Distribuidora Record.